儿科临床医嘱示例

ERKE LINCHUANG YIZHU SHILI

主　编　万力生　郑跃杰

副主编　王　樱　陈　黎

主　审　李成荣

编　者　（以姓氏笔画为序）

万力生　王　樱　李志川　陈　黎

郑跃杰　侯丽影　黄　瑛　雷　旻

蔡华波　戴蔷蕾

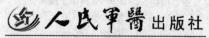
人民軍醫出版社

PEOPLE'S MILITARY MEDICAL PRESS

北　京

图书在版编目（CIP）数据

儿科临床医嘱示例/万力生，郑跃杰主编.—北京：人民军医出版社，2008.12

（儿科临床系列丛书）

ISBN 978-7-5091-2196-2

Ⅰ.儿…　Ⅱ.①万…②郑…　Ⅲ.小儿疾病-医嘱　Ⅳ.R720.5

中国版本图书馆 CIP 数据核字（2008）第 160939 号

策划编辑：王　琳　　文字编辑：刘海芳　　责任审读：周晓洲

出 版 人：齐学进

出版发行　人民军医出版社　　　　　　经销　新华书店

通信地址：北京市 100036 信箱 188 分箱　　邮编：100036

质量反馈电话：（010）51927270；（010）51927283

邮购电话：（010）51927252

策划编辑电话：（010）51927409

网址：www.pmmp.com.cn

印、装：中国农业出版社印刷厂

开本：787mm×1092mm 1/16

印张：20.75　字数：371 千字

版、印次：2008 年 12 月第 1 版第 1 次印刷

印数：0001～3000

定价：59.00 元

内容提要

　　本书共 15 章，内容涵盖了儿科各系统疾病，每一疾病列出诊断方法、医嘱示例，并进行详尽的医嘱说明。本书最大特色是治疗方案仿照临床病历医嘱单的形式，避免了空洞的理论讲解，能很好地指导临床实践，内容翔实，具体实用，适合儿科临床医师和医学生阅读参考。

丛书前言

　　儿科学是一门发展中的临床学科，是一门实践性很强的科学，儿童疾病的发生、发展有其独特的规律，诊断与治疗也有其特有的复杂性。在临床医疗工作中，对于病情发展凶险的患儿，儿科医师须及时诊断、迅速治疗，一旦误诊、漏诊或治疗不及时，则可造成难以弥补的损失；对于病情发展缓慢或复杂的患儿，特征性的临床表现出现得较迟，一旦出现则病程可能已进展到晚期，从而延误了治疗。儿科医师要在这一高风险的工作中尽可能地提高诊断与治疗成功率，除了具备坚实的理论基础和规范化的诊断与治疗外，长期的临床实践经验积累也是必不可少的。有鉴于此，应人民军医出版社之约，中国医科大学儿科临床学院（深圳市儿童医院）的专家，在国内知名医学专家的指导与审定下，编写了这套《儿科临床系列丛书》。

　　丛书的编写正是立足临床，注重实用为宗旨。《儿科门急诊处理》是针对门急诊病人，讲述门诊医生如何能在仅有的几分钟内做出快速诊断，给出病儿一个正确的处理。《儿科临床医嘱示例》是针对住院病人，讲述病房医生应对危重、疑难病人的诊断，并根据病情需要，开出必要的医嘱检查单，以确认诊断的正确性，并给出正确医嘱治疗单以及用药说明。《儿科临床液体治疗》是儿科医生必须熟练掌握的治疗方法，主要针对体内水代谢失常的病儿，讲述病儿水代谢失常的判定，哪些疾病要补、要脱，如何补脱恰当好处，是医生与病人共同关注的。《儿科疑难病例查房实录》是针对临床上难诊断、难治愈、死亡率高以及少见病的病例进行剖析，讲述各级医师对一典型病例的层层分析、讨论、专家查房、会诊，逐步展开诊断及治疗思路，从中发现病例的独特性，使读者领悟正确诊断及治疗方法的由来，以此为镜，可为年轻医生加以借鉴，受益良多。

　　由于参编人员的学识、经验及学术观点不尽一致，对于编写中的疏漏、谬误及不足之处尚望同道们批评指教。

《儿科临床系列丛书》编委会

2008 年 8 月

前　言

医嘱是临床医师在临床诊疗工作中，根据不同病种、病情作出的治疗决定或为明确诊断拟定的处理方案。正确、及时的医嘱是保证和提高医疗质量的基础，也是当前保障医疗安全、避免医疗纠纷的重要环节。应人民军医出版社之邀请，中国医科大学儿科临床学院（深圳市儿童医院）的临床专家编写了这本《儿科临床医嘱示例》。

医嘱体现了医师对病人实施诊治计划的过程，还可以作为对医疗技术质量水平的评价，及时正确的医嘱书写有赖于主管医师对病情的正确判断，也是保证诊疗计划规范进行、使病人得到迅速有效治疗的关键。

《儿科临床医嘱示例》所介绍的医嘱主要为住院医嘱，少数为门诊处理；内容是以某一特指病种已初步明确诊断或倾向于该病种的常用诊疗方案为基础，并选择该病种的好发年龄为药物剂量计算标准举例，力求符合现有的儿科诊疗规范。对于诊断疾病的进一步检查项目，以及根据病情和（或）病程选择不同的治疗方案，则在每份医嘱之后的注中加以详细说明。

在使用本书时必须注意各地医疗单位的实际情况，因地制宜，有的放矢，首选当地可用的检查项目及治疗药物，适当增加先进的检查措施及新疗法，尽量做到开出的医嘱完整、合理、实用。

中国医科大学儿科临床学院（深圳市儿童医院）院长李成荣教授对于本书的编写给予了极大的关心和支持，并亲自主审。对此，我们全体编写人员表示衷心的感谢。

万力生　郑跃杰
2008 年 6 月

目 录

第1章 症 状

第一节 急 性 发 热

一、医 嘱 示 例

急性发热医嘱（以 6 岁，20kg 为例）。

长期医嘱	临时医嘱
儿内科常规护理	血常规
半流质饮食	尿常规
二级护理	大便常规
10%GS　250ml　｜　iv　drip　qd 10%氯化钠　5ml　｜　20gtt/min VitC 1.0g	血生化
	血沉
	CRP
10%GS　100ml　｜　iv　drip　bid 青霉素　160 万 U｜20gtt/min	胸片（prn）
	支原体、衣原体检查
	呼吸道病原学检查（流感、副流感、腺病毒、呼吸道合胞病毒等抗体）
	血培养
	PPD 皮试（　）
	青霉素皮试（　）

二、医 嘱 说 明

1.有呼吸系统症状，体检胸部有可疑阳性体征或有阳性体征时，怀疑有下呼吸道感染的可能时，可行胸片检查。

2.发热时散热多，代谢较为旺盛，体液相对不足，须多补充水分，若口服不理想，可给予静脉补液治疗。

3.急性发热的患者，多数为感染性疾病，其中尤以病毒性感染较为多见，但细菌性感染也不少见，可行相应检查，当提示有细菌性感染的指标时（如白细胞增高，中性粒细胞增高，CRP 升高、血沉升高等），可给予相关抗生素治疗（如青霉素等）。

第二节 长期发热

一、医嘱示例

长期发热医嘱（以 6 岁，20kg 为例）。

长期医嘱			临时医嘱
儿内科常规护理			血常规
半流质或流质饮食			尿常规
二级护理			大便常规
病重			血生化检查（肝肾功、LDH、AKP）
10%GS 250ml	iv drip qd		血沉
10%氯化钠 5ml	20gtt/min		CRP
VitC 1.0g			血培养＋药敏
10%GS 100ml	iv drip bid		胸片
青霉素 160 万 U	20gtt/min		PPD 皮试（ ）
或 NS 100ml	iv drip qd		支原体、衣原体抗体检查
头孢曲松钠 1.0g	20gtt/min		外周血找疟原虫
			血涂片
			肥达反应
			外斐反应
			EB-DNA 或 EBV 抗体或嗜异凝集试验
			CMV-DNA 或 CMV 抗体
			HIV 抗体
			骨髓穿刺培养以及骨髓细胞学检查

	淋巴结穿刺印片检查或淋巴结活检
	腹部 CT 或胸部 CT
	核素扫描
	体液免疫
	抗核抗体、ds-DNA
	自身抗体
	ASO
	类风湿因子
	心脏彩超
	青霉素皮试

二、医嘱说明

1. 长期发热（FUO）最常见的病因

（1）感染性疾病

①细菌感染性疾病：结核感染、感染性心内膜炎、败血症、腹腔脓肿、伤寒、肝脓肿、沙门菌感染、布鲁杆菌病等。

②病毒感染性疾病：CMV 感染、EB 病毒感染、AIDS 并机会性感染等。

③寄生虫性感染疾病：疟疾、阿米巴病、弓形虫感染、卡氏肺孢子虫感染、利氏曼原虫病等。

④真菌性感染性疾病：组织胞浆病、念珠菌病、隐球菌病、曲菌病等。

⑤其他感染性疾病：支原体感染、衣原体感染、钩端螺旋体感染、梅毒、莱姆病等。

（2）肿瘤性疾病

①淋巴瘤。

②霍奇金（何杰金，Hodgkin）病。

③非霍奇金病。

④血液系统性恶性肿瘤：急性和慢性骨髓性白血病、急性淋巴细胞性白血病、恶性网状组织细胞病等。

⑤一些实体肿瘤：肾细胞癌、原发性或继发性肝癌、肺癌、甲状腺转移癌、嗜铬细胞癌等。

⑥结缔组织疾病：如类风湿关节炎、系统性红斑狼疮、风湿热、多发性肌炎、

皮肌炎、干燥综合征、系统性血管炎、系统性硬皮症、结晶性关节炎等。

（3）其他

①血液系统方面的其他疾病：溶血性贫血、嗜血细胞综合征、嗜酸粒细胞增多症、骨髓坏死等。

②内分泌疾病伴发热：下丘脑综合征、甲状腺疾病、肾上腺疾病、痛风性关节炎、糖尿病伴感染等。

③中枢性发热：脑血管病、脑外伤和脑手术后、癫痫、急性脑积水、恶性高热、颈段或上胸段病变、神经安定剂恶性综合征等。

④功能性低热：感染后低热：如链球菌感染后状态，肝炎后综合征、暑热症、手术后低热、神经功能性低热等。

注意：FUO 的患者，感染性发热最为常见，很多的相关文献报道其占 FUO 病因中的 40%～60%；其次占第二、第三位的发热病因为结缔组织疾病（15%～25%）和肿瘤性疾病（10%～15%）。故发热的病人来诊时首先结合病史，选择相关的检查，主要的检查手段应包括上述的前 3 种主要病因的检查。据报道，经过病史询问，全面细致的体格检查以及一系列的辅助检查，90%以上的患儿最终可以明确病因，但仍有 10%的患儿难以确诊。有数据显示，发热时间＜4 周，感染性发热占 83.3%，结缔组织病占 4.5%；发热时间＞8 周，感染性疾病占 35.7%，结缔组织病占 33%。

2.长期发热的诊断步骤　见图 1-1。

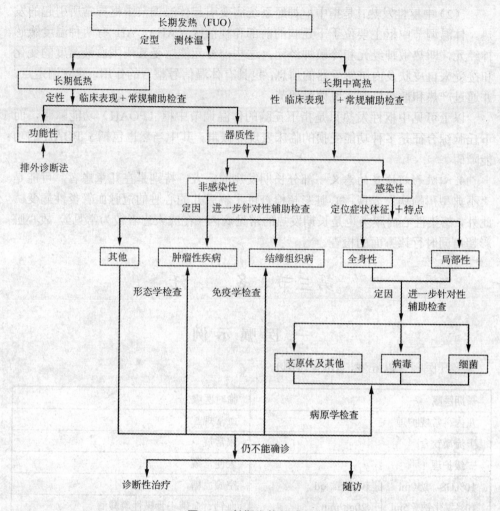

图 1-1 长期发热的诊断步骤

注：长期低热是指体温为 37.5～38℃，持续 4 周以上，包括器质性和功能性发热两大类；长期中高热是指体温超过 38℃，持续 2～3 周以上，原因一时未明的发热

3.下丘脑综合征和中枢性发热定义

（1）下丘脑综合征：下丘脑具有分泌释放激素和抑制激素功能，对内分泌各个腺体调控作用，因此当病变累及下丘脑的局部细胞核群或多个生理调节中枢时，可引起复杂的临床症状，称之为下丘脑综合征。临床表现有多饮多尿、嗜睡、多食肥胖、厌食消瘦、发育延迟、性早熟、发热等症状。

（2）中枢性发热：是指中枢神经系统病变引起体温调节中枢异常所引起的发热。体温调节中枢主要位于下丘脑的前部和视前区（AH）。AH 有两种温度敏感神经元，即热敏神经元和冷敏神经元，这些神经元能感受其周围血液温度的变化和接受来自皮肤及内脏感受器的信息；也具有体温信号整合的作用，建立调定点，并通过产热和散热机制实现体温调节。

以上可见中枢性发热只是指下丘脑的体温调节中枢（POAH）功能障碍，而下丘脑综合征是多种功能受损的临床表现症候群，其中当然也包括了 POAH 的功能障碍。

4.心脏彩超检查的意义　部分长期发热的病人，特别是在儿童患者，可能是"不典型川崎病"表现，心脏彩超检查可了解患儿的心脏的冠脉血管炎性病变。此外，感染性心内膜炎也是长期发热的常见病因（在成人患者较为常见），故心脏彩超可同时行该方面的检查。

第三节 多 汗

一、医 嘱 示 例

多汗医嘱（以 6 岁，20kg 为例）。

长期医嘱		临时医嘱
儿内科常规护理		血常规
半流质饮食		尿常规
二级护理		大便常规
10%GS　250ml	iv drip　qd	空腹血糖
10%氯化钠　5ml	20gtt/min	血钙、血磷＋骨碱性磷酸酶
10%氯化钾　5ml		血沉
		CRP
		胸片（prn）
		PPD 皮试（　）
		甲状腺素
		24h 尿儿茶酚胺以及尿 VMA
		24h 尿 5-羟吲哚醋酸

二、医嘱说明

1.多汗为皮肤出汗异常过多的现象，可分为局限性多汗和泛发性多汗两型，大多数为良性，是生理性的多汗，少数为病理性多汗。

2.婴幼儿多汗的常见的病因有佝偻病，早期表现有多汗，睡眠不安，易激惹，早期骨骼症状表现不明显，此时行血清钙、磷与碱性磷酸酶的检查可协助诊断。

3.低血糖时患儿可有出汗过度的表现。此外，糖尿病时自主神经病变的症状之一有味觉性多汗，可表现主要在面颈部多汗，可行血糖检查明确。

4.内分泌性疾病如甲状腺功能亢进，由于机体代谢增加，同时由于自主神经纤维对循环肾上腺素的敏感性提高，可致多汗；嗜铬细胞瘤由于肾上腺素和去甲肾上腺素分泌增多，可致多汗；而类癌肿瘤，是一种缓慢生长的嗜铬细胞肿瘤，其生物学活性物质为5-羟色胺、组胺、前列腺素和缓激肽等，可引起皮肤血管扩张伴皮肤血流增加从而可致多汗。

5.慢性消耗性疾病，如长期慢性感染，结核病等，多同时出现有中重度的营养不良以及常有盗汗，胸片和结核菌素试验有助于协助诊断。

第四节　发　绀

一、医嘱示例

发绀医嘱（以6岁，20kg为例）。

长期医嘱		临时医嘱
儿内科常规护理		血常规
半流质饮食		尿常规
二级护理		大便常规
吸氧或高氧治疗		体外氧合试验*
50%葡萄糖　40ml	iv　慢！	心脏彩超
10%亚甲蓝（亚甲蓝）5～10ml		心血管造影
		心电图
		血管磁共振
		胸片或肺部CT
		肺功能

	血气分析
	肺血管造影
	肝功能
	肝脏 B 超和肝脏 CT
	骨髓穿刺检查
	红外热像诊断与微循环分析
	深静脉造影
	高铁血红蛋白测定
	NADH-黄递酶活性测定
	溶血后吸收光谱分析
	血红蛋白电泳分析
	亚甲蓝还原试验

二、医嘱说明

1. 体外氧合试验　是为了明确发绀由高铁血红蛋白血症或由还原型血红蛋白增多所致。此为过筛试验，可将发绀性疾病初步分为两大类即高铁血红蛋白血症（包括 HbM）和还原型血红蛋白增多性发绀，若血液仍保持其原有颜色而无变化则可能为高铁血红蛋白血症（包括 HbM），相反则为还原型血红蛋白增多，前者应继续完善血液生化检查（如高铁血红蛋白测定、溶血后血液吸收光谱分析等），后者则主要需进行心、肺、血管等方面相应的检查去证实。

2. 还原型血红蛋白增多性发绀　主要是患者体内出现缺氧，从而循环中还原型血红蛋白增多，该种发绀多由于心、肺、血管疾病，红细胞增多症以及周围动静脉狭窄或阻塞所引起。

（1）心肺方面的原发疾病，行心脏彩超、心电图、心血管或肺血管造影、胸片、胸部 CT、血管磁共振、肺功能、血气分析等方面的检查一般可明确诊断。

（2）肝肺综合征是指肝硬化时，由于门静脉高压和肝功能减退，引起肺动脉高压、肺内分流、低氧血症及胸腔积液，而导致肺功能减退，肺本身无器质性病变，行肝功能、肝脏 CT 或肝脏 B 超检查可明确肝脏方面的病变，为肝肺综合征的诊断提供依据。

（3）红细胞增多症引起发绀的原因在于外周的红细胞明显增多，引起血液中未氧合或氧合不良的血红蛋白绝对增多所致，多发生于新生儿，血常规或骨髓穿刺检查可明确红细胞增多症的诊断。

（4）外周循环缺血性疾病是由于周围组织血流灌注不足，缺氧致皮肤黏膜呈青紫色，常见为各种原因引起的休克、雷诺病、肢端发绀症等，可行红外热成像检查与微型化分析；瘀血性疾病是由于体循环瘀血，周围血流缓慢，氧在周围组织被摄取过多所致缺氧，导致皮肤黏膜的青紫色，常见有各种原因导致的右侧心力衰竭、血栓性静脉炎，外周血管 B 超或深静脉造影可辅助检查。

3. 高铁血红蛋白血症　有先天性高铁血红蛋白血症，还有是由于药物或化学物质中毒所致的获得性高铁血红蛋白血症。

（1）先天性高铁血红蛋白血症：主要包括血红蛋白 M（HbM）和还原型烟酰胺腺嘌呤二核苷酸-黄递酶（NADH-黄递酶）缺乏症。HbM 病通常为常染色体显性遗传，为珠蛋白肽链的异常，致亚铁血红素氧化并固定在高铁状态，从而致发绀；NADH-黄递酶缺乏症为常染色体隐性遗传，该酶可还原高铁血红蛋白为亚铁血红蛋白，该酶的缺乏，致血红素中的高铁不能还原成低铁，阻止了血红蛋白与氧的结合，因而产生过多的高铁血红蛋白从而致发绀。可行 NADH-黄递酶活性测定、溶血液吸收光谱分析、血红蛋白电泳分析、亚甲蓝还原试验或基因检测，加以诊断和鉴别。

（2）获得性的高铁血红蛋白血症：此主要是指中毒性高铁血红蛋白血症，发绀发生在接触某些具有氧化作用的药物、化学物质或生活物质之后，如某些解热镇痛药、磺胺类药、抗疟药、苯类、硝基类、生活中常用的鞋油、油漆，还有不新鲜的蔬菜可含有亚硝酸盐，大量的摄入可致"肠源性发绀"，该类疾病可通过仔细的询问病史，同时结和上述的相关检查，排除上述情况所致发绀的疾病，一般可明确诊断；给予亚甲蓝静推可迅速还原高铁血红蛋白为亚铁血红蛋白。

4. 硫化血红蛋白血症　常见的在便秘患者或服用硫化物后，硫化氢作用于血红蛋白，可生成一种硫化血红蛋白，该蛋白缺乏携氧能力，一旦形成则不能再变为正常的血红蛋白，当血中含量达 5g/L 时，即可出现发绀。主要时通过病史询问以及分光光度计光谱分析和血红蛋白电泳等检查辅助诊断。

第五节　咯　血

一、医嘱示例

咯血医嘱（以 6 岁，20kg 为例）。

长期医嘱			临时医嘱
儿内科常规护理			血常规＋血型
流质饮食			尿常规
一级护理			大便常规＋隐血检查
卧床休息			血小板计数
改为告病重			凝血功能
心电监护			胸片
测血压 q6h			高分辨胸部 CT 或胸部 MRI
吸痰 prn			肝肾功能、急诊生化
备氧			支气管镜检查
10%GS 100ml	iv drip		PPD 皮试（ ）
VitK₁ 10mg	qd		痰找抗酸杆菌
止血敏 0.25g			痰培养（细菌或真菌培养）
5% GS 20ml	iv 缓慢（10～15min）		心电图
垂体后叶素 2.5U			心脏彩超
5% GS 250ml	iv drip 缓慢维持		支气管动脉造影
垂体后叶素 10U	（在 iv 该药用完后）		肿瘤标志物（CEA、AFP、CA125 等）
			骨髓细胞学检查
			胃液找含铁血黄素颗粒细胞
			交叉配血
			申请红悬液或全血

二、医嘱说明

1. 咯血和呕血的鉴别 见表 1-1。

表 1-1 咯血和呕血的鉴别要点

咯 血	呕 血
咳出	呕出
常混有痰	常有食物及胃液混杂
泡沫状、色鲜红	无泡沫、呈暗红色或棕色
呈碱性反应	呈碱性反应或酸性反应

（续　表）

咯　血	呕　血
有肺或心脏疾病史	有胃病或肝硬化病史
咳血前喉部瘙痒，有"忽忽"声	呕血前常上腹不适及恶心，并有眩晕感
除非经咽下，否则粪便无改变	粪便带黑色或呈柏油状
咯血后继有少量血痰数天	无血痰

2.咯血的常见病因

（1）感染性疾病：气管、支气管炎；肺炎；肺结核（包括支气管内膜结核）；支气管扩张症；肺脓肿；肺部真菌性疾病；流行性出血热；肺出血性钩端螺旋体病。应行胸片、胸部 CT 或 MRI、支气管镜检查、痰培养、痰找抗酸杆菌、汉坦病毒抗体、钩端螺旋体抗体等方面检查。

（2）肺部肿瘤：肺部的原发肿瘤和转移癌。应行胸片、胸部 CT 或 MRI、支气管镜检查、肿瘤标志物检查等方面检查。

（3）心血管疾病：二尖瓣狭窄、肺动脉高压、肺栓塞或肺梗阻、严重的左心室衰竭、动静脉畸形、奥-韦-郎（Osler-Weber-Rendu）病、三尖瓣心内膜炎、艾森曼格（Eisenmenger）综合征、阻塞性肺血管病。应行心电图、心脏彩超、心导管检查、支气管动脉造影等方面的检查。

（4）自身免疫性疾病：儿童及成人含铁血黄素沉着病、肾小球肾炎伴随肺出血（肺出血、肾炎综合征、Goodpasture 综合征）、结节性多动脉炎、系统性红斑狼疮、贝切特（Behcet）综合征、伴有肺血管炎的肺淋巴管平滑肌瘤病的微血管病的溶血性贫血、青霉胺引起的肺出血和肾小球性肾炎、三苯六羧酐引起的肺出血。应行凝血功能、胃液找含铁血黄素颗粒细胞、相应的抗核抗体等免疫方面的检查，除儿童及成人含铁血黄素沉着病外，该方面系统的疾病多有并发的全身的其他系统方面的表现，咯血常并非为首发表现。

（5）其他疾病：外伤性疾病、吸入异物、囊性纤维化、肺隔离症（肺叶内和肺叶外）、支气管的子宫内膜异位或绒癌肺转移、支气管结石病、尘肺、肺囊肿和肺大疱、气管-无名动脉瘘、支气管胸膜瘘、全身出血性疾病、医源性损伤等。应行胸片、支气管造影、支气管动脉造影、凝血功能、血小板检查、骨髓细胞学检查等。

3.支气管镜对咯血病因的诊断价值　咯血的病因复杂，初步的胸部 X 线以及胸部 CT、MRI 检查对疾病的诊断有很大的帮助，但有时也是不能明确咯血的病因以及病灶性质，支气管镜检查能直观判断，同时可进行毛刷涂片做细菌学、细胞学及活检病理组织学等检查，能较为准确确定病灶性质（如肺癌的病理组织类型，有利于制定有效的治疗方案及判断预后）。有报导成人支气管镜检查咯血病因以肺癌占首位，其次为炎症，结核占第三位，此外，对于少见疾病引起的咯血，经支气管镜检查可明确诊断，同时也可在支气管镜下行治疗。

一般来说，只要没有禁忌证，就可行支气管镜检查，对病因不明的咯血患者，可尽早行支气管镜检查，以达到早诊断、早治疗的目的。其适应证有：①大咯血内科治疗不能控制，考虑手术或选择性支气管动脉栓塞术，但胸片阴性或胸片双侧均有病变以及一侧有病变其性质不能满意解释咯血来源，只有靠支气管镜检查确定咯血来源。②诊断不明，不能进行合适的治疗。③支气管栓塞术有广泛的适应证，可作为手术前急救措施，栓塞术前最好经支气管镜检查确定出血来源。④胸外伤咯血，了解有无支气管断裂。⑤肺切除术后咯血，了解血是否来自支气管残端，检查病变有无复发。⑥须经支气管镜注入止血药或放入细导管填塞支气管止血等。患者咯血量较大时，因支气管镜吸引管腔较小，血液易阻塞管腔，模糊镜面，无法辨认，吸引血流及通气效果均不如硬质气管镜，此时也可考虑将支气管镜通过硬质气管镜进行检查，既能观察到较细的支气管病变，又能较好地吸引和维持通气。对老年伴有脊柱后突或伴有颈椎不稳定的外伤患者，不适宜应用硬质气管镜。

4. 大咯血的紧急救治　大咯血通常是指一次咯血量超过 200ml、24h 内咯血量超过 400ml、48h 内咯血量超过 600ml 或持续咯血而需要输液维持血容量者。大咯血时患者常伴有心悸、面色苍白、血压下降、脉搏细弱、冷汗等休克表现，为临床急症。

（1）保证气道开放：取轻度侧头仰卧位；或向出血患侧侧卧位；紧急时可给予气管内插管直达主支气管（如出血在右侧，用 Forgarty 或 Foleg 堵塞，然后撤回气管内管到隆突上 2cm，然后行补助通气），再经硬质气管镜补助通气。

（2）紧急止血措施

①垂体后叶素：先用 2.5～5U 加入 5%葡萄糖中缓慢静脉推注（10～15min），后用 5～10U 加入 5%葡萄糖 250ml 中缓慢静滴。用药过程中应注意观察，如有头痛、心悸、面色苍白、出汗、腹痛、血压升高等副作用，应减慢速度或停药。

②普鲁卡因：凡不适于使用垂体后叶素的难治性咯血或其他止血药物无效的患者，经皮试阴性者可为首选药。100～200mg 加入 5%葡萄糖 250ml 中静滴，每日 2 次。其禁忌证为：呼吸衰竭、肺性脑病、二度房室传导阻滞。

以下几种纠正凝血障碍的药物，主要是针对有凝血障碍的患者。

6-氨基己酸（EACA）：0.1g/kg 加入 5%葡萄糖 100ml 静滴，每日 2 次。

对羧基卞胺（PAMBA）：100mg 加入 5%葡萄糖 100ml 静滴，每日 1～2 次。

氨甲环酸（止血环酸，AMCA）：150mg 加入 5%40ml 静推，每日 1～2 次。

凝血酶原复合物：10U/kg 加入 5%葡萄糖 100ml 中先缓慢，后渐增速，1h 左右用完。

其他药物的应用：如维生素 K_1、酚磺乙胺（止血敏）、巴曲酶（立止血）、卡巴克洛（安络血）、云南白药、仙鹤草素以及糖皮质激素的应用等。

③适当应用止咳药、镇静药：如用中枢性止咳药，硫酸可待因，肌注，1/3～6h，以减少咳嗽。用安定或鲁米那以减少焦虑，静推或肌注。

④查血型及配血：可少量输注新鲜血，含有凝血因子，并有止血作用。适当时候可用新鲜冰冻血浆纠正基础凝血病。

（3）其他治疗措施

①人工气腹：适于双肺中下叶病变、反复大咯血者，给予注气后可起到压迫作用，注气量因人而异，首次注气可给 1 000ml 左右。

②支气管镜和支气管镜的应用：见"纤维支气管镜对咯血病因的诊断价值"。

③支气管造影和栓塞治疗：对于用一般检查方法不能明确出血部位，反复大咯血或经上述内科治疗无效者，可行支气管造影明确出血部位后，可将明胶海绵或联氟烯栓子注入血管，形成栓塞，达到止血。

第六节 呕 血

一、医 嘱 示 例

呕血医嘱（以 6 岁，20kg 为例）。

长期医嘱		临时医嘱
儿内科常规护理		血常规＋血型
禁食		尿常规
一级护理		大便常规＋隐血检查
病重		血小板计数
测血压　q6h		凝血功能
10%GS　100ml	iv drip　bid	急诊胃镜
甲氰咪胍　0.2g	20gtt/min	X 线钡餐检查

10%GS 100ml	iv drip qd	肝肾功能
VitK₁ 10mg	20gtt/min	肝、胆、脾、胰腺彩超
止血敏 0.25g		选择性腹腔动脉造影
		交叉配血
		申请红悬液或全血
		冰盐水洗胃
		凝血酶原胃内保留或去甲肾上腺素分次口服

二、医嘱说明

1.呕血多数是上消化道疾病所致的出血，但在某些全身性疾病如：血小板减少性紫癜、白血病、血友病、流行性出血热、钩端螺旋体病等也可致出血，其中血液性疾病较为常见，故常规可行凝血方面的检查。

2.呕血和咯血的鉴别见本章第五节。

3.呕血的病因在成人和儿科有所不同，成人的呕血的最常见的病因为消化道溃疡及食管胃底静脉曲张破裂，此外，各种原因所致的急性胃黏膜病变、癌性病变引起的出血也较为常见，其他原因尚有血管畸形、血管瘤、Dieulafoy 病、Mallory-Weiss 综合征、胆道出血等，但较为少见。而小儿消化道出血的原因依发病年龄而异，婴幼儿上消化道出血的常见病因为出血性疾病，如晚发性维生素 K 缺乏症、过敏性紫癜，学龄前儿童及学龄儿童上消化道出血的最常见原因为消化道溃疡，其次为胃炎、十二指肠球炎及肝炎、肝硬化、门脉高压所致食道胃底静脉曲张引起。

4.检查的时机。对呕血的病因检查，胃镜是首选的检查方法，多主张在出血24～48h 内进行检查，因为不但可以确定出血的部位，还可以进行内镜下止血治疗。在行急诊胃镜检查的之前，须注意应该纠正患儿的休克，补充血容量，改善贫血。而进行 X 线钡餐的检查，一般应在出血停止和病情基本稳定数天后进行，该项检查是在胃镜检查不能明确病因，并怀疑病变是在十二指肠降段以下部位时进行。

5.呕血为儿科急症，呕血量多时可出现休克，要密切监测生命体征，保持患儿呼吸道通畅，避免呕血时引起窒息。治疗首先要抗休克，迅速补充血容量，可给予申请红细胞悬液补充，在配血过程中，可给予输注平衡液或葡萄糖盐水。此外，呕血患儿一般给予禁食，出血停止后 12～24h 可逐渐给予进流质饮食，逐渐过渡到半流质。止血的一般措施，如冰盐水洗胃、凝血酶原胃内保留或去甲肾上腺素口服对多数呕血的患儿常可采用；而对消化道溃疡或急性胃黏膜病变的患儿，可给予止酸药物，抑制胃酸的分泌，提高胃内的 pH，从而促进血小板凝集，抑制凝血快的溶解药物的应用，同时再给予黏膜保护药；而对于食管胃底静脉曲张出血的患儿，可给予三腔二囊管压迫或在内镜下给予套扎术和硬化剂注射，同时静脉给予垂体加压素或生长抑素，对止血效果不好的病人，可考虑进行外科手术。

第七节 便 血

一、医嘱示例

便血医嘱（以 6 岁，20kg 为例）。

长期医嘱		临时医嘱
儿内科常规护理		血常规＋血型
流质		尿常规
一级护理		大便常规＋隐血检查
病重		血小板计数
卧床休息		凝血功能
测血压 q6h		肝肾功能
10%GS 100ml	iv drip qd	大便培养
Vit K₁ 10mg	20gtt/min	肛门指检
止血敏 0.25g		腹部 B 超
		直肠镜或乙状结肠镜或纤维结肠镜检查
		钡灌肠和结肠双对比造影
		小肠镜检查
		放射性核素检查
		选择性内脏血管造影

二、医嘱说明

1.肛门指检对便血的患儿非常主要，每接诊一个便血的患儿，肛门指检都应给予进行常规检查，特别是对排鲜红色便的患儿，肛门指诊就更有价值。通过肛门指检，可发现肛裂、痔疮、直肠息肉等疾病，即可明确诊断，就可避免进行繁多、昂贵的、无必要的检查。

2. 便血同呕血一样，多数是由于消化道疾病所致的出血，但有时也在某些全身性疾病同时出现（如晚发性维生素 K_1 缺乏症、过敏性紫癜、血小板减少性紫癜、白血病、血友病、伤寒、流行性出血热等），故也须常规行凝血方面的检查，结合病史同时行相关方面的检查。

3. 小儿便血的常见病因在不同年龄段亦有所不同。

（1）新生儿：肠扭转、肠重复畸形、先天性巨结肠、坏死性小肠结肠炎以及血液系统方面的疾病。

（2）婴幼儿：肠套叠、肠息肉、消化道畸形（美克尔憩室、肠重复畸形）、肠道细菌性感染性腹泻以及全身性疾病（如感染性疾病，免疫性疾病和出血性疾病）。

（3）儿童：便血的常见病因大致同婴幼儿便血的病因相同，只不过儿童最常见的便血的原因是肠息肉，而不是婴幼儿最常见的肠套叠。

4. 放射性核素检查即是用 ^{99m}Tc-过锝酸盐或 ^{99m}Tc-RBC、^{99m}Tc-胶体标记后给予检查，行动态显像，为确定急性下消化道出血的性质和部位的一种有效的非创伤性的诊断方法，该检查操作简单，损伤小，安全，灵敏度高，且可以重复进行，对诊断及治疗有极大帮助。特别是对于胃肠道持续性出血的诊断灵敏度很高，很少出现假阳性。

第八节 血 尿

一、医 嘱 示 例

血尿医嘱（以 6 岁，20kg 为例）。

长期医嘱		临时医嘱
儿内科常规护理		血常规
半流质饮食		尿常规
二级护理		大便常规
测血压	q6h	尿三杯试验

10%GS 250ml	iv drip qd	尿沉渣
10%氯化钠 5ml	20gtt/min	尿红细胞位相检查
10%氯化钾 5ml		凝血四项
5%碳酸氢钠 10ml		泌尿系彩超
		腹部平片
		排泄性尿路造影（静脉肾盂造影）
		尿培养
		尿 β_2-微球蛋白
		尿沉渣抗体包裹细菌检查
		测血压
		ASO
		抗核抗体、抗 ds-DNA、狼疮细胞检查
		体液免疫
		乙肝两对半
		肝肾功能、血脂
		电解质
		24h 尿钙
		餐后 2h 尿钙、肌酐比值
		钙负荷试验*
		数字减影血管造影（DSA）
		肾脏穿刺活检

二、医嘱说明

1.血尿按照来源 可分为肾小球性血尿和非肾小球性血尿。有时两者可并存，为混合性血尿，此时应多次复查尿液，确定何种占主要的地位。在血尿的鉴别诊断中，区分肾小球性或非肾小球性血尿是首要的，其定位对指导进一步的检查和病因的诊断提供了方向。

区分肾小球性和非肾小球性血尿的检查手段有以下几种：尿三杯试验可粗略了解血尿产生的部位；进一步的区分有位相镜检查、电镜检查、尿沉渣检查以及光学显微镜检查 G1 红细胞（面包圈状，细胞表面出"芽"），以 5%为界，G1≥5%为肾小球性血尿，G1＜5%为非肾小球性血尿，诊断肾小球性血尿的敏感度和特异性均很高，有报道可达 100%。

2.**血尿的常见病因**

（1）肾小球性血尿

①血尿伴有其他症状：伴有皮肤感染、咽喉感染后出现血尿，考虑急性肾炎；伴有水肿、大量蛋白尿，考虑肾病综合征；伴有皮肤紫癜，考虑紫癜性肾炎；伴有出血点、贫血、黄疸、肾功能不全，考虑溶血尿毒综合征；伴有发热、消瘦、贫血及咯血史，考虑肺出血肾炎综合征；发热伴面、颈、上胸部潮红，热退后出现低血压、休克、少尿，考虑流行性出血热；伴耳聋、贫血、肾功能进行性恶化，尤其是男孩，考虑遗传性肾病（Alport 综合征）。

②血尿为主要表现：主要考虑肾小球疾病恢复期、IgA 肾病、家族性复发性血尿（又称薄基底膜病）、遗传性肾炎、孤立性血尿（又称单纯性血尿，亦可称无症状性血尿）。

（2）非肾小球性血尿

①血尿伴有其他症状：伴尿频、尿急、尿痛和排尿障碍时，考虑泌尿系感染、肾结核、出血性膀胱炎、膀胱或尿道药物等；伴腰痛或腹痛，考虑泌尿系结石；伴全身出血症状，考虑全身凝血障碍[如血友病、血小板减少紫癜、新生儿自然出血（维生素 K 缺乏）和其他血液病等]。

②血尿为主要表现：主要考虑泌尿系畸形、胡桃夹现象（左肾静脉受压综合征）、特发性高钙血症、草酸盐肾病、泌尿系肿瘤；其他如肾血管流破裂、肾盂静脉-肾盂瘘、自发性动静脉瘘、轻微肾挫裂伤、肾动静脉栓塞等。

（3）双相性血尿：有时急性肾炎、肾结石、IgA 肾病等疾病可表现为双相性血尿，须结合病史鉴别。此外，以下疾病表现为双相性血尿，须注意其临床特点

①肾球门血管病：在成人常伴有剧烈腰痛，称为腰痛血尿综合征。其病理改变主要在肾小动脉，表现为透明变性、纤维内膜增厚、免疫荧光见入球小动脉壁有 C_3 沉积。

②药物性血尿：药物致血尿的发病机制有 3 种（肾毒性、过敏性、机械性），故血尿可以是症状性，也可以是无症状性，可以是肾小球性，也可以是非肾小球性。肾毒性血尿是由于肾小管受损伤所致；过敏性血尿是由于药物通过免疫机制引起间质性肾炎；机械性血尿是由于药物在肾小管形成结晶，对肾小管的机械性损伤所致。

3.**特发性高钙尿症** 可占无症状性血尿的 1/5～1/3，其诊断主要靠尿钙测定。故有必要对其检查方法以及诊断标准做进一步的了解。

其诊断标准为：在正常饮食的情况下，24h 的尿钙两次测定均超过 0.1mmol/

（kg•d）[＞4mg/（kg•d）]。其初筛可以用餐后2h的尿钙（mg/dl）/尿肌酐（mg/dl）的比值来检测，当比值＞0.21，须行进一步的24h尿钙测定明确诊断。

特发性高钙尿症可分为吸收型高钙尿症和肾性高钙尿症两型，两者的进一步鉴别可做钙负荷试验：低钙饮食7d（钙吸入量＜250mg/d），试验前一天晚禁食但补充水（5～10ml/kg，不能饮用含钙的矿泉水），试验日清晨留取空腹尿测定钙/肌酐比，后给予元素钙15～20mg/kg，收集以后4h的尿重新测定钙/肌酐比。结果判定：空腹尿钙/肌酐比正常，而负荷后升高，为吸收性高钙尿症；两者均增高而无明显差异则为肾性高钙尿症。

诊断特发性高钙尿症，须排除肾上腺皮质病、甲状旁腺病、肾小管性酸中毒、髓质海绵肾和服用皮质激素等所导致的高钙尿症。

4.影像学检查在血尿诊断中的作用　①超声检查：对肾盂积水、肾脏先天畸形、结石、囊肿、肿瘤、胡桃夹现象（左肾静脉压迫综合征）等可诊断；②腹平片：适用于血尿伴有腰痛，考虑有结石的患者；③CT 或 MRI：适用于肾囊肿、肿瘤、畸形、外伤等；④排泄性尿路造影：可了解泌尿器官的形态和功能，对结核、肿瘤、透光结石等诊断较有意义；⑤排尿性膀胱尿道造影：对尿道狭窄、膀胱输尿管反流等诊断帮助较大；⑥数字减影血管造影（DSA）：主要用于肾血管性疾病、肾肿瘤等检查。

第九节　昏　迷

一、医嘱示例

昏迷医嘱（以6岁，20kg为例）。

长期医嘱	临时医嘱
儿内科常规护理	血常规
禁食或鼻饲流质	尿常规
一级护理	大便常规
病重	血小板计数
心电监护（R、HR、SPO_2）	尿糖、尿酮体
测血压　q4h	血氨、血糖
瞳孔监测　q4h	肝肾功能、血脂、电解质、CO_2结合力
吸氧	凝血酶原

10%GS 500ml			血气分析
10%氯化钾 10ml	iv drip qd		血胆碱酯酶活力
10%氯化钠 10ml			C 反应蛋白
NS 100ml	iv drip qd		心电图
头孢曲松钠 1.0g	20gtt/min		床边胸片
			头颅 X 线片或头颅 CT
			腰椎穿刺（脑脊液压力测定、脑脊液常规、生化、涂片、培养）
			脑电图
			脑血管造影
			眼科会诊眼底检查
			大便培养
			血培养

二、医嘱说明

1.昏迷是脑功能高度抑制或损害的病理状态，涉及意识水平下降和意识内改变两方面。从解剖位置的功能来说，影响意识最主要的结构是中部脑桥以上的脑干网状激活系统，其把接受的信息刺激上传到大脑皮质，使大脑皮质神经元维持觉醒状态；其次是中枢整合机构（即双侧大脑皮质），它是产生意识的部位。故中部脑桥以上的脑干网状激活系统或弥漫性的双侧大脑皮质损害均可引起意识障碍。昏迷原因可分为两大类，结构性损害和理化性或代谢性因素，结构性损害通常由于颅内压升高或弥漫性血管损害导致双侧大脑半球弥漫性损伤或上位脑干网状激活系统处病变或者该结构移位造成；而在代谢性或理化性因素，是由于内源性或者外源性毒素（感染性毒素、药物过量、代谢异常如低钠血症、高钠血症、酮症酸中毒等）侵及双侧大脑半球，造成大脑功能的紊乱。

2.小儿昏迷的常见病因依次为感染性疾病，中毒性疾病，代谢性疾病，其他疾病。但是依年龄的不同常见的病因稍有所不同，新生儿以窒息、颅内出血、败血症、脑膜炎、代谢异常等病多见；婴幼儿以中毒性脑病、中枢神经系统感染、药物中毒、低血糖症、癫痫、代谢异常等多见；而年长儿以中毒性脑病、中枢神经系统感染、癫痫、中毒等多见。

3.昏迷的体格检查非常重要，可以对昏迷患儿做出初步的病因判断，同时对患儿的昏迷程度、病情的危重做到了然在心。要进行全面的体检，重点在于检查神经系统，注意有无定位体征、脑膜刺激征和病理反射。患儿昏迷程度可以根据Glasgow 昏迷量表来进行，该表简单实用，易于掌握（表1-3）。

表 1-2　Glasgow 昏迷量表（Glasgow coma scale，GCS）

反　应	功能状态	得分
睁眼反应	有目的性、自发性	4
	口头命令	3
	疼痛刺激	2
	无反应	1
口语反应	定向正确、可对答	5
	定向不佳	4
	不恰当的词语	3
	含糊的发音	2
	无反应	1
运动反应	服从医嘱	6
	对疼痛刺激，局部感到痛	5
	逃避疼痛刺激	4
	刺激时呈屈曲反应（去皮层强直）	3
	刺激时呈伸展反应（去大脑强直）	2
	无反应	1

注：GCS 总分=睁眼反应+口语反应+运动反应，8 分以下为昏迷；3～8 分相当重型颅脑损伤；9～12 分相当中型颅脑损伤；13～15 分相当轻型颅脑损伤

4.一些特殊体征的神经定位意义。

（1）呼吸方式：①潮式呼吸示双侧大脑半4球（脑干上部）存在病变；②中枢性过度呼吸示中脑被盖部损害；③长吸气性呼吸示脑桥上部被盖部损害；④丛集性呼吸示脑桥被盖部损害；⑤共济失调式呼吸示延髓损害。

（2）瞳孔反应：①一侧瞳孔散大常见于小脑幕切迹疝或动眼神经麻痹；②一侧瞳孔缩小常见于脑疝的早期或交感神经麻痹；③针尖样瞳孔见于脑桥病变破坏交感神经通路或阿片类、有机磷、巴比妥类、苯二氮䓬类药物中毒；④瞳孔等大对称见于理化性或代谢性因素的昏迷、小脑病变、下位脑桥病变或者是丘脑以上

部位的病变。

（3）疼痛的刺激反应：①刺激时呈屈曲反应（去皮层强直）示病变在脑干以上，特别是在红核以上；②刺激时呈伸展反应（去大脑强直）示中脑尤其是红核水平的病变。

5. Reye 综合征是一种急性脑病合并内脏器官尤其是肝脏脂肪变性位特点的综合征，其临床实验室检查特点有：血常规常见白细胞升高，以中性粒细胞为主；血液生化可见谷草、谷丙升高为正常的 3 倍以上，血氨升高，血糖降低，血脂降低，血淀粉酶、肌酸激酶、碱性磷酸酶、乳酸脱氢酶升高；凝血酶原时间延长；脑脊液外观清亮，压力增高，细胞数正常范围，血糖可降低，蛋白正常或轻度升高，氯化物正常；脑电图双侧大脑广泛性非特异性慢波增多；肝组织活检可见典型的脂肪病变病理变化。

第十节 惊 厥

一、医 嘱 示 例

惊厥医嘱（以 6 岁，20kg 为例）。

长期医嘱	临时医嘱
儿内科常规护理	按压人中 5～10s
禁食	牙垫保护
一级护理	安定 0.3～0.5mg/kg iv st！
病重	降温（物理降温或药物降温）
心电监护（R、HR、SPO_2）	血常规
测血压 q4h	尿常规
瞳孔监测 q8h	大便常规
吸氧	C 反应蛋白
10%GS 500ml	肝肾功能、电解质、血糖、血氨、CO_2 结合力
10%氯化钾 10ml　iv drip qd	冷盐水灌肠
10%氯化钠 10ml	腰椎穿刺（脑脊液压力测定、脑脊液常规、生化、涂片、培养）

NS 100ml	iv drip qd	
头孢曲松钠 1.0g	20gtt/min	脑电图
		头颅彩超（囟门未闭者）
		头颅 CT 或头颅 MRI

二、医 嘱 说 明

1. 惊厥 是指由于多种原因所致的暂时性的脑功能障碍，大脑运动神经元异常放电，引起全身或局部肌肉出现强直性或阵挛性抽搐，并伴有不同程度的意识障碍。

2. 不同年龄常见惊厥的病因 见表 1-3。

表 1-3 不同年龄常见惊厥的病因

疾 病	新生儿	<1 岁	1～3 岁	3～5 岁
无热惊厥				
颅内出血	+			
新生儿破伤风	+			
核黄疸	+			
大脑畸形	+	+		
低血糖症	+	+		
维生素 B_6 缺乏	+	+		
低血钙症		+		
婴儿痉挛征		+		
各种中毒			+	
屏气发作			+	
癫痫			+	+
阿-斯综合征				+
脑肿痛				+
高血压脑病				+
热性惊厥				
败血症	+	+		
化脓性脑膜炎	+	+	+	

（续　表）

疾　病	新生儿	<1岁	1～3岁	3～5岁
高热惊厥		±	+	
病毒性脑炎		±	+	+
中毒性脑病			+	+

3.冷盐水灌肠的目的　对发热伴有惊厥的患儿，用30～32℃冷盐水灌肠既能起到物理降温的作用，又便于留取粪便标本行检查，特别是对同时伴有中毒症状的患儿，冷盐水灌肠行粪便检查是诊断中毒性菌痢必不可少的步骤。

4.头颅彩超、头颅CT或头颅MRI的检查　是影像学方面的检查，惊厥的处理并不需要依赖该方面的检查，对于颅内炎症性疾病，如脑炎、脑膜炎、脑膜脑炎行该方面的检查，其检查价值目前仍有争议，但是对于颅脑的器质性病变，如脑积水、脑出血、脑部肿瘤等行该方面的检查有助于诊断和定位，有助于惊厥的鉴别诊断。

5.惊厥的紧急处理　安定是紧急处理惊厥的首选药物，1～3min起效，必要时20min可重复1次，24h内可用2～4次。但是除了以上医嘱所说的安定外，尚可选择以下药物（表1-4）。

表1-4　止惊药物的选择以及应用

劳拉西泮	0.06～0.1mg/kg（<4mg），静注
氯硝西泮（氯硝安定）	0.06～0.1mg/kg，速度<0.01mg/s
苯巴比妥钠（鲁米那）	10mg/kg，肌注或静注
苯妥英钠	5～10mg/kg，速度为1mg/（kg·min），在心电监护下静推，20min起效
5%水合氯醛	1ml/kg，保留灌肠，必要时30min可重复1次
5%副醛	0.1～0.15ml/kg，肌注，30min起效； 或1ml 5%副醛和花生油按2∶1混合灌肠，2h起效
全身麻醉	硫喷妥钠4～5mg/kg，静滴，在心电监护和备有气管插管条件下进行

6.惊厥持续状态的处理　惊厥持续状态指患儿一次惊厥持续30min以上或两次发作间歇期意识不能完全恢复者。为惊厥的危重型。由于惊厥时间过长可引起高热、缺氧性脑损害、脑水肿甚至脑疝，危及生命。其处理原则是：尽快止惊，防止脑水肿加重，维持生命体征，寻找病因。

（1）止惊：选择药物如表 1-4，在惊厥持续状态下目前认为选用氯硝西泮疗效较高，作用较快。

（2）防止脑水肿：可用以下药物。

①20%甘露醇：0.5～1.0g/kg（2.5～5ml/kg），静脉滴注（30min 内滴完），4～6h 滴注 1 次。

②呋塞米（速尿）：1～2mg/kg，静脉滴注，使患者处于轻度脱水状态。

③地塞米松：0.1～0.5mg/kg，静脉滴注，6～8h/d 或氢化可的松 5～10mg/kg，静脉滴注。

此外，对有高热的患者，应积极给予降温处理，以避免脑组织的损伤进一步加重。

第十一节 腹 痛

一、医 嘱 示 例

腹痛医嘱（以 6 岁，20kg 为例）。

长期医嘱	临时医嘱
儿内科常规护理	血常规
流质饮食（或禁食）	尿常规
Ⅱ级护理	大便常规＋隐血检查
胃肠减压（外科性疾病时）	大便浓缩找虫卵
10%GS　500ml	尿淀粉酶
10%氯化钾　10ml　iv drip qd	血淀粉酶、脂肪酶
10%氯化钠　10ml	肝、肾功能
	心肌酶谱
	血 Hp 抗体
	^{13}C 呼气试验
	胸片
	腹部彩超（肝、胆、脾）
	或泌尿系彩超
	或腹部 CT

	心电图
	胃镜或其他消化道内镜（结肠镜、胆道镜、十二指肠镜等）或腹腔镜检查
	尿紫质原测定
	尿 HCG 检查（＞13 岁女孩，不能排除宫外孕时）
	诊断性腹腔穿刺
	直肠指检
	胃肠动力学检查
	胃肠外科会诊

二、医嘱说明

1. 腹痛分类

（1）内脏痛：腹部脏器由 $T_5 \sim L_3$ 的内脏交感神经支配，在多个层面传入脊髓，其传递之痛觉，常表现为钝痛，定位模糊，感觉多位于腹部中线上。

（2）腹壁痛：壁层腹膜为第 7～12 对的肋间神经和 L_1 神经支配，其疼痛能准确定位，多为较强烈的锐痛，间歇性。

（3）牵涉痛：又称为反射痛，是由于病变部位的传入神经传导进入至脊髓，在同一脊髓节段平面，其传出痛觉的体神经受到"激化"，故该体神经支配的相应部位可出现疼痛。如患大叶性肺炎的患儿可表现为腹痛，是由于肺部的内脏传入神经纤维和腹部疼痛部位的体神经都在 T_9 节段的脊髓背根上。

2. 小儿腹痛的常见病因　见表 1-6。

表 1-6　小儿腹痛的常见病因

胃肠道原因	心绞痛
胃肠炎（细菌、病毒、结核、痢疾、寄生虫等）	心力衰竭
阑尾炎	肺炎
肠系膜淋巴结炎	胸膜炎
肠套叠	上呼吸道感染
便秘	肋间神经痛
腹部外伤	代谢性障碍
肠梗阻	糖尿病酮症酸中毒

腹膜炎	低血糖症
消化性溃疡	血卟啉症
胃肠道肿瘤	急性肾上腺功能不全
腹股沟疝或腹疝或脐疝	血液系统障碍
食物中毒	镰状红细胞性贫血
美克尔憩室	血小板减少性紫癜
肠扭转	溶血性尿毒症
炎性肠病	变态反应性疾病
乳糖不耐受	过敏性紫癜
肝胆脾胰方面的异常	血管神经性水肿
肝炎（肝脓肿）	荨麻疹
胆囊炎或胆管炎	药物和毒素
胆石症	大环内酯类抗生素（红霉素等）
脾梗阻	水杨酸盐
脾破裂	铅中毒
胰腺炎	其他毒素
肝胆脾胰方面的肿瘤性疾病	其他
泌尿生殖原因	功能性腹痛
泌尿性感染	家族性地中海热
泌尿性结石	非胃肠道肿瘤（非霍奇金淋巴瘤、神
卵巢/睾丸蒂扭转	经母细胞瘤、肾母细胞瘤等）
子宫内膜异位	再发性腹痛
痛经	学校恐怖症
月经间痛	儿童抑郁症
盆腔炎	儿童癔症
阴道积血	儿童精神分裂症
心、胸疾病	
心肌炎	
心包炎	

3. 直肠指检的必要性 直肠指检是一个很简单但由很重要的检查手段，常为

临床医师所忽视，特别是内科医师。其对腹痛、便血等的鉴别诊断很有必要，若直肠指检有阳性体征发现，可减少确诊的时间以及所花得费用。其对于肠套叠、出血性坏死性肠炎、直肠息肉、痔等的诊断具有很大意义。

4.止痛剂的应用问题　原则上腹痛的患者一般不给予镇痛药，因为这可能会影响到诊断地准确性。目前有临床研究表示，认为审慎地应用阿片类制剂对于急性腹痛来说是安全的，主要理由有：①影像学技术和设备的提高和改进，如超声、MRI、CT等使急性腹痛的病因诊断不完全依赖患儿对疼痛程度的主诉；②广谱抗生素应用及熟练的术中和围手术期的监测；③用药后剧烈腹痛的缓解，减少了患儿"肌卫"现象，同时由于患儿对查体的合作，便于更仔细的检查，提高了诊断的准确性。

5.如何解痉　腹痛有时是由于胃肠道痉挛引起的，特别是对于那些由于饮食因素、气候因素、呼吸道感染因素等引起的腹痛，对于临床上无明显呕吐，无明显腹胀，生命体征平稳的患儿，可给予解痉治疗，主要方法有

（1）非药物治疗：热敷或轻揉腹部。

（2）药物治疗：有以下几种

颠茄合剂　0.3ml/（kg·次）　口服

山莨菪碱（654-2）　0.3mg/（kg·次）　口服或静推

阿托品　每次0.01mg/kg　肌注或口服

其他　溴丙胺太林（普鲁本辛）、丁溴东莨菪碱（解痉灵）、甲溴被那替嗪等。

6.剖腹探查的指证　对于有明确外科性疾病的可行手术：①怀疑腹腔内出血不止；②怀疑肠坏死或肠穿孔伴严重腹膜炎；③经积极治疗后，腹痛不缓解，体征无减轻，全身情况恶化。

第十二节　黄　疸

一、医嘱示例

黄疸医嘱（以6岁，20kg为例）。

长期医嘱	临时医嘱
儿内科常规护理	血常规
流质饮食	尿常规
二级护理	大便常规

停母乳喂养（考虑母乳性黄疸者）	尿胆原、尿胆红素
10%GS　100ml｜iv　drip　qd VitC　1.0g　｜20gtt/mim	血型
	网织红细胞
10%GS　100ml｜iv　drip　qd 肌苷　0.2g　｜20gtt/mim	肝、肾功能
	TORCH
	新生儿溶血筛查（新生儿）
	Coombs 试验
	G-6-PD 活性
	十二指肠引流液生化检查（胆红素、γ-GT、碱性磷酸酶、胆汁酸）
	凝血酶原
	甲胎蛋白（AFP）
	甲肝抗体
	乙肝两对半
	丙肝抗体
	EBV 抗体
	钩端螺旋体抗体
	肝、胆、脾彩超
	肝、胆 ECT
	腹部 CT 或 MRI
	经十二指肠逆行胰胆道造影（ERCP）
	磁共振胆胰管成像（MRCP）
	经皮肝穿刺胆道造影（PTC）
	超声内镜（EUS）
	肝穿刺细胞活检
	外科手术

二、医 嘱 说 明

1.黄疸的分类

（1）肝前性黄疸（溶血性黄疸）：是由于溶血红细胞大量破坏，血中非结合胆红素增多，超过了肝脏的代谢能力，导致血中非结合胆红素的潴留而出现黄疸。

当溶血加重，血红蛋白减少，缺氧可致肝细胞功能损害，发生肝细胞性黄疸，从而形成混合性黄疸。

（2）肝细胞性黄疸：由于肝细胞在摄取、结合、转运和排泄胆红素障碍，可导致血中结合胆红素和非结合胆红素浓度均增高而出现黄疸。

（3）肝后性黄疸（梗阻性黄疸）：可分为肝内阻塞和肝外阻塞。

①肝内阻塞：主要指肝内胆汁淤积，也可称为内科黄疸。是由于毛细胆管膜通透性增加及细小胆管上皮坏死，影响胆红素排泄障碍，导致肝内胆汁淤滞，血中胆红素水平增高。

②肝外阻塞：由于机械性梗阻，需要外科手术，可称为外科性黄疸。梗阻使胆总管内压力增高，导致肝外胆管扩张，然后肝内胆管逐渐扩张，最后肝内胆汁淤积，使连接胆小管和毛细胆管的 hering 壶腹破裂，胆汁进入淋巴液继而进入血液，使血中胆红素水平增高。

2.黄疸临床类型以及病因的实验室检查和辅助检查　肝前性黄疸　血常规、大便常规、肝肾功能、凝血酶原、血型、网织红细胞、G-6-PD 活性、新生儿溶血筛查、Coombs 试验、肝、胆、脾彩超等。

肝性以及肝后性黄疸的检查：血常规、大便常规、肝肾功能、凝血酶原、肝胆脾彩超、肝炎病毒标志物检查（甲、乙、丙、丁、戊、庚肝炎病毒等）、TORCH、EBV 抗体、钩端螺旋体抗体、影像学检查如肝脏 ECT、腹部 CT 或 MRI、PTC、ERCP、MRCP、EUS 等。

3.黄疸的诊断治疗程序　见图 1-2。

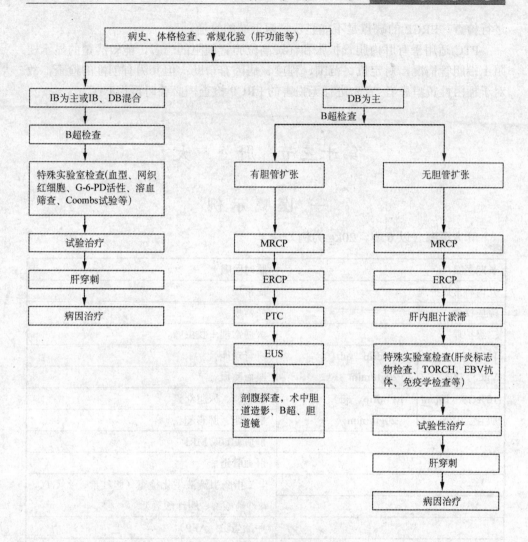

图 1-7 黄疸的诊断治疗步骤

4. ERCP 和 PTC 检查的补充说明　经十二指肠逆行胰胆道造影（ERCP）即是在纤维十二指肠镜直视下通过十二指肠乳头将导管插入胆管或胰管进行造影。经皮经肝穿刺胆道造影（PTC）即是在 B 超或 CT 引导下，将导管经皮肤穿刺至肝内胆道进行造影。

ERCP 可通过造影显示胆道和胰腺导管的解剖和病变，适用于无胆管扩张和十二指肠壶腹、胰腺和低位胆管病变者；除此之外，ERCP 尚可收集十二指肠液进行检查。ERCP 的缺点是不能显示梗阻上端的管道。

PTC 适用于有肝内胆管扩张和怀疑高位胆管梗阻的患者，能较清楚的显示梗阻上端胆管情况，对定位、范围、程度、病因有帮助；但其为有创性的检查，故对于梗阻性黄疸患者 宜先进行无损害的 ERCP 检查，必要时再作 PTC。

第十三节 肝 大

一、医嘱示例

肝大医嘱（以6岁，20kg 为例）。

长期医嘱	临时医嘱
儿内科常规护理	血常规
流质饮食	尿常规
二级护理	大便常规＋找虫卵
10%GS 100ml　iv drip qd VitC 1.0g　　20gtt/mim	肝肾功能
	凝血酶原
10%GS 100ml　iv drip qd 肌苷 0.2g　　20gtt/mim	尿胆原、尿胆红素
	肝、胆、脾彩超
	肝脏 CT 或 MRI
	肝血管造影
	十二指肠引流液生化检查（胆红素、γ-GT、碱性磷酸酶、胆汁酸等）
	甲胎蛋白（AFP）
	甲肝抗体
	乙肝两对半
	丙肝抗体
	其他肝炎病毒（丁、戊、庚型）的标志物监测
	CMV-IgM、IgG、DNA
	EBV 抗体、DNA
	寄生虫相应检查（大便找虫卵、寄生虫抗体）

	腹腔镜检查
	肝穿刺细胞活检

二、医嘱说明

1.肝脏质地的体检判断

Ⅰ度（质柔软）：触诊时有如按口唇的硬度；这是正常肝脏的硬度。

Ⅱ度（质中）：触诊时有如按鼻尖的硬度。

Ⅲ度（质硬）：触诊时有如按两眉间的硬度。

2.肝肿大的常见病因

（1）感染性肝大

①病毒性感染：病毒性肝炎、巨细胞病毒感染（巨细胞包涵体病）、传染性单核细胞增多症。

②细菌性感染：新生儿败血症、细菌性肝脓肿、急性梗阻性化脓性胆管炎、肝结核、布鲁菌性肝病、其他原因地感染等。

③寄生虫感染：阿米巴肝病、疟疾、黑热病、血吸虫病、弓形虫病、华支睾吸虫病、肝包虫病、肺吸虫病、卫氏并殖吸虫病。

④其他感染性疾病：肝梅毒、钩端螺旋体病、组织胞浆病等。

（2）非感染性肝大

①中毒性肝大：药物、毒物损害。

②淤血性肝大：心力衰竭、慢性缩窄性心包炎、肝静脉血栓形成、布-加综合征。

③胆汁淤滞性肝大：主要为肝内或肝外阻塞。

④代谢障碍性肝大：脂肪肝、肝豆状核变性、肝糖原累积病、粘多糖病、半乳糖血症、肝淀粉样变性、血色病、戈谢病（高雪病）、尼曼-匹克病、其他原因的代谢障碍性疾病。

⑤肝硬化：门脉性肝硬化、坏死后性肝硬化、胆汁性肝硬化、心源性肝硬化。

⑥肝肿瘤与肝囊肿：白血病、恶性网状组织病、霍奇金病或非霍奇金病、原发性肝癌或继发性肝癌、肝血管瘤、多发性肝囊肿、孤立性先天性肝囊肿、肝脏结节性再生性增生。

⑦结缔组织病：结节性多动脉炎、系统性红斑狼疮等。

⑧其他：先天性胆道闭塞、α_1抗胰蛋白酶缺乏症、真性红细胞增多症等。

注：在儿科领域，据文献报道，非感染性疾病是引起肝大的常见原因，其中以代谢性疾病最为多见，其次是血液、肿瘤性疾病以及自身免疫性疾病。而在感染性疾病中，病毒性肝炎是最常见的原因，常见的为 EB 病毒，巨细胞病毒感染。

（蔡华波　郑跃杰）

第2章　急　症

第一节　心跳呼吸骤停

一、诊　断

1. 心跳停止。
2. 颈动脉和股动脉搏动消失，测不出血压。
3. 心跳呼吸相继停止。
4. 神志突然丧失，出现昏迷、抽搐。
5. 瞳孔散大，皮肤黏膜苍白或发绀。
6. 心电图监护示等电位线、电机械分离或室颤。

凡突然昏迷伴大动脉搏动或心音消失即可确诊。

二、医　嘱　示　例

心跳呼吸骤停医嘱（以6岁，20kg为例）。

长期医嘱	临时医嘱	
儿科常规护理	大抢救1次	
特级护理	人工气囊加压给氧	
禁食	气管插管术1次	
告病危	胸外心脏按压	
心电监护（呼吸、心率、血氧饱和度、血压）	电动吸痰1次（如果口咽分泌物多）	
24h出入量	1/10 000肾上腺素　0.2mg　iv或气管内滴入（3～5min后可重复或加量）	
	5%GS　100ml	泵速　300ml/h
	5%碳酸氢钠40ml	

	血常规＋血型
	尿常规
	粪常规
	床边心电图
	血气分析
	血电解质、肝肾功能、心肌酶
	床边胸片
	转入 ICU

三、医嘱说明

1.心跳呼吸骤停后，抢救是否及时是影响心肺复苏术成功的关键因素，及时果断的诊断、争分夺秒的抢救才能保证复苏的良好效果。儿童可因多种病因导致心跳呼吸骤停，其中呼吸系统疾病为主要原因，无论病因如何，医生必须快速判断病情及治疗。对可疑病例可先行复苏术，不可因反复触摸动脉搏动或听心音而耽误抢救时间，更不要等待上级医师或心电图检查，初生婴儿1min无自主呼吸即为复苏指征。心肺复苏术包括基本生命支持、进一步生命支持和延续生命支持 3个阶段。

2.第一阶段现场抢救是基本生命的支持，其目的是建立有效的人工呼吸和循环，保证脑的存活，包括以下 3 步。①A（airway）开放气道：采用压额-抬颌法，如怀疑有颈部受伤，则采取伸展下颌法，同时注意清除患儿口咽分泌物、呕吐物或异物。②B（breathing）人工呼吸：应用复苏气囊进行人工呼吸，操作者可先行面罩加压给氧，再行气管插管，压入气体时间应等于或大于呼吸周期的1/3，挤压频率和力量随患儿年龄而异，一般小婴儿 20～30/min，年幼儿和年长儿 12～15/min，在没有复苏气囊时可先予口对口人工呼吸。③C（circulation）人工循环：胸外心脏按压，按压频率 100～120/min，婴幼儿 80～100/min，学龄前与学龄儿60～80/min，按压切忌用力过猛，进行胸外心脏按压时，不宜使用呼吸机。

3.第二阶段是生命的进一步支持，是在人工呼吸和人工循环建立后 2～8min内应用药物治疗，力图恢复自主心跳和呼吸。包括以下 3 步。①D（drugs）药物治疗：肾上腺素是目前复苏的首选药物，应用的适应证为心脏停搏、有症状的心动过缓（HR＜60/min）且对通气和给氧治疗无反应、非容量不足的低血压、对电击无效的室颤。对心脏停搏的静脉或骨髓腔内注射首次推荐用量 0.01mg/kg

（1/10 000 肾上腺素 0.1ml/kg），气管内滴入用量为 0.1mg/kg（1/1 000 肾上腺素 0.1ml/kg）用生理盐水 3～5ml 稀释后注入气管导管，一旦静脉通路建立，首选静脉注入。对于 3～5min 后如无效可给予大剂量肾上腺素，任何通路均为 0.1～0.2mg/kg（1/1 000 肾上腺素）。碳酸氢钠目前已不是心肺复苏的必用药，指征：pH＜7.2 伴长时间心跳停搏或不稳定的血流动力学状态，严重肺动脉高压、高血钾，在保证足够的通气量下，在第一次肾上腺素使用效果不佳即可考虑使用，可用 5%碳酸氢钠 1mmol/kg（配成等渗液使用）。其他药物如阿托品、利多卡因、多巴胺、多巴酚丁胺等可酌情使用。同时保持静脉通路以持续输液也相当重要，输液时应选用生理盐水或乳酸林格液，葡萄糖液在低血糖时选用。②E（EKG）心电图：心电监护或心电图描记判断心跳骤停类型，选择药物指导治疗，对无脉室性心动过速、室颤 3 次除颤无效，可使用胺碘酮，每次 2.5～5mg/kg（单次最大150～300mg），室性心动过速、室颤也可使用利多卡因（每次 1mg/kg，5%葡萄糖 10ml 稀释静推）。③F（defibrillation）除颤：室颤时可选用，电流强度由 2J/kg，无效可加至 4J/kg 和 6J/kg，同时要保证供氧和纠正酸中毒。

4.第三阶段延续生命支持，这一阶段一般在重症监护室内进行，重点是脑复苏。此时应针对发病原因进行有效的治疗，同时重点检查意识恢复情况，注意脑复苏及复苏后并发症的监测和治疗。包括以下 3 步。①G（gauging）评价：仔细确定病因，进行对因治疗，同时反复对各生命体征进行评价，对预后作出估计和及时采取相应措施。②H（human mention）：进行脑保护和脑复苏，以减少脑并发症。③I（intensive care）：重点是监测和处理多器官衰竭。此时可参照相应章节处理。

第二节　婴儿猝死综合征

一、诊　断

一般须经病理解剖方能确定诊断。诊断主要是排除性的，在没有进行适当的尸解以排除其他原因（如颅内出血，脑膜炎和心肌炎）引起的突然和意外死亡之前，不能诊断本病。极少数观察到的现象为婴儿突然发生青紫，呼吸停止，四肢软瘫，听不到哭声，也未发现任何挣扎的迹象。部分死于婴儿猝死综合征的婴儿，死后可见拳头紧握或手抓着衣服，尸体在床角中，说明死前曾有挣扎。不少婴儿在死前没有任何症状。

二、医嘱示例

婴儿猝死综合征医嘱（以3个月，5kg为例）。

长期医嘱	临时医嘱
儿科常规护理	大抢救1次
特级护理	人工气囊加压给氧
禁食	气管插管术1次
告病危	胸外心脏按压
心电监护（呼吸、心率、血氧饱和度、血压）	电动吸痰1次（如果口咽分泌物多）
24h出入量	1/10 000肾上腺素 0.05mg iv或气管内滴入（3～5min后可重复或加量）
	血常规＋血型
	尿常规
	粪常规
	床边心电图
	血气分析
	电解质、肝肾功能、心肌酶
	床边脑电图

三、医嘱说明

1.婴儿猝死前一般并无任何症状，主要表现在睡眠中心跳呼吸骤停，初步处理基本同心跳呼吸骤停。目前并无准确的预期诊断方法。

2.婴儿猝死综合征诊断只限于1岁以内，对于怀疑婴儿猝死综合征的患儿死后应行尸解，因为婴儿猝死综合征其实是一种排除性诊断。尸解所见一般缺乏特异性，诊断时也无必备征象。因婴儿猝死常引起医疗纠纷和家长的长期不安，死后应立即进行尸解，将初步病理报告在死后24h内通知家长为宜。

3.发生过"明显的威胁婴儿生命症"的婴儿、早产儿、婴儿猝死综合征患儿，发生婴儿猝死综合征危险性明显增高，这是识别可能死于婴儿猝死综合征的高危婴儿的目前最有用的方法，明显的威胁婴儿生命症是指呼吸暂停、面色改变、肌张力低下和心动过缓等严重症状。

第三节　急性呼吸衰竭

一、诊　断

1. 临床诊断

（1）有引起呼吸衰竭的病因。

（2）临床表现：具有中枢性呼吸衰竭或周围性呼吸衰竭不同特点的呼吸困难，以及低氧血症或高碳酸血症所致的各种症状。

（3）血气分析：根据动脉血气体分析作出诊断，更为确切。在海平面、休息状态、呼吸室内空气的情况下，$PaO_2 < 7.98kPa$（60mmHg），$PaCO_2 > 5.99kPa$（45mmHg），$SaO_2 < 0.91$，为呼吸功能不全；$PaO_2 < 6.65kPa$（50mmHg），$PaCO_2 \geqslant 6.65kPa$（50mmHg），$SaO_2 \leqslant 0.85$，为呼吸衰竭。

2. 临床分型

（1）Ⅰ型（即低氧血症呼吸衰竭）　PaO_2 降低，$PaCO_2$ 正常，见于呼吸衰竭早期。

（2）Ⅱ型（即高碳酸血症呼吸衰竭）　PaO_2 降低 $\leqslant 6.65kPa$（50mmHg），$PaCO_2$ 升高 $\geqslant 6.65kPa$（50mmHg），见于呼吸衰竭的晚期和重症。

二、医 嘱 示 例

1. Ⅰ型呼吸衰竭医嘱（以6岁，20kg为例）。

长期医嘱	临时医嘱
儿科护理常规	血常规
一级护理	尿常规
流质饮食	粪常规
留置胃管	C反应蛋白
鼻饲配方奶200ml　q4h	床边胸片
告病危	血气分析
鼻导管给氧　（1～2L/min）	血电解质、肝肾功能、心肌酶
雾化、翻身、拍背、吸痰　q4～6h	痰培养
心电监护（呼吸、心率、经皮血氧饱和度、血压）	血培养

24h 出入量		呼吸道病原学检查	
NS 100ml	iv drip	NS 2ml	iv 慢推
头孢噻肟钠 1.0g	bid	洛贝林 3mg	
		先锋 V 皮试	
		下胃管 1 次	

2. Ⅱ型呼吸衰竭医嘱（以 6 岁，20kg 为例）。

长期医嘱		临时医嘱	
儿科护理常规		血常规	
一级护理		尿常规	
流质饮食		粪常规	
留置胃管		C 反应蛋白	
鼻饲配方奶 200ml q4h		床边胸片	
告病危		血气分析	
鼻导管给氧（1～2L/min）		血电解质、肝肾功能、心肌酶	
雾化、翻身、拍背、吸痰 q2～4h		痰培养	
心电监护（呼吸、心率、经皮血氧饱和度、血压）		血培养	
24 小时出入量		血、呼吸道病原学检查	
NS 100ml	iv drip	先锋 V 皮试	
头孢噻肟钠 1.0g	bid	10%GS 100ml	iv drip
		5%碳酸氢钠 40ml	
		下胃管 1 次	

三、医嘱说明

1.呼吸衰竭的病因可分 3 大类，即呼吸道梗阻、肺实质性病变和呼吸泵异常。床边胸片是寻找病因的重要手段，必要时可行胸部 CT 检查。

2.血气分析是诊断呼吸衰竭的主要手段，应动态监测。婴幼儿时期 PaO_2、$PaCO_2$ 和剩余碱的数值均较儿童低，不同年龄患儿呼吸衰竭的诊断应根据该年龄组血气正常值判断。通常血气分析诊断标准是：Ⅰ型呼吸衰竭（低氧血症）：PaO_2 <6.67kPa（50mmHg）或 PaO_2/吸入氧浓度（FiO_2）<33.35kPa（250mmHg）；Ⅱ

型呼吸衰竭（合并高碳酸血症）：$PaCO_2 > 6.67kPa$（50mmHg），$PaO_2 < 6.67kPa$（50mmHg）或 $PaO_2/FiO_2 < 33.35kPa$（250mmHg）。通常 $PaCO_2$ 反映通气功能，PaO_2 反映换气功能，若 PaO_2 下降而 $PaCO_2$ 不增高表示为单纯换气障碍；$PaCO_2$ 增高表示通气不足，同时可伴有一定程度的 PaO_2 下降，如 PaO_2 与 $PaCO_2$ 之和小于 14.6kPa（110mmHg），则提示存在换气功能障碍。呼吸衰竭的治疗目的在于改善呼吸功能，维持血气和酸碱平衡正常或接近正常，争取时间渡过危机，更好地对原发病进行治疗。处理急性呼吸衰竭，首先要对病情做出准确判断，根据原发病的病史及体检、血气分析的结果分析引起呼吸衰竭的原因和程度，对病情做出初步估计，主要是通气还是换气障碍（二者处理原则不同），并决定治疗步骤和方法。呼吸道梗阻患儿重点在改善通气，帮助二氧化碳排出；ARDS 患儿重点在换气功能，需提高血氧水平；而对肺炎患儿则要兼顾两方面，根据不同病例特点区别对待。

3.注意维持水及电解质平衡，并注意营养支持。首先要争取经口进食保证充足的营养，如不能经口进食，对此需通过静脉补充部分或全部营养。一般补液量以 60～80ml/（kg·d）为宜，合并有脑水肿以 30～60ml/（kg·d）为宜。血 pH <7.2 时，可予 5%碳酸氢钠 2～5ml/kg 纠正酸中毒。

4.给氧方法。有自主呼吸者一般采用鼻导管给氧，氧流量一般儿童 1～2L/min，婴幼儿 0.5～1L/min，新生儿 0.3～0.5L/min。如给氧后缺氧不改善，可用面罩加压给氧以及呼吸道持续正压给氧，一般予低流量持续给氧（0.3～0.4L/min），给纯氧<6h，氧浓度>0.6L/min 时给氧不超过 24h。

5.呼吸道通畅对改善通气功能有重要作用，因此超声雾化及翻身、拍背、吸痰非常重要，尤其Ⅱ型呼吸衰竭患儿，通常 2～4h 即应进行 1 次。如有合并支气管痉挛，应同时给予沙丁胺醇（舒喘灵）、普米克令舒雾化治疗。

6.呼吸兴奋药现在一般不用，对呼吸道阻塞、肺实质病变或神经、肌肉病变引起的呼吸衰竭效果不大，对无气道梗阻的呼吸中枢抑制所致呼吸衰竭可选用洛贝林 1.5～3mg/次或纳诺酮 0.1mg/（kg·次），应用时若无效则应停止，可酌情重复使用。

7.呼吸道感染常是引起呼吸衰竭的原发病或诱因，也是呼吸衰竭治疗过程中的重要并发症，其治疗成败是决定患儿预后的重要因素。因此如有感染征象，行病原学检查，留取痰培养、血培养、呼吸道病原 PCR、抗体检查也是相当重要，而抗生素治疗目前仍是控制呼吸道感染的重要手段。

8.当呼吸衰竭时，若一般内科治疗难以维持呼吸道通畅，呼吸衰竭无改善，应及时建立人工呼吸道，给予机械通气治疗。具体指征：$PaCO_2 > 8.0～9.3kPa$（60～

70mmHg），吸入 60%氧 PaO_2＜6.67kPa（50mmHg），pH 低于 7.20。

9.急性呼吸衰竭的病程视原发病而定，严重者可在数小时内死亡，因此应持续监护患者的生命体征。患儿的年龄也可影响病程，婴儿呼吸衰竭常在短时间内即可恢复或导致死亡，年长儿通常不致发展到呼吸衰竭，一旦发生，则治疗较难，所需时间也比婴儿长。治疗的关键在于要防止抢救过程中的一系列并发症和医源性损伤，尤其是呼吸道感染，而呼吸衰竭的预后也与血气和酸碱平衡的改变密切相关。

10.其他药物治疗。①强心药及血管活性药物：并发心力衰竭，可用毛花苷 C、地高辛等强心药；还可用血管活性药物，改善微循环，减轻肺动脉高压及肺水肿，如多巴胺、多巴酚丁胺、酚妥拉明等。②肾上腺糖皮质激素：缓解支气管痉挛，减轻脑水肿，如地塞米松 0.5～1mg/（kg·d），3～5d。③利尿药及脱水药：心力衰竭或肾功能不全时，可选用呋塞米 1mg/（kg·次）；脑水肿时可用甘露醇 0.5～1g/（kg·次），3～4/d。

第四节　　呼吸道梗阻

一、诊　　断

呼吸道梗阻是呼吸困难最常见的原因。喉部梗阻多表现为吸气呼吸困难，故吸气相延长；支气管痉挛或气管旁压迫则多呈呼气困难，故呼气相延长；气管异物随异物的性质、大小、部位不同以及异物在气管内形成活瓣的方向，可引起吸气或呼气困难；支气管肺泡疾患或肺外受挤压（液胸、液气胸、气胸、纵隔肿物等）则呈呼气或吸气困难，呼气和吸气相大致均等；鼻腔或咽后壁阻塞则多呈张口呼吸，且易有鼾声。由于呼吸道梗阻的部位和范围不同，呼吸困难轻重不同。引起呼吸困难的疾病如下：鼻炎、鼻甲肥厚，急性感染性喉炎、喉水肿，支气管哮喘、支气管肺炎、大片阻塞性肺不张、肺大疱、肺气肿，呼吸窘迫综合征，气胸、液胸等。

二、医嘱示例

1.上呼吸道梗阻医嘱（以 3 个月，5kg，急性感染性喉炎，Ⅱ度喉梗阻为例）。

长期医嘱	临时医嘱
儿科护理常规	血常规

二级护理	尿常规
母乳喂养	粪常规
告病重	胸正位片（必要时加颈部后前位和侧位片）
鼻导管给氧（1～2L/min）	血电解质、肝肾功能
超声雾化（可选用肾上腺素雾化） q2～6h	先锋V皮试
普米克令舒溶液 1ml｜雾化吸入 NS 1ml｜ q8～12h	5%水合氯醛 5ml 灌肠（烦躁时） 血气分析（prn）
电动吸痰 q2～6h	
心电监护（呼吸、心率、经皮血氧饱和度）	
NS 30ml｜iv drip 头孢噻肟钠 0.25g｜bid	
5%GS 20ml｜iv drip 甲泼尼龙 10mg｜q8～12h	

2.下呼吸道梗阻医嘱（以3个月，5kg，毛细支气管炎为例）。

长期医嘱	临时医嘱
儿科护理常规	血常规
二级护理	尿常规
母乳喂养	粪常规
告病重	胸正位片（必要时加胸部透视）
鼻导管给氧（1～2L/min）	血电解质、肝肾功能、心肌酶
普米克令舒雾化 q8～12h	先锋V皮试
电动吸痰 q8～12h（prn）	5%水合氯醛 5ml 灌肠（烦躁时）
心电监护（呼吸、心率、经皮血氧饱和度）	血气分析（prn）
NS 30ml｜iv drip 头孢噻肟钠 0.25g｜bid	
5%GS 20ml｜iv drip 甲泼尼龙 10mg｜q12h	

三、医 嘱 说 明

1.上呼吸道梗阻可发生在鼻、咽、喉、气管的任何部位，呼吸道梗阻最狭窄部位在喉，喉梗阻最容易发生，严重者可在短期引起窒息威胁生命。而最常见而重要的是上呼吸道梗阻是喉梗阻，为便于判断病情，临床将喉梗阻分为4度：Ⅰ度，安静时无异常，在活动或哭闹时出现喉鸣及呼吸困难，胸部听诊呼吸音清楚；Ⅱ度，安静时有喉鸣及吸气性呼吸困难，胸部听诊可闻喉鸣音或管状呼吸音；Ⅲ度，除Ⅱ度表现外，因缺氧而烦躁不安、发绀，胸部听诊呼吸音明显降低或听不见；Ⅳ度，由于体力消耗渐呈衰竭状，无力呼吸，意识受影响，胸部听诊呼吸音几全消失，仅有气管传导音。Ⅲ度和Ⅳ度喉梗阻应告病危，根据病情需要请耳鼻喉科或外科医师会诊进行处理，如果有些病因不能短时间内解决，则要及时建立人工呼吸道，如气管插管与气管切开。

2.上呼吸道梗阻病因可分为先天异常与后天性2大类，在不同年龄阶段，好发病也不同。出生时多为先天异常，如喉软骨软化、声带麻痹、血管环压迫、先天性声门下狭窄等。幼儿时期多见感染性喉炎和异物。而阻塞性睡眠呼吸暂停在2岁以上儿童并不少见。

3.诊断上呼吸道梗阻要明确梗阻的部位和原因，应对上呼吸道作全面细致的检查，包括鼻、咽、喉、胸部（必要时做喉镜检查），还要注意口、鼻腔和颈部是否有肿物。喉鸣和吸气性呼吸困难是上呼吸道梗阻最常见的症状，而颈部后前位和侧位片有助于病变位置的确定，必要时还可行颈部CT检查。

4.在明确诊断的基础上要尽快去除病因，解除梗阻，保持呼吸道通畅。具体方法依不同病因而异：感染因素是最常见的病因，应用强力有效的抗生素、肾上腺皮质激素的应用、雾化吸入、吸氧和镇静等都可根据病情选用。而气道异物则应请耳鼻喉科医师及时取出异物。而喉软骨软化为自限性疾病，主要是积极防治呼吸道感染的同时尽早给予钙剂和维生素D治疗。

5.下呼吸道梗阻主要包括哮喘和毛细支气管炎、重症肺炎，常导致Ⅱ型呼吸衰竭，在抢救过程中，最关键的是改善通气功能，纠正缺氧和呼吸性酸中毒，具体可参照呼吸衰竭章节。

第五节　哮喘持续状态

一、诊　　断

哮喘持续状态，也称顽固性哮喘，系指支气管哮喘的重度发作，即由于严重的支气管痉挛、黏膜水肿、腺体分泌亢进、痰液梗阻等致急性呼吸困难、哮鸣、胸痛、咳痰等症状，经一般治疗 12h 以上仍不能控制者。

诊断提示

1.支气管哮喘发作前多有先兆症状。如咳嗽、胸闷或连续打喷嚏等。急性发作时有气急、哮鸣、咳嗽多痰、呼吸困难，以呼气困难为主，多采取被迫坐位，两肺布满哮鸣音，可有发绀。

2.经治疗 12h 以上仍不能控制上述症状者。

3.常与下列因素有关：①多汗、利尿等失水过多致痰液黏稠，难以咳出；②呼吸道感染和肺炎；③吸入抗原或刺激性气体持续存在；④精神过度紧张或用药不当；⑤严重缺氧、二氧化碳滞留或呼吸性酸中毒；⑥并发肺不张、气胸等。

二、医嘱示例

哮喘持续状态医嘱（以 6 岁，20kg 为例）。

长期医嘱		临时医嘱
儿科护理常规		血常规＋嗜酸粒细胞计数
二级护理		尿常规
半流质饮食		粪常规
告病重		血 IgE 测定
半卧位		血过敏原筛查
面罩给氧（4～5L/min）		血气分析
心电、呼吸监护、经皮氧饱和度监测		肺功能测定
0.5%沙丁胺醇溶液 0.5ml	雾化吸入	胸片
NS 1.5ml	q1～2h	血电解质、肝肾功能、心肌酶
普米克令舒 1ml	雾化吸入	痰培养
NS 1ml	q8h	先锋 V 皮试

NS　100ml	iv　drip	10%GS　50ml　iv　drip
头孢噻肟钠　1.0g	Bid	氨茶碱　50mg　30min滴入 st！
10%GS　50ml	iv　drip	先锋Ⅴ皮试
琥珀酸氢化可的松 100mg	q8h	

三、医嘱说明

1.血气分析对肺泡的通气情况评估很有意义。在危重哮喘早期表现为低氧血症和由于代偿性过度通气导致的低碳酸血症，如动脉血二氧化碳分压（$PaCO_2$）为正常，则意味呼吸肌疲劳即将出现，如 $PaCO_2$ 超过正常值或 $PaCO_2$ 呈增高趋势即提示气道严重阻塞，患儿处于危急状态。一般 $PaCO_2 \geqslant 7.3kPa$（55mmHg）为即将发生呼吸衰竭，而适当的治疗后 $PaCO_2 \geqslant 7.3kPa$（55mmHg）为急性呼吸衰竭发生，此时应告病危；$PaCO_2 \geqslant 8.6kPa$（65mmHg）可作为机械通气指征之一，故条件许可，应随时监测血气分析情况。

2.通气功能的测定也相当重要，特别是测定支气管扩张药应用前后的呼气峰流速变异率（PEFR），大多数患儿的 PEFR<50%预计值，如 PEFR<33%预计值，提示气道严重阻塞，此时患儿呼吸减弱，呼吸音低甚至听不到，并出现发绀、烦躁、意识障碍甚至昏迷，可引起死亡。

3.当患儿疑有感染或急性哮喘并发症（气胸、纵隔气肿或肺不张）或疑有气道异物时应行胸部 X 线检查，但不要花费太多时间在等候或检查中。

4.所有危重哮喘患儿均存在低氧血症，是死亡重要原因，故应立即给氧，需用密闭面罩或双鼻导管提供高浓度湿化氧气，以维持氧饱和度>95%，初始吸氧浓度以 40%为宜，流量 4～5L/min。在无慢性肺部疾病患儿，高浓度吸氧并不会导致呼吸抑制。

5.β_2 受体激动药是儿童危重哮喘的首要治疗药物。首选吸入治疗，使用射流式雾化装置，如缺氧严重，应使用氧气作为驱动气流，氧气流量 6～8L/min。第 1 小时可 20min 吸入 1 次，以后 2～4h 可重复吸入。药物剂量：每次 0.5～1ml 0.5%沙丁胺醇（含有 2.5～5mg 药）或特布他林 5～10mg；亦可作连续雾化吸入。而部分危重症或无法使用吸入治疗者，可能需要静脉应用 β_2 受体激动药（目前已较少应用）。

6.糖皮质激素作为危重哮喘治疗的一线治疗药物，应尽早使用。首选全身应用，药物剂量：琥珀酸氢化可的松 4～8mg/（kg·次）或甲泼尼龙（甲泼尼龙）

每次 0.5～2mg/（kg·次），静脉滴注，每 4～6h 使用 1 次，好转后可口服泼尼松（强的松）1～2mg/（kg·d），每天最大量 60mg。治疗时间依病情而定，如连续用药超过 7d，应逐渐减量。大剂量吸入糖皮质激素可能对危重哮喘患儿有一定帮助，但不能替代全身糖皮质激素治疗。一般选用布地奈德悬液 0.5～1ml/次，一般每天不超过 3 次。

7.氨茶碱静脉滴注可作为危重哮喘一种附加治疗的选择。药物剂量：负荷量 4～6mg/kg（最大 250mg），静脉滴注 20～30min，继之持续滴注维持剂量 0.8～1.0mg/（kg·h），如已口服氨茶碱者，直接使用维持量持续静脉滴注；亦可每 6h 缓慢滴注 4～6mg/kg。有条件应做血药浓度监测。

8.抗胆碱药和硫酸镁都是安全的危重哮喘治疗药物。抗胆碱药为异丙托溴铵（溴化异丙阿托品），可用 250μg 加入 β_2 受体激动药溶液作雾化吸入，治疗时间同 β_2 受体激动药，对 β_2 受体激动药治疗反应不佳的重症者应尽早联合应用。硫酸镁可 25～40mg/（kg·d），最大剂量≤2g/d，分 1～2 次，加入 10%葡萄糖溶液 20ml 缓慢静脉滴注（20min 以上），酌情使用 1～3d。如过量可静注 10%葡萄糖酸钙拮抗。

9.目前儿童哮喘持续状态很少需应用机械通气，但如经氧疗、全身应用糖皮质激素、β_2 受体激动药等治疗后病情仍继续恶化者，应及时给予辅助机械通气治疗。

10.镇静药可选用水合氯醛，其他镇静药应慎用或禁用。在插管条件下可用安定镇静。

11.应注意维持水电解质平衡，纠正酸碱紊乱。临床中患者多因轻度脱水而需补液，开始时可给 1/3 张含钠液，最初 2h 内给 5～10ml/kg，以后用 1/4～1/5 张含钠液维持，见尿补钾，一般用生理需要量的 2/3 维持。而存在呼吸性酸中毒应以改善通气纠正，代谢性酸中毒常可用吸氧及补液来纠正，明显的代谢性酸中毒可使用碳酸氢钠纠正。

12.合并有心力衰竭时应慎用正性肌力药物，如确需使用，应作适当剂量调整。

13.抗生素不应作为常规应用，在合并细菌感染时可选用。

第六节　急性呼吸窘迫综合征

一、诊　　断

1995 年全国危重急救医学学术会议（庐山）提出我国 ARDS 分期诊断标准如

下。

1.有诱发 ARDS 的原发病因。

2.先兆期 ARDS 的诊断应具备下述 5 项中的 3 项。

（1）呼吸频率 20～25/min。

（2）FiO_2 为 0.21 时，$PaO_2 \leqslant 9.31kPa$（$\leqslant 70mmHg$），$> 7.98kPa$（60mmHg）。

（3）$PaO_2/FiO_2 \geqslant 39.9kPa$（$\geqslant 300mmHg$）。

（4）FiO_2 为 1.0 时，$PA\text{-}aO_2$ 为 3.32～6.65kPa（25～50mmHg）

（5）胸片正常。

3.早期 ARDS 的诊断应具备 6 项中 3 项。

（1）呼吸频率 > 28 / min。

（2）为 FiO_2 0.21 时，$PaO_2 \leqslant 7.90kPa$（60mmHg），$> 6.60kPa$（50mmHg）。

（3）$PaCO_2 < 4.65kPa$（35mmHg）。

（4）$PaO_2/FiO_2 \leqslant 39.90kPa$（$\leqslant 300mmHg$），$> 28.60kPa$（$> 200mmHg$）。

（5）FiO_2 为 1.0 时，$PA\text{-}aO_2 > 13.30kPa$（$> 100mmHg$），$< 26.60kPa$（< 200mmHg）。

（6）胸片示肺泡无实变或实变 $\leqslant 1/2$ 肺野。

4.晚期 ARDS 的诊断应具备下述 6 项中 3 项。

（1）呼吸窘迫，频率 > 28/min。

（2）FiO_2 为 0.21 时，$PaO_2 \leqslant 6.60kPa$（$\leqslant 50mmHg$）。

（3）$PaCO_2 > 5.98kPa$（> 45mmHg）。

（4）$PaO_2/FiO_2 \leqslant 26.6kPa$（$\leqslant 200mmHg$）。

（5）FiO_2 为 1.0 时，$PA\text{-}aO_2 > 26.6kPa$（> 200mmHg）。

（6）胸片示肺泡实变 $\geqslant 1/2$ 肺野。

注：①当今国内应用可测数据机械通气尚未普及，故应用机械通气时方能测定的肺顺应性及 PEEP 压力值，不予采用。需用右心导管才能准确测定的分流量（Qs/Qt），也不予采用。$PA\text{-}aO_2$ 虽是计算值，因 ARDS 主要是换气功能障碍，它是确定换气功能障碍的重要指标之一，并且能较准确地换算，故予采用。②结合 APACHEⅢ危重评分系统，可以较精确地评定病情严重程度及预测预后。因为 ARDS 的诊断涉及临床大多数学科，既然国际上在欧美两大洲之间已经协商达成共识，那么制定我国标准既要适合我国国情，又要尽量与国际接轨，故仍需要多学科有关学术团体一起讨论，制定出 ARDS 的诊断标准，以便交流。在目前情况下，我们主张凡报道 ARDS 都应说明诊断依据标准，至于临床处理则不应硬套某一标准。

二、医嘱示例

急性呼吸窘迫综合征医嘱（以6岁，20kg为例）。

长期医嘱		临时医嘱
儿科护理常规		血常规＋血型
特级护理		尿常规
流质饮食		粪常规
留置胃管		床边胸部平片
鼻饲配方奶 200ml q4h		血电解质、肝肾功能、心肌酶
告病危		凝血功能
呼吸机辅助通气		C反应蛋白
超声雾化 q4h		血气分析
翻身、拍背、电动吸痰 q4h		气管插管1次
心电监护（呼吸、心率、经皮血氧饱和度、血压）		下胃管1次
记24h出入量		痰培养
NS 100ml	iv drip	先锋V皮试
头孢噻肟钠 1.0g	bid	

三、医 嘱 说 明

1.血气分析。动脉氧分压（PaO_2）下降，二氧化碳分压（$PaCO_2$）亦下降是早期典型的血气改变。PaO_2/FiO_2即动脉氧分压与吸氧浓度的比值≤300mmHg时提示存在急性肺损伤；PaO_2/FiO_2≤200mmHg提示ARDS。

2.胸部X线检查有两肺浸润阴影，但一般表现非特异性。表现为肺纹理增多、点片状阴影，并迅速出现斑片状阴影，波及两肺大部分，并可融合成毛玻璃样，最后形成白肺，可见支气管充气征。发病早期胸部平片检查可完全正常，可应用高分辨CT检查。

3.ARDS病例宜早期气管插管，给予常规机械通气治疗，应用呼气末正压通气治疗。在ARDS治疗中，呼气末正压（PEEP）的正确应用与调节是最关键的因素。大多数ARDS患儿需要0.6~1.2kPa（6~12cmH$_2$O）左右的压力，应用时可从0.4kPa（4cmH$_2$O）开始，如效果不佳逐步增加，约每3min增加0.2~0.3kPa（2~

$3cmH_2O$），应用可得到治疗效果的最低压力。同时可将吸呼比值由 1：2 或 1：1.5 改为 1：1 甚至倒置。

4.液体入量要注意控制。总的原则首先考虑限制入量，防止液体过负荷。可应用利尿药，如呋塞米，用量每次 1～2mg/kg，4～8h1 次。但另一方面要注意保证足够的体液来维持正常血循环和代谢的需要。具体的液体入量应根据循环功能和肺水肿程度综合考虑，晶体液和胶体液应有适当比例，而血细胞比容维持在 35%～40%为宜。

5.皮质激素应用与否首先取决于原发病的情况，临床观察中疗效不一。药物剂量：地塞米松每次 0.25～1mg/kg 静脉注射，每日 1 次或 2 次；甲泼尼龙 2mg/（kg·d）。

6.合理的代谢营养支持可改善 ARDS 的预后。呼吸衰竭为主时，以蛋白质的供给量 1.5～2g/（kg·d），非蛋白热卡不超过 35～40kcal/（kg·d）为宜。

7.原发病及合并症的治疗非常重要。对于合并呼吸道感染者应积极选择有效的抗生素治疗。合并心功能不全或高 PEEP 常需应用正性肌力药。肝素抗凝治疗在存在弥散性血管内凝血诱因时可酌情选用，一般选用小剂量肝素：0.1～0.15mg/kg（10～15U/kg），每 4～8h 皮下注射 1 次。

8.目前已公认体外膜肺（ECMO）、高频震荡通气（HFOV）、肺表面活性物质（PS）替代疗法可降低儿科 ARDS 病死率。一氧化氮吸入、控制性低通气策略也显示明显的临床效果。

第七节　急性充血性心力衰竭

一、诊　断

1.具备以下 4 项考虑心衰。

（1）呼吸急促：婴儿＞60/min，幼儿＞50/min，儿童＞40/min。

（2）心动过速：婴儿＞160/min，幼儿＞150/min，儿童＞140/min。

（3）心脏扩大：体检、X 线或超声心动图证实。

（4）烦躁，喂哺困难，体重增加，尿少，水肿，多汗，发绀，呛咳，阵发性呼吸困难（2 项以上）。

2.具备以上 4 项加以下 1 项或以上 2 项加以下 2 项，可确诊心衰。

（1）肝脾增大：婴幼儿肝脏在右肋下≥3cm，儿童＞1cm，进行性肝脏肿大或伴触痛更有意义；

（2）肺水肿。

（3）奔马律。

3.严重心衰可出现周围循环衰竭。

二、医 嘱 示 例

1.急性充血性心力衰竭医嘱（以6岁，20kg为例）。

长期医嘱	临时医嘱	
儿科护理常规	血常规	
一级护理	尿常规	
半流质饮食	粪常规	
限钠、限量饮食	床边胸片	
告病重	血电解质、肝肾功能、心肌酶	
半卧位卧床休息	床边心电图	
鼻导管给氧（1～2L/min）	床边心脏超声	
超声雾化　q12h	C反应蛋白	
翻身、拍背、电动吸痰　　（prn）	血气分析	
心电监护（呼吸、心率、经皮血氧饱和度、血压）	苯巴比妥　30mg　po	
记24h出入量	10%GS　10ml	慢推5min
1.6-二磷酸果糖　5g　iv　drip　qd	呋塞米　20mg	
NS　100ml　｜　iv　drip 头孢噻肟钠　1.0g　｜　bid	10%GS 10ml　｜　慢推10min 毛花苷C（毛花苷C）　0.2mg	
辅酶Q$_{10}$　10mg　bid	先锋V皮试	

2.急性左心衰竭医嘱（以6岁，20kg为例）。

长期医嘱	临时医嘱
儿科护理常规	血常规
特级护理	尿常规
半流质饮食	粪常规
限钠、限量饮食	床边胸片
告病危	血电解质、肝肾功能、心肌酶

坐位休息	床边心电图
面罩给氧（4～5L/min）	床边心脏超声
超声雾化 q12h	C反应蛋白
翻身、拍背、电动吸痰 （prn）	血气分析
心电监护（呼吸、心率、经皮血氧饱和度、血压）	吗啡 2mg 皮下注射
记24h出入量	10%GS 10ml ｜ 慢推5min 呋塞米 20mg
1.6-二磷酸果糖 5g iv drip qd	
NS 100ml iv ｜ drip bid 头孢噻肟钠 1.0g	10%GS 10ml ｜ 慢推10min 毛花苷C 0.2mg
辅酶Q$_{10}$ 10mg bid	10%GS 20ml ｜ iv drip 地塞米松 5mg
	先锋V皮试

三、医嘱说明

1.胸部X线检查对于评价心脏大小及肺血情况十分重要。一般可见心影扩大，心尖搏动减弱，肺纹理增多及肺淤血。

2.心电图对于心律失常及心肌缺血引起的心力衰竭有诊断和指导洋地黄应用有重要意义。

3.心脏超声技术对于病因诊断及治疗前后心功能评估十分重要。常用的左心收缩功能指标有：①射血分数（EF）为心脏每次收缩时射出血量与心室舒张末期容量之比。正常值0.59～0.75，如低于0.5，提示心功能不全。②缩短分数（SF）为心室收缩时内径缩短数值与舒张末期内径之比，正常值0.35±0.3，低于0.3提示心功能不全。

4.血气分析在不同血流动力学改变可有相应的血气值变化。

5.血生化检查可有①电解质改变：低钠血症，酸中毒时血钾可增高，应用利尿药可有低钾、低氯血症；②新生儿低血糖、低血钙均可引起心力衰竭；③心肌酶在心肌炎和心肌缺血时可增高。

6.尿常规可有轻度蛋白尿及镜下血尿。

7.呼吸、心率、经皮血氧饱和度、血压的连续监测非常重要，而体温应测肛温，肛温≥38.5℃提示感染可能。而中心静脉压的监测可作为指导输液治疗的参考，但一般不作为常规。

8.急性心力衰竭患儿应及时给予湿化氧气给氧，尽量避免烦躁不安，必要时用足量镇静药，如苯巴比妥或安定，严重者可用吗啡 0.05～0.1mg/kg 皮下注射。取卧位或平卧位是为了减轻心脏负荷和减少心肌耗氧。饮食应有营养而易消化，儿童限钠 0.5～1g/d，入量控制为 50～60ml/kg。补液以 10%葡萄糖液为主，并注意纠正酸中毒，一般应用计算量半量即可。

9.正性肌力药物多选用洋地黄类，采取快速洋地黄化，主要选用毛花苷 C 或地高辛。毛花苷 C 用量，负荷量<2 岁 0.03～0.04mg/kg，>2 岁 0.02～0.03mg/kg，静脉注射；地高辛用量，负荷量新生儿 0.02～0.03mg/kg，1 月～2 岁 0.03～0.04 mg/kg，>2 岁 0.025～0.03mg/kg，口服，静脉注射为口服量的 75%。一般首次用量为负荷量的 1/2，余 1/2 分 2 次，相隔 6～12h 1 次。而洋地黄中毒量和治疗量较接近，有条件者可监测洋地黄血药浓度。当不能肯定近期内是否用过洋地黄者，可首次先用毛花苷 C 0.01mg/kg；而有心肌炎者，也应减 1/3 常规量；同时避免与钙剂合用。

10.利尿药可减少水钠潴留，对于急性心力衰竭可选用快速强效利尿药，常用呋塞米静脉注射，首剂 1～2mg/kg，每 6～12h 可重复，同时可增加口服或静滴氯化钾。还可选用布美他尼，每次 0.015～0.1mg/kg，静脉注射，每天 1 次。

11.血管扩张药主要用于心室充盈压增高者，可使心排血量增加，而对左室充盈压降低或正常者不宜使用。常用药物为硝普钠，剂量 0.5～8μg/（kg·min），一般从小剂量开始，用时注意监测血压、心排出量。

12.其他的正性肌力药物可选用①β-肾上腺素受体激动药，主要用于使用洋地黄制剂疗效不显或有毒性反应以及血压偏低者，常用多巴胺、多巴酚丁胺。多巴胺 2～10μg/（kg·min），多巴酚丁胺 2～20μg/（kg·min），持续静脉滴注，可联合应用。②磷酸二酯酶抑制药，短期应用可改善血液的动力学状况，对心脏病手术后心力衰竭患儿效果显著，常用氨力农、米力农。氨力农首剂 0.5～1mg/kg 静注，继以 3～10μg/（kg·min），持续静脉滴注，副作用较大，可引起血小板减少、低血压、心律失常；米力农首剂 50μg/kg，继以 0.25～1μg/（kg·min），持续静脉滴注，副作用较氨力农小。

13.心力衰竭时都伴有明显的心肌能量代谢异常，可应用改善心肌代谢药物，对治疗有一定辅助作用。常用有：①1.6 二磷酸果糖，每次 100～250mg/kg，每天 1 次静脉滴注；②辅酶 Q_{10}，每次 10mg，每天 1～2 次。

14.急性左心衰竭多以肺水肿为主要表现，紧急治疗时应注意①患者取坐位，双下肢下垂床边，以利呼吸，并减少静脉回流。②吸氧应维持动脉血氧分压在 60mmHg 以上，严重者使用机械通气。③静脉或皮下注射吗啡 0.1～0.2mg/kg，必要时 2~4h 可重复。④静脉注射呋塞米或布美他尼，剂量同前。⑤血管扩张药选用硝酸甘油 1~5μg/（kg·min）或硝普钠静脉滴注。⑥肾上腺皮质激素可改善心肌代谢，减低周围血管张力，解除支气管痉挛，常用地塞米松，每次 0.5mg~1mg/kg，每 4~6h 1 次或氢化可的松 5~10mg/（kg·d），心力衰竭控制后即停用。

15.急性心力衰竭的病因治疗也非常重要，应在治疗心力衰竭的同时，明确和治疗病因。

第八节　循环衰竭（休克）

一、诊　断

1982 年 2 月，全国急性"三衰"会议制定的休克诊断试行标准是：①有诱发休克的原因。②有意识障碍。③脉搏细速，超过 100/min 或不能触知。④四肢湿冷，胸骨部位皮肤指压阳性（压迫后再充盈时间超过 2s），皮肤有花纹，黏膜苍白或发绀，尿量少于 30ml/h 或尿闭。⑤收缩血压低于 10.7kPa（80mmHg）。⑥脉压差小于 2.7kPa（20mmHg）。⑦原有高血压者，收缩血压较原水平下降30%以上。

凡符合上述第①项以及第②、③、④项中的两项和第⑤、⑥、⑦项中的一项者，可诊断为休克。

二、医嘱示例

1.感染性休克医嘱（以 1 岁，10kg 为例）。

长期医嘱	临时医嘱
儿科护理常规	血常规＋血型
特级护理	尿常规
流质饮食或禁食	粪常规
留置导尿管（prn）	床边胸片
告病危	血电解质、肝肾功能、心肌酶
面罩给氧（4~5L/min）	血培养
心电监护（呼吸、心率、经皮血氧饱和度、血压）	凝血酶原时间、凝血酶时间、部分凝血酶原时间、血浆纤维蛋白原定量测定
记 24h 出入量	CRP

青霉素 80万U	iv drip	血气分析	
10%GS 50ml	bid	微量血糖	
头孢曲松 0.5g	iv drip	NS 100ml	iv drip
10%GS 50ml	bid	5%碳酸氢钠 20ml	泵 250ml/h
10%GS 50ml	iv drip	5%GS 250ml	iv drip
甲泼尼龙 20mg	q12h	10%氯化钠 12.5ml	泵 100ml/h
NS 50ml	iv drip	NS 50ml	iv drip 泵 5ml/h
肝素 1mg	50ml/h q6h	多巴胺 25mg	（单一通道）
		多巴酚丁胺 25mg	
		青霉素皮试	
		先锋 V 皮试	

2.低血容量休克（以 1 岁，10kg，腹泻病为例）。

长期医嘱	临时医嘱		
儿科护理常规	血常规＋血型		
一级护理	尿常规		
流质饮食	粪常规		
留置导尿管	粪培养		
告病危	血电解质、肝肾功能、心肌酶		
面罩给氧（4～5L/min）	CRP		
心电监护（呼吸、心率、经皮血氧饱和度、血压）	微量血糖		
记 24h 出入量	NS 100ml	iv drip	
	5%碳酸氢钠 20ml	泵 250ml/h	
	NS 50ml	iv drip 泵 5ml/h	
	多巴胺 25mg	（单一通道）	
	多巴酚丁胺 25mg		
	10%GS 250ml	iv drip	
	10%氯化钠 8ml	泵 100ml/h	
	5%碳酸氢钠 12ml	（见尿补钾）	
	10%氯化钾 5ml		

3.过敏性休克（以 1 岁，10kg 为例）。

长期医嘱	临时医嘱
儿科护理常规	血常规＋血型
特级护理	尿常规
流质饮食	粪常规
告病危	血电解质、肝肾功能、心肌酶
面罩给氧（4～5L/min）	CRP
心电监护（呼吸、心率、经皮血氧饱和度、血压）	血气分析
记 24h 出入量	微量血糖
	1/10 000 肾上腺素　0.1mg　iv 或皮下注射
	NS 100ml　　　　　｜　iv　drip
	5%碳酸氢钠 20ml　｜　泵 250ml/h
	NS 200ml iv　drip　泵 400/h
	NS　50ml　　　　　　｜　iv　drip　泵 5ml/h
	多巴胺 25mg　　　　｜　（单一通道）
	多巴酚丁胺　25mg　｜
	10%GS 250ml　　　｜　iv　drip
	10%氯化钠　8ml　｜　泵 100ml/h
	5%碳酸氢钠 12ml　｜　（见尿补钾）
	10%氯化钾　5ml　｜

三、医嘱说明

1.目前休克分类学在不断发展，但目前尚无普遍接受而又明确可行的休克分类系统，而休克病因和临床表现的复杂性决定了其分类的多元性和互相交叉重叠性。参照《实用儿科学（第七版）》大致分类为感染性休克、非感染性休克 2 大类，其中非感染性休克包括了低血容量休克、心源性休克、梗阻性休克、血流分布性休克、混合性休克等，而上述非感染性休克均可经肠道细菌毒素移位导致全身感染，发展为感染性休克；而感染性休克是急危重症和慢性病恶化导致死亡的最常见的病理过程之一，可同时或交替存在多种休克发病机制，目前又称为脓毒性休克。以下 2～10 主要讲的是感染性休克，此节主要讲常见的感染性休克、低血容量休克、过敏性休克。

2.白细胞计数、C 反应蛋白和血培养可确定感染的性质和程度，而分泌物的细菌培养和涂片检查对诊断也很有帮助，如痰液和胸腔积液对肺炎、脓胸，脑脊液对化脑的诊断等，经过检查往往可明确细菌学诊断，有助于治疗。而血糖和水电解质的监测也非常重要。

3.充分液体复苏是逆转病情，降低病死率的最关键措施。需尽快建立 2 条静脉或骨髓输液通道，条件允许应放置中心静脉导管。①第 1 小时 快速输液 常用 0.9%氯化钠，首剂 20ml/kg，10～20min 推注，然后评估循环和组织灌注情况，若循环无明显改善，再给予第 2 剂、第 3 剂，每剂 10～20ml/kg，总量最多可达 40～60ml/kg。第 1 小时既要重视液量不足，又要注意心肺功能（如肺部啰音、奔马律、肝大、呼吸作功增加等）。条件允许应监测中心静脉压。第 1 小时液体复苏不用含糖液，但血糖应控制在正常范围。②继续和维持输液 继续输液可用 1/2～2/3 张液体，可根据血电解质结果进行调整，6～8h 内输液速度为 5～10ml/（kg·h），维持输液可用 1/3 张液体，24h 内输液速度 2～4ml/（kg·h），24h 后根据情况进行调整。在保证通气前提下，根据血气分析结果给予碳酸氢钠，使 pH 达 7.25 即可。可适当补充胶体液，如血浆等。一般不予输血，如 HCT＜30%，可酌情输红细胞悬液或新鲜全血，使 Hb＞10g/dl。

4.血管活性药物的应用。在液体复苏基础上休克难以纠正，血压仍低或仍有灌注不良表现，可考虑使用血管活性药物。一般使用以下药物：①多巴胺 5～10 μg/（kg·min）持续静脉泵注，根据血压监测调整液量，最大剂量不超过 20μg/（kg·min）。②肾上腺素 0.05～2μg/（kg·min）持续静脉泵注，冷休克有多巴胺抵抗时首选。③去甲肾上腺素 0.05～0.3μg/（kg·min）持续静脉泵注，暖休克有多巴胺抵抗时首选。④莨菪类药物 如阿托品、山莨菪碱、东莨菪碱等。⑤正性肌力药物 伴有心功能障碍、疗效欠佳时可使用，常用多巴酚丁胺 5～10μg/（kg·min）持续静脉泵注，最大剂量不超过 20μg/（kg·min），如有多巴酚丁胺抵抗者可使用肾上腺素。⑥硝普钠在心功能障碍严重而又存在高外周阻力的患儿，在液体复苏及应用正性肌力药物的基础上，可使用硝普钠，0.5～8μg/（kg·min），应从小剂量开始，避光使用。⑦其他如间羟胺（阿拉明）、莨菪类药物等，也可酌情使用，常用山莨菪碱，1～3mg/kg，每 15min 静脉注射 1 次，使用 10 次无效应检查原因，换用其他血管活性药物。在治疗过程中应进行动态评估，适时调整药物剂量和药物种类，使血流动力学指标达到治疗目标。切勿突然停药，应逐渐减少药物剂量，必要时小剂量可持续数天。

5.积极控制感染和清除病灶，在病原未明确前联合使用广谱高效抗生素静滴，同时注意保护肾脏功能并及时清除病灶。

6.肾上腺皮质激素：对重症休克疑有肾上腺皮质功能低下（如流脑）、ARDS、长期使用激素或出现儿茶酚胺抵抗性休克可以使用。目前主张小剂量、中疗程。可用氢化可的松 3～5mg/（kg•d）或甲泼尼龙 2～3m g/（kg•d），分 2～3 次给予。

7.纠正凝血障碍：早期可给予小剂量肝素 5～10U/kg 皮下注射或静脉输注，每 6h1 次。若明确有 DIC，则按 DIC 常规治疗。

8.其他治疗：保证氧供和通气，必要时可使用 NCPAP，小婴儿更应积极气管插管和机械通气；注意各脏器功能支持，维持内环境稳定；保证能量营养供给，注意监测血糖和血电解质。

9.治疗的目标是维持正常心肺功能，恢复正常灌注及血压。①毛细血管再充盈时间<2s；②外周及中央动脉搏动均正常；③四肢温暖；④意识状态良好；⑤血压正常；⑥尿量>1ml/（kg•h）。

10.对于难治性休克，还可考虑以下一些治疗方法。①血浆置换、连续血液滤过等血液净化疗法维持内环境稳定、清除炎症介质；②体外膜肺的应用；③纳诺酮、自由基清除剂、钙通道阻滞药、静脉多克隆免疫球蛋白、活化蛋白 C 等药物的使用。

11.低血容量休克其常见原因因为大量失血、严重烧伤、腹膜炎、肠梗阻所致的血浆及其他液体丢失（也称第三间隙丢失），而婴幼儿腹泻所致的重度脱水是婴幼儿低血容量休克的常见原因。治疗原则是需要多少，补充多少，而出血性休克应同时积极止血，其扩容步骤基本同感染性休克，补液的性质应根据脱水的性质而定，注意防治酸中毒和急性肾功能衰竭。

12.过敏性休克是由致敏原与相应的抗体相互作用引起的一种全身性立即反应，临床上以注射药物引起的最多见。处理上应立即停用或清除引起过敏反应的物质，需常规给氧，立即给予肾上腺素 0.01mg/kg 皮下注射，扩容可同感染性休克，但一旦好转，可改维持输液。

第九节　弥散性血管内凝血

一、诊　断

1986 年首届中华血液病学会全国血栓与止血学术会议对 1982 年诊断标准中

的实验室检查部分作了部分修正，使之更适用于我国的临床实际。

1.存在易于引起 DIC 的基础疾病。

2.有下列 2 项以上临床表现：①多发性出血倾向；②不易用原发病解释的微循环衰竭或休克；③多发性微血管栓塞症状、体征，如皮肤、皮下、黏膜栓塞坏死，及早期出现的肾、肺、脑等脏器功能不全；④抗凝治疗有效。

3.实验检查有下列 3 项以上异常：①血小板低于 100×10^9/L 或呈进行性下降（肝病 DIC 低于 50×10^9/L）。②纤维蛋白原低于 1.5g/L 或进行性下降或高于 4g/L（肝病 DIC 低于 1g/L）。③3P 试验阳性或 FDP 高于 200mg/L（肝病 DIC 高于 600mg/L）。④凝血酶原时间缩短或延长 3s 以上或呈动态性变化或 APTT 缩短或延长 10s 以上。⑤优球蛋白溶解时间缩短或纤溶酶原降低。⑥疑难、特殊病例应有下列 1 项以上实验异常：因子Ⅷ：C 降低，VMF：Ag 升高，Ⅷ：C/VWF：Ag 比值降低；AT-Ⅲ含量及活性减低；血浆 β-TG 或 TXB_2 升高；血浆纤维蛋白肽 A（FPA）升高或纤维蛋白原转换率增速；血栓试验阳性。

新生儿期由于有多种凝血因子生理性低下，FDP 较高，以及优球蛋白溶解时间较短等，因此诊断标准有以下特点：凝血酶原时间生后 4d 内≥20s、4d 后≥15s 有意义；纤维蛋白原≤150mg/dl 有意义；凝血酶时间≥25s 有意义。有以下标准供参考①存在基础疾病，如 RDS、败血症或新生儿硬肿症等，为 1 分。②有出血倾向和（或）以下参考项为 1 分：pH≤7.2，PaO_2≤40mmHg，直肠温度≤34℃、收缩压≤40mmHg。③实验室检查：血小板数（$\times 10^9$/L）≤150、>100 者为 1 分、≤100 为 2 分，纤维蛋白原（mg/dl）≤150、>100 者为 1 分、≤100 为 2 分，FDP（μg/ml）≥10、<40 者为 1 分、≥40 者为 2 分，D-二聚体（ng/ml）≥500、<2000 者为 1 分、≥2000 者为 2 分。注意：①、②为必须项；相加得 3 分为可疑 DIC，≥4 分确诊 DIC。

二、医 嘱 示 例

弥散性血管内凝血医嘱（以 6 岁，20kg 为例）。

长期医嘱	临时医嘱
儿科护理常规	血常规＋血型
一级护理	尿常规
流质饮食	粪常规
留置胃管	外周血涂片（红细胞形态）
鼻饲配方奶 200ml　q4h	血沉

告病重	血电解质、肝肾功能
鼻导管给氧 （1～2L/min）	凝血酶原时间、凝血酶时间、部分凝血酶原时间、血浆纤维蛋白原定量测定
心电监护（呼吸、心率、经皮血氧饱和度、血压）	
24h 出入量	鱼精蛋白副凝试验（3P 试验）
NS 100ml	iv drip	纤维蛋白降解产物（FDP）测定
头孢噻肟钠 1.0g	bid	纤溶酶原时间或优球蛋白溶解时间
NS 50ml	iv drip	抗凝血酶Ⅲ（AT-Ⅲ）测定、D-二聚体测定、β-血小板球蛋白（β-TG）测定、血栓烷 B_2（TXB_2）测定
普通肝素 10mg	50ml/h q4～6h	
10%GS 100ml	iv drip q12h	下胃管 1 次
琥珀酸氢化可的松 100mg		

三、医嘱说明

1.弥散性血管内凝血（DIC）的实验室检查项目繁多，评价不一，缺乏特异性或肯定性指标，故需结合临床，重点检查。一般 DIC 诊断需同时有下列 3 项以上实验室检查异常：①血小板计数低于 $100×10^9$/L（白血病、肝病时低于 $100×10^9$/L）或是进行性下降。②纤维蛋白原<1.5g/L（肝病<1g/L，白血病<1.8g/L）或>4g/L或进行性下降。③3P 试验阳性或血浆 FDP>20mg/L（肝病>60mg/L）或 D-二聚体水平较正常升高 4 倍以上（阳性）。④凝血酶原时间（PT）延长或缩短 3s 以上（肝病 5s 以上），部分凝血酶原时间（APTT）延长或缩短 10s 以上。⑤疑难或特殊病例可加查抗凝血酶Ⅲ（AT-Ⅲ）、因子Ⅷ、C 及凝血、纤溶、血小板活化分子标记物的测定。可把上述①②④项作为初筛试验，三项均异常时，结合临床可诊断 DIC，如仅 2 项阳性，再行确证试验：上述③项、凝血酶时间（延长）、纤溶酶活性测定（缩短）、优球蛋白溶解时间（缩短）等。

2.在基层医院可把外周血破碎红细胞>10%、不明原因血沉下降<10mm/h 或血沉应增快但其值正常作为实验室诊断标准中的 2 项。

3.DIC 治疗原则为序贯性、及时性、个体性和动态性。主要治疗包括：①去除产生 DIC 基础疾病和诱因；②阻断血管内凝血过程；③恢复正常血小板和凝血因子水平；④抗纤溶治疗；⑤溶栓治疗；⑥对症和支持治疗。既往多主张以上①～⑤治疗措施可酌情同时进行；近年来则主张按序贯方式进行治疗，即按上述顺序逐项进行，只在前一项治疗未获满意疗效时再进行下一项治疗。

4.原发病的治疗是终止 DIC 病理过程的最关键措施。凡是病因能迅速控制的 DIC 患者，其疗效显著。而积极消除诱因，如防治休克、纠正酸中毒、改善缺氧、保护和恢复单核-巨噬细胞系统功能，可以预防或阻止 DIC 的发生和发展。治疗上具体应注意以下几个环节：①补充血容量，早期以快速滴为主；②有条件者行中心静脉压监测进行补液，必要时可给予适当强心药；③应用血管活性药物，如多巴胺、山莨菪碱等可改善微循环，但应注意在扩容基础上应用；④避免应用可促进血小板凝集药物如肾上腺素、去甲肾上腺素或血管加压素等；⑤还可应用低分子右旋糖酐、复方丹参、双嘧达莫（潘生丁）等抗凝、改善微循环。

5.抗凝治疗则是阻断 DIC 病理过程最重要的措施之一，而肝素是当前最主要的抗凝治疗药物之一。①普通肝素剂量 0.5～1mg/kg，加入生理盐水或 10%葡萄糖溶液 50～100ml 静滴，约 1h 滴完，每 4～6h1 次，每次静滴前需试管法测凝血时间，控制在 20～30min，也可以 APTT 延长 2～3 倍为准。直至原发病缓解；症状好转，休克纠正；APTT、纤维蛋白原接近正常；血小板数回升。如肝素过量可用等量的鱼精蛋白注射治疗。②低分子肝素，每天 75U/kg，分 2 次皮下注射。③其他如抗凝血酶治疗、活化蛋白 C 治疗、水蛭素等在成人已进入临床应用。

6.注意补充血小板和凝血因子应在充分抗凝治疗基础上进行。为避免因输血小板和凝血因子再次诱发或加重 DIC，可在输血同时按每毫升血制品加入 5～10U 普通肝素，并计入全天肝素治疗总量。

7.而抗纤溶治疗除非在 DIC 后期纤溶过分亢进，严重出血时，在肝素化基础上才可慎用。

8.溶栓治疗用于DIC的治疗尚在试验探索阶段。常用药物为尿激酶4 000U/kg，静注，继之以每小时 4 000U/kg 持续静滴，给药 3～5d。

9.肾上腺皮质激素并非 DIC 治疗的必需药物，但常用于治疗致 DIC 的原发疾病，常用氢化可的松。

10.如有消化道出血应暂禁食，加用局部止血药物和胃肠黏膜保护药物。

第十节 急性脑水肿

一、诊 断

急性感染性脑水肿是由严重感染而引起微循环障碍而致。是儿科危重症之一，病死率高，故应引起临床工作者的特别重视。

感染性脑水肿的诊断标准。

1.颅内压力增高，脑脊液压力超过 100mmH$_2$O 或新生儿超过 80mmH$_2$O，婴儿前囟饱满、隆起。

2.呼吸不规则。

3.瞳孔改变（缩小、扩大、不等大）对光反应迟钝或消失。

4.眼底视盘水肿或边缘模糊。

5.无其他原因的血压增高（收缩压）年龄×2＋10mmHg。

6.惊厥或肌张力增高。

7.昏睡或昏迷。

8.头痛。

9.频繁或喷射性呕吐。

10.应用甘露醇治疗后 6h 内症状明显改善，血压降到正常范围。

以上 1～5 项中有 1 项加 6～10 中任 2 项即可作出临床脑水肿的诊断。

二、医嘱示例

急性脑水肿（感染性）医嘱（以 6 岁，20kg 为例）。

长期医嘱	临时医嘱
儿科护理常规	血常规
特级护理	尿常规
流质饮食	粪常规
留置胃管	血电解质、肝肾功能、心肌酶
鼻饲配方奶 150ml q4h	头颅 CT 或 MRI
告病危	经颅多普勒超声
鼻导管给氧 （1～2L/min）	腰椎穿刺 1 次
上半身抬高20°～30°	脑脊液检查（压力、常规、生化、细菌培养）
翻身、拍背 q2h	先锋 V 皮试
电动吸痰（prn）	下胃管 1 次
心电监护（呼吸、心率、经皮血氧饱和度、血压）	
记 24h 出入量	
20%甘露醇 50ml iv drip 100ml/h q4h	

地塞米松 10mg	静推 q8h	
10%GS 20ml	iv drip q8h	
呋塞米 20mg	50ml/h	
NS 100ml	iv drip qd	
头孢曲松钠 2.0g		

三、医 嘱 说 明

1.头颅 CT 和 MRI 是目前脑水肿临床早期诊断最可靠方法。CT 影像中颅内出现低密度区即可明确诊断，往往在患儿出现颅高压前就可发现脑水肿；MRI 检查脑内含液量变化较 CT 更敏感，并可观察脑疝的形成，一般出现脑水肿时 T_1 和 T_2 像值均延长。

2.脑水肿中晚期均有颅内高压，因此测定颅内压力为诊断脑水肿的方法之一，对判断预后与指导治疗亦有重要意义。常用的方法是脑脊液的直接测定，包括了腰椎穿刺测压和侧脑室穿刺测压。此外，还有在硬膜外置入传感器测压或前囟门非损伤性测压法。腰椎穿刺测压一般常用于诊断原发性疾病（如脑炎、脑膜炎等），如有颅内高压征象，应降颅压后再行腰椎穿刺检查。侧脑室穿刺测压最准确而又较安全，在监测颅压情况下，还可进行控制性脑脊液引流，达到减压治疗的效果，但严重颅高压时脑室变小、移位，往往不易成功。颅内高压诊断的标准可参考以下几点：新生儿高于 0.8kPa（80mmH$_2$O），婴幼儿高于 1.0kPa（100mmH$_2$O），3岁以上儿童高于 2.0kPa（200mmH$_2$O）。

3.缺氧是脑损伤的主要原因，故首先要保持安静与休息，以减少耗氧，并注意呼吸道通畅以及给氧。上半身抬高 20°～30° 有利颅内静脉回流，每 2h 翻身、拍背以防坠积性肺炎。但当有脑疝症状时，应注意安静平卧休息为宜，必要时使用镇静药，同时减少操作刺激。

4.目前治疗急性脑水肿的一线药物主要为甘露醇、地塞米松、呋塞米。药物剂量：①20%甘露醇每次 0.25～1g/kg，30min 静脉注入，4～8h 1 次；严重颅高压或脑疝时，每次 1.5～2g/kg，2～4h 1 次。有心功能不全、活动性颅内出血应慎用。②呋塞米每次 0.5～1mg/kg（用 20ml 液体稀释为宜），每日 2～6 次，与甘露醇合用可增加疗效。一般可先用甘露醇再用呋塞米，但有心功能不全者，先用呋塞米再用甘露醇为宜。③地塞米松开始时用冲击大剂量，每次 0.5～1mg/kg，静脉注射，每 4h 1 次，共 2～3 次，继之每次 0.1～0.5mg/kg，静脉注射，每 6～8h 1 次，根据病情应用 2～7 次。

5.可选用的治疗急性脑水肿药物还有：①10%甘油溶液，每次 0.5～1g/kg，，每 4h 静脉注射 1 次，可与甘露醇交替联合应用；其较甘露醇降颅压作用快且短，无甘露醇的颅内压反跳现象，但注射有导致溶血或急性肾功能衰竭可能。②血浆或白蛋白，血浆 8ml/kg 或 20%白蛋白每次 0.4g/kg，每日 1～2 次静脉注射，可与呋塞米合用。③甲泼尼龙，目前已有大剂量冲击治疗急性外伤性脑水肿和病毒感染性脑水肿取得理想疗效的报道。④山莨菪碱，每次 1～2mg/kg，静脉注射，对感染性脑水肿有效。

6.对于过高热或难以控制的高热、伴有频繁惊厥者，经用一般退热止惊治疗无效时，可采用人工冬眠疗法，采用冬眠药物和物理降温。

7.其他抗脑水肿的二线治疗方法，当第一线抗脑水肿治疗制剂疗效不佳时可酌情选用。①过度通气，通过人工呼吸，降低 $PaCO_2$ 至 3.33～4kPa（25～30mmHg）。②巴比妥类药物：戊巴比妥首次 3～6mg/kg，以后 2～3.54mg/（kg·h）维持，需与人工呼吸配合。③控制性脑脊液引流，应用侧脑室穿刺在监测颅压情况下，平均引流速度每分钟 2～3 滴，颅内压维持在 2.0kPa（200mmH$_2$O）以下。④高压氧治疗，对于重症但不伴有感染性疾病者可选用，但有进行性出血和肝、肾或心功能不全时要慎重。

8.对于急性脑水肿患儿补液应遵循"边补边脱"的原则，使患儿保持轻度脱水状态，即眼眶稍凹陷，黏膜稍干燥，但要维持正常皮肤弹性和血压、尿量。

9.对于严重颅高压的患儿，如因深昏迷及/或频繁惊厥，呼吸道内痰液阻塞，导致明显缺氧发绀，经一般吸痰和供氧不能缓解，应做气管插管或切开术以利排痰和给氧。当患儿有中枢性呼吸衰竭早期表现时，应应用呼吸机治疗。

第十一节 癫痫持续状态

一、诊　断

1.惊厥性癫痫持续状态　发作时以全身或局部肌肉抽搐为主。根据发作形式可分为：①全身强直-阵挛持续状态或称大发作持续状态；②阵挛性癫痫持续状态；③强直性癫痫持续状态，较少见，多表现为为连续性癫癫痫发作，常见于 Lennox-Gastaut 综合征；④肌阵挛持续状态表现为短暂的全身性肌肉收缩，频繁而重复发作，意识清楚或呈矇眬状态，常见于肌阵挛癫痫或其他全身性癫痫患者；⑤部分性发作持续状态也称为持续性部分性癫痫，表现为某一组肌群的持续阵挛或肌阵挛性抽动，常见部位为一侧口角、眼睑、面部、拇指（趾）、手、脚或前臂、下肢等，持续数小时、数天甚至数月。此外新生儿惊厥持续状态，病因多种多样，病死率较高、存活者后遗症较多，新生儿惊厥持续状态临床表现大多不典型，常呈"轻微"抽动、呼吸暂停、肢体强直等奇异动作，发作形式多变，常由一个肢体游移到另一个肢体或由一组肌群移到另一组肌群。某些重症新生儿在 ICU 抢救期间，可能会因使用呼吸机等原因应用肌松剂，此时惊厥的临床表现不明显，甚至缺乏，需经脑电图监测方能诊断。

2. 非惊厥性癫痫持续状态 以意识障碍和（或）精神行为异常为主要表现，可为癫痫的首发症状。常见以下 2 类。

（1）复杂部分性癫痫持续状态（CPSE）：临床表现为不同程度的意识障碍，凝视、语言中止、自动症和各种精神症状。常有面部阵挛或抽动，亦可进展为全身性惊厥发作。可持续数小时、数日甚至数月，中间可有波动。脑电图异常电活动常见于颞区、额区或枕区。

（2）失神癫痫持续状态：多见于 10 岁以内患儿。发作时呈不同程度的持续性朦胧状态或仅有思维和反应变慢，严重意识混浊时则缄默不语、少动、定向力丧失，感觉、思维、记忆、认知等均有障碍，可有各种自动症表现，发作后不能回忆。持续数小时、数日、数月不等，可能被误诊为精神障碍类疾病。可进展为全身惊厥性发作。发作时脑电图呈持续性双侧同步对称的 3Hz 棘慢波（典型失神，长时间发作后波率可稍慢）或持续弥漫性高波幅 1～4Hz 不规则棘慢波、多棘慢波或慢波（不典型失神）。

二、医 嘱 示 例

癫痫持续状态医嘱（以 6 岁，20kg 为例）。

长期医嘱	临时医嘱
儿科护理常规	血常规
一级护理	尿常规
暂禁食	粪常规
告病危	C 反应蛋白
鼻导管给氧 （1～2L/min）	血电解质、肝肾功能、心肌酶
电动吸痰（prn）	安定 10mg 缓慢静注（1～2mg/min）
心电监护（呼吸、心率、经皮血氧饱和度、血压）	20%甘露醇 50ml iv drip 100ml/h

24h 出入量		先锋 V 皮试
NS 100ml	iv drip qd	脑电图
头孢曲松钠 2.0g		头颅 CT
		腰椎穿刺术 1 次
		脑脊液检查（压力、常规、生化、细菌培养）
		下胃管 1 次（prn）
		苯巴比妥针剂 0.2g 肌注

三、医嘱说明

1.癫痫持续状态作为儿科急重症之一，尽早用药及时控制惊厥发作非常重要，不用等待实验室检查。脑电图检查有助于癫痫的诊断及分型，有条件者可实时监测，对于诊断与治疗都有很大帮助。而发作间期脑电图正常不能除外癫痫，脑电图异常程度与病情严重程度也不完全一致。

2.头颅 CT 及 MRI 可显示脑部有无器质性病变，可在惊厥控制后选择进行检查。

3.当惊厥控制后应进行脑脊液检查，如有颅内高压征象，应降颅压后再行腰椎穿刺检查。

4.为尽快控制惊厥发作，应选择疗效高的抗惊厥药物，采用静脉途径给药。一般用药步骤如下：①苯二氮䓬类药物为首选药，可在安定、硝西泮（硝基安定）、氯硝基安定中选用一种，安定每次 0.3～0.5mg/kg，最大不超过 10mg，每分钟 1～2mg 缓慢静注，必要时 15～20min 后重复给药 1 次；氯硝西泮每次 0.01～0.1mg/kg，静注；氯硝基安定每次 0.02～0.1mg/kg，最大不超过 10mg，缓慢静注。②安定无效时可用苯妥英钠，首次用量 10mg/kg，如未能控制，15min 后再用 5mg/kg，必要时 15min 后再重复 5mg/kg，即负荷量达 15～20mg/kg，溶入 0.9%氯化钠溶液中静滴，速度每分钟 1mg/kg。24h 后给维持量每天 5mg/kg。③经前用药无效可用苯巴比妥，首次 10～15mg/kg 静注或肌注，如 15min 未能控制，再用 5mg/kg，可重复 1～2 次。24h 后用维持量每天 3～5mg/kg。④以上药物无效时，可选用 5%副醛，肌注每次 0.1～0.2ml/kg（或每岁 1ml），1 次不超过 5ml。灌肠可每次 0.3～0.4ml/kg，最大量 8ml，用花生油按 2∶1 比例混合，直肠内保留 2h。⑤如仍不能控制，可使用基础麻醉药，常用硫喷妥钠，初始剂量 3～4mg/kg，缓慢注射，然后以 2.5%的溶液静滴，滴速 2mg/min，最大量不超过 10ng/kg，使用时注意监测生命体征，准备好气管插管和呼吸机。

5.目前对于难以控制的癫痫持续状态还可采用持续静脉滴注安定或咪达唑仑、静注德巴金等药物治疗。

6.对于新生儿，如原因不明，可先静注25%葡萄糖10～15ml，无效时静脉慢注10%葡萄糖酸钙2ml/kg（等量稀释后），并监测心电图；还可静注维生素$B_6$50～100mg。

7.注意保持呼吸道通畅，及时清除鼻咽的分泌物，头部转向一侧，防止误吸及窒息。

8.由于患儿多处于昏迷状态，开始时应暂禁食，主要为静脉输液。每天液量控制在1 000～1 200ml/m^2，同时监测出入量。另注意避免低血糖。

9.如体温上升较快，要物理降温，可用擦浴或亚冬眠疗法。

10.惊厥时间较长者要采取脱水药治疗，必要时使用地塞米松。药物剂量：20%甘露醇每次0.25～1g/kg；呋塞米每次1～2mg/kg；地塞米松每次0.3～1mg/kg。

11.惊厥完全控制后，应在短期内继续服用苯巴比妥每天4～6mg，防止复发。如为癫痫，根据临床诊断及时开始正规的抗癫痫药物治疗。

第十二节　急性肾功能衰竭

一、诊　断

凡具有急性肾衰的原因并有尿量减少者，即应考虑到急性肾衰。经检测发现氮质血症、代谢性酸中毒及水电解质失衡即可诊断。诊断急性肾功能衰竭（ARF）时，应区分肾前性ARF（肾血流不足所致，尿常规正常或轻度异常，尿比重＞1.020，血BUN/血Cr＞20：1）；肾性ARF（肾实质包括肾小球、肾小管、肾血管病变引起。尿常规明显异常，尿比重＜1.015，血BUN/血Cr＜10：1）；肾后性ARF（各种因素引起的尿路梗阻）。

二、医嘱示例

急性肾功能衰竭医嘱（以6岁，20kg为例）。

长期医嘱	临时医嘱
儿科护理常规	血常规＋血型＋网织红细胞计数
特级护理	尿常规

暂禁食	粪常规
留置胃管	血电解质、肝肾功能、心肌酶、体液免疫
留置导尿管	抗链球菌溶血素"O"
告病危	腹部 X 线平片
心电监护（呼吸、心率、经皮血氧饱和度、血压）	泌尿系 B 超
记 24h 出入量	下尿管 1 次
测体重、腹围　qd	下胃管 1 次
卧床休息	10%GS　10ml　｜　iv　慢推
10%GS　50ml　｜　iv　drip　bid 青霉素　160 万 U　｜	呋塞米　20mg　｜
	青霉素皮试
10%GS　38ml　｜　iv　drip　2ml/h　qd 多巴胺　60mg　｜　泵维持 酚妥拉明　60mg　｜	
开搏通　12.5mg　q12h	

三、医嘱说明

1.急性肾功能衰竭一般检测有氮质血症、代谢性酸中毒和水电解质紊乱，因此血生化的监测非常重要，早期每天应检查 1～2 次。氮质血症一般是指：血清肌酐（Scr）$\geqslant$176μmol/L（2mg/dl）、血尿素氮（BUN）$\geqslant$15mmol/L（40mg/dl）或每日 Scr 增加$\geqslant$44～80μmol/L（0.5～1.0mg/dl）或 BUN 增加$\geqslant$3.57～7.5mmol/L（10～20mg/dl）。有条件时测肾小球滤过率、内生肌酐清除率，常$\leqslant$30ml/（1.73m^2·min）。而新生儿期肾功能有其特点，一般可参考如下：血清肌酐（Scr）$\geqslant$88～142μmol/L（1.0～1.6mg/dl）、血尿素氮（BUN）$\geqslant$7.5～11mmol/L（21～30mg/dl）或每日 Scr 增加$\geqslant$44μmol/L（0.5mg/dl）或 BUN 增加$\geqslant$3.57mmol/L（10mg/dl）。

2.急性肾功能衰竭的水电解质紊乱多表现为水潴留、高钾血症、低钠血症、高磷血症、低钙血症和高镁血症。可有高血压、循环充血、心力衰竭、肺水肿和脑水肿、心律失常等表现，因此监测心电、呼吸、心率、血压、出入量非常重要，必要时应行心电图检查。

3.急性肾功能衰竭在儿科应注意发病年龄。新生儿期 80%与泌尿系先天异常或窒息缺氧有关；婴幼儿多由于脱水、败血症、溶血尿毒综合征、药物中毒所致；年长儿多系急性肾炎、急进性肾炎、慢性肾功能不全急性发作、溶血尿毒综合征、药物中毒所致。因此年长儿进行抗链球菌溶血素"O"、补体检测有助于病因的诊断，甚至需要进行抗核抗体、抗肾小球基底膜抗体、抗 DNA 抗体等其他免疫学检查帮助病因的诊断。而腹部 X 线平片、泌尿系 B 超检查可检出结石、畸形、梗阻、积水等。对于可能由肾实质引起的肾功能衰竭，可慎重考虑行肾穿刺活检，以明确病因和指导治疗。

4.急性肾功能衰竭大多数在致病因素作用下，于数小时或 1 周内出现少尿或无尿。少尿一般是指尿量<250ml/（m^2·d）或<0.5ml/（kg·h）；无尿是指尿量<50ml/d。因此在少尿期要严格限制入液量，"量出为入"。应早期常规留置导尿管，监测每小时尿量，每 4h 评估 1 次出入量，同时每天测体重，如入量控制合适，每天应减少 10～20mg/kg，血压稳定。一般每日入量＝尿量＋不显性失水－内生水≈前一天尿量＋额外丢失量＋300ml/（m^2·d）。

5.急性肾功能衰竭患儿早期应暂禁食，只给予葡萄糖液 3～5mg/（kg·d）静脉点滴，待情况好转后能口服应尽早给予基础代谢热卡：儿童 30Kcal/（kg·d），婴儿 50Kcal/（kg·d）。饮食可给低蛋白、低盐、低钾、低磷食物，对高分解状态或不能口服者可考虑用静脉营养支持。

6.当可能有脱水、血容量不足时，可作补液试验，即用 2∶1 等渗液或生理盐水，15～20ml/kg 快速输注（30～60min 内输完），如 2h 内尿量明显增加至 6～10ml/kg 视为有效，为肾前性肾衰竭；否则提示肾性肾衰竭。在无脱水病例中，补液试验应慎重，此时可给予利尿试验，即给予呋塞米 1～2mg/kg 或 20%甘露醇（0.2g/kg）加呋塞米，如用药后 2h 尿量达 6～10ml/kg 视为有效，为肾前性肾衰竭。一般而言，甘露醇不适用于有循环充血者，呋塞米慎用于血容量不足者。

7.利尿药一般选用呋塞米，剂量每次 1～2 mg/kg，1～2h 如无效可重复或加倍，最大量<10mg/（kg·d）；还可与多巴胺和（或）酚妥拉明合用，一般多巴胺用量 1～3μg/（kg·min）静脉维持。

8.高钾血症是其重要致死原因之一，应积极处理。当血钾高于 5.5mmol/L 时，可给予降血钾树脂（聚苯乙烯磺酸钠）1g/kg，口服或灌肠。口服时应加入 70%山梨醇（2ml/kg）中，灌肠时应用 20%山梨醇液。当血钾达 6.5mmol/L 时应紧急处理：①10%葡萄糖酸钙 0.5ml/kg（<10ml）等量稀释后静滴；②5%碳酸氢钠 2～3ml/kg 稀释成等张液静滴；③葡萄糖加胰岛素静滴，按每 1U 胰岛素结合 4g 葡萄糖计算。

9.目前治疗主张早期透析治疗，主要有血液透析、腹膜透析、血液滤过疗法。透析指征：①少尿或无尿＞24～48h；②血 BUN＞28.56～35.7mmol/L（80～100mg/dl）或血肌酐＞530.4μmol/L；③不能控制的高血钾（＞6.5mmol/L）；④严重而不易纠正的代谢性酸中毒，碳酸氢盐持续低于 13mmol/L；⑤水潴留致严重循环充血、高血压、低钠血症、肺水肿；⑥继发于电解质紊乱或尿毒症的神经症状如昏迷、惊厥等；⑦药物或其他毒物中毒。

10.其他并发症处理：①代谢性酸中毒，轻中度不用碱剂，重度使用 5%碳酸氢钠毫升数（半量）＝BE×kg/4。②高血压，可用硝苯地平 0.25mg～0.5mg/kg，舌下含服；或卡托普利（开搏通）1～2mg/（kg·d），分 2～3 次口服。高血压危象可用硝普钠 0.5～8μg/（kg·min）每 5～10min 根据血压调节速度。③如有活动性出血或血红蛋白＜70g/L 可考虑输新鲜血。④惊厥时注意寻找病因，根据不同病因处理，一般可选用安定。⑤高磷时可口服氢氧化铝 60mg/kg 或凝胶剂 1g/kg，低钙时除非有低钙抽搐，否则不用补钙。⑥注意防治感染，注意口腔、皮肤、外阴清洁，选用药物注意有无肾毒性。

第十三节　小儿急性中毒

一、诊　　断

急性中毒是儿科的常见急症。凡具有毒性作用的物质通过不同的途经进入人体，可引起组织器官的功能性和器质性损害，从而出现中毒症状和体征，甚至危及生命。

中毒的原因有以下几种。

1.误食有毒动植物。

2.药物或毒物保管不严，小儿误服而致中毒或用剂量过大而中毒。

3.哺乳母亲服某些药物后，可随乳汁分泌，而使婴儿中毒。

4.食入过量含亚硝酸盐的食物引起中毒。

5.农药中毒，误服、吸入或皮肤接触。

毒物进入人体的途径，多数通过消化道，某些毒物可通过皮肤或黏膜吸收，少数毒物可通过呼吸道吸入。

二、医嘱示例

小儿急性中毒（口服中毒）医嘱（以 6 岁，20kg 为例）。

长期医嘱	临时医嘱
儿科护理常规	血常规
二级护理	尿常规
流质饮食	粪常规
留置胃管	血电解质、肝肾功能、心肌酶
告病重	腹部 X 线平片
心电监护（呼吸、心率、经皮血氧饱和度、血压）	下胃管 1 次
鼻导管给氧 （1～2L/min）	0.45%氯化钠　250ml　洗胃用
记 24h 出入量	20%硫酸镁　25ml　po
	或 20%硫酸钠　25ml　po
	1%温盐水　2 000ml　灌肠用
	10%GS　10ml　｜　iv 慢推 呋塞米　20mg
	10%GS　500ml　｜　iv　drip VitC　0.5g

三、医嘱说明

1.发生急性中毒，应先立即进行治疗，拖延时间往往失去抢救的机会。其治疗原则是：抢救分秒必争，诊断未明以前积极进行一般急救处理，诊断一旦明确，尽快应用特效解毒剂。治疗一般分为 4 个步骤：①尽快清除未被吸收的毒物；②防止毒物吸收；③促使已经吸收的毒物解毒和排泄；④对症治疗。

2.处理中毒患儿要做到诊断治疗两不误。首先要注意患儿的一般情况，特别是神志、呼吸和循环状态，以判断中毒的轻重。对重症患儿要边检查边抢救，如有危及生命的症状如惊厥、呼吸循环衰竭应立即抢救；对轻病人要警惕病情的突然变化。因此对于生命体征的监测如心电监护、记录出入量以及电解质、肝肾功能、心肌酶的检查应予重视。

3.对于口服中毒患儿主要采用催吐、洗胃、导泻或洗肠来清除毒物。

（1）催吐：只要胃内尚有毒物（一般服入 4～6h 内），均应尽早进行。可采用刺激催吐方法，用手边方便的东西或手指刺激患儿咽弓或咽后壁，引发呕吐，而且最好先饮水。

（2）洗胃：注意严重腐蚀毒物中毒或伴食管静脉曲张的病人，一般列为禁忌，如必须，可用细的鼻胃管，少量液体（＜60ml/次），小心冲洗。兴奋剂中毒时，先使用镇静药后再洗胃，以免引起惊厥。洗胃时应保持左侧卧，头稍低。确保胃管在胃内。每次灌入的洗胃液量不超过该年龄胃容量的1/2。洗胃液用清水或半张盐水，有可能的话应根据毒物的性质决定。

（3）导泻：临床最常用硫酸镁，每次 250mg/kg，配成 20%溶液口服，可每1～2h1 次，直到排便为止；而硫酸钠更安全。脂溶性毒物中毒时禁用油剂泻药。

（4）洗肠：毒物服入超过 4h，大部分已进入肠道，则需洗肠。洗肠液可使用 1%温盐水、1%肥皂水或清水，也可加入活性炭，并记出入量。应主要电解质平衡。对服腐蚀性毒物者或患儿极度虚弱，禁忌导泻及洗肠。

4.对于口服中毒患儿在催吐、洗胃当中或其后，应给予拮抗药服入，直接与未被吸收的毒物发生作用，以减低毒性或防止吸收。常用的牛奶、蛋清、豆浆有解毒、保护胃肠黏膜作用，而中毒物质不明患儿可给 0.45%～0.9%盐水以稀释毒素。

5.静脉输注 5%～10%葡萄糖溶液可冲淡体内毒物浓度，增加尿量促使排泄，并有保护肝肾的作用。如患儿无脱水，可先给予静脉注射 25%～50%葡萄糖 40ml加维生素 C 200～500mg，然后再静脉点滴。但如有脱水，应先纠正脱水。也可使用呋塞米 1mg/kg，利尿解毒。

6.严重中毒者应尽早采用透析疗法，特别是伴有肾功能阻碍者更应注意抓住时机尽早采用。

7.各种严重临床表现如惊厥、呼吸困难、脱水、酸碱中毒、循环衰竭等，必须及时采取适当的对症治疗，这是抢救急性中毒的重要一环。特别是中毒原因不明或没有特效解毒药治疗的情况，积极正确的对症支持治疗是支持患儿度过危险的唯一方法。需细致观察，抓住早期症状，及时治疗。

（李志川　陈　黎）

第**3**章 新生儿疾病

第一节 新生儿窒息

一、诊 断

主要通过病史和临床表现作出诊断。近年来采取对胎儿胎心率的监护及胎儿头皮毛细血管的 pH 测定（正常胎儿头皮血 pH 最低为 7.25，若 pH＜7.15 说明胎儿窒息）来发现胎儿的窒息。

二、医 嘱 示 例

新生儿窒息医嘱（以体重 3kg 足月儿为例）。

长期医嘱		临时医嘱	
新生儿常规护理		血气分析	
一级护理		血常规	
暂禁食（停留胃管鼻饲）		尿常规	
病重通知		粪常规	
头罩给氧（必要时气管插管）		血电解质测定	
监测呼吸、心率、脉搏、SpO_2		肝功能	
记 24h 尿量		肾功能	
青霉素 40 万 U	iv drip	心电图	
10%GS 20ml	q12h	床边胸片	
10%GS 20ml		血糖测定	
维生素 K_1 5mg	iv drip qd	5%碳酸氢钠 8ml	iv drip
酚磺乙胺 125mg		10%GS 15ml	
		青霉素皮试（ ）	

三、医嘱说明

1.病因分析。①母亲因素：胎盘母体侧血流灌注不足。②胎儿因素：新生儿肺通气和换气功能障碍。③分娩因素：脐带血流受阻，胎盘气体交换功能障碍。

2.复苏程序。复苏的 ABCDE 方案是指通畅呼吸道（A, airway）、建立呼吸（B, breath）、恢复循环（C, circulation）、辅助用药（D, drug）、评价和监护（E, evaluation）。重点是 ABC。ABC 做到后，很少需要用药，没有处理好第一口呼吸急于用药是错误的。具体运用时需要不断的评估来指导决策，以作为下一步操作的依据。评价的主要指标是呼吸、心率和皮色。Apgar 评分不是决定是否要开始复苏的指标，更不是决定下一步该怎么复苏的决策依据。因为等到 1min 评分结果出来再开始复苏，就会失去宝贵的抢救时间，实际临床上也没有都等评分结果出来再抢救。生后 1min 内的 APgar 评分还是反映了初生时的基本情况，而 5min 的评分对判断预后尤为重要。以下为大致程序。

（1）充分了解病史，做好复苏的思想和物资准备工作，急救用品备足，因为复苏成败与时间密切有关。呼吸停止延迟复苏 1min，出现喘息约晚 2min，恢复规则呼吸约晚 4min。

（2）胎头娩出后，不应急于娩肩，而应立即挤尽或用负压球吸尽口、咽、鼻部的黏液。新生儿出生时要有良好的保暖环境，用远红外辐射保暖装置最佳。生后立即揩干身上的羊水和血迹能减少蒸发失热。由于窒息儿体温调节不稳定，一旦受寒就会增加代谢和耗氧来维持体温，并出现代谢性酸中毒。新生儿摆好轻度头低足高位（≈15°）后再用一次性吸管吸净口、咽、鼻部黏液。每次吸引勿超过10s，刺激口咽深部的迷走神经可导致心动过缓或呼吸暂停。如有胎粪污染羊水，防止吸入深部，接生者可用双手紧箍其胸部，立即用喉镜气管插管吸清后再触觉刺激促使呼吸。每次使用喉镜气管内插管和吸引的时间要求在 20s 内完成。用电动吸引泵者负压应根据黏液稠度调节在 60～100mmHg，吸管连接处要有 T 形指孔或笛口，以便在吸引时控制。

（3）对有自主呼吸，心率＞100/min，皮色红润而手足发绀者，只需继续观察。个别呼吸心率均正常而仍有中心性的全身青紫，往往是血氧仅够供应正常心率而不够全身需要或有先天畸形所致。这种不够正压给氧指征的青紫应给 80%～100%的常压给氧，待皮色转红再逐渐降低氧浓度，以免氧中毒。

（4）无自主呼吸或心率＜100/min 以及给纯氧后仍有中心性青紫者，须立即用气囊面罩复苏器加压给氧，速率为每分钟 40 次，第一口呼吸需 2.94～3.92kPa（30～40cmH$_2$O）的压力才可扩张肺叶，以后只需 1.47～1.96kPa（15～20cmH$_2$O）

压力即可。对肺顺应性差者需给 1.96～3.92kPa（20～40cmH$_2$O）压力，大多数窒息儿经此通气即可好转而毋需其他处理。但操作者必须熟悉该复苏器的原理，才能正确安全地使用。

（5）产妇在分娩前 4h 用过麻醉药而导致新生儿呼吸抑制者给钠洛酮。

（6）无药物抑制而用复苏器 15～30s 后，心率＞100/min 者可停用复苏器，观察自主呼吸；心率 80～100/min 有增加趋势者继续面罩加压给氧；无增快者改用气管插管加压给氧。若心率＜80/min 加胸外心脏按压（在胸骨下 1/3 区下压 1～2cm，用双手拇指手掌法和双指法均可，每分钟 120 次），30s 未见好转者开始用药。

（7）1∶10 000 肾上腺素加等量生理盐水，快速气管内注入，可加强心脏及外周血管收缩力，使心率加快，必要时可每 5min 重复 1 次，当心率＞100/min 停止用药。心率＜100/min 有代谢性酸中毒时，同时已建立良好通气者给碳酸氢钠。若心率正常而脉搏弱，给氧后仍苍白，复苏效果不明显时，就应当考虑血容量不足，给予扩容药。在急性失血大于总量 20%时，血红蛋白及血细胞比容可以正常一段时间。

经上述用药后周围组织仍有灌注不足，脉细、持续休克者可用多巴胺，其作用与剂量大小有关，小剂量[2μg/（kg·min）]有扩张肾、脑肺血管作用，增加尿量和钠的排出；中剂量[2～10μg/（kg·min）]增加心脏收缩力和升高血压；大剂量[10～20μg/（kg·min）]增加血管收缩，升高血压。新生儿窒息休克时多伴有酸中毒、肺血管收缩、血流量减少，故治疗多采用小剂量在 5μg/（kg·min）左右或和多巴酚丁胺各半的小剂量开始，在心率、血压的密切监护观察下逐渐增大剂量。

3.如拟有脑水肿和缺氧缺血性脑病者则在及时纠正低氧血症和高碳酸血症，保证脑组织供氧的基础上用：①呋塞米 1mg/kg 肌内或静脉注射，减低颅内压。②20%甘露醇 0.25～0.5g/kg，每日 4～6 次静注，2d 后逐渐减量。③有抽搐者用苯巴比妥，首剂 15～20mg/kg 静脉注射，维持量 5mg/（kg·d）分 2 次静注，此药除止痉外还能降低脑组织的代谢和耗氧，可预防和减轻脑水肿和颅内出血，如止痉效果不佳可予安定 0.1～0.3mg/kg 静脉注射和（或）水合氯醛 30mg/kg 保留灌肠等药合用，效果更好。④在正常血容量的低血压、心肌收缩力不足时可给多巴胺静滴。⑤为了保持脑组织能量代谢，可持续静滴葡萄糖＜8mg/（kg·min）使血糖维持在 2.8～5.0mmol/L（50～90mg/dl）。加强支持治疗，可给能量合剂。⑥脑细胞代谢药物胞磷胆碱（胞二磷胆碱）、吡拉西坦（脑复康）等，也可考虑使用。

4.重度窒息恢复欠佳者，适当延迟开奶时间，防止呕吐物再度引起窒息。若无呕吐，抬高上半身使腹部内脏下降，有利于肺的扩张，减轻心脏负担和颅内压。不能耐受胃管喂养者则静脉补液 50～60ml/kg，有肾功能受损时要限制液量。

5.疗效分析。缺氧时间短，程度轻，监护 2～3d 病情即可恢复。若有其他脏器功能损害或发生其他并发症则导致病情反复。病情恶化主要原因为发生多系统器官衰竭，常见的有新生儿缺氧缺血性脑病，肺出血，急性呼吸窘迫综合征，呼吸衰竭，肾功能衰竭，心功能不全，休克，弥散性血管内凝血，低血钙等。

6.预后评估。急性期，严重病例因多系统器官功能衰竭，易发生死亡。如并发缺氧缺血性脑病或颅内出血，可发生神经系统后遗症。

第二节 新生儿肺透明膜病

一、诊 断

早产儿，尤其是围生期有窒息史，Apgar 评分在 3 分以下或母亲糖尿病及妊毒症、出生后不久呼吸困难、进行性加重、吸气性三凹征或呼气性呻吟和明显的发绀、呼吸衰竭、有典型 X 线表现，应考虑本病。若产前羊水检查卵磷脂/鞘磷脂（L／S）≤2～3∶1 或卵磷脂≤3.5mg%或出生后在 6h 内抽胃液或咽部分泌物做发泡实验为阴性者，本病诊断可成立。

二、医 嘱 示 例

新生儿肺透明膜病医嘱（以生后 6h，体重 1.0kg 为例）。

长期医嘱		临时医嘱
新生儿特护		血常规
停留胃管鼻饲（重症暂禁食）		尿常规
上输液泵		粪常规
输液速度 2ml/（kg·h）		动脉血气分析
鼻塞正压呼吸或上呼吸机		胃液振荡试验
每 2h 吸痰 1 次		血电解质测定
监测 T，R，HR，BP，SaO$_2$		血糖测定
青霉素 10 万 U	iv drip	胸片检查
NS 20ml	q12h	青霉素皮试（ ）
表面活性物质（固尔苏）每次 200 mg/kg 气管内滴入		

10%GS　10ml	iv　drip	
VitK$_1$ 5mg	qd	

三、医嘱说明

1.湿肺与 NRDS 不同在于，湿肺多见于足月儿，病程短，数小时后病情自行缓解，X 线胸片表现为肺泡积液。吸入性肺炎与 NRDS 不同在于，羊水或胎粪吸入者，生后不久即出现呼吸困难、呻吟、吸气三凹征，但病情不呈进行性发展，X 线胸片表现为肺纹理增粗、肺气肿。

2.X 线检查。胸片的改变与摄片的时机有关，生后 6h 内摄片，胸片表现不典型，随着病情进展，胸部的病变渐趋明显。HMD 胸片可分 4 级。Ⅰ级：两肺野透亮度普遍减低（充气减少），可见均匀散在的细小颗粒（肺泡萎缩）和网状阴影（细支气管和肺泡管过度充气）；Ⅱ级：除Ⅰ级病变加重外，出现支气管充气征（支气管过度充气），延伸到肺野中外带；Ⅲ级：病情进一步加重，肺野透亮度更加减低，心缘、膈缘模糊；Ⅳ级：整个肺野呈白肺，在白色的背景上可见秃叶树枝状支气管充气征。Ⅲ、Ⅳ级病变比较典型，结合病史，容易做出诊断，Ⅰ、Ⅱ级为早期病变，可在数小时后复查胸片。

3.气道吸出物的检查。①吸取患儿气道吸取物做微泡试验，标本 1ml 加 95% 乙醇 1ml，用力振荡 15s，静置 15min 后观察试管液面周围泡沫的形成，无泡沫为（-），试管周围泡沫少于 1/3 为（＋），超过 1/3 至整个试管周围均有泡沫为（＋＋），试管上部有泡沫层为（＋＋＋）。（-）表示肺泡表面活性物质（PS）缺少；（＋）～（＋＋）为可疑；（＋＋＋）表示 PS 较多，肺已成熟。②检查 PS 主要成分，如卵磷脂/鞘磷脂（L/S）比值小于 2.0，磷脂酰甘油（PG）低于 3%，表面活性物质相关蛋白 A（SP-A）减少，均提示肺发育未成熟，易发生 NRDS。

4.机械通气。对反复呼吸暂停，体重低于 1 200g、自主呼吸浅表，持续气道正压（CPAP）压力超过 0.686kPa（＞7cmH$_2$O）仍无效，PaCO$_2$ 仍升高，应及时使用机械通气。呼吸机的参考初调值：吸入氧浓度（FiO$_2$）0.6，吸气峰压（PIP）2.45kPa（25cmH$_2$O），呼气末压（PEEP）0.49kPa（5cmH$_2$O），频率 35～45/min，吸呼比为 1：（1～1.5）。严重病例常规机械通气无效时，可改用高频通气，高频通气以低潮气量、低气道压、高呼吸频率进行气体交换，可减少气压伤，不影响心输出量。

5.一般 NRDS 在生后 48～72h 病情最严重，72h 后病情可逐渐好转。呼吸机参数下调，血气分析恢复正常，X 线胸片肺病变不再进展，开始吸收，说明治疗有效。

6.部分病例在发病后 3~4d 病情改善，但随后病情又加重，再次出现呼吸困难、青紫，呼吸机参数需重新上调。一般考虑 2 种原因：①如 X 线胸片示肺充血、心脏扩大，心前区闻及收缩期杂音，则提示并发动脉导管未闭（PDA），应给吲哚美辛（消炎痛）治疗，必要时手术结扎。②如 X 线胸片示肺渗出病变，提示并发肺部感染，应及时做痰培养，选择有效的抗生素治疗。如病程长，呼吸机使用 1~2 周以上，对吸氧或呼吸机产生依赖，X 线胸片示囊性改变，提示发生支气管肺发育不良（BPD），应按 BPD 治疗。

7.病情恶化多见于发生 NRDS 后未及时予 CPAP、机械通气或 PS 或出生时有严重窒息性缺氧损伤、并发肺出血、硬肿症等。病情继续进展恶化，应及时调整机械通气参数，应用 PS，加强维持内环境稳定的治疗，必要时考虑应用体外膜肺（ECMO）、液体通气（LV）及 NO 吸入等疗法。

第三节　新生儿肺炎

一、诊　断

1.病史和体征　孕妇如产前曾发生过感染性疾病或胎儿曾发生过宫内窘迫，出生后的新生儿要警惕有产前感染性肺炎的可能。出生后肺炎诊断有赖于患儿的症状和体征，诊断虽较容易，但要注意病情的发展和并发症。

2.胸部 X 线　病毒性肺炎以间质改变为主，细菌性肺炎以支气管肺炎为主，有时似肺透明膜病。衣原体肺炎以间质性肺炎伴局灶性浸润较多。新生儿肺炎时肺气肿较明显，有时造成纵隔疝。局部肺不张的发生率也较其他年龄为高。

3.病原学诊断　肺炎的病原诊断不很容易，对细菌性肺炎可取气管内吸出物或鼻咽拭子做培养，同时做血培养。对病毒性肺炎和衣原体肺炎可采用快速诊断如 ELISA 或 PCR。

二、医嘱示例

1.新生儿吸入性肺炎医嘱（以生后 1d，体重 3kg 足月儿为例）。

长期医嘱	临时医嘱
新生儿护理常规	血常规
一级护理	尿常规

母乳或配方乳喂养	粪常规
病重通知	C反应蛋白
吸氧	血气分析
记录24h出入液量	气道分泌物培养＋药物敏感试验
心率、呼吸、血压监测	心电图
祛痰灵（复方鲜竹沥）5ml tid	胸片
氨苄西林 0.15g iv q12h	青霉素皮试
10%GS 20ml	先锋V皮试
或头孢噻肟钠 0.15g iv q12h	
10%GS 20ml	
NS 2ml	
α-糜蛋白酶 5mg 超声雾化 bid	
庆大霉素 20mg	
吸痰 bid（超声雾化后）	

2.大量羊水吸入医嘱（以生后1d，体重3kg为例）。

长期医嘱	临时医嘱
新生儿护理常规	血常规
一级护理	尿常规
停留胃管鼻饲（重症暂禁食）	粪常规
病重通知	血气分析
吸氧	胸片
记录24h出入液量	青霉素皮试
心率、呼吸、血压监测	先锋V皮试
10%GS 10ml iv drip qd	
VitK$_1$ 5mg	
氨苄西林 0.15g iv q12h	
10%GS 20ml	
或头孢噻肟钠 0.15g iv q12h	
10%GS 20ml	

3.胎粪吸入综合征医嘱（以生后 1d，体重 3kg 为例）。

长期医嘱	临时医嘱
新生儿护理常规	血常规＋血红细胞比积
一级护理	粪常规＋隐血试验
停留胃管鼻饲（重症暂禁食）	尿常规
病重通知	血气分析
拍背、吸痰	血糖测定
心率、呼吸、血压、血氧饱和度监测	血钠、钾、氯、钙测定
吸氧（或人工通气）	胸片
记录 24h 出入液量	超声心动图检查
祛痰灵（复方鲜竹沥）5ml tid	心电图
氨苄西林 0.15g ｜ iv q12h	气管吸出物培养＋药物敏感试验
10%GS 20ml ｜	NS 4ml ｜ 气管内滴注
或头孢噻肟钠 0.15g ｜ iv q12h	肺活通 300mg ｜
10%GS 20ml ｜	苯巴比妥 60mg ｜ iv
胞二磷胆碱 125mg ｜ iv drip qd	10%GS 15ml ｜
10%GS 10ml ｜	5%碳酸氢钠 15ml ｜ iv drip
三磷酸腺苷 20mg	10%GS 30ml ｜
辅酶 A 50U	青霉素皮试
VitC 0.5g ｜ iv drip qd	先锋 V 皮试
10%GS 20ml ｜	1%碳酸氢钠洗胃
VitK₁ 1mg iv qd（共 3d）	

三、医 嘱 说 明

1.不同病原体所致的新生儿肺炎，有着各自的特点。①金黄色葡萄球菌肺炎：中毒症状重，精神萎靡，体温不升，易发生肺脓肿、脓胸或脓气胸，可并发化脓性脑膜炎、骨髓炎等。②克雷伯杆菌肺炎：常为院内感染所致，以支气管肺炎为主，但不少病例发生肺组织坏死，形成肺脓肿、脓胸或脓气胸，与金黄色葡萄球菌肺炎相似，严重病例可伴发败血症。③B 族链球菌肺炎：感染多发生在宫内，生后 3d 内发病、病理变化、临床症状及胸片表现与肺透明膜病相似。分娩过程中或生后感染者，发病较晚，症状与非特异性细菌性肺炎相似，胸片表现呈大片分散状实变，这与肺透明膜病不同。早产儿宫内感染与肺透明膜病不易鉴别时，须加用肺泡表面活性物质，近有报道肺泡表面活性物质对 B 族链球菌有抑制作用。④呼吸道合胞病毒性肺炎：病情轻重不一，重症者常有呼吸暂停、喘憋、咳嗽，多无发热。肺部听诊可闻及哮鸣音和湿啰音，胸片表现为散在小斑片影和肺气肿。气道分泌物分离合胞病毒和血清测特异性 IgM 抗体有助于诊断。⑤支原体肺炎：可经孕妇垂直传播给胎儿，导致流产、死产、早产和胎儿肺部感染，病儿生后常有严重窒息，复苏后呼吸困难，发绀。早产儿可发生支气管肺发育不良。胸片示间质性肺炎。诊断依靠血清特异性 IgM 抗体，气道分泌物、羊水及胎盘分离到支原体。

2.吸入性肺炎有以下特点。①若胎儿宫内或产时缺氧刺激呼吸中枢，出现喘息样呼吸，致羊水吸入，且羊水未被胎粪污染者，为羊水吸入综合征。羊水吸入性肺炎吸收快，治疗 1 周，肺部病变基本吸收。②若胎儿宫内窘迫或产时窒息，因严重缺氧致肠蠕动增强，肛门括约肌松弛，胎粪排出。缺氧又刺激胎儿呼吸中枢，出现喘息样呼吸，吸入被胎粪污染的羊水，为胎粪吸入综合征。胎粪吸入性肺炎吸收慢，严重胎粪吸入性肺炎，常因并发气漏、肺动脉高压、继发感染等，出现病情恶化。③若早产儿有吞咽反射不成熟，吞咽动作不协调者，易发生乳汁吸入。乳汁吸入性肺炎如病因未去除，肺部病变不易吸收。

3.感染性肺炎一般病例在治疗 2 周后复查胸片，观察肺部病变吸收情况。如果治疗过程中病情加重应及时摄片，观察肺部病变是否加重或出现并发症。羊水吸入性肺炎吸收较快，治疗 1 周后复查胸片可见肺部病变基本吸收。胎粪吸入性肺炎吸收较慢，根据病情变化复查胸片。乳汁吸入性肺炎如病因未去除，肺部病变不易吸收。

4.严重病例应及时随访血气分析，主要观察 $PaCO_2$、pH 和 BE 的变化。$PaCO_2$ 升高提示病情加重；$PaCO_2$ 和 PaO_2 正常，而出现 pH 降低、BE 负值增加则是酸中毒的表现，应警惕全身感染加重。

5.感染性肺炎病情恶化的主要原因为院内感染，尤其是机械通气并发的肺炎，对抗生素不敏感。严重胎粪吸入性肺炎，常因并发气漏、肺动脉高压、继发感染等，出现病情恶化。并发气漏，肺压缩超过 50%者应行胸腔闭式引流排气；并发肺动脉高压，可用硫酸镁静滴和一氧化氮吸入等；继发感染应选用抗生素治疗。

第四节　新生儿缺氧缺血性脑病

一、诊　断

临床表现是诊断 HIE 的主要依据，同时具备以下 4 条者可确诊，第 4 条暂时不能确定者可作为拟诊病例。

1.有明确的可导致胎儿宫内窘迫的异常产科病史，以及严重的胎儿宫内窘迫表现[胎心<100/min，持续 5min 以上；和（或）羊水Ⅲ度污染]或者在分娩过程中有明显窒息史。

2.出生时有重度窒息，指 Apgar 评分 1 min≤3 分，并延续至 5 min 时仍≤5 分，和（或）出生时脐动脉血气 pH≤7.00。

3.出生后不久出现神经系统症状，并持续至 24 h 以上，如意识改变（过度兴奋、嗜睡、昏迷），肌张力改变（增高或减弱），原始反射异常（吸吮、拥抱反射减弱或消失），病重时可有惊厥，脑干征（呼吸节律改变、瞳孔改变、对光反应迟钝或消失）和前囟张力增高。

4.排除电解质紊乱、颅内出血和产伤等原因引起的抽搐以及宫内感染、遗传代谢性疾病和其他先天性疾病所引起的脑损伤。

二、医嘱示例

新生儿缺氧缺血性脑病（重度）医嘱（以生后 6h，体重 3kg 为例）。

长期医嘱		临时医嘱
新生儿护理常规		血常规
一级护理		尿常规
母乳或禁食		粪常规＋隐血试验
病重通知		血气分析
记录神经系统的异常表现		血糖测定
吸氧（或人工通气）		血钠、钾、氯、钙测定
苯巴比妥 7.5mg	iv　q12h	血尿素氮、肌酐测定
10%GS　5ml	（第 2 天起）	血心肌酶测定

多巴胺 3.6mg	iv drip q8h	肝功能	
10%GS 20ml	（4h滴完）	头颅B超	
胞二磷胆碱 125mg		头颅CT（prn）	
10%GS 10ml	iv drip qd	苯巴比妥 60mg	iv
丹参 4ml		10%GS 5ml	
10%GS 20ml	iv drip qd	5%碳酸氢钠 15ml	iv drip
三磷酸腺苷 20mg		10%GS 15ml	
辅酶A 100U	iv drip qd	高压氧治疗（prn）	
VitC 0.5g		地西泮 1mg iv （prn）	
10%GS 20ml			
呋噻米 3mg iv q6h～8h			
20%甘露醇 0.75g iv q6h～8h			
VitK$_1$ 5mg iv qd			
VitE 10mg qd			

三、医 嘱 说 明

1.对新生儿缺氧缺血性脑病（HIE）最重要的诊断依据是病史和临床表现，少数医师非常依赖影像学检查，而忽视病史和临床表现的重要性。要详细询问病史，询问是否发生过窒息和其他缺氧缺血情况，窒息缺氧的经过和严重程度，复苏情况等。随着病情发展变化，出生后12～24h内出现神经系统症状，根据意识、肌张力改变、原始反射异常、惊厥和脑干受损等表现，作出临床诊断，并根据严重程度分为轻、中、重3度。轻度：主要表现为兴奋，易激惹，肌张力正常，拥抱反射活跃，吸吮反射正常，呼吸平稳，无惊厥。症状多在3d内逐渐消失，预后良好。中度：表现为嗜睡或抑制，肌张力降低，吸吮反射和拥抱反射减弱，约半数病例出现惊厥。足月儿上肢肌张力降低比下肢重，提示病变累及矢状窦旁区。早产儿如表现为下肢肌张力降低比上肢重，则提示病变为脑室周围白质软化。如症状持续7d以上，可能有后遗症。重度：患儿处于昏迷状态，肌张力极度低下、松软，拥抱反射、腱反射消失，瞳孔不等大，对光反应差，前囟隆起，惊厥频繁，呼吸不规则或暂停，甚至出现呼吸衰竭。重度患儿病死率高，存活者常留后遗症。若缺氧缺血发生在出生前几周或几个月时，患儿在出生时可无窒息，也无神经系统症状，但在数天或数周后出现亚急性或慢性脑病的表现，临床上较难与先天性脑畸形或宫内病毒感染相区别。

2.在进行临床评估的同时，要做一些必要的检查，进一步判断脑损伤的程度及对预后进行评价。

（1）影像学检查：①头脑超声检查：HIE 时可见普遍回声增强，脑室变窄或消失，提示脑水肿；散在的高回声区，提示散在的脑实质缺血；局限性高回声区，提示该部位有缺血性损害。②头颅 CT 检查：轻度表现为散在、局灶性低密度影分布 2 个脑叶；中度表现为低密度影超过 2 个脑叶，白质与灰质的对比模糊；重度表现为大脑半球弥漫性低密度影，白质与灰质界限消失，侧脑室变窄。正常新生儿尤其是早产儿脑水分多，髓鞘发育不成熟，可存在广泛的低密度，因此 HIE 低密度的诊断 CT 值应在 18 以下。③磁共振成像（MRI）：MRI 不仅能检出急性期 HIE 的存在、分布和严重性，而且能帮助判断预后，还能发现髓鞘形成是否延迟或异常，以判断神经发育情况。HIE 急性期脑水肿比较明显，可能会掩盖脑细胞损伤，并且病情还在变化之中，所以早期影像学检查不能反映预后，需在 2～4 周后复查。

（2）脑功能及脑血流检查：①脑电图（EEG）检查：表现为节律紊乱、低波幅背景波上的棘慢波爆发或持续弥漫性慢活动；重度 HIE 出现"爆发抑制"、"低电压"甚至"电静息"。②脑干诱发电位检查：表现为出波延迟、潜伏期延长、波幅变平。③多普勒超声脑血流速度（CBV）测定：有助于了解脑灌注情况，高 CBV 提示存在脑血管麻痹和缺乏自主调节，低 CBV 提示存在广泛的脑坏死、低灌注、甚至无灌流。

（3）生化指标测定：神经烯醇化酶（NSE）、S-100 蛋白（S-100）和磷酸肌酸激酶脑型同工酶（CK-BB）存在于神经组织的不同部位，HIE 后 6～72h 它们在血液和脑脊液中的升高和脑损害程度呈正相关，可以作为 HIE 早期诊断和评估预后比较敏感的标志物。

（4）神经行为评估：根据患儿年龄不同选择相应的评估方法，对患儿的神经行为进行评估，并定期随访，根据结果观察病情变化，判断发生后遗症的可能性。

3.目前对新生儿 HIE 诊断存在过度诊断的倾向，主要原因一般有 3 方面：①是我国新生儿窒息的诊断标准比较宽；②是新生儿 HIE 的诊断标准也比较宽，将一些有窒息病史但几乎没有 HIE 临床表现的病例诊断为 HIE；③是由于 HIE 诊断指标特异性不强，将一些其他疾病诊断为 HIE。

4.神经细胞缺氧损伤后从充血水肿到死亡有一个过程，早期治疗可减少神经元的死亡。脑水肿是引起脑损伤的重要原因，应积极治疗。缺氧缺血性脑病脑水肿在病程第 2～3 天最明显，应在此阶段加强治疗。一般用 20%的甘露醇 0.25～0.5g/（kg·次），6～8h 1 次，严重病例可加用呋塞米，并控制液体入量，缺氧缺血性脑病脑水肿以细胞毒性为主，地塞米松对血管源性脑水肿有效，对缺氧缺血后脑水肿效果不好，且副作用多，应慎用。

5.轻度患儿临床症状轻，2～3d 内可完全恢复，重者神经系统症状不断加重，72h 左右达高峰，并持续 1～3d，少数极重者死亡，多数病例至病程 7～10d，疾病极期基本结束，开始恢复。

6.注意症状与体征变化，如意识逐渐清醒，肌张力正常，提示病情好转；如病儿一直昏迷、肌张力松软或强直，提示病情加重；前囟隆起，颅缝增宽、瞳孔对光反应迟钝或不等大提示颅内压增高；如发生低血压、心率减慢、心音低钝、尿量减少等，提示各脏器功能有损伤表现。病情反复或恶化原因有两方面：一是病情危重，脑损伤严重且范围广泛，脑干功能受损；二是治疗方法不当，未能很好地维持各脏器功能及内环境的稳定。

7.HIE 的近期不良预后是早期新生儿死亡，远期不良预后多为脑神经损害的后遗症。在存活病例中缺氧缺血越严重，脑病症状持续时间越长者，越容易发生后遗症，且后遗症越重。后遗症常见的有发育迟缓、智力低下、痉挛性瘫痪、癫痫等。提示预后不良的指征：①持续的低 Apgar 评分。生后 5min Apgar 评分为 0～3 分、10min 评分少于 5 分是预后不良的敏感指标。重度窒息者，其病死率及神经系统后遗症随 Apgar 低评分的时间延长而增加。②出生后 24h 内出现惊厥或持续惊厥者。③生后较早出现肌张力低下，且长期肌张力低下或由肌张力低下转为伸肌张力增强者。④生后早期出现昏迷，有脑干损伤表现如中枢性呼吸衰竭，瞳孔改变、伸肌张力增强等及 1 周后异常神经症状未消失者。⑤脑电图持续异常，尤其呈周期性、多灶性或弥漫性改变者。⑥颅脑超声检查异常，特别是脑萎缩或脑实质囊性变者或未成熟儿脑实质囊性变和脑室扩大者。⑦头颅 CT 检查有颅内出血者。

第五节 新生儿颅内出血

一、诊 断

1.病史 孕龄不满 32 周，体重不足 1 500g，易发生脑室管膜下出血及脑室出血，发病率可达 40%～50%。多发生于 3d 以内。仔细询问可能引起缺氧和（或）产伤的有关疾病和因素，以助诊断。另外，新生儿原发性出血性疾病、脑血管畸形、临床上应用高渗性碱性液体，小可能引起本病、亦应注意查问。

2.临床表现　与出血的部位及出血量的多少有关。多数在出生后或1～2d内出现症状，也可在新生儿晚期出现症状。其一般的表现为精神差或不安，易吐乳，前囟稍隆起，面肌有时有小抽动。病情较重者，可有躁动，频繁尖叫，前囟凸起且紧张、时有全身性抽动，呼吸不规则，面色发绀，沉迷入睡，不会吮奶。严重者反复频发惊厥或呈昏迷状态，肌张力低下，对刺激无反应，生理反射消失，呼吸表浅、不规则及呼吸暂停、呼吸衰竭。

3.辅助检查

（1）血常规：血红蛋白、血小板、血细胞比容下降。凝血酶原时间延长，间接胆红素增高，血气分析呈代谢性及呼吸性酸中毒，低氧血症。

（2）腰椎穿刺：作脑脊液检查，对诊断蛛网膜下腔出血、脑室出血及删除颅内感染有价值。由于临床上病情较重、新生儿不易耐受此检查、且放出脑脊液后颅内压降低有加重出血的可能、故应慎重。

（3）硬膜下穿刺：疑有硬膜下出血，可经前囟侧角穿刺，若出血多时可抽出血性液体。

（4）其他：如动态观察前囟及头围的变化，颅透照、头颅B超及CT检查等均可根据需要检测。CT可精确了解病变类型、部位、出血程度，对预后做出估价，具体分度为以下几种。Ⅰ度，脑室管膜下出血；Ⅱ度，脑室出血不伴脑室扩张，其存活率90%；Ⅲ度，脑室出血伴脑室扩张；Ⅳ度，脑室出血伴脑实质出血，其病死率50%。

围生期有窒息、缺氧及产伤等病史，出现相应的临床表现，结合颅脑B超或CT检查结果，可确定诊断。

二、医嘱示例

新生儿颅内出血医嘱（以生后6h，体重3kg为例）。

长期医嘱	临时医嘱
新生儿护理常规	血常规
一级护理	出、凝血时间
母乳或配方乳喂养	凝血酶原时间＋白陶土部分凝血酶原时间
病重通知	凝血活酶生成时间
头高位，避免头部搬动	头颅B超或头颅CT
心率、呼吸、血压监测	尿常规

记录 24h 出入液量	粪常规
VitK₁　5mg　iv　qd	
酚磺乙胺　0.125mg　　iv　q12h 10%GS　20ml	

三、医 嘱 说 明

1.有惊厥者，要控制惊厥；有前囟饱满、骨缝分离、尖叫等颅内高压症状，要控制入液量，降低颅内压治疗。有凝血酶原时间延长等凝血障碍者，予输新鲜血或新鲜冰冻血浆 10ml/（kg·次）。有颅后窝内硬脑膜下出血、小脑内出血，即时外科手术。

2.新生儿自然出血症用维生素 K 治疗后，出血可迅速得到控制。但早产儿因肝功能不成熟，肝脏合成凝血因子受限，故早产儿维生素 K 疗效不佳。

3.病情恶化。大量出血者病情严重，出血压迫生命中枢，病情迅速恶化，为颅内出血的主要死亡原因。

4.新生儿颅内出血的预后不易确定，与其原因、出血量、部位、类型及其他围生期因素有关。一般认为足月儿、急性缺氧、20min Apgar 评分正常、蛛网膜下腔出血、室管膜下腔出血、小量脑室内出血及额叶小血肿等预后较好；早产儿或小于胎龄儿、慢性缺氧、20min Apgar 评分过低、大量脑室内出血伴脑室扩大、顶枕部脑实质出血或同时伴有顽固低血糖者预后差。存活者常留有癫痫、脑瘫、智力低下、视力或听力障碍、共济失调等后遗症。低出生体重儿颅内出血患者中 10%～15%发生脑积水，颅内压增高症状可有可无，其中 65%患儿可能停止发展或恢复。

第六节　新生儿黄疸

一、诊　断

1. 生理性黄疸　①多在生后 2～3d 出现；②血清胆红素峰值足月儿＜205 μmol/L（12mg/dl），早产儿＜256μmol/L（15mg/dl）；③足月儿生后 10～14d，早产儿延至 3～4 周可消退；④不伴随其他病状；⑤以未结合胆红素为主，结合胆红素不超过 25.6μmol/L（1.5mg/dl）。

2. 病理性黄疸　①黄疸出现时间早，常在 24h 内出现；②黄疸程度重或黄疸进展快，血清胆红素峰值超过上述生理性黄疸的胆红素峰值或每日上升超过 85 μmol/L（5mg/dl）；③黄疸持续时间长，超过上述生理性黄疸时限、或黄疸退而复现；④常伴随其他病状；⑤结合胆红素浓度超过 25.6 μmol/L（1.5mg/dl）。

3. 高胆红素血症早期诊断　新生儿血清总胆红素超过以下标准时，应按高胆红素血症及早进行防治。①足月儿：脐血＞51.3 μmol/L（3mg/dl），24h 内＞102.6 μmol/L（6mg/dl），48h 内＞153.9 μmol/L（9mg/dl），72h 及以上＞205.2/μmol/L（12mg/dl）；②早产儿：24h＞136.8/μmol/L（8mg/dl），48h＞205.2 μmol/L（12mg/dl），72h 及以上＞256.5/μmol/L（15mg/dl）。

4. 新生儿母子血型不合溶血病的诊断　①病史：患儿母亲既往有不明原因的流产、早产、死胎、死产史或患儿的兄、姐在新生儿期有死亡史或明确有新生儿溶血病史者，均有助于诊断。②临床表现：轻型与生理性黄疸近似或稍重；重型主要表现为重度黄疸、胎儿水肿。严重贫血、肝脾大，甚至出现心力衰竭及核黄疸。③血型鉴定：若母为 Rh 阴性，子为 Rh 阳性，要考虑 Rh 血型不合；若母子均为 Rh 阳性，还应进一步排除 E、C 等母子血型不合。若母为 O 型，子为 A 或 B 型，应考虑 ABO 血型不合，若子为 O 型，可排除 ABO 溶血病。④血型特异性免疫抗体检查：为确诊本病的依据。可取患儿红细胞做直接抗人球蛋白试验（阳性时，说明红细胞已被致敏），红细胞抗体释放试验及血清中游离抗体测定试验。前 2 项试验阳性，即可确诊，后一项试验阳性，表明小儿体内有免疫性抗体存在，但并不一定说明红细胞被致敏，故不能依据此阳性而确诊。

二、医嘱示例

新生儿黄疸医嘱（以生后 6h，体重 3kg 为例）。

长期医嘱	临时医嘱
新生儿护理常规	血常规
一级护理	出、凝血时间
婴儿脱脂奶喂养	尿常规
病重通知	粪常规＋隐血试验
苯巴比妥　5mg　tid	肝功能
尼可刹米　100mg　tid	血尿素氮、肌酐测定
光疗　6h　q12h	血乙肝二对半测定

茵栀黄　4ml 10%GS　20ml	iv drip qd	血巨细胞病毒、风疹病毒、单纯疱疹病毒、柯萨奇病毒的免疫球蛋白 G 和 M 测定
维生素 C　0.5g		弓形体抗体免疫球蛋白 M 测定
葡醛内酯　0.133g　iv drip qd		血 α_1-抗胰蛋白酶
水乐维他　1/3 支		血糖
10%GS　20ml		血培养＋药物敏感试验
		肝、胆 B 超
		肝、胆核素扫描（prn）
		血浆　30ml　iv drip
	白蛋白　3g 10%GS　20ml	iv drip
		血型
		换血（prn）

三、医嘱说明

1.高结合胆红素血症往往与感染有关，同时伴有不同程度的肝功能损害，因此应进行病原学及肝功能检查。

2.血清未结合胆红素增高者，先用光疗，光疗是降低血清未结合胆红素的简单易行的方法，既安全又无严重副作用。黄疸严重者可适当输白蛋白或血浆以降低游离的未结合胆红素，预防核黄疸。

3.肝胆 B 超和核素扫描检查，可以了解病儿胆汁排泄情况，有助判断病儿是否已经出现胆道闭锁，如果胆总管直径＜2mm 或核素排泄延迟，应尽快给予糖皮质激素治疗。如果出现胆道闭锁或糖皮质激素治疗 8 周后，胆总管直径继续减少，黄疸无明显好转，应请外科会诊。

4.在退黄和保肝的治疗过程中，针对病原的治疗也非常重要。弓形体感染，可用增效磺胺甲基异噁唑（复方新诺明）；巨细胞病毒，可用更昔洛韦；其他病毒如乙肝病毒、疱疹病毒、柯萨奇病毒等，可用干扰素 100 万 U，肌注，每日 1 次，连用 7d。

5.对黄疸、高胆红素血症，应用肝酶诱导剂及光疗，要密切监测血胆红素浓度及贫血程度。

第七节 新生儿硬肿症

一、诊 断

1. 病史 本病常发生于寒冷季节，环境温度过低或保温不当；常合并严重感染；早产儿或足月小样儿多见；窒息、产伤所致的摄入或能量供给不足。

2. 临床表现 可归纳为五低二多、五大特点、四个严重征象、五个垂危征兆。

（1）五低二多：①低气温的季节或地区。②低出生体重儿。③低日龄组的新生儿。④低生活能力的婴儿。⑤低热量供给的婴儿。⑥多病的新生儿。⑦患儿母亲多病。

（2）五大特点：表现为冷、硬、肿、休克征、弥散性血管内凝血。

（3）四个严重征象：表现为不吃、不哭、不动、不升（指体温）等"四不症"。

（4）五个垂危征兆：以肺出血最常见。其次为呼吸衰竭，心动过缓和（或）心律不齐，肾功能衰竭及中毒性肠麻痹。这五5项虽然是新生儿期各种严重疾病晚期的共同垂危征兆。但在本症时，前3项更为突出。

3. 确定诊断 硬肿症的诊断包括：临床诊断依据，皮肤硬肿范围的诊断，皮下脂肪韧度的诊断分度，病情诊断分度，危重硬肿症的诊断标准。

（1）临床诊断依据：①发病时处于寒冷季节、环境温度过低、分娩时保温不当等明显寒冷损害因素。②早产儿，低出生体重儿，生活能力低下，机体产热少，易发生硬肿症。③有窒息、缺氧、产伤、感染性或非感染性疾病，并伴有热量供给不足，夏季水分提供不足。④母亲患病等各种围生期保健不良因素，一种或数种同时存在。遇有体温不升、反应低下、吮乳差、哭声低弱的患儿，必须仔细检查皮肤及皮下脂肪，当有硬化或硬肿并能排除新生儿皮下脂肪坏死时，即可作出诊断。

（2）病情分度：新生儿硬肿症诊断分度评分标准见下。

评分	体温（℃）		硬肿范围（%）	器官功能改变
	肛温	腋－肛温差		
0	≥35 正或负值		<20	无明显改变
1	<35+0 或正值		20~50	明显功能低下
	<35+负值			
4	<30 正或负值		>50	功能衰竭

①体温、硬肿范围和器官功能改变分别评分，总分为0分者属轻度，1～3分为中度，4分以上为重度。

②体温检测：肛温在直肠内距肛门约3cm测，持续4min以上；腋温将上臂紧贴胸部测8～10min。

③硬肿范围计算：头颈部20%，双上肢18%，前胸及腹部14%，背部及腰骶部14%，臀部8%，双下肢26%。

④器官功能低下，包括不吃、不哭、反应低下、心率慢或心电图及血生化异常；器官功能衰竭指休克、心力衰竭、弥散性血管内凝血、肺出血、肾功能衰竭等。

⑤无条件测肛温时，腋温<35℃为1分，<30℃为4分。

（3）皮肤硬肿范围诊断：皮肤硬肿范围大小分成轻、中、重3度。

轻度：硬肿范围<30%。

中度：硬肿范围为30%～50%。

重度：硬肿范围>50%。

（4）硬肿症及皮下脂肪硬度诊断分度。

Ⅰ度：皮下脂肪稍硬，肤色轻度发红。

Ⅱ度：水肿较明显，皮下脂肪弹性基本消失，肤色稍暗红。

Ⅲ度：水肿明显，皮下脂肪弹性消失，似橡皮样坚硬，肤色暗红。

（5）危重硬肿症诊断标准：依据卫生部妇幼司儿童急救项目办公室所拟订的"危重病例评分法试行方案"规定的以下2项指标，①肛温在30℃以下，硬肿Ⅱ度以上，不论范围大小。②肛温在33℃以下，硬肿Ⅱ度以上。范围超过60%。凡符合上述2项之一者，即可诊断为危重硬肿症。

二、医嘱示例

新生儿硬肿症医嘱（以生后1d，体重3kg的足月新生儿为例）。

长期医嘱	临时医嘱
新生儿护理常规	血常规
一级护理	尿常规
婴奶喂养	出、凝血时间
病重通知	粪常规＋隐血试验
记录24h出入液量	血气分析
置暖箱	血糖测定

吸氧	血钠、钾、氯、钙测定
VitE 10mg qd	血培养＋药物敏感试验
VitK₁ 5mg iv qd	弥散性血管内凝血全套（prn）
氨苄西林 0.15g　iv drip q12h 10%GS 20ml	心电图 胸片
丹参 4ml　iv drip qd 10%GS 20ml	头颅 B 超 新鲜冰冻血浆 30ml iv drip st
多巴胺 3.6mg　iv drip qd 酚妥拉明 3.6mg　4h 滴完 10%GS 20ml　prn	5%碳酸氢钠 15ml　iv drip st 10%GS 15ml 青霉素皮试

三、医嘱说明

1.新生儿硬肿症多发生在寒冷季节，早产儿多见。感染及摄入量少，麻醉均可造成硬肿症，临床上往往由多种因素共同造成的。由单纯寒冷引起的硬肿症，程度轻，累及全身其他脏器少，治疗效果好。而感染引起的硬肿症往往程度重，并发症多，病死率高。

2.复温。轻症可用缓慢复温法，先置病儿于 24～25℃室温中，使用热被、热水袋待病儿体温上升至 35℃时再移至 26℃暖箱中，然后每小时提高箱温 1℃，直至病儿体温正常。重症宜快速复温，放入 27℃暖箱中，每小时提高箱温 1℃，直至病儿体温正常。远红外线辐射床可先高于体温 1℃，30min 升高体温 1℃。如用微波复温则更快，每 7min 可升高体温 1℃。复温时需注意供氧，做好呼吸管理，监测血糖、血气分析，检查凝血功能。

3.在复温中尤其在快速复温时，要注意病儿可因耗氧量增加，脑缺氧而制抽搐。要密切观察体温上升的速度，不能太快，如突然出现呼吸困难，两肺广泛的细湿啰音，应考虑肺出血。

4.疗效分析。经治疗，体温逐渐上升至正常，硬肿消退，提示病情好转。如硬肿持续不消退，出现两肺细湿啰音、无尿、抽搐及消化道出血，提示病情危重。

第八节 新生儿破伤风

一、诊 断

1.病史 接生时脐带处理有消毒不严史，生后4～8d发病。

2.症状与体征 病儿先有喷嚏、多啼、烦躁不安、张口不利、吮乳口松、打呵欠等前驱症状。接着出现典型的症状是吮乳困难、牙关紧闭。当出现抽搐即为痉挛期，面部肌肉阵发性痉挛，呈"苦笑"面容。颈项肌痉挛时，出现颈项强直，头及足后屈，形成背曲，称为"角弓反张"。有任何轻微的刺激，如震动、接触病人的身体、光线和声音，都能诱发全身肌肉的痉挛和抽搐，甚至出现发绀、呼吸急促、呼吸停止、尿潴留、肌肉断裂和骨折。严重的病人可危及生命。渡过痉挛期，可进入恢复期。

3.辅助检查 取脐部渗出物作厌氧菌培养，可有破伤风杆菌生长。

4.诊断标准 有分娩时的接生过程及脐带处理消毒不严史或新生儿出生后有外伤局部未经消毒处理史。再结合典型的临床表现，即可作为临床诊断病例。

二、医嘱示例

新生儿破伤风医嘱（以生后6d，体重3kg为例）。

长期医嘱	临时医嘱
新生儿护理常规	血常规
一级护理	C反应蛋白
禁食或鼻饲	脐部分泌物厌氧菌培养
病重通知	破伤风抗毒素皮试
尽量减少刺激、避光	破伤风抗毒素 3 000U 脐周注射
头罩吸氧	破伤风抗毒素 2万U iv drip
心率、呼吸、血压监测	10%GS 50ml
记24h出入液量	青霉素皮试
脐部护理	尿常规

青霉素 30 万 U	iv drip q12h	粪常规	
10%GS 20ml		苯巴比妥 60mg	iv st
苯巴比妥 7.5mg	iv q12h	10%GS 5ml	
10%GS 5ml	第 2 天起		
地西泮（安定） 1.5mg iv q6h			
0.5%甲硝唑 5ml iv drip q12h			

三、医嘱说明

1.新生儿破伤风一经确诊，应争取早期注射破伤风抗毒素，以中和病灶内尚未被吸收的破伤风毒素，从而减少毒素达到中枢神经系统。

2.针对性地应用抗生素，抗菌消炎，防治并发症。

3.中药在解痉、镇静方面有一定效果，中西医结合治疗，可提高疗效，尤其病情需要大量应用镇静药时，为防止该类药物用量过多造成的呼吸抑制，以及反复使用造成的蓄积中毒，可使用中药熄风定搐之品，以减少西药毒副作用的发生。病情基本控制后，患儿正气已虚，此时配合中药益气养阴，扶助正气，增强小儿抗病能力。

（陈 黎 郑跃杰）

第 **4** 章 营养障碍性疾病

第一节 蛋白质-能量营养不良

一、诊 断

1. 诊断标准

（1）多有长期喂养不当或长期偏食、营养摄入不足。常有消化系统疾病（如腹泻、肠吸收不良综合征等）；先天畸形（如唇裂、腭裂）；急、慢性消耗性疾病（如肝炎、结核、痢疾、肠寄生虫病）；先天不足（如早产、多胎）等病史。

（2）体重下降，低于同年龄、同性别参照人群平均均值的15%或2个标准差以上。

（3）皮下脂肪减少，腹部皮褶厚度＜0.8cm。

（4）常伴活动减少，易疲劳，食欲减退，烦躁不安，头发干枯，病久者身高亦低于正常。

（5）排除其他引起消瘦的疾病如糖尿病等。

具备上述第（1）、（2）、（5）或者第（1）、（3）、（5）项伴或不伴第（4）项，可诊断为本病。

2. 分型诊断　可分为3型。

（1）消瘦型：特点为皮下脂肪变薄、肌肉减少，皮肤干枯、多皱、失去弹性和光泽，呈老人脸，骨瘦如柴。头发纤细而无光泽、干脆易脱落。体弱、乏力、神萎或烦躁不安。低血压、低体重、身高矮小等，无水肿。血浆总蛋白和白蛋白正常。

（2）水肿型：特点为水肿，皮下脂肪不减甚至增多，外观呈虚胖，水肿为凹陷性，表情淡漠，伴有毛发稀疏、干脆、枯黄、指甲薄脆有横沟，皮肤干燥、色素沉着或脱屑、溃疡，肝脏肿大，肌肉萎缩，肌张力低下，甚至不能站立或行走。血浆总蛋白和白蛋白明显降低，总蛋白＜45g/L，白蛋白＜25g/L。本型常见于用淀粉类食物（如面糊）喂养的婴儿。

（3）混合型：兼有以上两型特点，患儿体重下降明显又有水肿。

二、医 嘱 示 例

营养不良医嘱（以1岁，体重6kg的重度营养不良患儿为例）。

长期医嘱	临时医嘱
儿科护理常规	血常规
一级护理	尿常规（包括尿上皮细胞）
治疗膳食	粪常规
测体重　2次/周	肝功能（包括总蛋白、白蛋白、球蛋白）
测腹围　1次/周	血沉检测
计算每日热能、蛋白质的摄入量	血糖、血钠、血钾、血氯、$CPCO_2$测定
胃蛋白酶合剂　1ml　tid	血尿素氮、肌酐测定
葡萄糖酸锌颗粒　（23mg）1/3包　　bid	X线胸部摄片
VitAD　0.5ml　深部im　qd×3d	心电图
VitC　100mg　tid	超声心动图
复合VitB　1片　tid	血微量元素检测
捏脊推拿　qd	

三、医 嘱 说 明

1.营养不良往往合并消化不良，营养性贫血，各种微量元素及维生素的缺乏。一般采用病因治疗及合理的膳食搭配。并配合中药消积导滞，益气健脾，改善患儿的厌食、偏食、挑食等症状，促进胃肠道对营养物质的消化、吸收、利用，提高治疗效果。

2.营养不良初期，可以中药辨证施治为主，并配合针灸、捏脊、推拿等综合治疗，以改善贫血，增强机体抵抗力，促进食欲和胃肠道的消化吸收。

3.重度营养不良，自身组织消耗，全身各系统、各器官的功能发生障碍，易合并感染、低血糖症甚至死亡。此时应予支持疗法，抗感染及对症处理，中药则以补益气血、温阳健脾法或扶正培元、清热养阴等法治之，以调和阴阳、协调各脏腑功能，调节机体整体水平，增强免疫力。

4.患儿在治疗后3～4d内淡漠及烦躁消失，活动增多，对环境产生兴趣，食欲逐渐增加。水肿型患儿水肿可先增加，随后尿量增加，伴体重下降，水肿消失约需数周。以后体重逐渐回升并增长，同时血清白蛋白回升到 35g/L 以上。如营养管理得当，患儿体重增加可每天增加 50～70g，6～8 周可达身高相应体重，但要达到年龄相应体重或年龄相应身高需要更长时间，而且身高比体重恢复需时更长得多。

5.绝大多数病例为可逆的，经过治疗可获痊愈。如患儿营养不良发生的年龄过小、持续时间过长、程度严重已使患儿生长发育明显受损，智力、体格生长的迟缓也可以时永久性的。也有极少数严重病例治疗无效死亡，其中以水肿型为多。

第二节　维生素 A 缺乏症

一、诊　断

1.病史　饮食中长期缺乏肉类、脂肪及含胡萝卜素的绿叶蔬菜或有消化道慢性疾病及严重肝脏疾病史。

2.眼部表现　两眼畏光，经常眨眼，眼干无泪，角膜浑浊或软化，结膜干燥有皱褶，角化上皮堆积于结膜颞侧角膜缘等，形成形似泡沫的三角形灰白斑，称毕脱斑。年长儿则首先出现夜盲。

3.皮肤表现　皮肤干燥、脱屑及毛囊角化，以四肢为著，毛发干枯易脱落，指甲脆薄。

4.其他表现　全身免疫力低下，易反复呼吸道及泌尿道感染。

5.辅助检查　测定血浆中维生素 A 含量，低于 $0.70\mu mol/L$ 或取 10ml 新鲜中段尿，滴入数滴 1%甲紫（龙胆紫），计数上皮细胞，如超过 3 个/mm^3 而无泌尿道感染，可以作出诊断。尿沉渣中如发现角化上皮则更有助于诊断。

具有病史和第 2～4 中任何 1 项，同时具有第 5 项者，可确诊本病。

二、医 嘱 示 例

维生素 A 缺乏症医嘱（以 1 岁，体重 10kg 为例）

长期医嘱	临时医嘱
儿科护理常规	血常规
一级护理	尿常规
婴儿粥　50g　tid	粪常规

牛奶　100ml　tid	尿上皮细胞计数（角化上皮细胞）
眼部清洁护理（防干燥、强光）	肝功能
限制手臂活动	血尿素氮、肌酐测定
VitA　2.5 万 U　qd	血 VitA 测定
金霉素眼膏　涂眼　bid	血浆视黄醇结合蛋白测定
1%阿托品滴眼液　滴眼　bid（角膜溃疡者）	血 IgA、IgG、IgM 测定
VitC　100mg　qd	眼科会诊
复合 VitB　1 片　qd	

三、医嘱说明

1.轻症维生素 A 口服，每日 26.25～52.5μmol（2.5 万～5 万 U）。若病情严重，有角膜病变时或腹泻者，应先深部肌注维生素 AD 注射液 0.5～1ml，每日 1 次，连用 3～5d，病情好转后改口服制剂，婴儿每日 1 500～2 000U，儿童为 2 000～4 500U。

2.眼干燥症（干眼病）可用消毒鱼肝油滴眼，用 0.25%氯霉素眼药水以及 0.5%红霉素或金霉素眼膏以防止继发感染；有角膜溃疡时，用消毒鱼肝油及抗生素眼药水（0.1%利福平或 0.5%卡那霉素）滴眼，每 1～1.5h 交替滴眼 1 次，每天 20 次，并用 1%阿托品扩瞳防止虹膜脱出或黏连；为保护角膜软化损伤，眼睛可用眼罩保护；对婴幼儿要限制其手臂运动，以免损伤眼睛。

3.一般以夜盲现象改善最快，数小时内即可见效。眼干燥症及角膜病变在 2～3 日内迅速好转。皮肤角化好转较慢，需 1～2 个月才能恢复，如同时给予维生素 E 治疗效果更好。

4.在治疗中应注意避免发生急性维生素 A 中毒。接受高剂量治疗的病儿 2%～3%可有良性的暂时性颅内压增高症状，前囟已闭合的病儿可表现为呕吐，前囟未闭的病儿表现为前囟隆起、眼球震颤、视神经盘水肿。脑脊液除压力增高外余正常。这些症状一般在停药 1～2d 后自然消失。

第三节 维生素 D 缺乏性佝偻病

一、诊 断

1.病史 母亲孕期饮食缺乏维生素 D 的供给；患儿系早产，多胎或秋冬季出生；生后缺少日光直接照射；小儿生长速度过快，未及时供给维生素 D；不合理喂养，长期用淀粉类食物如米糊及奶糕，未按时添加辅食等。

2.根据 1986 年全国佝偻病防治科研协作组制订的标准诊断

（1）佝偻病的临床分度

①轻度：颅骨软化，囟门增大，轻度方颅、串珠、肋软骨沟等改变。

②中度：可见典型的串珠、手镯、肋软骨沟，轻度或中度的鸡胸、漏斗胸、O 或 X 形腿，可有囟门晚闭、出牙迟缓等明显改变。

③重度：可见明显的肋软骨沟、鸡胸、漏斗胸、脊柱畸形、O 形或 X 形腿、病理性骨折等严重改变。

（2）佝偻病的临床分期：根据年龄、病史、症状、体征、X 线及血生化等项综合资料，可分以下各期。

①初期：多为 3 个月左右开始发病（孕母缺钙者小儿出生 2 个月内即可有明显佝偻病表现）。早期常有非特异性的神经精神症状，如夜惊、多汗、烦躁不安等。枕秃亦较常见，并有轻度骨骼改变的体征。血生化改变轻微，血钙、磷正常或稍低，碱性磷酸酶正常或稍高。

②激期：常见于 3 个月至 2 岁的小儿。有明显的上述神经精神症状，同时有中度的骨骼改变体征。X 线片可见临时钙化带模糊、消失，干骺端增宽，边缘呈云絮状、毛刷状或杯口状，骨骺软骨加宽。血钙、磷均降低，碱性磷酸酶增高。

③恢复期：经处理后，症状改善，体征逐渐减轻、恢复。X 线片原先的钙化带重现、增宽、密度加深。血钙、磷、碱性磷酸酶恢复正常。

④后遗症：多见于 3 岁以上小儿。症状消失，骨骼改变不再进展。X 线及血生化正常，仅留不同程度的骨骼畸形。

二、医 嘱 示 例

维生素 D 缺乏性佝偻病医嘱（以 1 岁，体重 10kg 为例）。

长期医嘱	临时医嘱
儿科护理常规	血常规
二级护理	尿常规
婴儿粥 50g tid	粪常规
牛奶 100ml tid	血清 25-（OH）D_3 及 1，25-（OH）$_2D_3$ 测定
避免长时间坐位	血钙、磷、碱性磷酸酶测定
活性钙颗粒 50mg tid	X 线骨骼摄片（左手及腕部正位摄片）
	$VitD_3$ 30 万 U im
	骨科会诊（后遗症期者）
	严重骨骼畸形择期手术

三、医嘱说明

1.补充维生素 D。

（1）初期：给维生素 D 制剂 125～250μg/d（5 000～10 000U/d），连续口服 1 个月后，改为预防量，夏季酌情减量。或以每次给维生素 D_2 10 000μg（40 万 U）或维生素 D_3 7 500μg（30 万 U），肌注，连用 1～2 次，每次间隔 1 个月。同时给予适量的钙剂。

（2）激期：维生素 D 制剂 250～500μg（10 000～20 000U/d）口服，连续 1 个月。或者维生素 $D_2$10 000μg（40 万 U）/次或维生素 D_3 7 500μg（30 万 U）/次，肌注，连用 2～3 次，每次间隔 1 个月。同时给予适量的钙剂。

（3）恢复期：在夏秋季多晒太阳即可。冬季给维生素 D 2500～5000μg（10 万～20 万 U），1 次口服或肌注，以防来年春季复发。

2.正规治疗过程中，症状常在几日内逐渐减轻，X 线改变一般在 2～4 周，表现为干骺端的密度增加，骨皮质增厚。

3.治疗中应预防维生素 D 中毒。维生素 D 中毒表现为早期出现厌食、恶心、倦怠、烦躁不安，继而呕吐、腹泻，危重病儿有血压升高、心律失常。如用鱼肝油制剂者还应避免维生素 A 中毒（尤其应用维生素 A 与维生素 D 之比为 10：1 的混合剂者）。必要时应定期检测血钙、尿钙，避免因维生素 D 中毒引起的高血钙。同时也应注意钙的摄入量，以防摄钙过多导致高钙血症以及影响其他元素的吸收。

第四节 婴儿手足搐搦症

一、诊　断

1.病史　有佝偻病、感染、腹泻等病史或起病前未补充维生素 D、钙剂的患儿。

2.临床表现

（1）症状

①惊厥：婴儿以无热惊厥为主。每日惊厥发作 1～20 次不等，每次持续时间数秒至半小时。惊厥时大都意识丧失，手足呈节律性抽动，面肌痉挛，眼球上翻，大小便失禁等。小婴儿有时只见面肌抽动即为本症的初期症状。发作间隙病儿神志基本正常。

②手足搐搦：较大婴儿或儿童则以手足搐搦为主，即腕部弯曲、手指伸直、大拇指贴近掌心，足趾强直而跖部略弯呈弓状，发作时神志清醒。

③喉痉挛：喉痉挛是婴儿手足搐搦症最严重的表现，可呈现吸气性哮吼。吸气困难，严重时可因窒息而死亡。肌内注射时偶可诱发喉痉挛。

（2）隐性体征

①面神经征（Chvostek 征）：用指尖轻叩耳前面神经处，可见眼皮或上唇抽动。新生儿期此征阳性无诊断意义。

②腓反射阳性：用小锤叩击膝外侧腓骨头上的腓神经，足部向外侧收缩为阳性。

③止血带征（Trousseau 征）：血压计袖带包裹上臂，打气加压使桡侧脉搏暂停，5min 内出现手搐搦为阳性。

3.辅助检查　血清钙大多在 1.75mmol/L 以下，甚至降至 1～1.25mmol/L 或血清游离钙＜1.0mol/L。

具备第 2 及第 3 项可诊断本病。

二、医嘱示例

婴儿手足搐搦症医嘱（以 6 个月，7kg 为例）。

长期医嘱	临时医嘱
儿科护理常规	血常规

一级护理	尿常规
婴儿粥　25g　tid	粪常规
牛奶　100ml　tid	血钙、磷、镁、钠、钾、氯测定
保持呼吸道通畅	血碱性磷酸酶测定
观察惊厥发生情况	尿钙定性检查
活性钙颗粒　50mg　tid	血气分析
10%葡萄糖酸钙　10ml　　缓慢静推 10%GS　10ml　　　　　qd　连用3d	X线骨骼摄片（左手及腕部）
	脑电图
	血清 T_3、T_4、TSH 测定
	10%水合氯醛　3.5ml　保留灌肠
	$VitD_3$　30万U　im　用钙剂4d后用
	25%硫酸镁　0.5ml　深部im　（prn）

三、医嘱说明

1.喉痉挛与惊厥可致呼吸暂停，均有生命危险，应尽快急救。①保持呼吸道通畅：严重者先将舌尖拉出，进行人工呼吸或加压给氧，必要时气管插管。②惊厥处理：副醛 1ml/岁（最大量不超过 5ml/次）深部肌注或 10%水合氯醛 0.5ml/（kg·次）保留灌肠；也可用安定每次 0.1～0.3mg/kg 静脉注射。同时针刺人中、合谷、少商、印堂等穴位。

2.不要等血钙测定结果，应立即用 10%葡萄糖酸钙 5～10ml 加 10%～20%葡萄糖液 10～20ml 稀释后缓慢静注（不可皮下或肌注，因可致局部坏死），并监测心率，如发生心动过缓即应减慢注入速度或停止，每日注射 1～3 次，连用 2～3d。痉挛停止后改口服 10%氯化钙（既补钙又酸化血）5～10ml，每天 3～4 次，氯化钙应用时间不宜过长，以免发生医源性酸中毒，7～10d 后改用乳酸钙等其他钙剂，按元素钙至少 200mg/（kg·d）。

3.补充钙剂 3～5d 后可给维生素 D，由小量开始，以免诱发低钙。剂量为 2 500～5 000U/d，1 周后可增至 5 000～10 000U/d。疗程与佝偻病相同，然后改为预防量。必要时亦可于钙剂治疗数日后给维生素 D_2 或维生素 D_3 30 万～60 万 U 肌注 1 次。

第五节 锌缺乏症

一、诊 断

1. **确诊标准** 具备下列 5 项中 3 项即可确诊（1995 年全国提高儿童生命质量学术会议制订）。

（1）膳食调查显示每日锌摄入量少于推荐供给量的 60%。

（2）有食欲缺乏、生长发育迟缓、皮炎、反复感染、免疫功能低下、异食癖等典型锌缺乏临床表现中的 2 个或 2 个以上。

（3）空腹血清锌浓度<11.47 μmol/L（原子吸收法）。

（4）餐后血清锌浓度反应实验（PZCR）>15%。即：先测空腹血清锌浓度 A0 作为基础水平，然后给予标准饮食，2h 后复查血清锌浓度 A2，并计算 PZCR=（A0-A2/A0）×100%。

（5）单独用锌剂治疗 1 个月后有显效。

2. **可以判断** 具备下列 5 项中 2 项者为可疑。

（1）空腹血清锌浓度介于 11.47～13.74 μmol/L（原子吸收法）。

（2）另 4 项与"确诊标准"中（1）、（2）、（4）、（5）项相同。

二、医 嘱 示 例

锌缺乏症医嘱（以 3 岁，体重 15kg 为例）。

长期医嘱	临时医嘱
儿科护理常规	血常规
二级护理	尿常规
普食	粪常规
葡萄糖酸锌颗粒剂　35mg　qd	血清锌浓度测定
VitB$_1$　10mg　tid	血清 T$_3$、T$_4$、TSH 测定
VitB$_6$　10mg　tid	单纯性 GH 缺乏激发试验
	血清碱性磷酸酶测定
	血清 VitA 测定（prn）

三、医 嘱 说 明

1.补锌治疗。①葡萄糖酸锌：3岁以下5～10mg，4～6岁10～15mg，6岁以上15～20mg。以上均为锌的剂量，每日只需服1次，亦可以将1日量分2～3次服用。口服液：每瓶10ml，含锌10mg；冲剂：每袋10g，含锌10mg。②枸橼酸酸锌：每次0.5～1片，每日3次。本品含锌量高（每片含锌39mg），口感好，吸收快，相对生物利用度是同类药物的2.5倍。③甘草锌：儿童服用量按锌元素计算，0.5～1.5mg/（kg·d），相当于80mg规格片剂的1/8～1/3。一般常用量为（80mg片剂）1～2片。补锌的同时，尚可加服维生素D，每日400U，有助于锌的吸收。用量过大可引起锌中毒，其症状与铅中毒相似。服锌过量尚可抑制硒的吸收，而引起维生素E缺乏类似症状，均需注意。

2.本病治疗过程中需注意，长期过量补锌可抑制铜的吸收而造成贫血、生长迟缓、肝细胞中色素氧化酶活力降低等中毒表现。因此，仅对可能发生缺锌的儿童如早产儿、人工喂养、营养不良、长期腹泻、手术后恢复期或生长发育过快等适当补锌。

第六节 单纯性肥胖症

一、诊 断

肥胖的诊断方法有多种，现举3种以供参考。

1.凡体重超过同年龄、同性别儿童平均体重的20%为肥胖，超过20%～30%者为轻度肥胖，超过30%～50%者为中度肥胖，超过50%者为重度肥胖。

2.凡体重超过同年龄、同性别儿童平均体重加2SD为肥胖，加2～3SD者为轻度肥胖，超过3～4SD者为中度肥胖，超过4SD者为重度肥胖。

3.体重指数（BMI）测定：BMI即指体重（kg）/身高（m^2）。BMI成人大于25为肥胖。男性学龄儿童BMI超过18；女性学龄儿童BMI超过17.5，均可诊断为儿童肥胖。

二、医 嘱 示 例

单纯性肥胖症医嘱（以10岁，60kg为例）。

长期医嘱	临时医嘱
儿科护理常规	三大常规
三级护理	血脂系列测定
低糖、低脂饮食	肝功能
加强运动	葡萄糖耐量试验
针刺治疗 qd	血皮质醇测定（8：00；16：00）
	血 C 肽测定（空腹）
	血胰岛素测定（空腹）
	性激素测定
	肝脏、肾上腺 B 超
	子宫、卵巢 B 超
	头颅 CT

三、医 嘱 说 明

1.保证生长发育需要的同时进行饮食控制。以低热量、高蛋白、低碳水化合物食谱较为理想。应限制脂肪入量，以碳水化合物为主要热量来源。

2.对于中重度肥胖对其摄食量应予适当限制。每日摄入热量 5 岁以下为 2 512.08～3 349.44J（1cal=4.1868J）5 岁以上为 3 349.44～5 024.16J，青春期为 6 280.2～8 374.6J。视情况可以一日六餐制（早餐，午餐，晚餐，上午，下午和晚间小吃）。蛋白质，维生素，矿物质和微量元素应充分供应。严格禁食易于造成脂肪堆积的食物。控制体重显效后，进行维持期热量供应。

3.运动可增加机体热量消耗，坚持每日进行身体锻炼，可控制肥胖，促进脂肪分解，节约氨基酸，促进肌肉蛋白合成，致使肥胖减轻，同时又增强了患儿体质。运动强度以最大氧消耗的 50%或最大心率的 65%，坚持每日 1h，每周活动 5d。活动以长跑为主，配合球类、跳绳等活动，一般平均日运动量消耗热量为 147kJ 千焦（350kcal）。

4.对肥胖症患儿要使其了解可能引起的严重后果，使其长期坚持限制饮食和增加运动锻炼的治疗。同时不要过分干预患儿的进食习惯，避免患儿精神紧张。

5.对单纯性肥胖，一般不主张使用药物减肥。对症状性肥胖，如甲状腺功能减低、库欣综合征等疾病应首先适当治疗原发病，才能达到降低体重的目的。

（王 樱 万力生）

第**5**章 消化系统疾病

第一节 疱疹性口炎

一、诊 断

1. **病史** 多并发上呼吸道感染、肺炎、肠炎或其他急性传染病过程中。

2. **临床表现** 起病时发热达 38～40℃，1～2d 后，齿龈、唇内、舌、颊黏膜等各部位口腔黏膜出现单个或成簇的小疱疹，直径 2～3mm，周围有红晕，迅速破溃后形成溃疡，有黄白色纤维素性分泌物覆盖，多个溃疡可融合成不规则的大溃疡，有时累及上腭和咽部。在口角和唇周皮肤亦常发生疮疹，疼痛颇剧、拒食、流涎、烦躁，颌下淋巴结经常肿大。体温在 3～5d 后恢复正常，病程 1～2 周。局部淋巴结肿大可持续 2～3 周。

3. **辅助检查** 血白细胞总数及中性粒细胞增高或正常。

二、医 嘱 示 例

疱疹性口炎医嘱（以 3 岁，体重 15kg 为例）。

长期医嘱	临时医嘱
儿科护理常规	血常规
二级护理	尿常规
半流食	粪常规
冰硼散外涂患部 qid	咽拭培养
复合 VitB 1 片 tid	血微量元素测定
VitC 0.1 tid	血免疫球蛋白测定
0.1%的雷凡诺 清洗口腔 tid	
1%丁卡因 进食前 5min 涂溃疡处	

三、医 嘱 说 明

1.疱疹性口炎是单纯疱疹病毒Ⅰ型（HSV-I）引起的急性口腔黏膜感染。

2.注意观察口腔溃疡愈合情况，一般 10d 左右自愈；有无继发感染征象，如体温持续不退或升高，口腔黏膜的炎症反应加剧，溃疡面渗出物较厚，外周血白细胞计数增高，应考虑加强抗感染治疗。

第二节　消化性溃疡

一、诊　　断

小儿消化性溃疡的诊断，较成人困难得多，主要因症状不典型。如空腹时反复发生上腹部疼痛及压痛伴呕吐者可拟诊为溃疡病。胃液分析对儿童意义不大，因胃酸无明显改变，只少数病例增加。胸片检查有时可帮助诊断。儿童时期发现典型的溃疡龛影者为数不多，因十二指肠球部位置深而固定，溃疡多在球后壁，正侧位较难看到。此外与溃疡浅而小，易愈合也有关。大多数表现为胃滞留增多，胃蠕动增强，幽门痉挛梗阻，十二指肠球部充盈欠佳，黏膜粗糙紊乱，局部压痛等间接征象。小婴儿直立位腹部平片显示腹腔内出现游离气体，提示胃或十二指肠有穿孔。

2003 年中华医学会儿科学分会感染消化学组小儿消化性溃疡胃镜诊断标准：消化性溃疡主要指发生于胃和十二指肠的慢性溃疡。胃镜下见黏膜缺损呈圆形、椭圆形、线形、不规则形，底部平坦，边缘整齐，为白苔或灰白苔覆盖。或为一片充血黏膜上散在小白苔，形如霜斑，称"霜斑样溃疡"。

1.根据部位分型

（1）胃溃疡。

（2）十二指肠球部溃疡。

（3）复合性溃疡：胃溃疡和十二指肠球部溃疡并存。

2.根据胃镜下所见分期

（1）活动期：溃疡基底部有白色或灰白色厚苔，边缘整齐，周围黏膜充血、水肿、有时易出血；水肿消退，呈黏膜向溃疡集中。十二指肠溃疡有时表现为一片充血黏膜上散在小白苔，即霜斑样溃疡。

（2）愈合期：溃疡变浅，周围黏膜充血水肿消退，基底出现薄苔；薄苔是愈合期的标志。

（3）瘢痕期：溃疡基底部白苔消失，遗下红色瘢痕，以后红色瘢痕转为白色瘢痕，其四周黏膜呈辐射状，表示溃疡完全愈合，但仍可遗留轻微凹陷。

二、医嘱示例

消化性溃疡医嘱（以 6 岁，体重 20kg 为例）。

长期医嘱	临时医嘱
儿科护理常规	血常规
二级护理	尿常规
软食	粪常规＋隐血试验
奥美拉唑（洛赛克）　　10mg　　qd	X 线钡餐检查
阿莫西林 0.25 tid	血抗幽门螺杆菌抗体检查
枸橼酸铋钾　50mg　tid	^{13}C 呼气试验
西咪替丁　100mg　tid	内镜检查＋胃黏膜组织活检快呋塞米素酶试验（查找幽门螺杆菌）
	腹部 B 超（肝、胆、脾）
	外科会诊

三、医嘱说明

1.X 线钡餐检查对小儿溃疡检出率为 47%，气钡双重造影可提高检出率。

2.胃镜检查可使确诊率提高到 95%，可以直视溃疡的形态，了解有无出血，经 6～8 周的正规治疗后复查胃镜可了解疗效。胃镜下溃疡分 3 期。①活动期：溃疡基底部覆有白色或黄白色厚苔，边缘整齐，周围黏膜充血水肿。也有黏膜上散在小白苔，形如霜斑称"霜斑性溃疡"。②愈合期：溃疡变浅，周围黏膜充血水肿消失，基底出现白苔。③瘢痕期：红色瘢痕至白色瘢痕，表示溃疡愈合。

3.幽门螺杆菌检查以下 2 项或 2 项以上可明确为 Hp 感染。①活检组织细菌培养：准确、可靠，是诊断的"金标准"，但需多点组织活检，否则阳性率低。②组织学检查：常用 G 染色，阳性时 Hp 呈淡黄色。③快呋塞米素酶试验：取胃黏膜置于特定试剂盒中，Hp 菌中的尿素酶将试剂中的尿素分解产氨，指示剂变红色作阳性诊断。④血清学检查：敏感性高，但特异性仅约 70%，不能作为疗效观察指标。因为即使 Hp 清除 1～3 个月后血清抗体才开始降低，6 个月明显降低，但也有 1 年左右未见抗体水平下降的。⑤核素尿素呼气试验：阳性率高达 98%，特异性高达 97%。可作为 Hp 感染的"金标准"。但因含有放射性核素，儿童应慎用。

4.活动期消化性溃疡患儿饮食宜少食多餐。症状缓解后，应尽快恢复到 1 日 3 餐的正常饮食。此种说法有疑义

5.消化性溃疡的治疗主要是减少胃酸分泌、加强胃黏膜的保护及抗 Hp 感染三方面。减少胃酸分泌的药物有西咪替丁、雷尼替丁、法莫替丁等 H_2 受体阻滞药和奥美拉唑（洛赛克）、兰索拉唑等质子泵抑制药，其中质子泵抑制药为目前治疗溃疡病的重要药物，抑酸药物的治疗，疗程 8 周。胃黏膜保护药有硫糖铝、胶肽铋等。

6.抗 Hp 治疗，时间为 7～14d，治疗的抗生素有克拉霉素、阿莫西林、甲硝唑、呋喃唑酮等。为提高 Hp 的根治率，抗 Hp 的治疗可采用联合疗法，即抗生素、胶态铋及奥美拉唑三联治疗。

7.胃酸不高的溃疡，宜选用胃黏膜保护剂如枸橼酸铋钾（胶体次枸橼酸铋）；而胃酸较高的溃疡，宜选用较强的抑酸剂，如 H_2 受体拮抗药如雷尼替丁，如疗效仍差，可选用质子泵抑制药奥美拉唑（洛赛克），同时加用抗幽门螺杆菌药物。

8.病情反复有 2 种可能，一是病情复发，如溃疡病儿经治疗症状一度消失，但在恢复期症状反复或胸片和胃镜检查提示溃疡又出现，很可能是突然停药或药物减量过快；二是治疗方案不当，如难治性溃疡治疗有效后更换药物不合理，没有联合用药。病情恶化也有 2 种可能：一是诊断和治疗方案有错；二是病情过重或凶险。

第三节 婴幼儿腹泻

一、诊　断

根据病史、体格检查和大便性状易于作出临床诊断。按照腹泻的病期和症状的轻重，作出分期、分型；并判断有无脱水及脱水的程度与性质、酸中毒和电解质紊乱，注意寻找病因，如喂养不当、肠道内外感染等。

1.诊断依据　①大便性状有改变，呈稀便、水样便、黏液便或脓血便。②大便次数比平时增多。

2.根据病程分为 3 种　①急性腹泻：病程在 2 周以内。②迁延性腹泻：病程在 2 周至 2 个月。③慢性腹泻：病程在 2 个月以上。

3.根据病情分为 3 种　①轻型：无脱水、无中毒症状。②中型：轻至中度脱水或有轻度中毒症状。③重型：重度脱水或有明显中毒症状（烦躁、精神萎靡、面色苍白、高热或体温不升、白细胞计数明显升高）。

4.病因学诊断

（1）感染性腹泻

①急性肠炎可根据大便性状、粪便镜检、流行季节及发病年龄估计最可能的病原，以作为用药的参考。流行性腹泻水样便多为轮状病毒或产毒性细菌感染，尤其是 2 岁以下婴幼儿，发生在秋冬季节，以轮状病毒肠炎可能性较大；发生在夏季，以 ETEC 肠炎可能性大。如粪便为黏液或脓血便，应考虑侵袭性细菌感染，如 EIEC 肠炎、空肠弯曲菌肠炎或沙门菌肠炎等。

②有条件的单位应进行细菌、病毒及寄生虫等病原学检查。大便镜检有较多白细胞者可做大便细菌培养；疑为病毒性肠炎者可取急性期（发病 3d 以内）大便滤液或离心上清液染色后用电镜或免疫电镜检查；还可用免疫学的方法（如 ELISA，固相放射免疫法等）检测粪便中病毒抗原，血清中特异性抗体。病毒 RNA 凝胶电泳，可直接从粪便中提取 RNA，按特征性 RNA 图谱进行轮状病毒电泳分型，有长型和短型之分。各种病原肠道感染患儿的血清学检查虽对临床帮助不大，但对流行病学调查和回顾性诊断颇有意义。病原明确后可按病原学进行诊断，如致病性大肠杆菌肠炎、空肠弯曲菌肠炎、轮状病毒肠炎等。

（2）非感染性腹泻：根据病史、症状及检查分析可诊断为食饵性腹泻、症状性腹泻、过敏性腹泻等。

5.脱水的评估　根据临床表现、血液电解质及二氧化碳结合力测定，判断脱水程度、性质、电解质紊乱及酸中毒的情况。

二、医嘱示例

1.腹泻轻度脱水医嘱（以 6 个月，8kg 为例）。

长期医嘱	临时医嘱
儿科护理常规	血常规
二级护理	尿常规
母乳喂养	粪常规＋隐血试验
记录大便次数、性质、数量	粪培养＋药物敏感试验
思密达　1.5g　tid	粪轮状病毒抗原检测
妈咪爱　1g　tid	血清钠、钾、氯测定

脾可欣　2g　tid	血气分析
	口服补液盐　500ml　分多次饮服（4～6h 内）

2.腹泻中度脱水医嘱（以 6 个月，8kg 为例）。

长期医嘱	临时医嘱
儿科护理常规	血常规
二级护理	尿常规
母乳喂养	粪常规＋隐血试验
记录大便次数、性质、数量	粪常规＋药物敏感试验
思密达　1.5g　tid	粪轮状病毒抗原检测
妈咪爱　1g　tid	血钠、钾、氯测定
脾可欣　2g　tid	血气分析
	10%氯化钠　20ml
	5%碳酸氢钠　25ml　　iv drip　（6～8h 内）
	10%GS　500ml

3.腹泻重度脱水医嘱（以 6 个月，8kg 为例）。

长期医嘱	临时医嘱
儿科护理常规	血常规
一级护理	尿常规
母乳喂养	粪常规＋隐血试验
记录大便次数、性质、数量	粪常规＋药物敏感试验
思密达　1/2 包　tid	粪轮状病毒抗原检测
妈咪爱　1g　tid	血钠、钾、氯测定
脾可欣　2g　tid	血气分析
	NS　160ml iv drip（1/2～1h 内滴完）或血浆 160ml　iv　drip（1h 内滴完）
	10%氯化钠　20ml
	5%碳酸氢钠　25ml　　iv drip　（5～7h 内）
	10%GS　500ml

三、医嘱说明

1.本病主要发生在婴幼儿,其内因特点:①婴儿胃肠道发育不够成熟,酶的活性较低,但营养需要相对地多,胃肠道负担重。②婴儿时期神经、内分泌、循环系统及肝、肾功能发育均未成熟,调节功能较差。③婴儿免疫功能也不完善。④婴儿体液分布和成人不同,细胞外液占比例较高,且水分代谢旺盛,调节功能又差,较易发生体液、电解质紊乱。

2.感染因素分为消化道内与消化道外感染,以前者为主。①消化道内感染:致病微生物可随污染的食物或水进入小儿消化道,因而易发生在人工喂养儿。哺喂时所用器皿或食物本身如未经消毒或消毒不够,亦有感染可能。病毒也可通过呼吸道或水源感染。②消化道外感染:消化道外的器官、组织受到感染也可引起腹泻,常见于中耳炎、咽炎、肺炎、泌尿道感染和皮肤感染等。腹泻多不严重,年龄越小者越多见。③滥用抗生素所致的肠道菌群紊乱:长期较大量地应用广谱抗生素如氨苄西林(氨苄青霉素)、各种头孢菌素,特别是两种或以上并用时,除可直接刺激肠道或刺激自主神经引起肠蠕动增快、葡萄糖吸收减少、双糖酶活性降低而发生腹泻外,更严重的是可引起肠道菌群紊乱。此时正常的肠道大肠杆菌消失或明显减少,同时耐药性金黄色葡萄球菌、变形杆菌、绿脓杆菌、难辨梭状芽胞杆菌或白色念珠菌等可大量繁殖,引起药物较难控制的肠炎。

3.消化功能紊乱包括以下几种。①饮食因素;②不耐受糖类;③食物过敏;④药物影响;⑤其他因素:如不清洁的环境、户外活动过少,生活规律的突然改变、外界气候的突变(中医称为"风、寒、暑、湿泻")等,也易引起婴儿腹泻。

4.脱水补液有四大原则:①补液速度先快后慢;②补液浓度先浓后淡;③见尿补钾(氯化钾静滴的浓度应<0.3%);④重新调整。

5.根据血气判断酸中毒的程度,用 5%的碳酸氢钠纠正酸中毒。5%的碳酸氢钠用量根据计算所得,一般先使用计算所得之半量纠正酸中毒,6h 后重新评估,机体可通过肾脏调节酸碱平衡;但如不纠正脱水而只给碱性药物,疗效不佳。

6.由于脱水、血液浓缩、酸中毒、钾向细胞外转移和少尿使腹泻病儿临床所测血钾多数正常。在纠正脱水、酸中毒时,血清钾被稀释、利尿排钾、输出葡萄糖合成糖原等因素,血钾降低出现低钾血症。因此临床必须见尿补钾,按钾的正常生理需要量每天 2~4mmol/kg 补充。除补钾外,尚需注意钙的补充。

7.急性水样便腹泻多为病毒或产肠毒素细菌感染引起,一般不用抗生素,应积极防治脱水、纠正酸中毒和保持电解质平衡。

8.黏胨、脓血便病儿多为侵袭性细菌感染，选用一种有效的抗菌药物。如用药 48h 不见好转，考虑更换抗生素。

9.肠道菌群失调所致的腹泻，可用妈咪爱、双歧三联活菌（培菲康）、米雅等调整菌群失调。

10.对慢性腹泻患儿，要有疾病反复的思想准备，主要是改善饮食习惯，增强体质和延长微生态制剂的使用。

第四节　急性出血性坏死性小肠炎

一、诊　断

1.**病史**　起病急，发病前多有不洁饮食史。受冷、劳累，肠道蛔虫感染等为诱发因素。

2.**临床表现**

（1）腹痛：起病急骤，突然出现腹痛，也常可为最先症状，多在脐周。病初常表现为逐渐加剧的脐周或中上腹阵发性绞痛，其后逐渐转为全腹持续性痛并有阵发性加剧。

（2）腹泻便血：腹痛发生后即可有腹泻。粪便初为糊状而带粪质，其后渐为黄水样，继之即呈白水状或呈赤豆汤和果酱样，甚至可呈鲜血状或暗红色血块，粪便少而且恶臭。无里急后重。出血量多少不定，轻者可仅有腹泻或仅为粪便隐血阳性而无便血；严重者 1d 出血量可达数百毫升。腹泻和便血时间短者仅 1～2d，长者可达 1 个月左右，且可呈间歇发作或反复多次发作。腹泻严重者可出现脱水和代谢性酸中毒等。

（3）恶心呕吐：常与腹痛、腹泻同时发生。呕吐物可为黄水样，咖啡样或血水样，亦可呕吐胆汁。

（4）全身症状：起病后即可出现全身不适，软弱和发热等全身症状。发热一般在 38～39℃，少数可达 41～42℃，但发热多于 4～7d 渐退，而持续 2 周以上者少见。

（5）腹部体征：相对较少。有时可有腹部饱胀、见到肠型。脐周和上腹部可有明显压痛。早期肠鸣音可亢进，而后可减弱或消失。

3.**辅助检查**

（1）血象：周围血白细胞增多，甚至高达 40 000/mm³ 以上，以中性粒细胞增多为主，常有核左移。红细胞及血红蛋白常降低。

（2）粪便检查：外观呈暗红或鲜红色或隐血试验强阳性，镜下见大量红细胞，偶见脱落的肠系膜。可有少量或中等量脓细胞。

（3）胸片检查：腹部平片可显示肠麻痹或轻、中度肠扩张。钡剂灌肠检查可见肠壁增厚，显著水肿，结肠袋消失。在部分病例尚可见到肠壁间有气体，此征象为部分肠壁坏死，结肠细菌侵入所引起；或可见到溃疡或息肉样病变和僵直。部分病例尚可出现肠痉挛、狭窄和肠壁囊样积气。

4.临床分型

（1）胃肠炎型：见于疾病的早期有腹痛、水样便、低热，可伴恶心呕吐。

（2）中毒性休克：出现高热、寒战、神志淡漠、嗜睡、谵语、休克等表现，常在发病1～5d内发生。

（3）腹膜炎型：有明显腹痛、恶心呕吐、腹胀及急性腹膜炎征象，受累肠壁坏死或穿孔，腹腔内有血性渗出液。

（4）肠梗阻型：有腹胀、腹痛、呕吐频繁，排便排气停止，肠鸣音消失，出现鼓肠。

（5）肠出血型：以血水样或暗红色血便为主，量可多达1～2L，明显贫血和脱水。

5.诊断标准　诊断主要根据临床症状。突然腹痛、腹泻、便血及呕吐，伴中等度发热或突然腹痛后出现休克症状，应考虑本病的可能。腹部X线平片有助于诊断。

二、医嘱示例

急性出血性坏死性小肠炎医嘱（以6岁，20kg为例）。

长期医嘱	临时医嘱
急诊儿科护理常规	血常规
一级护理	尿常规
禁食	粪常规＋隐血试验
卧床休息	肛指检查
病重通知	粪找阿米巴原虫
监测记录心率、呼吸、血压	粪培养＋药物敏感试验
腹围测量（平脐腹围、最大腹围）　　q6h	血培养＋药物敏感试验
记录大便次数、性质、量	血钠、钾、氯测定
置鼻胃管（持续胃肠道减压）	血气分析

氨苄青霉素　1.0g 10%GS　50ml	iv drip　bid	腹部 X 线平片（动态观察）	
		腹腔穿刺（prn）	
阿米卡星　0.2g 10%GS　100ml	iv drip qd	青霉素皮试	
		阿托品　0.2mg　皮下注射　st	
0.5%甲硝唑　50ml　iv　drip（60min 内）　bid		低分子右旋糖酐　250ml　iv　drip	
		10%氯化钠 20ml 5%碳酸氢钠 30ml 10%GS　600ml	iv drip
		外科会诊	

三、医嘱说明

1.急性出血性坏死性小肠炎多见于 3～12 岁小儿，新生儿及成人也有发生。

2.本病临床上突出症状不同，结合受累肠道病理改变，可分不同类型：①腹泻型：以腹泻为主要表现，病变在黏膜及黏膜下层；②出血型：以便血为主要表现，病变肠管黏膜广泛坏死脱落；③肠梗阻型：出现肠梗阻症状，如腹痛、腹胀、肠型、便秘，病变已发展至浆肌层，出现肠蠕动障碍；④腹膜炎型：出现腹膜炎、肠麻痹、腹胀及腹腔积液，此时肠管浆肌层病变加重或局部出现全层坏死及穿孔；⑤中毒休克型：出现中毒休克表现，为肠管病变致使肠黏膜屏障破坏，发生毒血症或败血症，以及水、电解质紊乱及酸碱平衡失调等因素所致。

3.急性出血性坏死性小肠炎的病因至今未明，目前认为与产生 B 毒素的 C 型产气荚膜杆菌有关，胰蛋白酶可水解产气荚膜杆菌的 B 毒素，减少毒素的吸收，并可清除肠道坏死组织。

4.腹部 X 线平片要动态观察，每 6h 重复 1 次，以评估病情进展情况。侧卧位腹部 X 线平片可了解有无腹腔内游离气体，是肠穿孔的明确证据。

5.禁食是治疗急性出血性坏死性小肠炎的要点，腹胀及呕吐频繁者给予胃肠减压。禁食期间要考虑肠道外全静脉营养以加强支持治疗。腹胀消失和大便隐血转阴是试行进食的指征，由流质饮食过渡到正常饮食，过早恢复饮食有可能导致疾病复发。

6.手术治疗指征有肠穿孔，严重肠坏死、腹腔内有脓性或血性渗液，反复大量肠出血、并发出血性休克，肠梗阻、肠麻痹，不能排除其他急需手术治疗的急腹症。手术方法有以下几种：①肠管内无坏死或穿孔者，可予普鲁卡因肠系膜封闭，以改善病变段的血循环；②病变严重而局限者可做肠段切除并吻合；③肠坏死或肠穿孔者，可做肠段切除、穿孔修补或肠外置术。

7.病情反复一般发生于过早进食或停用糖皮质激素之后，恢复原治疗方案一般奏效。病情恶化发原因可为治疗方案错误或病变肠管发生穿孔、腹膜炎所致。

第五节 肠 痉 挛

一、诊 断

1.病史 原因尚不完全明了，现在比较公认认的是部分患儿是由于对牛奶过敏。诱因较多，如上呼吸道感染、局部受凉、暴食、大量冷食、食物中糖量过多，引致肠内积气、消化不良以及肠寄生虫毒素的刺激等。

2.临床表现 肠痉挛的临床特点是平素健康小儿突然发作阵发性腹痛，有时从睡眠中突然哭醒，有些患儿过去有同样发作史。每次发作持续时间多不长，从数分钟至数十分钟，时痛时止，多反复发作数十分钟至数小时而自愈，个别患儿可延至数日。腹痛轻重不等，严重者哭闹不止、翻滚、出汗，重者面色苍白、手中发凉。不发作时能步行就诊，但如果继发于上呼吸道感染时，可有发热等原发病表现。典型病例痉挛多发生在小肠，腹痛部位以脐周为主，如果痉挛发生在远端大肠则疼痛位于左下腹，发生在胃部则疼痛以上腹部为主，常伴呕吐，吐出食物后精神好转。多数患儿偶发1～2次后自愈，亦有不少患儿时愈时发，甚至迁延数年，绝大多数患儿随年龄增长而自愈。

二、医嘱示例

肠痉挛医嘱（以6岁，20kg为例）。

长期医嘱	临时医嘱
儿科护理常规	血常规
二级护理	尿常规
普食	粪常规
	腹部B超（肝、胆、脾）
	复方颠茄片 半片 prn

三、医嘱说明

肠痉挛是腹痛中最常见的一种类型,由肠壁平滑肌阵发性强烈收缩引起,婴幼儿至年龄较大的儿童均可发生。每次发作都突然开始,轻的不影响正常活动,重的能使孩子哭闹翻滚。每次持续时间长短不一,短则几分钟,长的能持续数十分钟。如症状较轻,家长可以给患儿揉揉肚子或让患儿在床上俯卧一会儿,疼痛就可减轻或消失,也有的会随着排出大便或气体而缓解。若疼痛较重,需服用止痛药、镇静药,进行腹部热敷或用温盐水灌肠才能缓解。腹痛发作期间体格检查多无阳性体征。腹痛部位与发生痉挛的部位有关:小肠痉挛,腹痛处在脐周;胃和幽门痉挛,腹痛在剑突下,常伴随呕吐;远端大肠痉挛,疼痛在左下腹;近端大肠及回肠痉挛,疼痛在右下腹。

第六节 肝脓肿

一、诊 断

(一)阿米巴肝脓肿

1.病史 常伴有阿米巴痢疾或慢性腹泻史。

2.临床表现 不规则的长期发热,伴有恶寒、大汗、右上腹或右下胸疼痛,局部可有饱满及压痛,肝脏肿大而有压痛。

3.辅助检查

(1)实验室检查:白细胞数增加,嗜酸粒细胞增加较明显,粪便检查半数以上患儿可发现阿米巴滋养体或包裹。

(2)X线检查:病侧膈肌升高,运动度受限,膈肌局部隆起者尤具诊断意义。

(3)超声波检查:肝脏增大,脓肿区出现液平段。

(4)肝脏放射性核素扫描:可见局限性放射性缺损或密度减低。

(5)肝脓肿穿刺液呈红棕色:有继发感染时脓液呈黄白色。

(二)细菌性肝脓肿

1.病史 可曾有疖肿或外伤感染致菌血症、败血症或胆系感染,急性阑尾炎、肠炎所致门脉系统感染,以及隔下脓肿等邻近器官炎症直接蔓延到肝脏。

2.临床表现

(1)寒战、高热,呈弛张热型,右上腹痛,伴食欲缺乏、乏力。

(2)肝大,有明显触痛、扣击痛,有时可见右下胸肋间隙水肿。

3.辅助检查

（1）白细胞总数及中性粒细胞计数均增多。

（2）超声波检查显肝内液平段。

（3）X线检查右叶脓肿可见右膈升高，活动度受限，肝影增大，有时伴有反应性胸膜腔积液，左叶脓肿则常有胃小弯受压征象。

（4）肝穿刺有脓液，多为黄灰色或黄色，有臭味，做细菌学检查可确定致病菌。

二、医 嘱 示 例

肝脓肿医嘱（以6岁，20kg为例）。

长期医嘱			临时医嘱
儿科护理常规			血常规
二级护理			尿常规
半流食			粪常规
病重通知			脓液培养＋药物敏感试验
穿刺排脓或置管排脓			血培养＋药物敏感试验
青霉素　160万U	iv　drip　bid		胸片
10%GS　100ml			腹部B超检查
头孢噻肟钠　1.0g	iv　drip　bid		青霉素皮试（　）
10%GS　100ml			外科会诊

三、医 嘱 说 明

1.小儿肝脓肿以细菌性更为多见，主要由金黄色葡萄球菌或大肠杆菌引起。感染途径多为血源性。逆行感染则以胆管为主，亦可经门静脉或肠淋巴系统感染。一般婴幼儿多由金黄色葡萄球菌败血症或脓毒血症，经肝动脉引起肝脓肿，较大儿童经胆道感染更为多见。肝脓肿可为多发性亦可为孤立性，左右叶均可发病，但以右叶占绝大多数。

2.对细菌性肝脓肿，一般采用内科治疗，选用对病原菌敏感有效足量的抗生素治疗。在内科的基础上，对大的脓肿、反复积脓、有全身中毒症状或脓肿可能穿破者，应采用外科手术治疗。

3.细菌性肝脓肿是一种严重消耗性疾病，对低蛋白血症、贫血患儿给予高蛋白、高热量，富含维生素的食物，如不能口服，可静脉补充，甚至全静脉营养。

4.在治疗的过程中发热持续不退或升高，出现高热、寒战，提示治疗不理想，要检查抗生素是否敏感。采用抽洗疗法的患儿，在抽洗 24h 后，体温不下降或下降不明显，局部疼痛、压痛仍明显，B 超检查提示局部仍有液性暗区，可再进行抽脓。

5.在病程中出现右侧胸部活动受阻，呼吸受限，要警惕感染累及右侧胸膜腔或肺脏，可形成化脓性胸膜炎。左叶肝脓肿可累及心包，并发心包炎。

第七节　急性胰腺炎

一、诊　断

1.病史　病前有饱餐等诱因，继发于身体其他部位的细菌或病毒感染：如急性流行性腮腺炎、肺炎、菌痢、扁桃体炎等。

2.临床表现　多发生在 4 岁以上小儿，主要表现为上腹疼痛、恶心、呕吐及腹压痛。呕吐物为食物与胃、十二指肠分泌液。严重病例除急性重病容外，可有脱水及早期出现休克症状，并因肠麻痹而致腹胀。由于胰腺头部水肿压迫胆总管末端可出现黄疸，但在小儿则罕见。

轻度水肿型病例有上腹压痛（心窝部或略偏左侧），可能为腹部惟一体征。严重病例除腹胀外，腹部有压痛及肌紧张而以心窝部为最明显。个别病儿的脐部或腰部皮肤呈青紫色，系皮下脂肪被外溢胰液分解，毛细血管出血所致。

3.辅助检查

（1）淀粉酶测定：常为主要诊断依据，若用苏氏（Somogyi）比色法测定，正常儿均在 64U 以下，而急性胰腺炎患儿则高达 500U 以上。血清淀粉酶值在发病 3h 后即可增高，并逐渐上升，24～28h 达高峰以后又渐下降。尿淀粉酶也同样变化，但发病后升高较慢，病变缓解后下降的时间比血清淀粉酶迟缓，且受肾功能及尿浓度的影响，故不如血清淀粉酶准确。其他有关急腹症如肠穿孔、肠梗阻、肠坏死时，淀粉酶也可升高，很少超过 300～500U。

（2）血清脂肪酶测定：在发病 24h 后始升高，持续高值时间较长，可作为晚期病人的诊断方法。正常值为 0.5～1U（comfort）。

（3）腹腔穿刺　严重病例有腹膜炎者，难与其他原因所致腹膜炎相鉴别，如胰腺遭到严重破坏，则血清淀粉酶反而不增高，更造成诊断上的困难。此时如腹腔渗液多，可行腹腔穿刺。根据腹腔渗液的性质（血性、混有脂肪坏死）及淀粉酶测定有助于诊断。

（4）B 型超声波检查　对水肿型胰腺炎及后期并发胰腺囊肿者的确诊有价值，前者显示胰腺明显增大，后者显示囊性肿物与胰腺相连。

4.诊断标准

（1）急性腹痛发作伴有上腹部压痛或腹膜刺激征。

（2）血、尿或腹水中胰酶升高。

（3）影像学检查、手术或活检见到胰腺炎症、坏死、出血等间接或直接的改变。具有含第 1 项在内的 2 项以上标准并排除其他急腹症者即可诊断。

二、医 嘱 示 例

急性胰腺炎医嘱（以 6 岁，20kg 为例）。

长期医嘱	临时医嘱
急诊儿科护理常规	血常规
一级护理	尿常规
禁食	血糖及尿糖测定
卧床休息	尿淀粉酶测定
病重通知	血淀粉酶测定
监测记录心率、呼吸、血压 1/30min	尿淀粉酶/肌酐清除率比值
腹围测量（平脐腹围、最大腹围）　q6h	血清脂肪酶测定
记录大便次数、性质、量	血钠、钾、氯测定
置鼻胃管（持续胃肠道减压）	血气分析
氨苄青霉素　1.0g ┃ iv drip　bid 10%GS　50ml ┃	腹部 X 线平片（动态观察）
	B 超检查
阿米卡星　0.2g ┃ iv drip　qd 10%GS　100ml ┃	青霉素皮试
	阿托品 0.2mg　皮下注射　st
0.5%甲硝唑　50ml iv drip（60min 内） bid	低分子右旋糖酐 250ml　iv drip　st（prn）
	10%氯化钠 20ml ┃ 5%碳酸氢钠 30ml ┃ iv drip 10%GS　600ml ┃
	外科会诊

三、医嘱说明

1.急性胰腺炎在小儿时期比较少见其发病机制及临床表现甚为复杂，可由多种因素引起，年长儿多见。可能是流行性腮腺炎、肝炎、伤寒时并发症，也可能并发于上消化道疾病、胆道蛔虫或其他急性感染。因此有胆道疾病必须积极治疗，以免影响胰腺。

2.急性胰腺炎血清淀粉酶在发病后 2～12h 开始升高，3～5d 恢复正常；尿淀粉酶在发病后 12～24h 开始升高，1～2 周恢复正常。急性胰腺炎导致的腹水中含有较高的淀粉含量。当临床上血清淀粉酶升高不明显，但高度怀疑胰腺炎时，可查腹水中淀粉酶的含量。

3.急性胰腺炎时可出现肠鸣音减弱，故腹部听诊可及早发现及避免麻痹性肠梗阻的发生。急性胰腺炎腹痛时可用山莨菪碱、阿托品、哌替啶等药物缓解腹痛，必要时可间隔 4～6h 交替或合并使用。

4.反复的急性胰腺炎要考虑先天性或获得性胰管狭窄。需要做逆行胰胆管造影（ERCP）检查。此外，在急性胰腺炎症状缓解数周后，出现胰腺炎复发，亦要考虑逆行胰胆管造影（ERCP）检查。

5.急性胰腺炎手术指征：部分出血坏死型胰腺炎，内科治疗无效时可采用外科治疗。手术指征包括①诊断不清楚，疑有腹腔脏器穿孔；②黄疸迅速加重；③并发脓肿或假性囊肿；④弥漫性腹膜炎，抗生素治疗无效。

（王　樱　万力生）

第6章 呼吸系统疾病

第一节　急性上呼吸道感染

一、诊　断

1. **病史**　有着凉、淋雨、过度疲劳等诱发因素。

2. **临床表现**　一般起病急，发热，鼻塞，流涕，喷嚏，咽部不适，咳嗽。小婴儿有高热惊厥或呕吐、腹泻。年长儿诉头痛、腹痛。体检可见鼻咽部或扁桃体充血，甚至扁桃体上有脓性分泌物。疱疹性咽炎，由柯萨奇病毒 A 引起，以咽峡部及附近有小疱疹，破溃后形成溃疡为特征。咽结合膜热，由腺病毒引起，以咽炎、眼滤泡性结膜炎为特征。

3. **辅助检查**　血常规白细胞总数及中性粒细胞升高多属细菌感染，若正常或偏低则病毒感染的可能性大。

二、医嘱示例

急性上呼吸道感染医嘱（以 1 岁，10kg 为例）。

长期医嘱	临时医嘱
儿科护理常规	血常规
二级护理	尿常规
婴粥　50g　tid	粪常规
牛奶　120ml　tid	咽拭培养
VitC　100mg　tid	鼻咽部分泌物病毒分离（prn）
双黄连　5ml　tid	心电图、心肌酶谱（prn）
非那根止咳糖浆　1ml　tid	美林（布洛芬混悬液）　5ml　（prn）

三、医嘱说明

1.呼吸道急性炎症有 90%以上由各种呼吸道病毒引起，常见的病毒为合胞病毒、流感病毒、副流感病毒、腺病毒等。此外鼻病毒、肠道病毒也可引起上呼吸道感染。其次为支原体感染。细菌虽亦可引起急性上呼吸道感染，但多为继发感染，以链球菌最为常见，较少见的病原菌有肺炎链球菌、流感杆菌等。

2.对发热待续不退者，应动态观察血白细胞计数的升降趋势。发热较高而白细胞偏低时，应先考虑上感，同时注意排除流感、伤寒、疟疾、结核等。白细胞计数明显升高，一般考虑细菌感染。白细胞计数持续升高，应考虑细菌性感染扩展至其他部位。

3.对上感发病 1 周以上，患儿出现苍白、心悸、胸闷、心律失常或拒食，应常规进行心电图检查。部分患儿可无临床症状和体征，但心电图可见明显改变，如各主要导联出身 ST-T 改变、各种心律失常或传导阻滞，且持续时间较长（2 周以上），则高度提示并发心肌炎可能。

4.婴幼儿上呼吸道炎症易向下呼吸道蔓延而形成支气管炎或肺炎，但胸片的改变往往落后于临床体征的出现。在听诊已闻及中湿啰音、细湿啰音而 X 线无相应改变时，不应轻易否定下呼吸道炎症的存在。

5.年长儿链球菌感染后可导致急性肾炎、风湿热等疾病，还可发生心肌炎，紫癜以及其他结缔组织病。

第二节　急性喉炎

一、诊　断

1.病史　发病前有上感的一般表现，如发热、咳嗽等。

2.临床表现　起病常较急，患儿多有发热，常伴有咳嗽、声嘶等。炎症侵入声门下区，则呈哮吼样咳嗽，夜间症状常见加重。病情重者可出现吸气期喉鸣及呼吸困难，胸骨上窝、锁骨上窝、肋间隙及上腹部软组织吸气时下陷（临床上称为三凹征），烦躁不安、鼻翼煽动，出冷汗，脉搏加快等症状。

3.辅助检查

（1）血象：白细胞多明显升高，中性粒细胞比例增多，可有核左移。

（2）血气分析：Ⅱ度以上喉梗阻有低氧血症表现；Ⅲ、Ⅳ度时可有二氧化碳潴留。

（3）病原体检查：咽拭子或喉气管吸出物可做细菌培养，做为调整抗生素应用的参考。

（4）行直接喉镜检查：可见喉黏膜充血肿胀，尤以声门下区为重，使声门下区变窄。黏膜表面有时附有黏稠性分泌物。小儿不合作，不能行间接喉镜检查。

4.喉梗阻的分度

（1）Ⅰ度喉梗阻：安静时如常人，但活动（或受刺激）后可出现喉鸣及吸气性呼吸困难。胸部听诊，呼吸音清晰。

（2）Ⅱ度喉梗阻　即使在安静状态也有喉鸣及吸气性呼吸困难。听诊可闻喉鸣传导或气管呼吸音，呼吸音强度大致正常。心率稍快，一般状况尚好。

（3）Ⅲ度喉梗阻　吸气性呼吸困难严重，除上述表现外，因缺氧严重而发绀明显，患儿常极度不安、躁动、恐惧、大汗。胸廓塌陷，呼吸音明显减低。心率增快，常大于 140 次/min。心音低钝。

（4）Ⅳ度喉梗阻　由于呼吸衰竭以及逐渐体力耗竭，患儿极度衰竭，呈昏睡状或进入昏迷。三凹征反而不明显，表面安静、呼吸微弱。面色由发绀变成苍白或灰白。胸廓塌陷明显，呼吸音几乎全消。心率或慢或快，律不齐，心音微弱。

二、医嘱示例

急性喉炎医嘱（以 3 岁，15kg 为例）。

长期医嘱	临时医嘱
儿科护理常规	血常规
一级护理	尿常规
半流食	粪常规
吸氧	咽部分泌物培养＋药物敏感试验
棕色合剂　3ml　tid	血气分析
青霉素　160 万 U ｜ iv drip bid 10%GS　100ml ｜	血钠、钾、氯测定
	青霉素皮试
地塞米松　5mg ｜ iv drip qd 10%GS　100ml ｜	胸片
超声雾化（含地塞米松）　bid	

三、医 嘱 说 明

1.观察气道梗阻的程度，一般喉鸣的音调高低与急性喉梗阻的程度一致。但特别要注意在呼吸道严重梗阻有呼吸衰竭倾向时，喉鸣可以变弱或减轻，不可误认为病情好转。

2.注意观察病儿的精神状态、面色、呼吸、脉搏、胸壁活动度以及有无吸气三凹征，以便早期发现低氧血症并及时处理。若病儿精神不振，喉鸣变弱，脉搏增快，呼吸音减弱，要警惕气道梗阻加重，有时可突然死于严重的低氧血症。

3.观察肺部体征变化，若全肺呼吸音降低，常提示通气受限，气道梗阻。若出现中、细湿啰音，则提示炎症往下蔓延，有可能导致支气管肺炎。

4.辅助检查结果分析。①外周血象：部分暴发型病儿血白细胞计数可高达$(20\sim30)\times10^9/L$，甚至更高，有时可见中毒颗粒或核左移，提示全身感染中毒症状明显，也可能有呼吸道黏稠分泌物排出不畅，更加重感染的蔓延。②血氧监测：对烦躁不安、心率加快、发绀明显的病儿要及时监测血氧饱和度和动脉血氧分压，如果两者持续不升，在清理呼吸道的同时调整给氧方式和给氧浓度，务必使其保持在安全线以上，防止呼吸衰竭发生。

5.部分病儿气道梗阻症状经治疗短期内不能恢复正常，可能为2种情况所致：①喉部检查或吸痰操作，导致气道黏膜继发损伤，炎症水肿明显，此时应尽量减少对气道黏膜的不良刺激，增加糖皮质激素的用量和次数，密切观察病情变化，并随时做好气管切开准备；②气道内分泌物稠厚不易排出，则应加强雾化吸入、氧气湿化，补足液体。效果仍欠佳时可行支气管镜取出痰栓或痂皮，并用生理盐水冲洗。

6.病情恶化。暴发型病情进展急骤，若不能及早缓解缺氧和中毒症状，则很快导致全身衰竭，危及生命。

第三节　急性支气管炎

一、诊　　断

1.病史　有上呼吸道病史。

2.临床表现

（1）症状：发病可急可缓，大多先有上呼吸道感染症状，如咳嗽、发热等。体温可高可低，但多为低热，少数可达 38～39℃，可持续数 2～3 周。病初为单声干咳或咳出少量黏液痰，以后随病情发展，咳嗽加剧，分泌物逐渐增多，痰呈黏液脓性。婴幼儿不会咳痰，多经咽部吞下。经过 3～10d 后痰量减少，咳嗽逐渐消失。年长儿全身症状较轻，可有头痛、疲乏、食欲缺乏。婴幼儿除上述症状外，还可出现呕吐、腹泻等消化道症状。

（2）体征：呼吸稍增快，早期两肺呼吸音粗糙，可闻干性啰音。以后因分泌物增多而出现粗、中湿啰音，啰音不固定，常在体位改变或咳嗽后减少甚至消失。

3.辅助检查

（1）周围血白细胞数正常或稍高，由细菌引起或合并细菌感染时可明显升高。

（2）X 线检查肺部纹理增粗或肺门阴影增深。

二、医嘱示例

急性支气管炎医嘱（以 3 岁，15kg 为例）。

长期医嘱	临时医嘱
儿科护理常规	血常规
二级护理	尿常规
半流食	粪常规
棕色合剂　3ml　tid	咽拭培养＋药物敏感试验
青霉素　40 万 U　im　bid	咽喉部分泌物病毒抗原抗体测定
	血支原体抗体测定
	胸片
	青霉素皮试

三、医嘱说明

1.一般患儿发热 2～4d 后可降至正常，咳嗽持续 5～10d 也渐好转。若发热持续不退、咳嗽加重者，要考虑肺炎发生的可能。若恢复期并发低热，不应排除继发细菌感染。

2.若病程中有不明原因的哭闹不安，应不忘检查耳部，预防中耳炎的发生。

3.血常规每周检查 1 次，若血白细胞计数和中性粒细胞比例持续升高，应结合临床情况，可考虑细菌感染尚未完全控制。

4.胸部 X 线检查不宜过多，如病情无明显变化，10～14d 复查。因 X 线改变往往落后于临床症状的出现，应结合症状和体征的改变进行判断，以免贻误诊断。

5.病情迁延或反复应进一步检查有无原发基础疾病，如气管异物吸入或支气管扩张症等；另外，还要考虑是否为特殊病原感染，如肺炎支原体感染者病程往往较长，且对多数抗生素治疗疗效不佳；也应考虑诊断是否有误，如原发型肺结核、咳嗽变异性哮喘等，对一般治疗无效，需仔细询问病史，综合分析，重新考虑诊断；有时还应排除胃食管反流、原发性或继发性纤毛功能异常等。病情进展可能为继发细菌感染。或炎症进一步蔓延至肺泡而引起肺炎。

第四节　肺　　炎

一、诊　　断

1. 支气管肺炎

（1）起病多急骤，有发热、咳嗽、呼吸急促、喘憋等症状，小婴儿常伴拒奶、呕吐、腹泻等。

（2）重症病儿呼吸急促，呼吸频率增快超过 40/min；可出现点头呼吸、三凹征，口周、指甲青紫。两肺可闻及中、细湿啰音。若有病灶融合扩大，可闻及管状呼吸音，叩诊可呈浊音。

（3）合并心衰时患儿脸色苍白或发绀，烦躁不安，呼吸困难加重，呼吸频率超过 60/min，有水肿、心音低钝、心率突然增快，超过 160~180/min（除外体温因素）或出现奔马律及肝脏短时间内迅速增大。

（4）细菌感染引起者白细胞总数及中性粒细胞增高；病毒感染引起者降低或正常。

（5）肺部 X 线摄片或透视见肺纹理增粗，有点状、斑片状阴影或大片融合病灶。

2. 大叶性肺炎

（1）急性发病，发热、咳嗽、胸痛，肺局部叩诊浊音，呼吸音减弱或胸部呼吸运动一侧减弱，语颤增强。

（2）胸部 X 线摄片或透视有节段或大片阴影。

（3）白细胞总数及中性粒细胞增多。

3. 金黄色葡萄球菌肺炎

（1）多见于新生儿及婴幼儿，且常为原发的金葡菌肺部感染。年长儿则多继发于金葡菌性败血症。

（2）起病急，病情笃重，发展快。一般先有数天的上呼吸道感染症状，然后突起高热，多呈弛张热型。咳嗽，痰呈黏液脓性，不易咳出。呼吸困难，缺氧明显，可见鼻翼扇动，青紫及三凹征。中毒症状显著。可出现面色苍白、发灰、皮肤发花、肢端冰凉、心音低钝、心率快、血压下降等休克表现。肺部体征出现早，早期即有呼吸音减弱和中细湿啰音。病变进展迅速，极易发展成肺脓肿、脓胸、脓气胸、肺大泡等。皮肤可出现红色丘疹、猩红热样或荨麻疹样皮疹。

（3）血白细胞总数及中性粒细胞增高，有核左移现象。少数病例白细胞明显降低，但中性粒细胞百分比仍高。

（4）X线检查早期可见肺纹理增粗或小片状浸润影，病变发展很快，可在数小时内出现脓胸、脓气胸、肺大疱等相应的征象。

4. 呼吸道合胞病毒肺炎

（1）由呼吸道合胞病毒引起，多见于3岁以下的婴幼儿，尤以6个月以内的婴儿多见。

（2）起病急骤，常在上呼吸道感染以后2～3d出现持续性干咳，突然喘憋，呼吸明显加快，每分钟可达60～80次，偶可超过100次。呼气延长伴呼气呻吟。呼吸困难、鼻翼扇动、口周青紫及三凹征明显，心率增快。发热不高，一般不超过38℃，热程短，仅持续1～4d，甚至可不发热。肺部叩诊呈过清音。呼吸音减弱，当毛细支气管接近完全梗阻时，呼吸音微弱甚至听不清。喘憋发作时往往听不到啰音。喘憋稍有缓解时可听到哮鸣音及中细湿啰音。由于过度换气引起不显性失水量增加和液体摄入量不足，患儿可出现明显的脱水征。因喘憋、呼吸困难，出现低氧血症及高碳酸血症，易致呼吸性酸中毒。

（3）血白细胞总数一般为（5～15）×10⁹/L，多数在10×10⁹/L以下。中性粒细胞多在70%以下。

（4）X线呈全肺梗阻性肺气肿，肺纹理增粗，间质性肺炎、肺气肿。也可有小点片状淡薄阴影。

5. 腺毒肺炎

（1）腺病毒肺炎 由腺病毒引起，我国以3型和7型腺病毒为婴幼儿肺炎的主要病原，多见于6个月至2岁的小儿，病死率高。

（2）起病急骤，往往1～2d内突然发热达39℃，多为稽留热，偶呈不规则高热。热程较长，不受抗生素影响，轻症7～10d开始退热，重症可持续2～3周，神经系统症状明显。不论病情轻重，早期即有嗜睡、精神萎靡、烦躁不安，重者可出现昏睡或昏迷，甚至反复惊厥、颈项强直等中毒性脑病或脑炎的表现。多数起病时即有频发的阵咳，有白色黏稠痰，不易咳出。发病4～6d后出现呼吸困难，面色苍白或发灰，且逐渐加重，表现为喘憋、青紫、鼻、翼扇动及三凹征。肺部体征早期不明显，一般在发热 4～5d 后才听到少许湿性啰音，并逐渐增多。病变融合后可出现肺实变体征。病程中常合并胸膜反应和少量胸腔积液，无继发感染者渗出液为草黄色，不混浊，有继发感染时则有混浊，患儿易发生中毒性心肌炎、心力衰竭。半数以上的病例有腹泻、呕吐、腹胀。少数有中毒性肝炎、肝脾大。

（3）血白细胞数早期大都正常或减少，少数病例可在 $10 \times 10^9/L$ 以上，分类以淋巴细胞为主。

（4）X 线肺部改变较肺部体征出现早，呈现大小不等的片状阴影，分布较广，可互相融合成大病灶，以肺下野及右肺多见，亦可见肺气肿。病灶吸收缓慢，2～4 周才完全吸收，少数病例可有胸膜改变。

6.肺炎支原体肺炎

（1）由肺炎支原体引起，多见于 5～15 岁的儿童，但近年来婴幼儿感染的报道日渐增多，可散发流行。

（2）发病缓慢，病初可有全身不适、乏力、头痛、低热或中度发热，热程 1～2 周。以刺激性干咳为突出表现，初为干咳，后转为顽固性剧咳，有时似百日咳样咳嗽，咯出黏液稠痰，甚至带血丝。咳嗽持续时间长，可达 1～4 周，常伴有胸痛。婴幼儿以喘憋症状较突出，有时不易与呼吸道合胞病毒肺炎区别。肺部体征较轻，有 1/3 左右病例在整个病程中无任何阳性体征。一般可在肺局部听到少许干湿啰音，呼吸音减弱。部分病例可并发胸膜炎，胸腔积液多为浆液性，偶为血性。

（3）白细胞计数正常或偏高，中性粒细胞增多。血沉增快。血清冷凝集试验阳性对诊断有帮助。

（4）X 线检查有以下 4 种改变：①以肺门阴影增浓较突出；②支气管肺炎改变，以右肺中下野为多；③间质性肺炎改变，呈网状或条索状由肺门向中外带放射，周围有小片薄影或粟粒状阴影；④部分病例出现大片阴影，密度不均匀，呈节段状分布。少数为大叶性阴影，多在下叶。往往一处旧病灶吸收，另处新病灶又出现。

一般而言，细菌性肺炎湿啰音较清楚，病毒性肺炎，尤其在疾病早期（1 周内）啰音常不多。白细胞计数、NBT 阳性细胞及 CRP 均明显升高，绝大多数属细菌性肺炎，反之则多为病毒性肺炎。支气管肺炎合并有迁徙化脓性病灶或合并脓胸、脓气胸、肺大疱，常提示为金葡菌肺炎。但是，最终病原学诊断有赖于细菌培养、病毒分离及病毒快速诊断技术。

二、医 嘱 示 例

1.肺炎链球菌肺炎医嘱（以 3 岁，15kg 为例）。

长期医嘱	临时医嘱
儿科护理常规	血常规
二级护理	尿常规
半流食	粪常规
吸氧	痰培养＋药物敏感试验
棕色合剂 3ml tid	血钠、钾、氯测定
青霉素 120 万 U | iv drip bid	血气分析
10%GS 100ml |	胸片
羟氨苄青霉素 0.75 | iv drip bid	青霉素皮试
10%GS 100ml |	

2.克雷伯菌肺炎医嘱（以 6 岁，20kg 为例）。

长期医嘱	临时医嘱
儿科护理常规	血常规
二级护理	尿常规
半流食	粪常规
吸氧	痰培养＋药物敏感试验
棕色合剂 6ml tid	血培养＋药物敏感试验
头孢曲松 0.5g | iv drip bid	血钠、钾、氯测定
NS 100ml |	胸片
或哌拉西林 2.0g | iv drip bid	先锋 V 皮试
10%GS 100ml |	青霉素皮试

3.金黄色葡萄球菌肺炎医嘱（以 6 岁，20kg 为例）。

长期医嘱	临时医嘱
儿科护理常规	血常规
一级护理	尿常规

半流食	粪常规
病重通知	痰培养＋药物敏感试验
吸氧	血培养＋药物敏感试验
棕色合剂 6ml tid	血钠、钾、氯测定
青霉素 160万U | iv drip bid 10%GS 100ml	肝功能
	血气分析
或苯唑西林 1.0g | iv drip bid 10%GS 100ml	胸腔穿刺（prn）
	胸液培养＋药物敏感试验（prn）
	胸片
	青霉素皮试

4.军团菌肺炎医嘱（以6岁，20kg为例）。

长期医嘱	临时医嘱
儿科护理常规	血常规
一级护理	尿常规
半流食	粪常规
吸氧	肝功能
棕色合剂 6ml tid	血军团菌抗体测定
红霉素 0.25 每晚1次	痰、血军团菌培养
红霉素 0.5g | iv drip qd 10%GS 500ml	血气分析
	胸片

5.支原体肺炎医嘱（以6岁，20kg为例）。

长期医嘱	临时医嘱
儿科护理常规	血常规
二级护理	尿常规
半流食	粪常规
吸氧	痰培养＋药物敏感试验
棕色合剂 6ml tid	胸片
红霉素 0.25 每晚1次	

红霉素　0.5g　｜ iv　drip　qd	
10%GS　500ml　｜	

6.真球性肺炎医嘱（以 6 岁，20kg 为例）。

长期医嘱	临时医嘱
儿科护理常规	血常规
一级护理	尿常规
半流食	粪常规
吸氧	真菌培养（痰、咽拭子、血）
棕色合剂　3ml　tid	肝功能
胸腺肽　5mg　im　qd	血尿素氮、肌酐测定
氟康唑　80mg　｜　iv　drip　qd	血 IgG、IgM、IgA 测定
10%GS　250ml　｜	血 CD_3、CD_4、CD_8 测定
	胸片

7.病毒性肺炎医嘱（以 1 岁，10kg 为例）。

长期医嘱	临时医嘱
儿科护理常规	血常规
一级护理	尿常规
牛奶　100ml 6 次/d	粪常规
婴粥 50g　tid	咽喉部分泌物病毒抗原抗体测定
病重通知	血清病毒抗体测定
吸氧	血钠、钾、氯测定
棕色合剂　1ml　tid	血气分析
VitC　0.1g　tid	胸片
复合 VitB　1 片　tid	青霉素皮试
利巴韦林　50mg　｜ iv　drip　bid	
10%GS　100ml　｜	
超声雾化　bid	

三、医嘱说明

1. 病因分析　目前我国儿童肺炎的细菌病原常见为肺炎链球菌、流感嗜血杆菌、葡萄球菌等。病毒性病原以呼吸道合胞病毒占首位，依次为腺病毒、副流感病毒和柯萨奇病毒，其他病毒占次要地位。

2. 病情观察　经治疗若症状加剧，肺部啰音更密，甚至代之以管状呼吸音和叩诊浊音，提示感染未控制，病灶融合，多见于金黄色葡萄球菌肺炎和腺病毒肺炎；如一侧肺部叩诊有明显浊音和或听诊发现呼吸音降低，则考虑有无合并胸腔积液或化脓性胸膜炎；若全身中毒症状严重，高热持续不退或降温后体温又复升，出现皮疹、出血点、黄疸、肝脾大等，考虑合并败血症的可能性性大；若治疗过程中突然出现烦躁不安、呼吸困难和青紫加重时，应检查有无痰液黏稠、不易咳出或吸氧管阻塞，并警惕有无脓气胸、纵隔气肿、心力衰竭、中毒性肠麻痹的发生；胸片检查，若病变中出现较多的小圆形病灶，应考虑可能有多种混合的化脓感染存在；若患侧肋膈角变钝，继后出现一侧致密阴影，提示化脓性胸膜炎的发生；若患侧胸腔可见液平面，提示并发脓气胸。

3. 金黄色葡萄球菌肺炎的诊断依据　①多数有不规则的高热，常表现为弛张热；②中毒症状重，少数病儿可发生中毒性休克，可能出现多种易变性皮疹（猩红热或麻疹样皮疹等）；③肺部以外有金黄色葡萄球菌病灶；④一般情况下血白细胞计数增高，中性粒细胞比例增高，少数病例血白细胞计数明显降低；⑤胸片检查可能在短时间内发现肺大疱或肺脓肿；⑥肺炎伴有脓胸，穿刺液培养或涂片证明有金黄色葡萄球菌。

4. 婴幼儿腺病毒肺炎的诊断依据　①多发生在 6 个月～2 岁；②骤然发病，高热，呈稽留热或弛张热型，抗生素治疗无效；③嗜睡、精神萎靡等神经症状比较明显，且出现得较早；④面色苍白、发灰、重者肝大明显，易并发心力衰竭；⑤肺部体征出现较迟，发热第 3～第 5 日后肺部开始出现湿啰音，以后肺实变逐渐增大，可有叩浊音、呼吸音减低及管状呼吸音出现；⑥血白细胞计数偏低，多在 $10×10^9/L$ 以下，中性粒细胞一般不超过 70%。

5. 支原体肺炎的诊断依据　①大多缓慢起病；②持久的阵发性剧烈咳嗽症状突出，可有发热，热型不定，持续时间较长；③一般青霉素、氨基糖苷类抗生素及增效磺胺甲基异噁唑无效；④年长儿肺部病变常较轻微或无阳性体征。婴幼儿肺部可闻及啰音，与一般病毒性肺炎无明显区别；⑤胸部 X 线检查，多为单侧下叶病变，常呈淡薄片或云雾状浸润影。胸片阴影明显而体征轻微，两者不一致，是支原体肺炎的特征表现；⑥冷凝集试验阳性、血清特异性抗体阳性；⑦血白细胞计数大多正常，少数略高或略低，中性粒细胞比例增高。

6. 嗜酸粒细胞性肺炎的诊断依据　①有变态反应疾病史及寄生虫病史，有食物或吸入性物质过敏史；②轻者无明显症状，重者有高热，发作性阵发性咳嗽、气急，可伴有黏痰、咯血等；③两肺可闻及干、湿啰音，部分病儿有哮鸣音，叩诊有时可呈浊音；④胸部 X 线可正常，也可见大小不等的絮状斑片影；⑤血常规嗜酸性粒细胞绝对计数明显增高，以糖皮质激素治疗后明显下降。

7. 肺炎并发循环衰竭临床诊断依据（不包括新生儿和毛细支气管病儿）　①心率突然超过 180/min；②呼吸突然加快，超过 60/min；③突然发生极度烦躁不安；④明显发绀，面色苍白、发灰，出现皮肤花纹，肢端发凉，指（趾）甲微血管再充盈时间延长，尿量减少或无尿；⑤出现奔马律、心音低钝，颈脉怒张，胸片检查提示心脏扩大，指纹延至命关或气关，由红色转为蓝色等；⑥肝脏迅速增大；⑦颜面、眼睑或下肢水肿。①～④项疑似心力衰竭；⑤项供参考，先给予氧气吸入及镇静药，20～30min 后如能入睡，①～④症状缓解，即可间断停氧。如仍不好转或出现肝脏增大即可确诊为并发心力衰竭，应给予速效洋地黄制剂强心及利尿药利尿。

第五节　支气管哮喘

一、诊　断

1. 婴幼儿哮喘诊断标准（计分法）　凡年龄＜3 岁，喘息反复发作者计分原则：①喘息发作≥3 次（3 分）；②肺部出现喘鸣音（2 分）；③喘息突然发作（1分）；④有其他特应性病史（1 分）；⑤一、二级亲属中有哮喘病史（1 分）。

评分原则：

（1）总分≥5 分者诊断婴幼儿哮喘。

（2）喘息发作只 2 次或总分≤4 分者初步诊断为可疑哮喘（喘息性支气管炎），如肺部有喘鸣音可作以下任意一试验。

①：1‰肾上腺素 0.01ml/kg 次皮下注射，15～20min 后若喘息缓解或喘鸣音明显减少者加 2 分。

②：以沙丁胺醇（舒喘灵）气雾剂，沙丁胺醇水溶液雾化吸入后观察喘息或喘鸣音改变情况，如减少明显者可加 2 分。

2. 3 岁以上儿童哮喘诊断标准　①喘息呈反复发作者（也可追溯与某种变应

原或刺激因素有关)。②发作时肺部闻及喘鸣音。③平喘药有明显疗效。

疑似病例可选用 1‰肾上腺素皮下注射 0.01ml/kg,最大量不大于 0.3ml/次或以沙丁胺醇气雾剂或溶液雾化吸入,观察 15min 有明显疗效者有助诊断。

3.咳嗽变异性哮喘诊断标准(儿童年龄不分大小) ①咳嗽持续或反复发作 >1 个月,常在夜间(或清晨)发作、痰少、运动后加重,临床无感染征象或经较长期抗生素治疗无效。②用支气管扩张药可使咳嗽发作缓解(基本诊断条件)。

4.哮喘持续状态 哮喘发作时出现严重吸气困难,端坐呼吸,呼吸频率开始变慢,肺部呼吸音及哮喘音减低甚至消失,发绀严重,供氧不见改善,说话困难,大汗淋漓,肢端发冷,心率速,脉细速、弱,甚至神志不清,在合理应用拟交感神经药物和茶碱类药物,超过 24~48h 不能缓解,呈一种持续性的严重哮喘状态,结合有反复发作史者。亦可因呼吸衰竭或周围循环障碍,体力衰竭而致死。有个人过敏史或家庭过敏史,气道呈高反应性,变应原皮试阳性等可作辅助诊断。

二、医嘱示例

1.支气管哮喘中度发作医嘱(以 6 岁,20kg 为例)。

长期医嘱	临时医嘱
儿科护理常规	血常规+嗜酸粒细胞计数
二级护理	尿常规
半流食	粪常规
吸氧	血 IgE 测定
沙丁胺醇(舒喘灵) 1.2mg 8h/次或沙丁胺醇气雾剂 100μg 喷吸 qid	血过敏原筛查
	血气分析
地塞米松 5mg iv drip bid 10%GS 20ml	肺功能测定
	胸片
青霉素 160 万 U iv drip bid 10%GS 100ml	青霉素皮试

2.支气管哮喘重度发作医嘱(以 6 岁,20kg 为例)。

长期医嘱	临时医嘱
儿科护理常规	血常规+嗜酸粒细胞计数
二级护理	尿常规

半流食	粪常规
病重通知	血 IgE 测定
半卧位	血过敏原筛查
吸氧	血气分析
经皮血氧饱和度监测	肺功能测定
心电、呼吸监护	胸片
地塞米松 5mg ⎫ iv drip bid 10%GS 20ml ⎭	青霉素皮试
0.5%全乐宁 0.75ml ⎫ 氧射流雾化吸入 0.025%爱全乐溶液 1.5ml ⎬ bid 普米克令舒 1mg ⎭	氨茶碱 80mg ⎪ iv 慢推 10%GS 20ml ⎪ 10min st
青霉素 160 万 U ⎫ iv drip bid 10%GS 100ml ⎭	
或头孢噻肟钠 1.0g ⎫ iv drip bid NS 100ml ⎭	

3.支气管哮喘持续状态医嘱（以 6 岁，20kg 为例）。

长期医嘱	临时医嘱
儿科护理常规	血常规＋嗜酸粒细胞计数
二级护理	尿常规
半流食	粪常规
病重通知	血 IgE 测定
半卧位	血过敏原筛查
吸氧	血气分析
经皮氧饱和度监测	肺功能测定
心电、呼吸监护	胸片
地塞米松 5mg ⎫ iv drip bid 10%GS 20ml ⎭	青霉素皮试
	氨茶碱 80mg ⎪ iv 慢推 10%GS 20ml ⎪ 10min st
0.5%全乐宁 0.75ml ⎫ 氧射流雾化吸入 0.025%爱全乐溶液 1.5ml ⎬ bid 普米克令舒 1mg ⎭	

青霉素 160万 U	iv drip bid	
10%GS 100ml		
或头孢噻肟钠 1.0g	iv drip bid	
NS 100ml		

三、医 嘱 说 明

1.大多数过敏性鼻炎及哮喘患儿血中嗜酸细胞计数超过 300×10^6 L（$300/mm^3$）。

2.检查变应原目的是为了解哮喘病儿发病因素和选择特异性脱敏疗法。皮肤试验是用致敏原在皮肤上所做的诱发试验，一般在上臂伸侧进行。主要有 4 种方法。①斑贴试验：用于确定外源性接触性皮炎的致敏物。②划痕试验：主要用于检测速发反应的致敏物，于试验部位滴一滴测试剂，然后进行划痕，划痕深度以不出血为度，20min 后观察反应，阳性反应表现为红晕及风团。此法优点是安全、不引起剧烈反应，但缺点是不如皮内试验灵敏。③皮内试验：敏感性较高，操作简便，不需特殊设备，是目前特异性试验最常用方法。一般用以观察速发反应，也可观察延迟反应。皮内试验注射变应原浸液的量为 0.01～0.02ml。一般浸液浓度用 1∶100（W/V），但花粉类多用 1∶1 000～1∶10 000 浓度。皮试的目的是为了明确引起哮喘的致敏原，故皮试前 24～48h 应停用拟交感神经类、抗组胺类、茶碱类、皮质类固醇类药物，以免干扰结果。④吸入性过敏原和食入性过敏原筛查的组合检测：可检测各种常见的过敏反应，并可估计人血清或血浆中 IgE 的总水平。吸入性过敏原筛查检测组合包括：灰尘、尘螨、粉螨、猫毛发皮屑、狗毛发皮屑、点青霉、交链孢霉、黑根霉、蟑螂、蚊子、普通豚草、蒿属植物、白桦、榆树、梧桐、桉树、桑树。食入性过敏原筛查检测组合包括：螃蟹、虾、龙虾、鳕鱼、带鱼、金枪鱼、牛肉、羊肉、鸡肉、牛奶、蛋白、蛋黄、花生、大豆、绿豆、大马哈鱼、大比目鱼、扇贝/干贝。

3.肺功能检查是哮喘诊断、病情轻重程度判断的"金指标"，能更早、更准确地反映病情，有学者调查高达 42%以上的哮喘患者从来没有进行过肺功能检查，仅仅根据患者的症状、体征进行评估，很容易低估其真实病情。一般包括肺容量、肺通气量、弥散功能、流速-容量图和呼吸力学测验，但均需较精密的仪器，也不能随时监测。哮喘患儿常表现为肺总量（TLC）和功能残气量（FRC）增加，而残气量（RV）、肺活量（VC）可正常或降低；更重要的改变为呼吸流速方面的变化，表现为用力肺活量（FVC）、用力呼气流速（FEF25%～75%）和最大呼气流速率（PF）变化。

4.血气分析是测量哮喘病情的重要实验室检查，特别对合并低氧血症和高碳酸血症的严重病例，可用来指导治疗。有学者依据血气结果，将哮喘发作分为 3度。①轻度：pH 正常或稍高，PaO_2 正常，$PaCO_2$ 稍低，提示哮喘处于早期，有轻度过度通气，支气管痉挛不严重，口服或气雾吸入平喘药可使之缓解。②中度：pH 值正常，PaO_2 偏低，$PaCO_2$ 仍正常，则提示患者通气不足，支气管痉挛较明显，病情转重，必要时可加用静脉平喘药物。③重度：pH 值降低，PaO_2 明显降低，$PaCO_2$ 升高，提示严重通气不足，支气管痉挛和严重阻塞，多发生在哮喘持续状态，需积极治疗或给予监护抢救。

5.急性期治疗用药顺序。首先根据咳嗽、喘息、呼吸困难和最大呼气流量等情况，进行轻重程度的评价。可给予 β_2 激动药、糖皮质激素、茶碱类药物或常规吸氧等，再结合病情及预计最大呼吸流量等检查，决定用药剂量及给药途径，必要时应到医院诊治。缓解期用药顺序：避免接触各种诱发哮喘的因素，应规律、持续、主动地给药，以吸入色甘酸钠、二丙酸倍氯米松为主。

6.为了提高激素吸入疗法的效果，在哮喘严重发作时，可先考虑支气管扩张剂或全身应用皮质激素，待症状好转后再考虑吸入激素疗法。

7.吸入痰液溶解药物可能加重咳嗽，镇静药绝对禁用，

8.单用 β_2 激动药只能平喘，而不抗炎，故须加用激素吸入疗法以解除其基本病理变化。β_2 激动药应避免与肾上腺素或异病肾上腺素合用，以防心动过速、心律紊乱，严重时可致心脏骤停。

9.病情不见好转的原因主要有 2 种情况，一是存在并发症，如肺部感染或感染未控制；二是治疗不当，如抗炎药用量不足或应用过晚，平喘药的用法不当或病儿对某种平喘药不敏感。病情反复的原因主要是再次接触变应原、未规则用药或过早停药引起。

第六节 肺 脓 肿

一、诊 断

1.病史　发病前多有肺炎、败血症或呼吸道异物吸入史。

2.临床表现

（1）症状：起病较急，有寒战、高热、乏力、盗汗等感染中毒症状，初期为

干咳，年长儿可诉胸痛。婴儿多呕吐腹泻，数日后随着脓腔与支气管相通，咳嗽加重并出现量多而恶臭的脓痰，偶有血痰或咯血。痰量多时，收集起来静置可分3层：上层为黏液或泡沫，中层为浆液，下层为脓块或坏死组织。婴儿多见呕吐腹泻，症状可随大量痰液排出而减轻。

（2）体征：肺部体征因病变程度而异，一般患侧胸廓运动减弱，叩诊呈浊音，呼吸音降低。如脓腔较大并与支气管相通，局部叩诊可呈空瓮音，并可闻及管状呼吸音或干湿啰音，语音传导增强。严重者可有呼吸困难及发绀，慢性者可见杵状指（趾）。

3.辅助检查

（1）急性期血白细胞及中性粒细胞明显增高，核左移，病程较长可见贫血。

（2）痰液显微镜检查可见弹力纤维，痰涂片和细菌培养可发现致病菌。

（3）胸部 X 线检查：早期呈大片致密阴影。脓肿形成后，则可见腔壁，脓腔与支气管相通后可见典型的脓腔壁与液气平面。脓腔周围有炎症浸润阴影。

二、医嘱示例

肺脓肿医嘱（以 6 岁，20kg 为例）。

长期医嘱		临时医嘱
儿科护理常规		血常规
二级护理		尿常规
半流食		粪常规
病重通知		痰培养＋药物敏感试验
体位引流		血培养＋药物敏感试验
吸氧		胸部摄片
蛇胆川贝液　10ml　tid		胸部 CT
祛痰灵　10ml　tid		纤维支气管镜检查（prn）
云南白药　0.5g　tid		PPD 试验
青霉素 160 万 U　10%GS　100ml	iv　drip　bid	青霉素皮试
头孢噻肟钠 1.0g　NS　100ml	iv　drip　bid	

三、医嘱说明

1.引流排脓是治疗成功的关键，根据脓肿的不同部位，每晨起患儿采用相应的体位，如仰卧、俯卧、左右侧位、头低位等，使脓肿部位处于高位进行引流，可配合雾化或超声雾化吸入以稀释痰液，促进痰液排出中医药疗法不失为有效的治疗方法，尤其是经抗生素治疗无效的病例。

2.抗生素疗效欠佳、引流不畅或异物所致的肺脓肿者，做纤维支气管镜检查，吸出脓液送细菌学检查。

3.脓腔较大又靠近胸壁，在 X 线或超声定位后，在常规消毒下经肺作脓腔穿刺，抽净脓液，亦可注入抗生素。

4.病程 3～6 个月，保守治疗 2 个月以上无效，脓腔已形成包裹者，可考虑手术切除。

第七节　化脓性胸膜炎

一、诊　断

1.病史　发病前多有肺炎、败血症病史。

2.临床表现

（1）高热、胸痛、气促、咳嗽、伴支气管胸膜瘘者有体位性咳痰。

（2）患侧胸部呼吸受限，胸廓饱满，气管移向对侧，肋间隙增宽，叩诊浊音或实音（脓气胸叩诊上部鼓音，下部浊音），听诊呼吸音减弱或消失。

3.辅助检查

（1）血常规：白细胞计数增高，中性粒细胞增多。

（2）X 线检查：因胸膜腔积液的量和部位不同表现各异。

（3）超声波检查：可见积液反射波，能明确积液范围并可作出准确定位，有助于确定穿刺部位。

4.诊断标准

（1）有肺炎、胸外伤或胸部手术史，发热、胸痛、咳嗽、气促，血液白细胞及中性粒细胞计数增多。

（2）有胸膜腔积液体征，积脓多者可有纵隔移位。

（3）胸部 X 线检查，胸腔内有积液现象，纵隔推向健侧、伴支气管胸膜瘘时见肺萎缩及液平面。

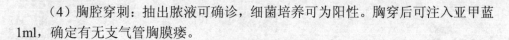
（4）胸腔穿刺：抽出脓液可确诊，细菌培养可为阳性。胸穿后可注入亚甲蓝1ml，确定有无支气管胸膜瘘。

二、医嘱示例

化脓性胸膜炎医嘱（以6岁，20kg为例）。

长期医嘱	临时医嘱
儿科护理常规	血常规
二级护理	尿常规
半流食	粪常规
病重通知	痰培养＋药物敏感试验
胸腔闭式引流隔日1次或每日1次	血培养＋药物敏感试验
吸氧	胸部摄片（正、侧位）
蛇胆川贝液　10ml　tid	胸部CT
祛痰灵 10ml　tid	PPD试验
青霉素 160万U　　iv drip　bid 10%GS　100ml	胸腔穿刺抽脓、胸脓积液常规、生化及涂片 胸脓积液培养＋药物敏感试验
头孢噻肟钠 1.0g　　iv drip　bid NS　100ml	青霉素皮试

三、医嘱说明

1.化脓性胸膜炎首先要控制感染，排出脓液，关闭胸腔，尽早促进肺膨胀。

2.胸腔穿刺抽脓是治疗脓胸的重要手段，应尽早进行。穿刺次数应根据脓液多少每日或隔日1次，直至脓液消失。早期脓液稀薄可以反复穿刺抽脓。脓液黏稠可注入生理盐水冲洗，冲洗后，可适当注入少量抗生素。

3.为避免多次穿刺，减少感染的机会，防止胸膜增厚等，主张早期胸腔闭式引流。其指征：①中毒症状严重；②脓液黏稠，排脓不畅或已形成包裹，不易抽尽；③脓液增长速度快，双侧性脓胸或有支气管胸膜瘘等。当引流3～7d，水封瓶中显示已抽不出脓时，可夹管观察1d，若体温正常，症状无加重，即可拔管。

4.若胸膜黏连已形成多囊性包裹性脓胸者，宜手术切开引流，如发病1个月后，胸膜已形成厚的纤维板，肺膨胀受影响，应早期施行纤维板剥离术。

（王　樱　万力生）

第7章 心血管系统疾病

第一节 原发性心肌病

一、诊 断

（一）扩张（充血）型心肌病

1.病史　病因未明，可能由多种因素所致，部分病人可能为病毒性心肌炎的终末阶段或慢性过程，部分病例与自身免疫反应有关。

2.临床表现

（1）症状：①心力衰竭，早期可无明显症状，随着病情进展，出现充血性心力衰竭的症状，表现为心悸、乏力、气急、水肿、胸闷、呼吸急促、呼吸困难和端坐呼吸等。②个别患儿会出现晕厥的临床表现。

（2）体征：①疾病早期患儿心脏可轻度或中度增大，出现充血性心力衰竭时，心脏明显增大。②第一心音减弱，出现第三、四心音和奔马律；心前区收缩期反流性杂音，为心脏增大，二尖瓣关闭不全所致。③肺部受到增大的心脏挤压，可出现呼吸音减低；肺底部可听到少量的细湿啰音。两肺出现明显的干湿啰音时，应注意合并肺部感染。④肝脏肿大，颈静脉怒张。⑤下肢及颜面水肿。⑥心律失常。

3.辅助检查

（1）胸片：心脏增大，心胸比例增加，肺淤血或肺水肿，胸腔积液。透视下心脏搏动明显减弱。

（2）心电图：ST-T改变，表现为ST水平降低，T波倒置、低平或双向；异位搏动和异位心律，可出现频繁、多型、多源的室性早搏，并可发展成室性心动过速；传导障碍，表现为房室传导阻滞（一～三度），室内束支及分支阻滞；心室肥厚。扩张型心肌病出现心律失常以房性为主还是以室性为主存在一定争议。

（3）超声心动图：各腔室明显增大，以左心室为主；室间隔和左心室后壁运动幅度减低，二尖瓣前后叶开放幅度小；射血分数和短轴缩短率下降；多巴酚丁胺负荷超声心动图，心脏 β 受体功能反应性低下。

（4）心导管和心肌活检：对扩张型心肌病超声心动图的诊断价值较大，一般不常规进行心导管检查。但在临床怀疑有冠状动脉起源异常时，可选择主动脉根部造影或选择性冠状动脉造影。心导管检查和心血管造影可测定肺动脉压力、肺毛细血管楔压，显示二、三尖瓣反流等。

心肌活检一般无特异性病理改变，大多显示不同程度心肌肥厚，纤维化，没有明显的淋巴细胞浸润。如果将心肌活检与免疫组织学方法以及 PCR 的原位杂交结合，可与病毒性心肌炎相鉴别。

（二）肥厚型心肌病

1.病史　病因不明，可能与遗传和内分泌紊乱有关。

2.临床表现　可有家族史，缓慢起病，非梗阻型症状较少，以活动后气喘为主。梗阻型则有气促、乏力、头晕、心绞痛或昏厥，可致猝死。心脏向左扩大，胸骨左缘 2～4 肋间有收缩期杂音。

3.辅助检查

（1）胸片：心影稍大，以左室增大为主。

（2）心电图：示左室肥厚及 ST 段、T 波改变，I、AVL 及 V_5、V_6 导联可出现 Q 波（室间隔肥厚所致），室性早搏等心律失常。

（3）超声心动图：心肌非对称性肥厚，向心腔突出；室间隔厚度与左室后壁厚度之比值>1.3∶1；左室流出道狭窄，左室内径变小；收缩期二尖瓣前叶贴近增厚的室间隔。

（三）限制型心肌病

1.病史　病因不明，可能与病毒或寄生虫感染侵及心内膜，心内膜下心肌，形成纤维化有关。

2.临床表现　缓慢起病，活动后气促。以右室病变为主者，出现类似缩窄性心包炎表现，如肝大、腹水、颈静脉怒张及水肿；以左室病变为主者，有咳嗽、咯血、端坐呼吸等。

3.辅助检查

（1）胸片：心影扩大，肺淤血。

（2）心电图：P 波高尖，心房纤颤，房室传导阻滞及束支传导阻滞。

（3）超声心动图：示左右心房扩大；心室腔正常或略变小；空间隔与左室后壁有向心性增厚；心内膜回声增粗；左室舒张功能异常。

二、医嘱示例

1.扩张型心肌病医嘱（以6岁，20kg为例）。

长期医嘱	临时医嘱
儿科护理常规	血常规
一级护理	尿常规
低盐饮食	粪常规
病重	血心肌酶谱测定
卧床休息	血柯萨奇病毒抗体测定
吸氧（pm）	抗心肌抗体测定
心电图监测	红细胞沉降率
无创伤血压监测	血钠、钾、氯、钙测定
经皮氧饱和度监测	肝功能
地高辛　0.1mg　q12h	血尿素氮、肌酐测定
卡托普利　6.25mg　q8h	心电图
泼尼松　10mg　bid	胸片
氢氯噻嗪　12.5mg　bid	超声心动图
氯化钾片　0.5g　bid	核素心肌灌注检查（prn）
丹参片　2片　tid	
VitB$_1$　20mg　tid	
VitC　0.2g　tid	
vitE　10mg　qd	
辅酶Q　10mg　tid	

2.肥厚型心肌病医嘱（以6岁，20kg为例）。

长期医嘱	临时医嘱
儿科护理常规	血常规
一级护理	尿常规
低盐饮食	粪常规
病重	肝功能

避免剧烈运动	血尿素氮、肌酐测定
丹参片　1 片　tid	心电图
辅酶 Q　10mg　tid	胸片
	超声心动图
	24h 动态心电图
	核素心肌灌注检查（pm）
	心脏磁共振成像（pm）

3.限制型心肌病医嘱（以 6 岁，20kg 为例）。

长期医嘱	临时医嘱
儿科护理常规	血常规
一级护理	尿常规
低盐饮食	粪常规
病重	心电图
避免剧烈运动	胸片
氢氯噻嗪　12.5mg　bid	超声心动图
氨苯蝶啶　20mg　bid	心脏磁共振成像
	心导管造影检查（pm）

三、医 嘱 说 明

1.扩张型心肌病伴心衰者，按慢性心衰原则治疗；伴心律失常，应给予抗心律失常药物治疗；对慢性难治性心功能不全者，可使用 β 受体阻滞药；如有不规则低热、红细胞沉降率增快、抗心肌抗体阳性，可短期使用糖皮质激素；在心功能不全失代偿期给予多巴胺及多巴酚丁胺治疗。

2.肥厚型心肌病即使无左心室流出道梗阻也可使用 β 受体阻滞药，以改善心肌舒张期充盈，减轻心肌缺血。禁忌应用正性肌力药物（洋地黄、异丙肾上腺素）和扩血管药物，以防止加重其血流动力学改变，发生心力衰竭和猝死。

3.限制型心肌病小儿较少见，需与缩窄性心包炎鉴别，磁共振成像有助于鉴别，必要时尚需心导管及心肌心内膜病理检查诊断。

第二节　病毒性心肌炎

一、诊　断

1999 年 9 月在昆明召开了全国小儿心肌炎、心肌病学术会议，经与会代表充分讨论，修订了 1994 年 5 月在山东威海会议制订的《小儿病毒性心肌炎诊断标准》。

1.临床诊断依据

（1）心功能不全、心源性休克或心脑综合征。

（2）心脏扩大（X 线、超声心动图检查具有表现之一）。

（3）心电图改变：以 R 波为主的 2 个或 2 个以上主要导联（Ⅰ、Ⅱ、aVF、V_5）的 ST-T 改变持续 4d 以上伴动态变化，窦房传导阻滞、房室传导阻滞、完全性右或左束支阻滞，成联律、多形、多源、成对或并行性早搏，非房室结及房室折返引起的异位性心动过速，低电压（新生儿除外）及异常 Q 波。

（4）CK-MB 升高或心肌肌钙蛋白（cTnl 或 cTnT）阳性。

2.病原学诊断依据

（1）确诊指标：自患儿心内膜、心肌、心包（活检、病理）或心包穿刺液检查，发现以下之一者可确诊心肌炎由病毒引起。

①分离到病毒。

②用病毒核酸探针查到病毒核酸。

③特异性病毒抗体阳性。

（2）参考依据：有以下之一者结合临床表现可考虑心肌炎系病毒引起。

①自患儿粪便、咽拭子或血液中分离到病毒，且恢复期血清同型抗体滴度较第 1 份血清升高或降低 4 倍以上。

②病程早期患儿血中特异性 IgM 抗体阳性。

③用病毒核酸探针自患儿血中查到病毒核酸。

3.确诊依据

（1）具备临床诊断依据 2 项，可临床诊断为心肌炎。发病同时或发病前 1～3 周有病毒感染的证据支持诊断者。

（2）同时具备病原学确诊依据之一，可确诊为病毒性心肌炎，具备病原学参考依据之一，可临床诊断为病毒性心肌炎。

（3）凡不具备确诊依据，应给予必要的治疗或随诊，根据病情变化，确诊或除外心肌炎。

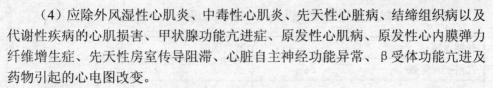

（4）应除外风湿性心肌炎、中毒性心肌炎、先天性心脏病、结缔组织病以及代谢性疾病的心肌损害、甲状腺功能亢进症、原发性心肌病、原发性心内膜弹力纤维增生症、先天性房室传导阻滞、心脏自主神经功能异常、β受体功能亢进及药物引起的心电图改变。

4.分期

（1）急性期：新发病，症状及检查阳性发现明显且多变，一般病程在半年以内。

（2）迁延期：临床症状反复出现，客观检查指标迁延不愈，病程多在半年以上。

（3）慢性期：进行性心脏增大，反复心力衰竭或心律失常，病情时轻时重，病程在1年以上。

二、医 嘱 示 例

1.病毒性心肌炎医嘱轻型（以6岁，20kg为例）。

长期医嘱				临时医嘱
儿科护理常规				血常规
二级护理				尿常规
普食				粪常规
卧床休息				血心肌酶谱、心肌肌钙蛋白、抗心肌抗体测定
VitE 10mg bid				血抗链球菌溶血素O、红细胞沉降率、黏蛋白
青霉素 200万U	iv drip	bid		血柯萨奇病毒抗体测定
10%GS 100ml				心电图
利巴韦林 200mg	iv drip	qd		24h动态心电图
10%GS 100ml				胸片
三磷酸腺苷 20mg				超声心动图
辅酶A 100U	iv drip	qd		青霉素皮试
VitC 3g				
10%GS 250ml				
丹参注射液 6ml	iv drip	qd		
10%GS 100ml				

2.病毒性心肌炎重型医嘱（以 6 岁，20kg 为例）。

长期医嘱	临时医嘱
儿科护理常规	血常规
一级护理	尿常规
普食或半流食	粪常规
病重或病危通知	血心肌酶谱、心肌肌钙蛋白、抗心肌抗体
卧床休息	血抗链球菌溶血素O、红细胞沉降率、黏蛋白
心电图监护	血柯萨奇病毒抗体测定
VitE 10mg　tid	心电图
青霉素 200万U　｜　iv　drip　bid 10%GS　100ml　｜	24h 动态心电图
利巴韦林 200mg　｜　iv　drip　qd 10%GS　100ml　｜	胸片
干扰素 100U　im qd	超声心动图
1，6-二磷酸果糖（FDP）5g　｜iv　drip　qd NS　50ml　｜	青霉素皮试
氢化可的松 200mg　｜　iv　drip　qd 10%GS　250ml　｜	
三磷酸腺苷　20mg 辅酶A　100U　｜　iv　drip　qd VitC　3g 10%GS　200ml	
丹参注射液　6ml　｜　iv drip　qd 10%GS　100ml　｜	

三、医 嘱 说 明

1.心肌酶谱急性期肌酸磷酸激酶升高一般持续 2～4 周，且早于乳酸脱氢酶恢复正常。如持续或进行性升高，提示病情较重，心肌炎症尚未控制，需积极加强抗感染治疗。

2.心电图 T 波平坦或倒置，为病变的心肌细胞复极异常所致，如累及左胸导联则提示病变较为广泛；ST 降低，提示存在心内膜下心肌损害，重型病儿可有心肌梗死样的 ST 段抬高；低电压，提示心肌水肿；心律失常，可有早搏、异位心动过速、传导阻滞、Q-T 间期延长。

3.心电图 ST-T 改变的恢复常晚于临床症状的改善,部分病儿常持续一段时间,且易出现反复，其原因一般与不充分休息及反复病毒感染有关。心律失常经对症治疗，有效者可很快得到控制，如血药浓度稳定后仍未控制者，则需更换药物。三度房室传导阻滞经足量糖皮质激素治疗，一般 3d 内可恢复。

4.病情无变化或出现反复可能的原因有①病情较重，心肌病变较广泛；②急性期未及时用药或用药不规则；③抗心律失常药物不敏感；④未获得充分休息；⑤反复病毒感染；⑥未经辨证自行加服中药等。

病情恶化少数病儿可因急性心源性休克或急性心力衰竭于数小时或数日内死亡，个别病儿因严重心律紊乱猝死。其原因可能为：①病情过于严重或凶险，现有的治疗手段已无法逆转其病变过程；②临床上对病情的严重程度及进展估计不足，未及时应用足量的糖皮质激素，失去了治疗时间；③并发症治疗失败；④存在原发的心脏疾病、免疫缺陷病或免疫功能紊乱。

第三节 感染性心内膜炎

一、诊 断

1.诊断标准

（1）临床指标

①主要指标：血培养阳性，分别 2 次血培养有相同的感染性心内膜炎常见的微生物（如草绿色链球菌，金黄色葡萄球菌，肠球菌等）。心内膜受累证据，应用超声心动图检查心内膜受累证据，有以下超声心动图征象之一，附着于瓣膜或瓣膜装置，心脏、大血管内膜、置入人工材料上的赘生物；心内脓肿；瓣膜穿孔，人工瓣膜或缺损补片有新的部分裂开。血管征象为重要动脉栓塞，脓毒性肺梗死或感染性动脉瘤。

②次要指标：易感染条件有基础心脏疾病，心脏手术，心导管术或中心静脉内插管。较长时间的发热（≥38℃），伴贫血。原有心脏杂音加重，出现新的反流杂音或心功能不全。血管征象为瘀斑，脾大，颅内出血，结膜出血，镜下血尿或 Jane way 斑（手掌和足底直径 1～4mm 的出血红斑）。免疫学征象可见肾小球肾炎，Osler 结（指和趾垫豌豆大的红或紫色痛性结节）、Roth 斑（视网膜的卵圆形出血

斑块伴中心呈白色）或类风湿因子阳性。微生物学证据有血培养阳性，但未符合主要指标中的要求。

（2）病理学指标

①赘生物（包括已形成的栓塞）或心内脓肿经培养或镜检发现微生物。

②存在赘生物或心内脓肿，并经病理检查证实伴活动性心内膜炎。

2.诊断依据

（1）具备以下①～⑤项任何之一者可诊断

①临床主要指标 2 项。

②临床主要指标 1 项和次要指标 3 项。

③心内膜受累证据和次要指标 2 项。

④临床次要指标 5 项

⑤病理学指标 1 项。

（2）有以下情况时可排除感染性心内膜炎诊断：有明确的其他诊断解释临床表现，经抗生素治疗≤4d 临床表现消除，抗生素治疗≤4d，手术或尸检无感染性心内膜炎的病理依据。

（3）临床考虑感染性心内膜炎，但不具备确诊依据时仍应进行治疗，根据临床观察及进一步的检查结果确诊或排除该诊断。

二、医嘱示例

1.草绿色链球菌心内膜炎医嘱（以 6 岁，20kg 为例）。

长期医嘱	临时医嘱
儿科护理常规	血常规
一级护理	尿常规
半流食	粪常规
病重	C 反应蛋白测定
卧床休息	红细胞沉降率测定
测体温 q6h	抗链球菌溶血素 O 测定
青霉素 240 万 U ｜ iv drip q6h 10%GS 100ml	黏蛋白测定
	类风湿因子、免疫复合物测定
氨苄西林 1.0g ｜ iv drip q6h 10%GS 100ml	血培养＋药物敏感试验 1/2h 共 2 次
	肝功能

阿米卡星 0.1g｜iv drip q12h	血尿素氮、肌酐测定
10%GS 50ml｜	眼底检查
VitC 1.0 ⎫	心电图
10%氯化钾 6ml｜iv drip qd	胸片
10%GS 250ml⎭	超声心动图
	青霉素皮试

2.金黄色葡萄球菌心内膜炎医嘱（以 6 岁，20kg 为例）。

长期医嘱	临时医嘱
儿科护理常规	血常规
一级护理	尿常规
半流食	粪常规
病重	C 反应蛋白测定
卧床休息	红细胞沉降率测定
测体温 q6h	抗链球菌溶血素 O 测定
苯唑西林 0.5g｜iv drip q6h	黏蛋白
10%GS 50ml｜	类风湿因子、免疫复合物测定
或头孢唑啉 0.5g｜iv drip q6h	血培养＋药物敏感试验 1 次/2h×2 次
NS 50ml｜	肝功能
或万古霉素 0.3g｜iv drip q12h	血尿素氮、肌酐测定
10%GS 50ml｜	眼底检查
VitC 1.0 ⎫	心电图
10%氯化钾 6ml｜iv drip qd	胸片
10%GS 250ml⎭	超声心动图
	青霉素皮试

3.革兰阴性杆菌心内膜炎医嘱（以 6 岁，20kg 为例）。

长期医嘱	临时医嘱
儿科护理常规	血常规
一级护理	尿常规

半流食	粪常规
病重	C 反应蛋白测定
卧床休息	红细胞沉降率测定
测体温　q6h	抗链球菌溶血素 O 测定
头孢曲松　0.5g　　iv　drip　q12h NS　50ml	黏蛋白测定
	类风湿因子、免疫复合物测定
氨苄西林　1.0g　　iv　drip　q6h 10%GS　50ml	血培养＋药物敏感试验　1 次/2h×2 次
	肝功能
阿米卡星　0.1g　　iv　drip　q12h 10%GS　50ml	血尿素氮、肌酐测定
	眼底检查
VitC　1.0 10%氯化钾　6ml　　iv　drip　qd 10%GS　250ml	心电图
	胸片
	超声心动图
	青霉素皮试

三、医嘱说明

1.应用抗生素前做血培养 2～3 次（包括需氧菌及厌氧菌培养，必要时做真菌培养），标本及时送检。如在治疗前已不规则用过抗生素，应在停用抗生素后采血或在送检查时说明情况。标本持续培养 2～3 周，可提高阳性率。

2.如病变累及心脏瓣膜或存在先天性心脏病，合并充血性心力衰竭，在抗感染的同时应积极控制心力衰竭。

3.抗生素和选择需根据病原菌，药物敏感试验及治疗反应。①草绿色链球菌：可用青霉素 20～30 万 U/（kg·d），每 4h 1 次静滴，总量＜2 000 万 U/d＋庆大霉素 3～6mg/（kg·d）肌注 2～4 周，总量＜80mg/d。②肠球菌：可用头孢唑啉 50～100mg/（kg·d），每 8h 1 次静滴。③革兰阴性杆菌：头孢呋肟（西力欣）70～150mg/（kg·d），每 8h 1 次静滴。④金黄色葡萄球菌：苯唑西林（苯唑青霉素）200mg/（kg·d），每 4h 1 次静滴，总量＜12g/d＋庆大霉素 3.6 mg/（kg·d），每 8h 1 次静滴；或者用头孢唑啉 50～100 mg/（kg·d），每 8h 1 次静滴；也可用万古霉素 40～60 mg/（kg·d），q8～12h 静滴，总量＜2g/d 庆大霉素（同上）。

4.治疗中如体温下降后又升高，应考虑以下可能：①药量不足；②静脉炎；③新栓塞形成；④感染扩散；⑤重复感染；⑥药物热等。应及时进行鉴别，对症处理。

5.手术指征。对内科疗法不能控制的心力衰竭，反复发生的严重或多发性栓塞，巨大赘生物（直径 1cm 以上）时，应考虑进行外科手术治疗，如同时存在先天性心脏病者，如动脉导管未闭、室间隔缺损等，应进行导管结扎及缺损修补术。手术指征有：①瓣膜受损所致的进行性或难以控制的心力衰竭；②顽固性感染，多因细菌深藏于赘生物中或有瓣环周围或心肌脓肿所造成；③人工瓣膜感染或扩散至瓣膜外的感染；④心腔内有大型摆动的赘生物，并有脱落可能；⑤感染性动脉瘤位于主动脉，并有破裂可能。

第四节　急性心包炎

一、诊　断

1.病史　婴儿期多并发于肺炎、败血症，4～5 岁以上儿童，多继发于结核、风湿、病毒、结缔组织病及尿毒症等。

2.临床表现

（1）纤维蛋白性（干性）心包炎

①症状：胸痛为主要症状，多见于化脓性，非特异性及风湿性心包炎，疼痛位于心前区，可放射到颈部，左肩、左臂甚至上腹部。变换体位，咳嗽，深呼吸时加重，全身症状多有发热，多汗，疲乏无力等。

②体征：心包摩擦音是纤维蛋白性心包炎的典型体征。

（2）心包渗液

①症状：呼吸困难严重时，端坐呼吸，呼吸浅速而费力，面色苍白，神情不宁甚至发绀，也可有干咳，声嘶及吞咽困难。

②体征：叩诊心脏浊音界向两侧扩大，心尖搏动微弱或不能扪及，心音遥远，模糊不清，肩胛骨下可出现浊音及支气管呼吸音，称心包积液征，脉压差变小，脉搏可减弱或出现奇脉。

（3）心脏压塞

①急性心脏压塞：表现为急性循环衰竭，患儿可极度烦躁不安，神志不清，偶有惊厥发作，面色苍白，发绀大汗淋漓，颈静脉怒张，动脉压下降，心率增快，脉压缩小，有奇脉，心排血量减少，导致休克。

②亚急性或慢性心脏压塞：渗液积聚较慢，机体可代偿，但心包压力升高到一定程度，代偿衰竭可出现颈静脉怒张、肝大、腹水及下肢水肿等，可扪及奇脉，

心浊音界扩大，可闻及心包叩击音。

3. 辅助检查

（1）实验室检查：化脓性心包炎有白细胞计数及中性细胞增多。血清谷草转氨酶的乳酸脱氢酶测定正常或稍高。血沉增快。

（2）X 线检查：当心包腔内有 150～200ml 以上的积液，X 线亦可见心影增大，渗液更多时，心影可呈烧瓶形，心脏各弓消失，卧位心底增宽，上腔静脉明显扩张，右侧心膈角锐利，肺野清晰，无肺淤血征象。

（3）心电图：急性心包炎开始时 I、IV、aVL、aVF 和 V_2～V_6 导联 ST 段呈凹面向上的抬高，aVR 导联则压低，此改变可持续数日；继之 ST 段回到基线，T 波开始变平坦；而后在原有导联出现对称性 T 波倒置，程度可轻可重；至恢复阶段，T 波可正常，但时间可迁延很久，无异常 Q 波，大量心包积液者，肢体导联 QRS 波群可见低电压。

（4）超声波检查：可发现少于 100ml 的心包积液，大量心包积液时，可见室间隔矛盾运动。Doppler 超声可以发现心室舒张充盈受阻的血动力学证据。

（5）心包穿刺检查：可作为证实诊断或抽出渗液作为治疗手段。可采用胸骨左旁途径或斜突下左肋缘途径。穿刺抽出液体需进行细菌学检查，必要时可在心包腔内注入 100～200mlCO_2，立即进行 X 线检查，了解心包腔大小和厚度，有无块物突入心包腔。

（6）周围静脉压测定　心脏压塞患儿，周围静脉压明显增高达 15～40cmH_2O。

4. 病因诊断

（1）结核性心包炎：起病慢，有结核中毒症状，如午后发热、盗汗等，血沉快，结核菌素试验强阳性，心包抽液查结核杆菌阳性率 40% 左右，心包外（例如肺部）可能有结核病灶。

（2）急性非特异性心包炎：前胸痛较突出，病前常有上呼吸道感染，体温可达 39℃ 以上，除外结核性。

（3）化脓性心包炎：心包抽液呈脓性即可确诊。

（4）风湿性与其他风湿性疾病所致的心包炎：一般有原发病的临床特征。

二、医嘱示例

急性化脓性心包炎医嘱（以 3 岁，15kg 为例）。

长期医嘱		临时医嘱
儿科护理常规		血常规
二级护理		尿常规
普食		粪常规
病重		C反应蛋白
卧床休息		红细胞沉降率测定
氢氯噻嗪 8mg bid		抗链球菌溶血素O测定
氨苯蝶啶 15mg bid		黏蛋白测定
头孢拉定 0.75g	iv drip bid	类风湿因子、免疫复合物测定
NS 50ml		血培养＋药物敏感试验
阿米卡星 60mg	iv drip bid	心包穿刺＋心包液送常规、生化、涂片、细
10%GS 50ml		菌培养＋药物敏感试验
VitC 1.0g		心电图
10%氯化钾 6ml	iv drip qd	超声心动图
10%GS 250ml		胸片（正侧位）

三、医嘱说明

1.心包炎是最常见的心包病变，可由多种致病因素引起，常是全身疾病的一部分或由邻近组织病变蔓延而引起。心包炎可分为急性和慢性2种，前者常伴有心包渗液，后者常引起心包缩窄，有心包缩窄者称缩窄性心包炎。急性心包炎主要是心包膜脏层和壁层的急性炎症，也可同时累及心肌和心内膜，它的病因在国内以结核性为最多，其次有非特异性，化脓性和风湿性心包炎亦较常见，大多都有程度不同的心包渗液。缩窄性心包炎：急性心包炎以后，少数患者由于形成坚厚的瘢痕组织，心包失去伸缩性，明显地影响心脏的舒张功能，称为缩窄性心包炎，它包括典型的慢性缩窄性心包炎和在心包渗液的同时已发生心包缩窄的亚急性渗液化－缩窄性心包炎。

2.大量渗液或有心脏压塞症状者，可施行心包穿刺术抽搐液减压。穿刺前应先做超声波检查，了解进针途径及刺入心包处的积液层厚度，穿刺部位有：①常于左第5肋间，心浊音界内侧1～2cm处，（或在尖搏动以外1～2cm处进针）穿刺针应向内、向后推进，指向脊柱，病人取坐位；②或于胸骨剑突与左肋缘形成的角度处刺入，针尖向上、略向后，紧贴胸骨后推进，病人取半坐位；③对疑有右侧或后侧包裹性积液者，可考虑选用右第 4 肋间胸骨缘处垂直刺入或于右背部第 7 或第 8 肋间肩胛中线处穿刺，为避免刺入心肌，穿刺时可将心电图机的胸前导联连接在穿刺针上。在心电图示波器及心脏 B 超监测下穿刺，如针尖触及心室肌则 ST 段抬高但必须严密检查绝缘是否可靠，以免病人触电，另有使用"有孔超声探头"，穿刺针经由探头孔刺入，在超声波监测下进行穿刺、可观察穿刺针尖在积液腔中的位置以及移动情况，使用完全可靠。

3.大量心包积液，引流心包液每分钟不超过 20～30ml，同时进行心肺监护。心包穿刺抽脓第 1 次不宜超过 100～200ml，以后每次不超过 200～500ml，以避免心脏突然承受大量血液充盈引起心功能不全。

4.加强支持疗法，供应足够的蛋白质及维生素，如贫血，应小量多次输血。

第五节　心律失常

一、诊　断

（一）阵发性室上性心动过速

1.*病史*　本病多见于无器质性心脏病的小儿。也可见于先天性心脏病如三光瓣下移畸形。某些小儿因上感，肺炎，腹泻，疲劳，精神紧张而诱发。

2.*临床表现*　小儿突然出现烦躁、气促、汗多、苍白。肢体发冷、拒食、发绀，年长儿诉心前区不适、头晕、乏力、恶心呕吐，可突然终止。心率增快而规则，可伴有心衰或有心源性休克症状体征。

3.*心电图特点*　心率在 150～300/min，有 3 个以上连续早搏，节律绝对匀齐，T 波和 P 波常重叠，P 波不易辨认。如能找到 P 波，其形态变异，且 P-R 间期＞0.1s。

（二）过早搏动

1.*病史*　过早搏动可在健康小儿或无器质性心脏病的小儿发生。胃肠道疾病，情绪激动，疲劳，紧张，药物中毒等可引起。有的找不出病因。有先天性心脏病，风湿性心脏病，心肌炎的患儿更易出现。

2.*临床表现*　大多无症状，偶有心悸、胸闷、心前区不适或表现不安、恐惧等。听诊可发现心律失常，心搏提前，其后常有一定时间的代偿间歇，心音强弱也不一致。早搏常使脉律不齐，若早搏发生过早，可使脉搏短绌。

3. 心电图特点

（1）房性早搏：①P 波提前，可与前一心动的 T 波重迭，形态与窦性 P 波稍有差异，但方向一致；②P′-R＞0.10s；③早搏后的代偿间歇往往不完全；④一般 P′波后 QRS-T 正常，若不继以 QRS-T 波，称为阻滞性早搏，若继以畸形的 QRS-T 波，为心室内差异传导所致。

（2）交界性早搏：①QRS-T 波提前，形态、时限与正常窦性基本相同；②早波所产生的 QRS 波前或后有逆行 P′波，P′-R＜0.10s，R-P′＜0.20s，有时 P′波可与 QRS 波重叠，辨认不清；③代偿间歇往往不完全。

（3）室性早搏：①QRS 波提前，形态异常，宽大，QRS 波＞0.10s，T 波与主波方向相反；②QRS 波前多无 P′波；③代偿间歇完全；④有时在同一导联出现形态不一，配对时间不等的室性早搏，称为多源性早搏。

4. 诊断标准　依据心电图特点判断早搏属何种类型。

（三）房室传导阻滞

1. 病史　①病因以各种原因的心肌炎症最常见，如风湿性、病毒性心肌炎和其他感染；②迷走神经兴奋，常表现为短暂性房室传导阻滞；③药物：如洋地黄和其他抗心律失常药物，多数停药后，房室传导阻滞消失；④各种器质性心脏病如冠心病、风湿性心脏病及心肌病；⑤高血钾、尿毒症等；⑥特发性的传导系统纤维化、退行性变等；⑦外伤，心脏外科手术时误伤或波及房室传导组织可引起房室传导阻滞。

2. 临床表现　一度房室传导阻滞患者常无症状。听诊时心尖部第一心音减弱，此是由于 P-R 间期延长，心室收缩开始时房室瓣叶接近关闭所致。二度 I 型房室传导阻滞病人可有心搏暂停感觉。听诊时有心搏脱漏，第一心音强度可随 P-R 间期改变而改变。二度 II 型房室传导阻滞病人常疲乏、头昏、昏厥、抽搐和心功能不全，常在较短时间内发展为完全性房室传导阻滞。听诊时心律整齐与否，取决于房室传导比例的改变。完全性房室传导阻滞的症状取决于是否建立了心室自主节律及心室率和心肌的基本情况。如心室自主节律未及时建立则出现心室停搏。自主节律点较高，恰恰位于希氏束下方，心室率较快达 40～60/min，病人可能无症状。双束支病变者心室自主节律点甚低，心室率慢在 40/min 以下，可出现心功能不全和脑缺血综合征或猝死。心室率缓慢常引起收缩压升高和脉压增宽。每搏量增大产生肺动脉瓣区收缩期喷射性杂音和第三心音。由于房室分离、房室收缩不协调，以致不规则地出现心房音及响亮的第一心音。

3. 心电图特点

（1）一度房室传导阻滞：①P-R 间期＞0.20s；②每个 P 波后，均有 QRS 波群。

（2）二度房室传导阻滞：部分心房激动不能传至心室，一些 P 波后没有 QRS 波群，房室传导比例可能是 2∶1；3∶2；4∶3……二度房室传导阻滞可分为 2 型。Ⅰ型又称文氏（Wenckebach）现象或称莫氏（Mobitz）Ⅰ型，Ⅱ型又称莫氏Ⅱ型，Ⅰ型较Ⅱ型为常见。

①二度Ⅰ型传导阻滞（文氏现象）：P-R 间期逐渐延长，直至 P 波受阻与心室脱漏；R-R 间期逐渐缩短，直至 P 波受阻；包含受阻 P 波的 R-R 间期比两个 P-P 间期之和为短。

②二度Ⅱ型房室传导阻滞（莫氏Ⅱ型）：P-R 间期固定，可正常或延长；QRS 波群有间期性脱漏，阻滞程度可经常变化，可为 1∶1、2∶1、3∶1、3∶2、4∶3 等。下传的 QRS 波群多呈束支传导阻滞图形。

一度房室传导阻滞和二度Ⅱ型房室传导阻滞，阻滞部位多在房室结，其 QRS 波群不增宽；二度Ⅱ型房室传导阻滞，其阻滞部位多在希氏束以下，此时 QRS 波群常增宽。

（3）完全性房室传导阻滞：P 波与 QRS 波群相互无关；心房速率比心室速率快，心房心律可能为窦性或起源于异位；心室心律由交界区或心室自主起搏点维持。

QRS 波群的形态主要取决于阻滞的部位，如阻滞位于希氏束分支以上，则逸搏起搏点多源于房室交界区紧靠分支处出现高位心室自主心律，QRS 波群不增宽。如阻滞位于双束支，则逸搏心律为低位心室自主心律，QRS 波群增宽或畸形。邻近房室交界区高位逸搏心律的速率常为每分钟 40～60 次，而低位心室自主心律的速率多为每分钟 30～50 次。

二、医嘱示例

1.阵发性室上性心动过速医嘱（以 6 岁，20kg 为例）。

长期医嘱	临时医嘱
儿科护理常规	血常规
二级护理	尿常规
普食	粪常规
心电图监测（prn）	血心肌酶谱、心肌肌钙蛋白、抗心肌抗体测定
普罗帕酮（心律平）100mg　　q8h 或美西律（慢心律）100mg　　q8h	抗链球菌溶血素 O（ASO）、红细胞沉降率（ESR）C 反应蛋白（CRP）

辅酶 Q$_{10}$ 10mg tid		血钠、钾、氯测定	
三磷酸腺苷（ATP） 20mg		甲状腺功能 5 项（T$_3$，T$_4$，TSH，FT$_3$，FT$_4$）	
辅酶 A 100U	iv drip qd	心电图	
VitC 3.0		运动试验	
10%GS 100ml		24h 动态心电图	
		胸片	
		超声心动图	
		利多卡因 20mg	缓注 即!
		10%GS 10ml	

2.房扑医嘱（以 6 岁，20kg 为例）。

长期医嘱	临时医嘱
儿科护理常规	血常规
二级护理	尿常规
普食	粪常规
心电图监测（prn）	血心肌酶谱、心肌肌钙蛋白、抗心肌抗体测定
普罗帕酮（心律平） 100mg q8h 或	抗链球菌溶血素 O（ASO）、红细胞沉降率（ESR）
美西律（慢心律） 100mg q8h	C 反应蛋白（CRP）
辅酶 Q$_{10}$ 10mg tid	血钠、钾、氯测定
三磷酸腺苷 20mg	心电图
辅酶 A 100U	运动试验
VitC 3.0 iv drip qd	24h 动态心电图
10%GS 100ml	胸片
	超声心动图

3.室性早搏医嘱（以 6 岁，20kg 为例）。

长期医嘱	临时医嘱
儿科护理常规	血常规
二级护理	尿常规
普食	粪常规

心电图监测（prn）	血心肌酶谱、心肌肌钙蛋白、抗心肌抗体测定
普罗帕酮（心律平）　100mg　q8h 或	抗链球菌溶血素 O（ASO）、红细胞沉降率（ESR）
美西律（慢心律）　100mg　q8h	C 反应蛋白（CRP）
辅酶 Q_{10} 10mg　tid	血钠、钾、氯测定
三磷酸腺苷　20mg	甲状腺功能五项（T_3，T_4，TSH，FT_3，FT_4）
辅酶 A　100U	心电图
VitC　3.0	运动试验
10%GS　100ml	24h 动态心电图
	胸片
	超声心动图

（三磷酸腺苷/辅酶A/VitC/10%GS：iv drip qd）

4.房性早搏医嘱（以 6 岁，20kg 为例）。

长期医嘱	临时医嘱
儿科护理常规	血常规
二级护理	尿常规
普食	粪常规
心电图监测（prn）	血心肌酶谱、心肌肌钙蛋白、抗心肌抗体测定
普罗帕酮（心律平）　100mg　q8h	抗链球菌溶血素 O（ASO）、红细胞沉降率（ESR）
或美西律（慢心律）　100mg　q8h	C 反应蛋白（CRP）
辅酶 Q_{10} 10mg　tid	血钠、钾、氯测定
三磷酸腺苷（ATP）20mg	心电图
辅酶 A　100U　iv drip qd	运动试验
VitC　3.0	24h 动态心电图
10%GS　100ml	胸片
	超声心动图

5.二度房室传导阻滞医嘱（以 6 岁，20kg 为例）。

长期医嘱	临时医嘱
儿科护理常规	血常规
二级护理	尿常规

普食	粪常规
心电图监测（prn）	血心肌酶谱、心肌肌钙蛋白、抗心肌抗体测定
三磷酸腺苷（ATP） 20mg tid	抗链球菌溶血素O（ASO）、红细胞沉降率（ESR）
辅酶Q_{10} 10mg tid	C反应蛋白（CRP）
VitC 100mg tid	血钠、钾、氯测定
	心电图
	运动试验
	24h动态心电图
	胸片
	超声心动图

三、医 嘱 说 明

1.心律失常常见于心脏病患儿，也有不少为心脏正常或原因不明者。病因有：各种器质性心脏病如心肌炎、心肌病、先天性或风湿性心脏病，自主神经功能失调或电解质紊乱，代谢障碍，药物中毒，感染及心外科手术等。新生儿和婴儿早期的心律失常，一部分与母亲妊娠疾病、分娩时用药及并发症有关；一部分因发育系统不完善所致，随着年龄增长可自然消失，多数预后良好。严重心律失常甚至可导致循环功能障碍或心源性猝死。小儿心律失常中以窦性心动过速最常见，其次为各种早搏、一度房室传导阻滞、窦性心动过缓、不完全性右束支传导阻滞及阵发性室上性心动过速。

2.窦房结以外发出的激动为异位心律，可根据该异位激动有无异位P'波以及P'的方位、P'-R或R-P间期、QRS波的形态确定异位心率的起源部位，是来自心房、房室结，还是心室。继而观察该异位心率是提早出现，还是延迟出现，是单个出现，还是连续出现，以确定该异位心率是早搏还是逸搏，是心动过速、扑动、颤动、还是逸搏心律。若发现心房与心室的激动是由两个不同的起搏点控制，而且心室率大于或等于心房率，则判断为房室分离。

3.逸搏与早搏的区别，逸搏与早搏均为异位激动。但是早搏为提早异位激动，其后常有代偿间期，早搏的出现一般来说对患者不利。逸搏为延后出现，其后无代偿间期，逸搏的出现常对患者有利，其原因是逸搏是在心脏的基本节律点（通常为窦房结）发放激动的频率过缓、激动形成障碍或激动传导障碍时，为了防止心室长时间不发生激动，作为一种保护措施，低位起搏点被动地发放1～2次激动控制心脏的活动。在做出逸搏诊断的同时，还需明确引起逸搏的原因及其性质；治疗时，控制了引起逸搏的原发性心律失常，逸搏亦可随之消失。

4.一般使用一种抗心律失常药物，若一种药物无效需联合用药时，应注意配伍。①胺碘酮不宜与奎尼丁、丙吡胺等延长心肌复极的药物合用；②普萘洛尔与维拉帕米联合静脉注射可产生致命的心脏抑制，应列为禁忌；③具有相同作用的同一类药也不宜联合应用，二药作用相加可增加毒性作用；④胺碘酮、维拉帕米、普罗帕酮等与地高辛联合应用时，可增高地高辛的血浓度，易引起洋地黄中毒，应尽量避免，若必须使用时，需减少地高辛的用量。

（王　樱　万力生）

第8章 泌尿系统疾病

第一节 尿路感染

一、诊断

1. **尿路感染** 1985 年第 2 届全国肾脏病学术会议讨论通过的尿路感染诊断标准为：①正规清洁中段尿（要求尿停留在膀胱中 4~6h 以上）细菌定量培养，菌落数 $\geq 10^5$/ml。②参考清洁离心中段尿沉渣白细胞数 >10/HFP 或有尿路感染症状者。具备①、②可以确诊。如无②则应再做尿细菌计数复查，如仍 $\geq 10^5$/ml 且两次细菌相同者，可确诊。③做膀胱穿刺尿培养，如细菌阳性亦可确诊。④没有条件做细菌培养计数，可用治疗前清晨清洁中段尿（尿停留于膀胱 4~6h 以上）正规方法的离心尿沉渣革兰染色找细菌，如细菌 >1/油镜视野，结合临床尿感症状，亦可确诊。⑤尿细菌数为 10^4~10^5/ml 者，应复查，如仍为 10^4~10^5/ml，可结合临床表现或做膀胱穿刺尿培养确诊。

2. **上、下尿路感染的鉴别** 具备了上述尿路感染标准，兼有下列情况者：①尿抗体包裹细菌检查阳性者，多为肾盂肾炎，阴性者多为膀胱炎。②膀胱灭菌后的尿标本细菌培养结果阳性者为肾盂肾炎，阴性者为膀胱炎。③参考临床症状，有发热（>38℃）或腰痛、肾区叩压痛或尿中白细胞、管型者，多为肾盂肾炎。④经治疗后，症状已消失，但又复发者多为肾盂肾炎（多在停药后 6 周内）；用单剂量抗菌药治疗无效或复发者多为肾盂肾炎。⑤经治疗后，仍有肾功能不全表现，能排除其他原因所致者；或 X 线肾盂造影有异常改变者为肾盂肾炎。

3. **急、慢性肾盂肾炎的鉴别** ①尿路感染病史在 1 年以上，经抗菌治疗效果不佳，多次尿细菌定量培养均阳性或频繁复发者，多为慢性肾盂肾炎。②经治疗症状消失后，仍有肾小管功能（尿浓缩功能等）减退，能排除其他原因所致者，为慢性肾盂肾炎。③X 线造影证实有肾盂肾盏变形，肾影不规则甚至缩小者为慢性肾盂肾炎。

4.尿道综合征（尿频—排尿困难综合征） 应具备下列 3 条：①女性患儿有明显的排尿困难、尿频，但无发热、白细胞增高等全身症状。②多次尿细菌培养，菌落数<10^5/ml。③尿中白、红细胞增加不明显，<10 个/HP。

5.尿路感染复发应具备下列 2 条 ①经治疗症状消失，尿菌阴转后在 9 周内症状再现。②尿细菌数≥10^5/ml，且菌种与上次相同（菌种相同而且为同一血清型或药敏谱相同）者。

6.重新发生的尿路感染（再感染），应具备下述 2 条 ①经治疗后症状消失，尿菌阴转后，症状再现（多在停药 6 周后）。②尿菌落数≥10^5/mL，但菌种（株）与上次不同者。

二、医嘱示例

1.上尿路感染医嘱（以 3 岁，15kg 为例）。

长期医嘱	临时医嘱
儿科护理常规	血常规
一级护理	尿常规
半流食	粪常规
氨苄西林 0.75g　iv　drip　bid 10%GS　100ml	尿微量蛋白系列检查
	中段尿培养+菌落计数+药物敏感试验
头孢唑啉 0.5g　iv　drip　bid NS　100ml	血 β_2-微球蛋白
	血尿素氮、肌酐测定
	红细胞沉降率
	C 反应蛋白测定
	血培养
	肾脏 B 超
	静脉肾盂造影
	排尿性膀胱尿道造影
	青霉素皮试
	先锋 V 皮试

2.下尿路感染医嘱（以 6 岁，20kg 为例）。

长期医嘱	临时医嘱
儿科护理常规	血常规
一级护理	尿常规
半流食	粪常规
增效磺胺甲噁唑　0.5g　bid	中段尿培养＋菌落计数＋药物敏感试验
呋喃妥因　50mg　tid	肾脏输尿管及膀胱 B 超
碳酸氢钠　0.5g　tid	

三、医 嘱 说 明

1.尿路感染诊断时有发生假阳性和假阴性。假阳性可由于：①中段尿收集不合标准，如清洁不够或接触会阴部等；②尿标本在室温里放置＞1h 才接种和检查；③计数错误。假阴性则由于：①患者 2 周内使用过抗生素；②做尿培养时，尿液在膀胱内停留时间＜5h，细菌没有足够时间繁殖；③饮水多，稀释细菌；④细菌感染灶与尿路不通，如女性尿道狭窄形成梗阻，男性前列腺肥大等；⑤排菌为间歇性；⑥L 型细菌的形成，一般培养基不能得到阳性。

2.与无症状性细菌尿相鉴别，无症状性细菌尿亦称隐匿性细菌尿，指病人有真性细菌尿，而无尿感临床症状。无症状性细菌尿常见于女性，临床上常无尿感的症状和体征，尿常规检查改变不明显，仅有细菌尿。此病可由症状性尿感演变而来。致病菌多为大肠杆菌。其细菌可来自肾脏或来自膀胱，故对有持续性细菌尿的病例需进一步定位，并检查是否有尿路解剖上的异常，给予恰当的治疗纠正。

3. 5 岁以前小儿，上尿路感染易在肾脏形成瘢痕，可能会影响日后肾功能，要早期积极治疗。反复发作者需排除尿路梗阻、畸形（静脉肾盂造影）及膀胱输尿管反流（排尿性膀胱尿道造影）。

4.药物选择一般根据：①感染部位，对肾盂肾炎应选择血浓度高的药物，而下尿路感染则应选择尿浓度高的药物如呋喃类或磺胺；②尿培养及药物敏感结果；③肾损害少的药物。急性初次感染经以上药物治疗，症状多于 2～3d 内好转、菌尿消失。如治疗 2～3d 症状仍不见好转或菌尿持续存在，多表明细菌对该药可能耐药，应及早调整，必要时可两种药物联合应用。

5.疗程问题。急性感染时如所选用抗生素对细菌敏感，一般 10d 为 1 个疗程，可使绝大多数病人感染得到控制，如不伴发热者 5d 为一个疗程可能已足够。痊愈后应定期随访年或更长。因为多数再发是再感染所致，因此不主张对所有病人均采用长程疗法。具体建议如下：①对不经常再发者，再发后按急性处理；②反复再发者，急性症状控制后可用 SMZco、呋喃妥因（呋喃坦啶）、吡哌酸或诺氟沙星（氟哌酸）中的一种小剂量（治疗量的 1/3～1/4）每晚睡前服用 1 次，疗程可持续 3～6 个月。对反复多次感染或肾实质已有不同损害者，疗程可处长至 1～2 年。为防止耐药菌株产生，可采用联合用药或轮替用药，即每种药物用 2～3 周后轮换使用，以提高疗效。

6.病情加重的原因主要有常由于抗生素选择不当、剂量不足，联合用药不当致药效相互拮抗或减弱，细菌产生耐药性，合并营养不良或存在混合感染，长期应用免疫抑制药等。

7.病情复发的原因主要有：①抗菌药物选择不当或肾内不能达到有效浓度或产生耐药菌株，尤其在合并尿路梗阻、结石、畸形时；②L 型细菌感染，复发性泌尿道感染的病例 20%由 L 型细菌引起；③宿主易感性，现认为免疫功能低下是复发性泌尿系统感染的重要易感因素之一；④其他如慢性便秘、女婴肛周不清洁、穿紧身衣裤等。复发的处理措施为及时纠正诱因，处理合并症；在常规抗感染治疗尿菌转阴后予以预防性用药，以减少复发，预防期内如有复发，仍应积极正规抗菌治疗；一旦确诊 L 型细菌应立即停用原先抗生素。目前认为大环内酯类抗生素对 L 型链球菌效果较好。

第二节　急性肾小球肾炎

一、诊　断

1.病前 1～3 周有链球菌感染史，血清中抗链球菌抗体增高或咽拭子、皮肤脓性渗出物中培养出致肾炎型链球菌。

2.临床出现水肿、少尿、血尿及高血压表现。

3.尿检查发现血尿、蛋白尿及管型尿。

4.血清补体 C_3 规律性变化（起病后下降，6～8 周恢复正常）。

二、医 嘱 示 例

急性肾小球肾炎医嘱（以 6 岁，20kg 为例）。

长期医嘱	临时医嘱
儿科护理常规	血常规
二级护理	尿常规
低盐饮食	青霉素皮试
卧床休息	咽拭培养
氢氯噻嗪　12.5mg　tid	抗链球菌溶血素O
硝苯地平（心痛定）　2.5mg　tid	红细胞沉降率
	血清补体 C_3
	血尿素氮、肌酐测定
	12h 尿沉渣
	24h 尿蛋白测定
	X 线胸部摄片
	心电图
	双肾 B 超
	肾活检

三、医 嘱 说 明

1.一般病例，在急性期均呈现不同程度的少尿，甚至无尿，但到病程2～3周时会出现尿量的逐渐增多，这提示肾小球病理改变已开始逐渐恢复。如果到病程4周后，少尿仍无改善甚至加剧，则应高度怀疑是否为急进性肾炎。

2.随着尿量增多，一般在2～3周后颜面部或全身水肿亦随之改善，病儿逐渐过渡到恢复期。在此期间应注意水、电解质平衡，如果病儿尿量增多而水肿不减轻或反而加剧，则应检查水和钠盐的摄入量，防止补入过多，不利疾病恢复。

3.大多数病儿在急性期均有高血压，而且往往与水肿及血尿同时发生，也有出现于水肿之后的数日内，一般持续3～4周，多在水肿消退后2周左右降至正常，也有在出现利尿时即恢复正常。如果病儿在病程4周血压不下降反而升高，则应考虑急进性肾炎的可能，做进一步检查；如果一高血压持续很长时间，则有演变为慢性肾炎的危险。

4.肉眼血尿多数在发病后数日内消失，也可持续1～2周才转为镜下血尿，镜下血尿多数在6个月内消失，个别病例持续1～3年才完全消失。对镜下血尿持续时间较长者应加强临床观察，及早发现异常情况，必要时行经皮肾活检术作组织学诊断。此外，有一类病儿，虽镜下血尿持续存在，但其肾小球病变已基本消退，有学者将之称为残余血尿，多无临床意义，因此要向家长和病儿做好解释工作，以免不必要的思想顾虑。

5.有 80%～95%的病儿急性期血清补体浓度下降，经过 4～6 周大多恢复正常，因此应每周测定补体水平，了解其变化情况。如补体水平持续下降，则应怀疑膜增殖性毛细血管性肾炎或其他系统性疾病（如红斑狼疮等）。但血清 C_3 水平的高低与本病临床及组织学病变的严重性并无相关性。

6.在急性期大多数病儿血沉增快、肾功能降低，但随水肿的消退大多逐渐恢复正常。若持续不恢复，应做进一步检查。

7.非典型病例。根据前驱感染史及血补体规律性变化明确诊断。有 3 种类型。①肾外症状性肾炎：患儿有高血压和（或）水肿，甚至高血压脑病、循环充血，但尿改变轻微或尿检正常。②肾病表现的急性肾炎：以急性肾炎起病，但水肿、蛋白尿突出达肾病水平。③亚临床型：临床无明显表现，仅尿检有轻度改变。

8.经皮肾活检病理检查指征具有下列情况之一应做肾活检：①少尿 1 周以上或进行性尿量下降，肾小球滤过功能呈进行性损害者；②病程在 2 个月以上，无好转趋势者；③持续低补体血症者；④持续性蛋白尿和（或）血尿在 6 个月以上者；⑤发展为肾病综合征者。

9.高血压及高血压脑病的处理。①降血压药物选择：利舍平，按 0.07mg/（kg·次），肌注（最大量 1.5mg/次）维持量按 0.02mg/（kg·d），Bid，口服，至血压稳定。肼屈嗪（肼苯哒嗪），肌注 0.1～0.15mg/（kg·次）。口服 0.5～1mg/（kg·d）。②脱水药应用：高血压脑病时用 20%甘露醇 0.5～1g/（kg·次）静注，亦可用呋塞米 0.5～1mg/（kg·次）静注。每 6～8h 重复一次或交替应用。③抗惊厥药应用：安定 0.1～0.2mg/（kg·次）静脉缓推。

10.循环充血状态及心功能不全处理。①严重循环充血出现肺水肿可用利尿药：呋塞米按 1～2mg/（kg·次）静注。②减轻心脏前后负荷用酚妥拉明按 0.3～0.5mg/（kg·次）静脉推注或加入 20ml 葡萄糖内静滴。③一旦出现心功能不全亦可使用洋地黄制剂毛花苷 C，饱和量<2 岁 0.04mg/kg，>2 岁 0.03mg/kg。先用总量 1/2、余 1/2 分 2～3 次（q8h）肌注或静注。

11.急性肾功能不全的治疗：①静注呋塞米 1～4mg/kg；②限制补液量；③纠正酸中毒及高血钾，用 5%碳酸氢钠 3～5ml/kg 静注，10%葡萄糖酸钙 0.5～1ml/kg 静脉缓注或 20%葡萄糖 0.5g/kg 和胰岛素 0.15U/kg 的混合液于 2h 内静滴；④准备透析。

12.影响急性肾炎近期预后的主要问题是少尿、肾功能衰竭。以下情况易出现难逆性肾功能衰竭：①持续性少尿；②持续性氮质血症；③持续性高血压；④持续性大量蛋白尿，甚至发生为肾病综合征；⑤持续性血纤维蛋白原-纤维蛋白复合物升高以及尿中排出大量纤维蛋白降解产物；⑥肾脏病理改变呈球囊上皮细胞增生明显者。

第三节　过敏性紫癜性肾炎

一、诊　　断

1. 病史　发病较急，50%～90%患儿病前 1～3 周有上呼吸道感染病史。

2. 临床表现

（1）肾外症状：①皮肤常为首发症状，典型表现为大小不等、微突于皮肤表面的紫癜，对称分布于下肢伸侧、踝关节周围、偶累及臀部、全身。②消化道症状，约半数患儿有胃肠症状，表现为腹痛，有时伴程度不等的胃肠出血，患儿有黑便或血便。偶有引发肠套叠，穿孔坏死者。③关节症状，部分患儿还有关节症状，多累及膝、踝关节，表现为关节疼痛或肿胀。

（2）肾脏受累表现：多发生于皮肤病变后 1 个月内，尤以第 10～15d 为发生高峰。临床表现为血尿（包括肉眼血尿）、伴程度不一的蛋白尿。水肿一般不重，20%～40%有血压增高。肾受累程度轻重不一，有几种临床类型，即血尿，血尿伴持续蛋白尿，急性肾炎综合征，肾病综合征。偶见急进性肾炎或±慢性肾炎等表现。

3. 辅助检查

（1）血常规：可有中性粒细胞增加，但血小板计数及出、凝血时间正常。

（2）尿常规：程度不等的血尿、蛋白尿。

（3）血化验：血 IgA 可增高；补体 C_3、C_{1q}、C_4 正常，但备解素及其转化酶可下降；肾功能视肾受累轻重而异。此外，可检出冷球蛋白血症、IgA 免疫复合物。

4. 诊断标准　根据典型皮肤紫癜病变，胃肠、关节表现及肾炎性尿改变即可作出过敏性紫癜性肾炎的临床诊断。至于极少数以肾受累为首发症状者在皮疹出现前常难于诊断。有时还需与兼有皮疹及肾炎性尿改变的疾患鉴别，如多种原发或继发性血管炎（如结节性多动脉炎、狼疮肾炎、冷球蛋白血症等）。

二、医嘱示例

过敏性紫癜性肾炎医嘱（以 6 岁，20kg 为例）。

长期医嘱	临时医嘱
儿科护理常规	血常规
二级护理	尿常规
普食	粪常规
开瑞坦　5mg　qd	抗链球菌溶血素 O
硝苯地平　2.5mg　tid	红细胞沉降率
双嘧达莫（潘生丁）　50mg　bid	出、凝血时间
泼尼松　10mg　tid	血尿素氮、肌酐测定
环磷酰胺　50mg　qd	血清补体 C_3
甲泼尼龙　400mg　｜　iv　drip（1～2h） 10%GS　100ml　｜　qd×3 次	血免疫球蛋白测定
	12h 尿沉渣
	24h 尿蛋白测定
	尿微量蛋白系列测定
	双肾 B 超
	肾活检

三、医嘱说明

1.存在典型的肾脏症状，如水肿、高血压、血尿、蛋白尿、肾病综合征和肾功能不全时，诊断过敏性紫癜肾炎并不困难；对轻微尿改变诊断标准，国内一般以尿蛋白定性（+）和尿红细胞超过 5 个/HP 或 2～3 个 HP 作为诊断标准。当过敏性紫癜肾炎发生于皮疹已消退时需与急性肾炎鉴别，此时追询病史，包括回顾皮疹形态、分布，关节和胃肠道症状有助于本病诊断。缺乏上述症状，早期有血清补体降低则有助于急性肾炎的诊断。

2.疑为链球菌感染者常规肌注青霉素 7～10d。

3.关节痛者可使用小剂量阿司匹林肠溶片每日 50～80mg/kg，分 3 次口服，症状消失后减量，2 周停药。

4.胃肠道出血者，早期速用泼尼松（强的松）每日 1～2mg/kg 口服或氢化可的松每次 5～10mg/kg 静滴，可很快控制症状。

5.肾损害的治疗。①肾上腺皮质激素：对已发生的紫癜性肾炎，其疗效也并不理想。但临床上对有明确肾损伤，呈急进性肾功能减退或蛋白尿程度较重，尤其是呈肾病综合征表现者仍给予肾上腺皮质激素治疗，其剂量及方法参见肾病综合征方案。对经激素诱导治疗 6～8 周无缓解、尿蛋白＞2.0g/d，并伴明显血尿或肾功能损害者目前也多主张加用环磷酰胺治疗。②甲泼尼龙联合环磷酰胺静脉冲击治疗：临床表现为急性肾功能减退或呈急进性恶化者，病理上多有不同程度新月体形成，应及时给予大剂量甲泼尼龙静脉冲击治疗。剂量小儿 15～30mg/（kg·次），连续 3 日，也可隔日 1 次，连用 3 次，其后继以口服泼尼松 1～2mg/（kg·d），视病情逐渐减量。并可同时给予环磷酰胺治疗。环磷酰胺静脉冲击：0.5～1.0g/m^2 加入生理盐水，静滴，时间不少于 1h，每月 1 次，累积量一般＜150mg/kg。冲击治疗时给予水化，及时排尿，谨防发生出血性膀胱炎，同时密切观察血白细胞计数，当小于 4×10^9/L 时不宜冲击，并应定期检测肝功能。③抗凝治疗：小剂量肝素。双嘧达莫（潘生丁）每日 7～10mg/kg，分 3 次口服，疗程 3 个月。

6.紫癜性肾炎预后与肾脏病理改变有关。紫癜性肾炎预后好的因素有：①年龄＜5 岁；②表现为单纯性血尿或蛋白尿；③病理类型为微小病变或轻度局灶性节段性肾炎。预后差的因素有：①年龄＞5 岁；②表现为肾病综合征；③早期有高血压或肾功能减退；④病理类型为弥漫性增殖性病变或新月体形成。表现为混合性肾炎、肾病综合征者预后严重。已有紫癜性肾炎又出现皮肤紫癜者预后差。

第四节 乙型肝炎相关性肾炎

一、诊 断

诊断依据（2001 年中华儿科学会肾脏病学组制订）：①血清乙肝标志物阳性。②患肾小球肾炎并可除外狼疮性肾炎等继发性肾小球疾病。③肾组织切片中找到 HBV 抗原或 HBV-DNA。④肾组织病理为膜性肾炎。

符合第①、②、③条可确诊，不论其肾组织病理为何。

符合诊断依据中的第①、②条且肾组织病理确诊为膜性肾炎时，尽管其肾组织切片中未查到 HBV 抗原或 HBV-DHA，可作为拟诊。

我国为 HBV 感染高发区，如肾小球疾病患儿同时有 HBV 抗原血症，尚不足以作为乙型肝炎相关性肾炎的依据。

二、医嘱示例

乙型肝炎相关性肾炎医嘱（以6岁，20kg为例）。

长期医嘱	临时医嘱
儿科护理常规	血常规
二级护理	尿常规
普食	血尿素氮、肌酐测定
α-干扰素　300万U　im　3/周	血清补体测定
依那普利　5mg　qd	肝功能
	血清乙型肝炎病毒抗原抗体检测
	血HBV-DNA测定
	24h尿肌酐测定
	24h尿蛋白测定
	双肾B超
	肾活检

三、医嘱说明

1.乙型肝炎相关性肾炎的诊断标准（2001年中华儿科学会肾脏病学组制订）：①血清乙肝标志物阳性；②患肾小球肾炎并可除外狼疮性肾炎等继发性肾小球疾病；③肾组织切片中找到HBV抗原或HBV-DNA；④肾组织病理为膜性肾炎。符合第①、②、③条可确诊，不论其肾组织病理为何。符合诊断条件中的第①、②条且肾组织病理确诊为膜性肾炎时，尽管其肾组织切片中未查到HBV抗原或HBV-DHA，可作为拟诊。

2.乙型肝炎相关性肾炎的病情变化有下列特点：①多样性：起病方式多样，可隐匿起病，即于常规体检或因其他疾病就诊查尿偶然发现，也可以急性肾炎综合征、无症状性血尿或蛋白尿起病。病理表现为膜性肾病者多以肾病综合征起病。②不典型性：临床症状无论属于哪一型，表现均不典型。例如，有的病例表现为大量蛋白尿颇似肾病，但水肿和胆固醇增高不明显；有的病例表现以血尿为主似肾炎，但血沉增快不明显，以致分型困难。③多变性：以肾炎起病者，经一段时间后可转变为肾病综合征，反之亦然。另一突出特点是尿常规变化幅度大，尿蛋白和红细胞在数日内可波动于±、＋～＋＋＋、＋＋＋＋同一病儿血尿、蛋白尿可同时并存，也可交替出现或短暂消失，又复出现。④迁延性：病程多较迁延，尤其血尿常可迁延数月至数年之久。⑤耐药性：本病肾病型用糖皮质激素和免疫抑制药的疗效多不理想，因尿异常变化幅度大，又有自然缓解趋势，判断疗效宜谨慎，肾炎型用各种中西医止血药、抗凝药，血尿均不消失。

3.抗病毒治疗 ①α-干扰素：重组人类α-干扰素（α-IFN）100万～300万/次，1/d，隔日肌注，6个月为1个疗程，参考乙肝血清标志物变化决定下一步疗程。主要副作用为发热、流感样症状，嗜睡和乏力。少数患儿发生多形红斑。个别病例出现精神症状或原有精神症状加重，应及时减量或停药。②阿糖腺苷：15mg/（kg·d）静滴，2周为1个疗程，联合应用α-IFN可取得较好效果。

4.保肝治疗 如有活动性肝炎症状或转氨酶异常，应给予保肝治疗。可选用以下药物。①促进肝脏解毒功能药物：常用葡醛内酯（肝泰乐），每日0.3～0.6g，分3次口服。②维生素类：可给予多种维生素，如维生素C每日0.3～0.6g，复合维生素B每日45～90mg，分3次口服。③促进能量代谢药物：可给予辅酶Q_{10}每次12.5mg，每日3次口服或1，6-二磷酸果糖每次0.7～1.6ml/kg（75mg/ml），最大量每次不超过2.5ml/kg，每日1次静滴，1个疗程7～10d。

5.肾损害的治疗 根据临床表现的不同采取相应的治疗。①无症状性蛋白尿及镜下血尿：无需特殊治疗，以一般治疗、保肝及对症处理为主。②显著血尿：可给予消炎痛每次0.5～1mg/kg，每日2～3次或潘生丁每日5～10mg/kg，分3次口服，对部分病例有一定疗效。③肾病综合征：可参考原发性肾病综合征的治疗给予肾上腺皮质激素，但剂量应偏小，疗程也不宜过长。可给予高蛋白低盐饮食，适当应用利尿药或静脉补充白蛋白。

6.正在长期或使用大剂量糖皮质激素的患儿，由于多种原因，突然大幅度减少药物剂量或突然停药，使患儿在短期内迅速出现黄疸、肝区疼痛、肝大、肝功能急剧恶化，表现为慢性肝炎急性发作，存在发展为暴发性肝炎的危险。因此，对长期或使用大剂量糖皮质激素的患儿应缓慢减少剂量，密切观察肝功能变化。一旦发生明显肝功能恶化的表现，应恢复原有剂量，同时加用抗病毒药物治疗。

第五节 狼疮性肾炎

一、诊 断

狼疮患儿有下列任一项肾受累表现者即可诊断为狼疮肾炎。

1.蛋白尿[＞0.15g/24h 或＞4mg/（kg·h）]。

2.血尿 RBC＞5 个 HPF 离心尿）。

3.肾功能下降。

4.肾小管功能异常。

5.肾活检异常。

附：美国风湿病协会 1982 年修订的系统性红斑狼疮（SLE）诊断标准

1.颊部红斑　遍及颊部的扁平或高出皮肤固定性红斑，常不累及鼻唇沟。

2.盘状红斑　隆起红斑上有角质性鳞屑和毛囊栓塞，旧病灶可有萎缩性疤痕。

3.光敏感　日照引起皮肤过敏。

4.口腔溃疡　口腔或鼻咽部无痛性溃疡。

5.关节炎　非侵蚀性关节炎，特征为肿、痛或渗液，累及 2 个或更多周围关节。

6.浆膜炎　①胸膜炎：胸痛或胸膜摩擦音或胸腔积液；②心包炎：心电图证实或心包摩擦音或心包积液。

7.肾脏病变　①持续蛋白尿＞0.5g/d 或＞ +++；②细胞管型：红细胞、血红蛋白颗粒、小管或混合性管型。

8.神经系统病变　①惊厥：非药物或代谢紊乱如尿毒症、酮症酸中毒或电解质紊乱所致；②精神病：非药物或代谢紊乱如尿毒症、酮症酸中毒或电解质紊乱所致。

9.血液系统异常　①溶血性贫血伴网织细胞增加；②白细胞减少＜4 000/mm^3 至少 2 次；③淋巴细胞减少＜1 500/mm^3 至少 2 次；④血小板减少＜100 000/mm^3 除外药物所致。

10.免疫学异常　①LE 细胞阳性；②抗 DNA 阳性；③抗 Sm 阳性；④梅毒血清试验假阳性。

11.抗核抗体　阳性排除了药物引起的狼疮综合征。

以上 11 项中符合 4 项或以上即可诊断 SLE。但易漏诊一些早期、轻型、不典型病例。

二、医嘱示例

狼疮性肾炎医嘱（以 6 岁，20kg 为例）。

长期医嘱	临时医嘱
儿科护理常规	血常规

二级护理	尿常规
普食	红细胞沉降率
避光	C 反应蛋白
泼尼松 10mg 口服 tid	血尿素氮、肌酐测定
甲泼尼龙 400mg ｜ iv drip（1～2h） 10%GS 100ml ｜ qd×3 次	血清补体（C_3、CH_{50}）
	血免疫球蛋白测定
	肝功能
	血抗核抗体测定
	血抗-dsDNA 抗体测定
	血抗-Sm 抗体测定
	血气分析
	血、尿电解质分析
	24h 尿蛋白测定
	尿微量蛋白系列测定
	双肾 B 超
	环磷酰胺 200mg ｜ iv drip（1h） NS 100ml ｜
	10%氯化钠 20ml ｜ 10%氯化钾 10ml ｜ iv drip 10%GS 500ml ｜
	肾活检

三、医 嘱 说 明

1.对无肾外表现的狼疮性肾炎患者，可采用肾暴露部位的皮肤做活体组织检查，可发现真皮与上皮连接处有 IgG、IgM 或 C_3 等沉积，有利与早期诊断。

2.常规检查不能确诊者，应作特异性检查。如抗核抗体检查，补体测定，冷球蛋白测定，抗-dsDNA 测定等。

3.肾活检可以明确病理类型与其他原因所致的肾炎鉴别，对无肾脏表现的狼疮性肾炎可以早期诊断。

4.儿童 SLE 预后比成人 SLE 差，5 年存活率约为 80%。以下因素影响预后：①肾脏病理类型。I 型预后最好，5 年存活率 80%～90%；V 型预后较好，5 年存活率 80%～85%；Ⅱ型、Ⅲ型肾脏病变大都不发展，少部分可转变为其他类型，预后次之，5 年存活率 70%～80%；Ⅵ型预后最差，5 年存活率为 40%～70%。②早期诊断与治疗：早期诊断、早期治疗、坚持治疗者可控制病变活动及进展，预后较好。③继发感染：SLE 死亡原因中第 1 位是尿毒症，第 2 位是感染。

第六节　慢性肾小球肾炎

一、诊　　断

诊断标准（1985 年第二届全国肾脏病学术会议讨论修正）

1.起病缓慢，病情迁延，时轻时重，肾功能逐步减退，后期可出现贫血、视网膜病变及尿毒症。

2.有不同程度的蛋白尿、血尿、水肿及高血压等表现，轻重不一。

3.病程中可因呼吸道感染等原因诱发急性发作，出现类似急性肾炎的表现。也有部分病例可有自动缓解期。

4.根据临床表现可进一步区分为：①普通型：有肾炎的各种症状，但无突出表现。②高血压型：除一般肾炎症状外，还有高血压的突出表现。③急性发作型：在慢性过程中出现急性肾炎综合征表现。

凡具有上述临床表现，持续 1 年以上者，均应考虑本病。肾穿刺活组织检查不仅有助于确诊，而且能估计预后指导治疗。

二、医嘱示例

慢性肾小球肾炎医嘱（以 6 岁，20kg 为例）。

长期医嘱	临时医嘱
儿科护理常规	血常规
二级护理	尿常规
病重通知	尿渗透压
卧床休息	血清补体（C_3、CH_{50}）
低盐优质低蛋白饮食	血尿素氮、肌酐测定
氢氯噻嗪　12.5mg　tid	血免疫球蛋白测定
依那普利　5mg　qd	肝功能
硝苯地平　2.5mg　tid	血、尿电解质分析

双嘧达莫（潘生丁） 50mg bid	血气分析
	内生肌酐清除率测定
	24h 尿蛋白测定
	尿微量蛋白系列测定
	双肾 B 超
	肾动态显像
	肾活检

三、医嘱说明

1.慢性肾炎仅少数是由急性肾炎发展而来，大多数慢性肾炎由病理类型决定，起病即属于慢性肾炎。

2.慢性肾炎的治疗以防治或延缓肾功能减退为主，不以消除血尿、蛋白尿为目的。一般不主张应用糖皮质激素或细胞毒药物治疗。避免劳累、感染及肾毒性药物的损害。

3.慢性肾炎氮质血症和肾实质性高血压常提示预后不良，持续或重度肾性高血压又可加重氮质血症。用一般降压药虽可降低外周血管阻力但不一定就降低肾小球内血管阻力。肾小球入球和出球小动脉阻力增强使肾小球滤过功能降低。钙通道阻断剂如硝苯地平等能否降低肾小球内压力保护肾功能尚有异议，现已公认血管紧张素转换酶抑制药不仅降低外周血管阻力，它尚可抑制组织中肾素-血管紧张素系统，降低肾小球、出球小动脉张力，改善肾小球内血流动力学改变的作用。

4.慢性肾炎肾病型水肿期和水肿消退期 GFR 常有不同程度降低。它与下列因素有关：①病理活动性病变程度；②肾间质水肿；③肾小球超滤系数减少；④血容量减少（7%～38%病例）；⑤较大量激素应用引起体内高分解代谢；⑥对肾脏有损害药物的应用；⑦间质性肾炎；⑧肾静脉血栓形成。临床上及时判断原因常不容易，除①、⑥和⑦项须及时处理外，其他若无感染情况，有时需耐心等待，不能过分积极。

第七节　肾病综合征

一、诊　断

诊断肾病综合征主要根据临床表现，凡有大量蛋白尿（24h 尿蛋白定量＞0.1g/kg 或＞3.5g/kg）、高度水肿、高胆固醇血症（＞5.7mmol/L）、低白蛋白血症（＜30g/L）。其中大量蛋白尿和低蛋白血症为必备条件，排除紫癜肾炎、狼疮肾炎、乙肝病毒相关肾炎等后，即可诊断为原发性肾病综合征，而后进行临床分型。

（1）单纯型：占小儿肾病的 80%左右。多见于 2～7 岁小儿，男：女为 2：1，全身可凹性水肿，水肿严重者可有少尿，一般无血尿及高血压，血补体 C_3、肾功能正常，病理多为微小病变，激素敏感，预后良好。

（2）肾炎型：占小儿肾病的 20%左右。多见于学龄儿童，四大特征不如单纯型显著，可出现镜下或肉眼血尿、低补体血症、氮质血症或高血压，学龄前儿童＞16/10.7kPa（120/80mmHg），学龄＞17.3/12kPa（130/90mmHg），病理多为非微小病变，激素疗效欠佳或较差，属肾炎性肾病。

（3）难治型：对激素耐药（足量激素 8 周无效或有部分效应）、频繁复发或反复（半年≥2 次，1 年≥3 次者）及激素依赖的肾病，称为难治性肾病。

二、医嘱示例

1.肾病综合征单纯型医嘱（以 10 岁，30kg 为例）。

长期医嘱	临时医嘱
儿科护理常规	血常规
一级护理	尿常规
低盐饮食	血尿素氮、肌酐测定
记 24h 出入液量	血 β_2-微球蛋白测定
测血压　q8h	血脂系列测定
泼尼松　20mg　tid	红细胞沉降率测定
小钙尔奇 D　1 片　qd	肝功能
	血清补体（C_3、CH_{50}）
	血清蛋白电泳
	24h 尿蛋白测定

	血钠、钾、氯、钙测定
	尿微量蛋白系列测定
	尿蛋白电泳
	尿纤维蛋白降解产物（FDP）测定
	尿溶菌酶
	尿 N-乙酰-β-D-氨基葡萄糖苷酶测定（尿 DAG）
	肾脏 B 超

2.肾病综合征难治型医嘱（以 10 岁，30kg 为例）。

长期医嘱	临时医嘱
儿科护理常规	血常规
一级护理	尿常规
低盐饮食	血尿素氮、肌酐测定
记 24h 出入液量	血 β_2-微球蛋白测定
测血压 q8h	血脂系列测定
泼尼松 20mg tid	红细胞沉降率测定
卡托普利 12.5mg tid	肝功能
双嘧达莫 50mg tid	血乙肝抗体测定
小钙尔奇 D 1 片 qd	血清补体（C_3、CH_{50}）
	血清蛋白电泳
	24h 尿蛋白测定
	血钠、钾、氯、钙测定
	尿微量蛋白系列测定
	尿蛋白电泳
	尿纤维蛋白降解产物（FDP）测定
	尿溶菌酶
	尿 N-乙酰-β-D-氨基葡萄糖苷酶测定（尿 DAG）
	肾脏 B 超
	肾活检
	环磷酰胺 300mg iv drip（1h）
	NS 100ml

	10%氯化钠 20ml	
	10%氯化钾 10ml	iv drip
	10%GS 500ml	

三、医嘱说明

1. **感染** 由于免疫力低下、蛋白质营养不良、水肿局部血循环不良以及皮质激素、免疫抑制药的应用等因素，肾病患儿较易罹患各种感染，而且临床表现多不够典型，难以及时发现。常见有呼吸系统、泌尿系统以及皮肤的感染，还可见有原发性腹膜炎等，这些感染常常是引起病情反复、恶化或复发的原因。①呼吸道感染：可表现为上呼吸道感染、支气管炎或肺炎。病原体可为细菌或病毒，以肺炎球菌为多，应及时应用有效抗生素。②皮肤感染：轻微皮肤损伤可引起感染，尤其是受压迫部位如外阴部、下腹部或大腿部。肾病病儿长期使用糖皮质激素后，向心性肥胖、皮下脂肪堆积，颈部、髂窝等皮肤皱褶加深，加上易于出汗是增加皮肤感染机会的因素之一。③泌尿系统感染：肾病病儿的泌尿系统感染症状多不典型，常缺乏尿路刺激症状。当出现病情反复或恶化时，常规检查尿常规才能得以发现。因此，当出现难以解释的尿蛋白增多时，应除外泌尿道感染的可能。④腹膜炎：发生于肾病病儿的原发性腹膜炎早期局部症状可不明显，全身表现为精神萎靡、食欲低下、呕吐和腹泻，可有发热、全腹疼痛，但压痛和肌紧张均较轻。⑤病毒感染：肾病病儿对病毒感染较敏感，尤其是在接受糖皮质激素和（或）免疫抑制药治疗者，水痘、带状疱疹及麻疹等往往较一般病儿为重。因此，对肾病病儿接触麻疹、水痘者，激素暂时减量，免疫抑制药也暂时停用，并给予丙种球蛋白（IVIG）治疗。

2. **血栓形成** 肾病病儿，肝脏合成凝血因子增加，尿中丢失抗凝血酶III，高脂血症血液黏稠度高、血流缓慢、血小板聚集增加，感染及血管壁损伤激活内源性凝血系统，利尿药的应用、血容量减少、血液浓缩，以及糖皮质激素的应用有促进高凝的作用，均为促进血栓形成的因素。血栓形成的发生率约为1.8%，有时可致死。发生部位以肾静脉血栓最常见，病儿可表现为突发腰痛、血尿、少尿，甚至发生肾功能衰竭；其他部位血栓包括下肢浅静脉、肺静脉、下肢深静脉、肺动脉以及股动脉等，导致相应的症状和体征。如系动脉栓塞，栓塞部位的远端发凉、疼痛并呈进行性加重，皮肤苍白；静脉栓塞部位的远端明显肿胀和疼痛。一经发现，则应立即进行抗凝、促进纤溶治疗。

3.肾上腺危象 肾病病儿由于长期应用较大剂量糖皮质激素，致使其垂体-肾上腺皮质轴受到外源性激素的反馈抑制，如撤药过快、突然中断用药或发生应激情况而未及时加量，处于抑制状态的肾上腺皮质一时不能分泌足够皮质激素，病儿可突然发生休克，病情凶险，如不及时救治，易导致死亡，应立即静滴氢化可的松 5～10mg/（kg·d），连续 2～3d，直到病情稳定改为泼尼松口服。

4.电解质紊乱 长期应用利尿药、糖皮质激素以及低盐饮食等可引起各种电解质紊乱，如低钠血症、低钾血症等。由于钙在血清中与白蛋白结合，可随白蛋白由尿中丢失，同时因摄入量减少、维生素 D 结合蛋白由尿中丢失，血中白蛋白减少而结合量少以及糖皮质激素作用的影响等诸多因素均可使血钙降低，骨质稀疏，有时可出现低钙惊厥。因此，在肾病水肿少尿期，使用利尿药的同时，应密切注意电解质的平衡，及时补充调整。

5.低血容量性休克 肾病病儿在大量放腹水、使用强力利尿药或由于较急剧的体液丢失如呕吐、腹泻时，会出现不同程度的血容量不足的表现，如体位性低血压、肾前性氮质血症甚至休克。这种情况更多见于长期接受糖皮质激素治疗致肾上腺皮质功能受到抑制的病儿，这是由于低血浆蛋白病儿血容量常不足，由于代偿性水、钠潴留使细胞外液量扩大，临床上常表现为水肿及循环血量不足的矛盾现象。水肿掩盖了有效循环血量的不足，治疗不当可加重病情，因此要注意防治。①水肿病儿出现呕吐、腹泻时，应适当补充全盐溶液；②利尿药的使用一般选用较缓和的或与强利尿药交替使用，注意水和盐的入量；③长期使用糖皮质激素病儿，如突然发生低血容量休克，应在抢救过程中同时静脉输入糖皮质激素。

6.病情反复或复发的原因 ①疾病本身的发病机制所致：由于大多数导致原发性肾病综合征的不病理类型的发病机制并不清楚，缺乏针对致病环节的特异性治疗，因此，当儿再次遭遇到相同致病因素时，即导致疾病的再次发生。或该病儿为糖皮质激素依赖型，药物剂量减少时即发生病情反复；或病程中病理类型发生了改变。②在治疗过程中出现了合并症，如感染、电解质紊乱、血栓形成等，干扰了正常疗效的发挥。③未按治疗方案正确治疗：由于减量过快或停药过早所致；或由于家长和病儿自行调整剂量或疏忽大意造成错服、漏服。

7.病情复发或反复采取的措施 ①重新按正确的方案进行治疗。②明确是否存在感染、电解质紊乱、血栓形成等并发症，及时采取相应措施。原肾病综合征治疗方案暂时维持不变，一般情况下在并发症控制后，病儿可重新获得缓解。③对不属上述两种情况的病儿，若属于病情反复，则需要将正在进行的治疗方案中的药物剂量恢复到前次有效量，继续治疗；若为复发，则首选前次治疗有效的方案，重新开始治疗；对属于糖皮质激素依赖型的，则需要将泼尼松调整到最小有效剂量维持较长时间后方能缓慢、慎重地减量，若维持剂量较大，不能较长时间维持使用，则考虑在病情好转后改换其他治疗方案，以取代糖皮质激素，争取最终完全停用药物治疗。④对于怀疑发生病理类型转型的病儿，应及时重复肾活检，明确其病理改变，有针对性地选用新的治疗方案，以免延误治疗时机。

第八节　急性肾功能衰竭

一、诊　　断

1.病史　可有严重感染病史，肾炎、尿路感染或尿路梗阻病史，肾毒性药物或造影剂的应用史，手术、外伤等严重失水、大出血、低血压、休克病史。

2.临床表现　急性肾功能衰竭的临床过程分为 4 期，即开始期、少尿或无尿期、多尿期和恢复期。中毒所致者可能无开始期。

（1）开始期

①血容量不足：有失血、休克、脱水等病史；血压低或正常，脉压小，脉搏增快；尿量少，但比重在 1.020 以上，尿常规检查正常；中心静脉压低于 $6cmH_2O$；行液体补充试验后尿量增加。

②肾血管痉挛：纠正血容量不足后，脱水和休克的体征消失，但尿量仍少；尿比重在 1.020 以上，尿常规正常或出现少数玻璃样及细颗粒管型；对液体补充试验无反应；静滴利尿合剂后，由于解除肾血管痉挛，尿量可增多；甘露醇试验阳性；用 20%甘露醇 25～50g 静注后每小时尿量超过 40ml 即提示肾小管功能存在，为肾血管痉挛所致的肾前性少尿症。

（2）少尿或无尿期：①无血容量不足的征象，血压正常或偏高；②24h 尿量少于 400ml 或 1h 尿量少于 17ml；③尿比重固定于 1.010 上下，一般不高于 1.010；④尿蛋白阳性，尿检有红细胞、粗颗粒管型，大量肾小管上皮细胞，坏死上皮细胞管型，有的出现血红蛋白尿及色素管型；⑤尿钠含量常超过 40mEq/L，至少不低于 30mEq/L；⑥血钾、非蛋白氮上升较快而明显；⑦甘露醇试验无反应。

（3）多尿期：一般以尿量增加到每天 $250ml/m^2$ 以上即进入多尿早期。尿量逐渐增多，4～5d 达高峰，尿量可达正常的 1～2 倍或更多，持续 5～10d。水肿随之消退，血压下降，体重减轻。水电解质紊乱以低钠血症和低钾血症最常见。

（4）恢复期：尿量恢复正常，尿毒症症状消失，电解质紊乱得到纠正，肾小管功能恢复较慢，可长达数月。

3.辅助检查

（1）尿比重为 1.010～1.020，尿蛋白＋～＋＋，可有红、白细胞及肾小管上皮细胞、细胞管型和颗粒管型，粗大的上皮细胞管型最有意义。

（2）无大量失血或溶血者多无严重贫血，血红蛋白多不低于 80g/L。

（3）肾功能检查：Ccr 较正常值下降 50%以上，血肌酐和尿素氮迅速升高。尿中 N-乙酰-β-D-氨基葡萄苷酶、溶菌酶和 β_2-微球蛋白等常增高。

（4）生化检查：常有高血钾等电解质紊乱及二氧化碳结合力下降，血气分析示代谢性酸中毒。

（5）B 超：双肾正常大小或明显增大，肾皮质回声增强、或肾锥体肿大。

4.诊断标准　凡具有急性肾衰的原因并有尿量减少者，即应考虑到急性肾衰。经检测发现氮质血症、代谢性酸中毒及水电解质失衡即可诊断。诊断急性肾功能衰竭（ARF）时，应区分肾前性 ARF（肾血流不足所致，尿常规正常或轻度异常，尿比重＞1.020，血 BUN/血 Cr＞20∶1）；肾性 ARF（肾实质包括肾小球、肾小管、肾血管病变引起。尿常规明显异常，尿比重＜1.015，血 BUN/血 Cr＜10∶1）；肾后性 ARF（各种因素引起的尿路梗阻）。

二、医 嘱 示 例

急性肾功能衰竭医嘱（以 6 岁，20kg 为例）。

长期医嘱	临时医嘱
儿科护理常规	血常规
一级护理	红细胞形态检查
病危通知	尿常规
卧床休息	尿渗透压
记 24h 出入液量	血尿素氮、肌酐测定
心率、呼吸、血压监测	血清补体（C_3、CH_{50}）
低盐优质低蛋白饮食	肝功能
呋噻咪　20mg　tid	血气分析
小儿善存　1 片　qd	血钠、钾、氯、钙测定
青霉素　80 万 U　im　bid	内生肌酐清除率
	尿微量蛋白系列测定
	24h 尿蛋白测定

	X线胸、腹平片
	双肾B超
	肾脏B超
	肾活检
	透析疗法
	10%葡萄糖酸钙　10ml　iv（慢）（prn）
	5%碳酸氢钠　40ml　iv drip　（prn）
	青霉素皮试

三、医嘱说明

1.严格记录24h出入液量　随病情好转，肾小球滤过率增加，尿量也逐日增加。尿量增加的方式常见于两种情况：①骤增型：尿量一旦开始增加，便迅速递增，进入多尿期；②缓增型：尿量增加数日后停止一段时间，再继续缓慢增加。少数病儿肾损害严重，肾功能始终不恢复，最终进入慢性肾衰阶段。少尿持续时间因病因、病情而异，急性肾小管坏死一般为1～2周，亦可数小时或数月。若少尿或无尿持续4周以上，一般可能存在肾皮质坏死或原有肾脏疾患。另有一部分非少尿型肾衰病儿在氮质血症期24h尿量持续超过250ml/m^2，常见于肾中毒，约占急性肾衰的33.3%，近年来有增加趋势。此型病儿由于尿量减少不明显，常被疏忽而发生并发症，如氮质血症、高钾血症等。进入多尿期后，尿量不断增加，随着肾小管上皮细胞修复后再逐渐恢复到正常，多尿期一般1～3周或更长。

2.肾功能　常测BUN尿素氮、Scr和Ccr这3项，其中BUN易受感染、脱水、热量不足、消化道出血等因素影响，不如Scr可靠，Ccr能准确反映肾小球滤过率。少尿期BUN、Scr进行性上升，Ccr进行性下降。BUN每日上升3.6～10.7mmol/L（10～30mg/dl）、Scr上升44.2～88.4μmol/L（0.5～1mg/dl），高分解代谢时更明显。极期可达：BUN 21.4～35.7mmol/L（60～100mg/dl），Scr 353.6～884μmol/L（4～10mg/dl）。多尿期开始后头几日，氮质血症并不随尿量增加而减少，甚至可继续上升，只有肾小球滤过率明显增加时，BUN、Scr才逐渐下降，故在刚进入多尿期时仍需重视维持原有治疗，特别是透析治疗不能突然中断。

3.血生化　少尿期随着病情加重，逐渐出现高钾血症、稀释性低钠血症，高磷、低钙、高镁血症等，严重时危及生命，透析治疗是最有效的纠正电解质紊乱的手段。当血K$^+$超过6.5毫摩尔/L时应急诊透析。多尿期如不及时补充电解质，又易引起低钾、低钠、低钙、低镁血症等电解质平衡失调。

4.血气分析　由于肾脏排酸功能减退甚至停止，体内酸性代谢产物蓄积可引起代谢性酸中毒，血 pH 值下降，血 HCO_3^- 降低，严重时甚至低于 13mmol/L，实际碳酸氢盐（AB）和标准碳酸氢盐（SB）均下降，且 AB＜SB，碱储备（BE）负值增大。如合并肺水肿或肺部感染，可合并呼吸性酸中毒，血 pH 进一步下降，$PaCO_2$ 上升，血浆 HCO_3^-、AB、SB 均下降，AB＞SB，严重时引起心功能抑制、高钾血症，甚至致死。故当血 pH 低于 7.25，HCO_3^- 低于 13mmol/L 时应急诊透析治疗。

5.血常规　急性肾衰贫血一般不明显，当并发出血或原有肾脏病如系统性红斑狼疮、急进性肾炎时，可出现贫血、血细胞比容下降。继发细菌感染时血白细胞计数和中性粒细胞比例升高，严重时可出现中毒颗粒以及核左移。感染控制后血象逐渐恢复正常。病毒感染、真菌感染时血象改变可不明显。

6.尿常规　急性肾小管坏死，尿常规提示蛋白＋～＋＋，可见红细胞，白细胞，特别是肾小管上皮细胞及颗粒管型。肾小球疾病时蛋白尿常较明显且伴多形性血尿；间质件肾炎尿中白细胞明显增多，并见较多嗜酸性粒细胞；中毒性肾损害者常伴溶血，尿呈酱油色，有明显血红蛋白尿，尿胆原升高。

7.尿密度、尿渗透压　急性肾衰时尿密度低于 1.016，严重者固定于 1.010，尿渗透压低于 350mmol/L，严重者固定于 300mmol/L 左右。随着肾小管上皮修复，尿密度、尿渗透压逐渐上升，部分病儿肾浓缩功能不全可持续 1 年以上，甚至留有永久性损害。

8.病情反复的原因　①治疗未巩固，如少尿期进入多尿期的前几日，氮质血症继续增加，如过早停止透析和其他治疗，则会导致病情反复。②未能及时预防和处理并发症，如继发各类感染、电解质紊乱或透析后大出血等均可使原本好转的病情重新恶化。

9.病情恶化的原因　①疾病本身过重、进展过快，现有的治疗无力挽救，如急性肾衰继发于严重感染、创伤或原有其他脏器疾病，常可导致多系统脏器功能衰竭，使抢救难以成功。②对病情的预测、判断和处理不当。如病儿一旦有透析指征，应及早透析治疗，而不应再持观望、等待的态度，失去时机。

（万力生　王　樱）

第9章 血液系统疾病

第一节 缺铁性贫血

一、诊　断

诊断标准（1988 年 10 月全国小儿血液病会议修订的"小儿缺铁性贫血诊断标准"）

1.小细胞低色素性贫血　①红细胞形态有明显低色素小细胞的表现，MCV＜80fl，MCH＜26pg，MCHC＜0.31g/L。②贫血的诊断标准（以海平面计）：生后 10d 内新生儿血红蛋白＜145g/L；10d～3 个月婴儿因生理性贫血等因素的影响，贫血的标准很难确定，建议暂以血红蛋白 100g/L 为贫血；3 个月至不足 6 岁＜110g/L；6～14 岁＜120g/L。海拔每增高 1 000m，血红蛋白约升高 4%。

2.有明确的缺铁病因，如铁供给不足、吸收障碍、需要增多或慢性失血。

3.血清铁＜10.7μmol/L。

4.总铁结合力＞62.7μmol/L，运铁蛋白饱和度＜15%有参考意义，＜10%有确定意义。

5.骨髓细胞外铁明显减少或消失，铁粒幼细胞＜15%。

6.血清铁蛋白＜14μg/L。

7.红细胞原卟啉＞500μg/L。

8.铁剂治疗有效。

符合上述 1 条和 2～8 条中至少任 2 条者可诊断为缺铁性贫血。

二、医嘱示例

缺铁性贫血医嘱（以 6 岁，20kg 为例）。

长期医嘱	临时医嘱
儿科护理常规	血常规＋网织红细胞计数
二级护理	血涂片观察红细胞形态
普食	平均红细胞体积＋平均红细胞血红蛋白量＋
硫酸亚铁　0.3　bid	平均红细胞血红蛋白浓度
或琥珀酸亚铁（速力菲）　0.1　tid	血清铁测定
维生素C　0.1　tid	血清铁蛋白测定
	总铁结合力
	红细胞游离原卟啉测定
	骨髓涂片、铁粒染色
	肝、胆、脾B超检查

三、医嘱说明

1. **贫血病因**　①先天贮铁不足；②生理需要增多；③饮食缺铁；④铁丢失过多。

2. **铁剂疗效分析**　服用铁剂12～24h后，细胞内含铁的酶开始恢复，首先出现临床症状好转，烦躁等精神症状减轻，食欲增进。36～48h后，骨髓出现红细胞系统增生现象。网织红细胞于用药48～72h后开始上长，4～11d达高峰。此时血红蛋白迅速上升，一般于治疗3～4周后贫血被纠正。心脏杂音于2～3周后减轻或消失，脾脏逐渐缩小。用药1～3个月，储存铁达到正常值。

3. **铁剂疗程**　治疗一般须继续应用至红细胞和血红蛋白达到正常水平后至少6～8周。因缺铁性贫血，不只血红蛋白减少，储存铁也全部用完。由于小儿不断生长发育，血容量不断扩充，而饮食中不能满足铁的需要，治疗目的不应只纠正缺铁性贫血，并应储藏足够的铁，以备后用。维生素B_{12}、叶酸对于治疗缺铁性贫血无效，不可滥用。

4. **输血治疗**　由于发病缓慢，机体代偿能力强，一般不需要输血。重度贫血或合并严重感染或急需外科手术者，才是输血的适应证。对于血红蛋白的 30g/L 以下者，应立即进行输血，但必须采取少量多次的方法或输入浓缩的红细胞，每次 2～3ml/kg。输血速度过快、量过大，可引致心力衰竭。若心力衰竭严重，可用换血法，以浓缩的红细胞代替全血，一般不需要洋地黄治疗。

5. 病情无效原因 铁剂治疗无效的原因主要有：①未遵医嘱用药或实际剂量不足；②合并感染或胃肠道因素影响铁剂的吸收和利用；③诊断可能错误。

第二节 营养性巨幼红细胞性贫血

一、诊 断

1. 缺乏维生素 B_{12} 所致的巨幼红细胞性贫血诊断标准 ①婴幼儿有摄入量不足病史。②多于生后 6 个月以后发病，贫血貌，有明显的精神神经症状如表情呆滞，对外界反应迟钝、智力动作发育落后甚至倒退等，重症出现不规则性震颤。③血红蛋白降低，红细胞计数按比例较血红蛋白降得更低，呈大细胞性贫血，MCV＞94fl，MCH＞32pg。红细胞大小不等，以大细胞多见，中性粒细胞胞体增大，分叶过多。骨髓增生活跃，红系统巨幼变显著。④血清维生素 B_{12} 含量＜100ng/L。

具有上述第①～③项可临床诊断为本病，如同时具有第④项可确诊本病。

2. 缺乏叶酸所致的巨幼红细胞性贫血诊断标准 ①有摄入量不足（羊乳喂养等）、长期服抗叶酸药或抗癫痫药或长期腹泻史。②发病高峰年龄为 4～7 个月，严重贫血貌，易激惹，体重不增，慢性腹泻等。③血象和骨髓象改变与维生素 B_{12} 缺乏贫血相同。④血清叶酸含量＜3pg/L。

具有上述第①～③项可临床诊断为本病，如同时具有第④项可确诊本病。

二、医嘱示例

营养性巨幼红细胞性贫血医嘱（以 6 岁，20kg 为例）。

长期医嘱	临时医嘱
儿科护理常规	血常规＋网织红细胞计数
二级护理	血涂片观察红细胞形态
普食	平均红细胞体积＋平均红细胞血红蛋白量＋
叶酸 5mg tid	平均红细胞血红蛋白浓度
维生素C 0.1 tid	血清铁测定
	血清叶酸测定
	血清维生素 B_{12} 测定
	骨髓涂片

	肝、胆、脾 B 超检查
	维生素 B$_{12}$ 100µg im st

三、医嘱说明

1.在叶酸缺乏所致的严重贫血时，患者可因缺氧而出现一些精神神经症状，易与维生素 B$_{12}$ 缺乏所致的巨幼红细胞性贫血混淆。在无条件测定血清叶酸含量时，可做"小剂量叶酸治疗试验"，加以鉴别。经正确治疗后，骨髓中巨幼红细胞恢复快，无需复查骨髓。

2.缺乏维生素 B$_{12}$ 者，维生素 B$_{12}$，100µg 肌注，每周 2 次，连用 2～4 周或至血象恢复正常为止。缺乏叶酸者，叶酸每日 5～15mg，分 2～3 次口服。同时服用维生素 C，持续 2～4 周。严重贫血伴有心功能不全或其他并发症者，可输血治疗，但输血量不宜过大，速度不宜过快。

3.疗效分析

（1）维生素 B$_{12}$ 缺乏者治疗 2～4d 后，一般精神症状好转，网织红细胞增加，6～7d 时达高峰，约于 2 周时降至正常。骨髓内巨幼红细胞于肌注维生素 B$_{12}$ 后 6～7h 转为正常幼红细胞。精神神经症状大多恢复较慢，少数病人须经数月后才完全恢复。

（2）叶酸缺乏者服叶酸后 1～2d，食欲好转，2～4d 网织红细胞增加，4～7d 达高峰，以后血红蛋白、白细胞和血小板亦随之增加，2～6 周后红细胞和血红蛋白可恢复正常。骨髓中巨幼红细胞大多于 24～48h 内转变为正常幼红细胞，但巨大中性晚幼粒细胞则可继续存在数日。

第三节 再生障碍性贫血

一、诊 断

1.国内诊断标准 国内对再障的诊断标准曾有多次讨论，1987 年第 4 界再生障碍性贫血学术会议的最后修改意见如下：①全血细胞减少，网织红细胞绝对值减少（如 2 系减少，其中必须有血小板减少）。②一般无脾肿大。③骨髓至少 1 个部位增生减低或重度减低（如增生活跃，须有巨核细胞明显减少），骨髓小粒非造血细胞增多（有条件者做骨髓活检等检查，显示造血组织减少，脂肪组织增加）。

④能除外引起全血细胞减少的其他疾病，（PNA、MDS 中的难治性贫血（MDS-RA）、急性造血功能停滞、骨髓纤维化、急性白血病、恶性组织细胞病等。

⑤一般抗贫血药物治疗无效。

2.国内急性再障（亦称 SAA-I 型）的诊断标准

（1）临床表现：起病急，贫血呈进行性加剧，常伴严重感染、出血。

（2）血象：除血红蛋白进行性下降外须具下列 3 项中 2 项，①网织红细胞＜1%，绝对值＜$15×10^9$/L。②白细胞明显减低，中性粒细胞绝对值＜$0.5×10^9$/L。③血小板＜$20×10^9$/L。

（3）骨髓象：①多部位增生减低，三系造血细胞明显减少，非造血细胞增多。如增生活跃须有淋巴细胞增多。②骨髓小粒中非造血细胞及脂肪细胞增多。

3.国内慢性再障的诊断标准

（1）临床表现：发病缓慢，贫血、感染、出血均较轻。

（2）血象：血红蛋白下降速度较慢，网织红细胞、白细胞、中性粒细胞及血小板值常较急性再障为高。

（3）骨髓象：①3 系或 2 系减少，至少 1 个部位增生不良，巨核细胞明显减少。②骨髓小粒中非造血细胞增多。

（4）病程中如病情恶化，临床、血象及骨髓象与急性再障相同，称 SAA-II 型。

二、医嘱示例

1.再性障碍性贫血慢性型医嘱（以 6 岁，20kg 为例）。

长期医嘱	临时医嘱
儿科护理常规	血常规＋网织红细胞计数
二级护理	尿常规
普食	骨髓检查、活检、涂片、干细胞培养
美雄酮（大力补）　5mg　bid	T 细胞亚群检查
维生素C　0.1　tid	EB 病毒、巨细胞病毒、微小病毒 B_{19} 抗体测定
复合维生素B　10mg　tid	X 线胸部摄片
阿胶补血冲剂　30mg　冲服　bid	肝功能
	血尿素氮、肌酐测定
	心电图
	腹部B超

2.再性障碍性贫血急性型医嘱（以 6 岁，20kg 为例）。

长期医嘱	临时医嘱
儿科护理常规	血常规＋网织红细胞计数
一级护理	尿常规
普食	骨髓检查、活检、涂片、干细胞培养
病重通知	T 细胞亚群、CD_3、CD_4、CD_8 测定
维生素 C　0.1　tid	EB 病毒、巨细胞病毒、微小病毒 B_{19} 抗体测定
复合维生素 B　10mg　tid	肝功能
阿胶补血冲剂　30mg　冲服　bid	血尿素氮、肌酐测定
抗淋巴细胞球蛋白 （马 ALG）200mg　iv　drip （维持 6～8h）×qd×5d 10%GS　500ml	X 线胸部摄片
	心电图
	腹部 B 超
氢化可的松 200mg　iv　drip （维持 6～8h）×qd×5d （于马 ALG 前 1h 开始） 10%GS　500ml	ALG/ATG 静注过敏测试
地塞米松　2mg iv（ALG 前 30min）qd×5d	
单采血小板 1U　iv drip　1/2d×3 次	
环孢素 A　50mg　bid	

三、医 嘱 说 明

1.感染　注意发现各部位可能存在的感染，尤其是当外周血粒细胞计数非常低下时感染难以局限，口腔和咽部感染可无充血，软组织感染无脓肿形成，故对高热而无明显感染灶的再障病儿应首先考虑存在败血症的可能。再障合并感染的机会与中性粒细胞减少时程度密切相关，当外周血粒细胞计数低于 $1.0×10^9$/L 时，感染机会明显上升，须注意严格隔离，避免交叉感染。一旦发生感染须及时发现与治疗，应早期联合应用强效广谱抗生素，及早进行细菌学检测以指导治疗。

2.出血　血小板明显减少者易出现严重出血，一般止血药多不能奏效，是导致再障死亡的主要原因之一。局部出血如鼻腔和齿龈出血可试用压迫止血。糖皮质激素能降低毛细血管脆性，但注意只能短期足量使用，一般不应超过7～10d。外周血血小板计数低于 $20×10^9/L$，伴明显出血倾向是输注浓缩血小板的指征。浓缩血小板 1 个单位平均含血小板 $2×10^{10}$ 个（相当于 200ml 新鲜血中所含血小板），理论上 2U/（m^2·次）约可提高外周血血小板 $10×10^9/L$。当血红蛋白低于 60g/L 时应考虑输血，以纠正重度贫血，也有利于对骨髓的供血，提高再障的药物疗效。一般每次输血 6ml/kg 可提高血红蛋白 10g/L。反复长期输血可引起含铁血黄素沉着症，导致重要脏器功能衰竭，应加用适量去铁胺（去铁敏）治疗。

3. **血常规**　典型再障具有三系下降，如仅有一系或二系下降，则须有血小板计数下降。此外还需注意：①贫血呈正细胞正色素性，红细胞平均容积（MCV）、红细胞平均血红蛋白（MCH）、红细胞平均血红蛋白浓度（MCHC）均正常；网织红细胞绝对计数低于正常（$<20×10^9/L$），不能仅看网织红细胞比例；②白细胞计数下降，中性粒细胞比例下降，淋巴细胞比例相对升高；③血小板计数下降较为明显。血小板计数下降可致出血时间延长，血小板计数严重下降时可因血小板Ⅲ因子缺乏致凝血时间延长。

4. **骨髓检查**　必须明确以下几种情况：①有核细胞增生情况；②粒系/红系的比例，各分化阶段细胞的分布和形态；③淋巴细胞和其他非造血细胞比例；④全片巨核细胞计数和各阶段的比例。

5. **雄性激素**　是目前治疗慢性再生障碍性贫血的首选药物之一，美雄酮（去氢甲睾酮）疗效最佳。泼尼松等皮质激素一般用于有出血倾向，应短期使用。

6. **免疫抑制药治疗**　适合于无合适供体作造血干细胞移植的重型再障。

（1）抗胸腺球蛋白（ATG）或抗淋巴细胞球蛋白（ALG）：适用于血小板，$20×10^9/L$ 者。剂量为马 ATG 5～10mg/（kg·d）×5d。猪 ATG 20～30mg/（kg·d）×5d。兔 ATG（2.5～5.0） mg/（kg·d）×5d。用前需作过敏试验，具体方法根据不同类型而不同。治疗前宜建立两条静脉通道，一条缓慢滴 ATG，另一条同时缓慢输注氢化可的松 5mg/（kg·d）。用药前 1h 给异丙嗪 1 次，滴注前地塞米松 5mg 入壶。

（2）环孢素（环孢霉素 A，GSA）：适用于病情不适宜应用 ATG 或无效者。4～8mg/（kg·d），连用 1～2 个月，出现疗效后逐渐减量，总疗程至少 3 个月。有效血浓度谷值：全血 200～400μg/ml。服药时可将 CSA 溶液参入牛奶或果汁等饮料内摇匀后服用。用药期间应避免应用含钾药物、保钾利尿药及高钾食物。

7. **疗效观察**　免疫抑制药疗效出现缓慢，约半数发生于治疗后 3 个月，多数起效于治疗后 6 个月。首先表现为输血量减少，输血间隔时间延长，以后网织红细胞上升，随之血红蛋白、白细胞上升，血小板回升缓慢，通常需 1 年。故在用免疫抑制药后头 3~6 个月，仍需继续补充红细胞及血小板。通常输血的标准：应维持血色素在 60g/L 左右，血小板数在 30×10^9/L 左右。

8.病情转归 ①病情无变化：治疗 3 个月以上未见疗效者，作全面检查核实诊断，调整治疗方案。②病情反复：显效后病情反复，须仔细寻找原因，尤其注意避免接触有毒物质，积极预防和控制感染。③病情恶化：重型再障疗效不佳者病情恶化可危及生命，必须采用更为积极的治疗措施，尤其注意控制感染和出血，加强支持治疗，度过危险期，再配合积极治疗原发病，以提高疗效。

第四节 葡萄糖-6-磷酸脱氢酶缺乏症

一、诊 断

1988 年 10 月全国小儿血液病会议制订的葡萄糖-6-磷酸脱氢酶缺陷诊断标准如下。在有葡萄糖-6-磷酸脱氢酶缺陷所致的临床表现的基础上，加上以下项中任何一项均可建立诊断。

1.葡萄糖-6-磷酸脱氢酶筛选试验二项阳性。

2.葡萄糖-6-磷酸脱氢酶筛选试验一项阳性加 Heinz 小体试验阳性（排除其他原因所致溶血）。

3.葡萄糖-6-磷酸脱氢酶筛选试验一项阳性，加明确的家族史。

4.葡萄糖-6-磷酸脱氢酶定量测定活性减低。

5.葡萄糖-6-磷酸脱氢酶活性正常，而高度怀疑为葡萄糖-6-磷酸脱氢酶缺陷者，有条件时查进行变异型鉴定，以确定葡萄糖-6-磷酸脱氢酶性质是否正常。

二、医 嘱 示 例

葡萄糖-6-磷酸脱氢酶缺乏症医嘱（以 6 岁，20kg 为例）。

长期医嘱	临时医嘱
儿科护理常规	血常规＋网织红细胞计数＋有核红细胞计数
二级护理	红细胞自溶试验＋纠正试验
普食（忌食蚕豆及蚕豆食品）	肝功能
病重通知	血尿素氮、肌酐测定
记录 24h 尿量及尿色	血胆红素测定

氢化可的松 150mg	iv drip qd	尿常规＋尿隐血试验＋尿三胆测定
10%GS 250ml		红细胞 G-6-PD 活性测定
5%碳酸氢钠 100ml iv drip qd		高铁血红蛋还原试验
		抗人球蛋试验
		血钠、钾、氯测定
		血气分析
		心电图

三、医嘱说明

1.应避免进食蚕豆及其制品，忌服有氧化作用的药物，并加强对各种感染的预防。

2.密切观察尿量，若尿量＜100ml/24h，应警惕急性肾功能衰竭的可能。此时，要严格控制补液量和速度，20～30ml/（kg·d），以防发生肺水肿及心力衰竭。同时可用低分子右旋糖酐 10ml/（kg·次），静滴，改善微循环。若无尿伴高血钾时，应行血液透析或腹膜透析。

3.碱化尿液，5%碳酸氢钠 3～5ml/（kg·次），静滴。

4.输血。供血者 G-6-PD 正常者。血红蛋白≥70g/L，血红蛋白尿减轻，可暂时不输血，观察 48h。血红蛋白≥90g/L，血红蛋白尿依旧存在，暂不输血，观察到血红蛋白尿消失。血红蛋白尿存在或血红蛋白＜70g/L，应立即输血。输血量可通过下面公式计算：输血量（ml）＝（100g/L－病儿血红蛋白量）×体重（kg）×0.3

5.重症病例特别是休克者，可给予氢化可的松，5～10ml/（kg·次），静滴。

6.合并感染者或感染诱发者，针对病因选择抗生素。

第五节 特发性血小板减少性紫癜

一、诊 断

根据1986年首届中华血液学会全国血栓与止血学术会议修订的ITP诊断标准。

1.诊断标准

（1）多次化验血小板计数减少。

（2）脾脏不增大或仅轻度增大。

（3）骨髓检查巨核细胞数增多或正常，但有成熟障碍。

（4）以下5点中具备任何1点：①泼尼松治疗有效；②脾切除有效；③PAIgG增高；④PAG_3增高；⑤血小板寿命测定缩短。

（5）除外继发性血小板减少。

2. 临床分型

（1）急性型：病程≤6个月。

（2）慢性型：病程＞6个月。

（3）反复型：疾病恢复正常（出血消失，血小板＞$100×10^9$/L），停药2个月后复发者。

3. 病情分度

（1）轻度：血小板 $50×10^9$/L，一般无出血，仅外伤后易发生出血或手术后出血过多。

（2）中度：血小板≤$50×10^9$/L 而＞$25×10^9$/L，皮肤黏膜出现出血点或外伤处瘀斑，血肿和伤口出血延长，但无广泛出血。

（3）重度（具备下列一项即可）：①血小板＜$25×10^9$/L 而＞$10×10^9$/L，皮肤黏膜广泛出血点、瘀斑或多发血肿；②消化道、泌尿道或生殖道暴发出血或发生血肿压迫症状；③视网膜或咽后壁出血；④外伤处出血不止，经一般治疗无效。

（4）极重度（具备下列一项即可）：①血小板＜$10×10^9$/L 或几乎查不到，皮肤黏膜广泛自发出血、血肿及出血不止；②危及生命的严重出血（包括颅内出血）。

二、医 嘱 示 例

1. 特发性血小板减少性紫癜急性型医嘱（以6岁，20kg为例）。

长期医嘱		临时医嘱
儿科护理常规		血常规（血小板计数及形态检查）
二级护理		尿常规
普食		粪常规＋隐血试验
氢化可的松　150mg	iv drip qd	出、凝血时间
维生素C　2.0g		血块退缩时间
酚磺乙胺（止血敏）　1g		凝血酶原消耗试验
10%GS　500ml		血小板抗体测定
IVIG　8g　iv　drip　qd		骨髓穿刺涂片检查

	毛细血管脆性试验
	输血小板悬液和（或）新鲜血

2.特发性血小板减少性紫癜慢性型医嘱（以 6 岁，20kg 为例）。

长期医嘱	临时医嘱
儿科护理常规	血常规（血小板计数及形态检查）
二级护理	尿常规
普食	粪常规＋隐血试验
维生素 C 200mg tid	出、凝血时间
利血生 40mg tid	血块退缩时间
泼尼松 10mg bid	凝血酶原消耗试验
长春新碱 0.6mg ┃ iv drip qw×4 次	血小板抗体测定
10%GS 500ml ┃ （维持 12h）	骨髓穿刺涂片检查
环磷酰胺 300mg ┃ iv drip qw×4 次	外科会诊
10%GS 250ml ┃	10%氯化钠 20ml
	10%氯化钾 10ml ┃ iv drip
	10%GS 500ml

三、医 嘱 说 明

1.观察有无内脏出血的先兆或表现。如腹部不适、腹痛提示消化道可能出血；血尿提示泌尿系统出血；头痛、呕吐、瞳孔变化、视盘水肿、意识障碍及出现神经系统体征为颅内出血表现；有心率加快、血压下降、面色苍白提示有大量出血。

2.外周血检查除有血小板减少和与出血相一致的贫血外，在糖皮质激素治疗期间白细胞计数可有上升，一般低于 $20×10^9/L$。如出现血常规中其他项目的变化应检查骨髓以防误诊。病程中使用糖皮质激素，应注意电解质平衡。出现与血小板减少不相符合的出血或出血不能被糖皮质激素控制时应检查 DIC 指标。

3.皮质激素用药原则是早期、大量、短程。发病 1 个月内（特别是 2 周内）病情为中度以上或发病时间虽长但病情属重度以上的病人应给予激素治疗。轻度病人可不用。

4.血小板计数低于 $20×10^9/L$，伴有严重出血倾向或内脏出血，可立即输给予单采血小板 1U（相当于 2 000ml 全血中采集的血小板）。输入血小板寿命短，仅有数小时至 48h 作用，因此不做首选方法，是否需要输注依据临床出血的严重程度。

5.输大剂量丙种球蛋白适用于重度以上出血病人，0.4g/（kg·d）静注，连用 5d。

6.激素治疗无效者可试用免疫抑制药。①长春新碱 1.5～2mg/（m²·次）（最大剂量 2mg/次）静注 1 次或 0.5～1mg/（m²·次）加生理盐水 250ml 缓慢静滴，每周 1 次，连用 4～6 周为 1 个疗程。②环磷酰胺 2～3mg/（kg·d）口服或 300～600mg/（m²·次）静注，每周 1 次，8 周无反应停药。有效者可持续应用 6～12 周。③硫唑嘌呤 1～3mg/（kg·d），小儿疗效不如成人，用药 1 个月至数月可见效。上述药物可与激素合用，病情严重者也可 3 种药物合用。

7.脾切除要应严格掌握切脾指征，尽可能推迟切脾时间。切脾指征暂定为：①长期或间断处于重度出血，应用上述各种药物治疗无效或需长期大量激素维持，病程 1 年以上、年龄≥5 岁、骨髓中巨核细胞增多。②危及生命的严重出血或外科急需的大手术，不受病程和年龄限制可做紧急脾切除。③中度出血、病程 3 年以上、年龄＞10 岁、应用保守治疗无效者，也可做脾切除。

脾切除注意事项：①切脾前应用激素治疗的病人于脾切除术前和术中静滴氢化可的松或地塞米松（氟美松），术后逐渐停药。②切脾后血小板升至 100×10⁹/L 者应给阿司匹林或双嘧达莫等药物治疗，防止发生血栓。③5 岁以内行脾切除的病人，切脾后应给长效青霉素和丙种球蛋白注射预防感染，直至 5 岁。

第六节　急性淋巴细胞白血病

一、诊　断

根据中华医学会儿科学分会血液学组和中华儿科杂志编辑委员会在山东省荣成市召开的全国小儿血液病学术会议上讨论通过诊断标准，可作出诊断。

1.急性淋巴细胞白血病（ALL）诊断及分型

（1）ALL 基本诊断依据

①临床症状、体征　有发热、苍白、乏力、出血及肝、脾、淋巴结等脏器浸润灶表现。

②血象改变：血色素及红细胞计数降低，血小板减少，白细胞计数增高、正常或减低，分类可发现不等数量的原、幼淋巴细胞或不见原、幼淋巴细胞。

③骨髓形态学改变是确诊的主要依据：骨髓涂片中有核细胞大多呈明显增生

或极度增生，仅少数呈增生低下，均以淋巴细胞增生为主，原始＋幼稚淋巴细胞必须≥30%才可确诊为 ALL。除了对骨髓涂片做瑞氏染色分类计数并观察细胞形态改变外，应该做过氧化酶（POX）、糖原（PAS）、非特异性酯酶（NSE）和酯酶氟化钠抑制试验等细胞化学染色检查，以进一步确定异常细胞性质并与急性非淋巴细胞白血病（ANLL）鉴别。

（2）ALL 的 MIC 分型：除了临床及细胞形态学（M）诊断以外，还必须用单克隆抗体作免疫分型（I）及细胞遗传学检查（C），即 MIC 分型诊断。

①细胞形态学分型：按照 FAB 分型标准分为 L_1、L_2 和 L_3 型。

②免疫分型：分为 T、B 二大系列。T 细胞型急性淋巴细胞白血病（T-ALL）具有阳性的 T 淋巴细胞标志，如 CD_1、CD_2、CD_3、CD_4、CD_5、CD_7、CD_8 以及 TdT 等。B 细胞型急性淋巴细胞白血病（B-ALL）根据其对 B 系特异的单克隆抗体标志反应表现又分为 4 个亚型。早期前 B 急性淋巴细胞白血病（early Pre B-ALL），又称早期前 BⅠ型淋巴细胞白血病，其表现为 HLA-DR 及 CD_{19} 和（或）$CyCD_{22}$ 阳性，其他 B 系标志阴性；普通型急性淋巴细胞白血病（C-ALL），又称早期前 BⅡ型 ALL（early Pre B-ALLⅡ），其表现为 CD_{10} 阳性，CyIg 和 SmIg 均为阴性，其他 B 系标志 CD_{19}、$CyCD_{22}$ 以及 HLA-DR 多为阳性；前 B 型急性淋巴细胞白血病（Pre B-ALL），其表现为 CyIg 阳性，SmIg 阴性，其他 B 系标志 CD_{19}、CD_{20}、CD_{10}、$CyCD_{22}$ 以及 HLA-DR 常为阳性；成熟 B 型急性淋巴细胞白血病（B-ALL），其表现为 SmIg 阳性，CyIg 阳性或阴性，其他 B 系标志 CD_{19}、$CyCD_{22}$、CD_{10}、CD_{20} 以及 HLA-DR 常为阳性。

伴有髓系标志的 ALL（My^+-ALL） 具有淋巴系的形态学特征表现，伴有个别、次要的髓系的特异抗原标志（CD_{13}，CD_{33} 或 CD_{14} 等阳性），但以淋巴系特异的抗原表达为主。

③细胞遗传学改变：染色体数量改变，有≤45 条染色体的低二倍体和≥47 条染色体的高二倍体。染色体核型改变与 ALL 预后密切相关的核型异常有关，t（12；21），ETV6-CBFA2 融合基因；t（9；22），BCR-ABL 融合基因以及 t（4；11），MLL-AF4 融合基因。

④临床分型：与小儿 ALL 预后确切相关的危险因素有＜12 个月的婴儿白血病；诊断时已发生中枢神经系统白血病（CNSL）和（或）睾丸白血病（TL）者；染色体核型为 t（4；11）或 t（9；22）异常；小于 45 条染色体的低二倍体；诊断时外周血白细胞计数≥$50×10^9$/L；泼尼松诱导试验 60mg/（$m^2 \cdot d$）×7d（d1～7，下同），第 8d 外周血白血病细胞≥$1×10^9$/L（1 000/μ1），定为泼尼松不良效应者；标危 ALL（SR-ALL）诱导化疗 6 周不能获完全缓解（CR）者。根据上述危险因

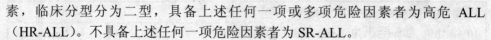

素，临床分型分为二型，具备上述任何一项或多项危险因素者为高危 ALL（HR-ALL）。不具备上述任何一项危险因素者为 SR-ALL。

2.中枢神经系统白血病（CNSL）诊断标准

（1）治疗前有或无中枢神经系统（CNS）症状或体征，脑脊液（CSF）中白细胞计数＞0.005×10^9/L（5/μl），并且在 CSF 沉淀制片标本中其形态为确定无疑的原、幼淋巴细胞，可以确诊。

（2）能排除其他原因引起的 CNS 表现和 CSF 异常，临床可疑 CNSL 者，应暂时按 CNSL 处理，动态观察 CNSL 及 CSF 的变化。

3.睾丸白血病诊断标准　单侧或双侧睾丸肿大，质地变硬或呈结节状缺乏弹性感，透光试验阴性，睾丸超声波检查可发现非均质性浸润灶，活组织检查可见白血病细胞浸润。

二、医 嘱 示 例

1.急性淋巴细胞性白血病诱导缓解治疗医嘱（以 4 岁，15kg 为例）。

长期医嘱	临时医嘱
儿科护理常规	血常规
血液病护理	尿常规
二级护理	粪常规
病重	肝功能
普食	血尿素氮、肌酐测定
5%GS　150ml　　iv　drip　qd	血乙型、丙型肝炎病毒抗原抗体检测
5%碳酸氢钠　150ml	血乳酸脱氢酶（LDH）测定
别嘌醇　50mg　tid	血清铁蛋白测定
泼尼松　15mg　早	空腹血糖测定
泼尼松　10mg　中	血钠、钾、氯、钙、磷测定
泼尼松　10mg　晚	骨髓涂片＋免疫表型＋染色体核型测定
5%GS　500ml	DNA 增殖指数和 P$_{170}$（耐药糖蛋白 PGP）
氢化可的松　50mg　　iv　drip　qod×8 次	X 线胸部摄片
左旋门冬酰胺酶　5 000U	腹部 B 超
0.9 氯化钠　100ml　iv　drip　qd×2d	心电图
柔红霉素　20mg	脑电图

5%葡萄糖　500ml	
10%氯化钠　30ml	iv　drip　qd
10%氯化钾　10ml	
0.9 氯化钠　10ml	iv　qw×4 周
长春新碱　1mg	

2.急性淋巴细胞性白血病巩固治疗医嘱（以 4 岁，15kg 为例）。

长期医嘱	临时医嘱
儿科护理常规	血常规
血液病护理	尿常规
二级护理	粪常规
普食	肝功能
阿糖胞苷　30mg　皮下注射　q12h×6d	血尿素氮、肌酐测定
6-巯嘌呤　45mg　每晚睡前顿服×7d	骨髓涂片
	心电图
	NS 250ml　　iv　drip
	环磷酰胺　400mg

三、医嘱说明

1. 诱导治疗

（1）A 方案 1：VDLP 4 周：长春新碱（VCR）1.5 mg/m^2（每次最大量不大于 2 mg/m^2）静脉注射，于 d8（第 8d，下同），d15，d22，d28；柔红霉素（DNR，D）30 mg/m^2，用 5%葡萄糖液 100 ml 稀释快速静滴（30～40min），d8～d9，共 2 次；左旋门冬酰氨酶（L-ASP）5，000～10，000 U/m^{2}静滴或肌注，d9，d11，d13，d15，d17，d19，d21，d23，共 6～8 次；泼尼松 60 mg/（m^2·d），d1～d28（d1～d7 为泼尼松试验），1d 量分 3 次口服，d29 起每 2d 减半，1 周内减停。

（2）B 方案 2：CVDLP 4 周：环磷酰胺（CTX，C）800 mg/m^2，稀释于 5%葡萄糖液 100 ml 中在 1h 内快速静滴，d8（1 次）；DNR 30 mg/m^2，静滴（同上），d8～9，其余同 VDLP 方案。

（3）C 方案 3：CODP 4 周；CTX 800～1 000 mg/m^2，用法同上，d8；VCR，

DNR 和 Pred 剂量和用法同前。不论用何方案对于高白细胞血症（WBC≥100×10^9/L）者，若有条件做血浆置换 1~2 次或泼尼松试验（d1~d7）后，白细胞仍 >100×10^9/L 者，DNR 推迟到白细胞<50×10^9/L 时开始连用 3d。上述 3 个方案中，方案 1 或方案 2 为首选，因药费太昂贵或缺乏 L-ASP 的地区可试用方案 3。于诱导缓解化疗的第 19d 必须复查骨髓涂片，可能出现 3 种不同的结果。①M_1，骨髓明显抑制，原淋+幼淋<5%；②M_2，骨髓呈不同程度抑制，原淋+幼淋为 5%~25%，③M_3，骨髓抑制或不抑制，原淋+幼淋>25%。M_1 者提示疗效和预后良好；M_2 者提示疗效较差，用方案 2 者须加用 2 次 L-ASP 或 1 次 DNR；用方案 1 者加用 1 次 CTX 800 mg/m^2 和 2 次 L-ASP；M_3 者提示无效，属难治性白血病，必须及时更换更为强烈的化疗方案。

2.巩固治疗 巩固治疗在诱导缓解治疗 28d 后达 CR 时，宜在 d29~d32 开始。以下方案任选其一。

（1）A 方案 1 CAM：CTX 600mg/m^2，静滴，d1；阿糖胞苷（Ara-C）100mg/m^2，q12h×6 次，d2~4 或 2 g/m^2，q12h×4 次，d2~3，静滴；6-巯基嘌呤（6-MP）50 mg/（m^2·d），晚间一次口服，d1~7。

（2）B 方案 2 依托泊苷（VP16）+Ara-C：VP16 300 mg/m^2 静滴，然后继续滴注 Ara-C 300 mg/m^2，d1，d4，d7。

3.髓外白血病预防性治疗

（1）三联鞘注（IT）：于诱导治疗的第 1d 仅用 Ara-C+Dex，此后 d8，d15，d22 用三联鞘注，诱导期间共 4 次，早期强化治疗末用 1 次。

（2）HD-MTX+CF（大剂量甲氨蝶呤-四氢叶酸钙）疗法：于巩固治疗休息 1~3 周后，视血象恢复情况而定，待中性粒细胞（ANC）计数>1.5×10^9/L，WBC≥3×10^9/L，肝、肾功能无异常时尽早开始。每 10d 1 个疗程，共 3 个疗程。每疗程 MTX 3.0/m^2，1/6 量（不超过 500 mg/次）作为突击量在 30min 内快速静脉滴入，余量于 12~24h 内均匀滴入。突击量 MTX 滴入后 0.5~2h 内，行三联 IT 1 次。开始滴注 MTX 36h 后用 CF 解救，剂量为 15 mg/m^2，每 6h 1 次，首剂静脉注射，以后 q6h，口服或肌注，共 6~8 次。有条件者检测血浆 MTX 浓度（<0.1 μmol/L 为无毒浓度），以调整 CF 应用的次数和剂量。HD-MTX 治疗前、后 3d 口服碳酸氢钠 1.0g，每天 3 次，并在治疗当天给 5%碳酸氢钠 3~5 ml/kg 静滴，使尿 pH≥7。用 HD-MTX 当天及后 3d 需水化治疗，量为 3 000 ml/（m^2·d）。在用 HD-MTX 同时，每天用 6-MP 50 mg/m^2，共 7d。

（3）颅脑放疗：原则上 3 岁以上患儿，凡诊断时 WBC 计数≥100×10^9/L，有 t（9；22）或 t（4；11）核型异常，诊断时有 CNSL，因种种原因不宜作 HD-MTX

治疗者，于 CR 后 6 个月时进行，总剂量 18Gy，分 15 次于 3 周内完成或 12Gy，分 10 次，于 2 周完成。同时每周 IT 1 次。放疗第 3 周用 VDex 方案，VCR 1.5 mg/m^2 静注 1 次，Dex 8 mg/（m^2·d）×7d，口服。

4.早期强化治疗（以下方案任选其一）

（1）强化方案 1　VDLDex：VCR、DNR 均于 d1，d8，剂量同前。L-ASP 5 000～10 000 U，d2，d4，d6，d8，共 4 次；Dex 8 mg/（m^2·d），d1～d14，第 3 周减停。休疗 1～2 周（待血象恢复，肝肾功能无异常），接 VP16+Ara-C 3 次（剂量与用法同前）。

（2）强化方案 2　COADex：CTX 800 mg/m^2，快速静滴，d1；VCR 1.5 mg/m^2，静滴，d1；Ara-C 100 mg/（m^2·d），q12h×14 次，皮下或肌注，d1～d7；Dex 10 mg/（m^2·d），d1～d7。待血象恢复后再用 VP16+Ara-C，3 次（剂量和用法同上）。

（万力生　王　樱）

第**10**章 神经系统及肌肉疾病

第一节 病毒性脑炎

一、诊 断

病毒性脑炎的诊断，必须综合分析流行病学、临床表现和各种实验室资料，才能获得较正确的结论。目前通常的诊断条件有以下几种。

1.临床上有似病毒感染所致脑实质受损征象。

2.脑脊液有或无炎症性改变，均查不到细菌（包括结核、真菌等）感染的证据。

3.脑电图呈弥散性异常（有些可局灶化），脑扫描、造影、CT 等检查无占位性病变征象（单纯疱疹病毒脑炎和某些局灶性脑炎例外）。

4.血清抗体滴度明显增高（特别是恢复期比急性期高 4 倍以上）。

5.脑脊液查到病毒抗原或特异性抗体。

6.脑组织发现病毒。

一般认为 1～4 项为临床诊断论据。

二、医嘱示例

病毒性脑炎医嘱（以 6 岁，20kg 为例）。

长期医嘱	临时医嘱
儿科护理常规	血常规
一级护理	尿常规
病重	粪常规
半流质	血培养＋药物敏感试验
测血压、心率、呼吸 q4h	血钠、钾、氯测定

注意神志变化		血抗 O
10%GS 100ml	iv drip q8h	血沉
无环鸟苷 0.2g		血 C 反应蛋白
20%甘露醇 75ml	iv q8h	咽拭培养
人血免疫球蛋白 7.5g	iv drip qd	腰椎穿刺
地塞米松 5mg	iv bid	脑脊液常规＋生化＋涂片＋培养
NS 5ml		血和脑脊液病毒血清学试验
		PPD 试验
		脑电图
		胸部 X 线片
		头颅 CT 及/或 MRI

三、医嘱说明

1.抗病毒治疗。

（1）阿糖胞苷：抑制 DNA 多聚酶，阻碍 DNA 病毒复制，用于水痘带状疱疹病毒、单纯疱疹病毒及巨细胞病毒的感染。剂量：1～8mg/（kg·d），静注或静滴。连用 3～5d。

（2）阿糖腺苷：抑制 DNA 及 RNA 的多聚酶，对单纯疱疹病毒最有效。剂量 10～15mg/kg/d，6～12h 内静滴完，用 3～5d。副作用有恶心、呕吐、造血功能障碍等。此药难溶于水，输液量较大，对伴有颅内高压的脑炎病人不利。

（3）无环鸟苷：为一种高效广谱的抗病毒药物。是目前治疗单纯疱疹病毒脑炎最理想的药物，其抗疱疹病毒作用远强于过去所使用的其他抗病毒药物，且副作用轻，对巨细胞病毒、EB 病毒也有抑制作用。剂量为每千克体重 5～10mg，静滴（每次须滴 1h），每天 1～3 次，连用 10～21d 或根据病情而定。单纯疱疹病毒对无环鸟苷可产生耐药性。副作用为谵妄、震颤、皮疹、血尿、转氨酶暂时性升高等。

（4）病毒唑：0.5～1g/d，小儿 20～30mg/（kg·d），静滴，连用 7～10d。

2.肾上腺皮质激素治疗。一般用地塞米松 15～20mg 加糖盐水 500ml 静滴，每天 1 次，10～14d，以后改口服泼尼松，逐渐减量。

3.对惊厥者，应从高热、缺氧、呼吸道梗阻、脑水肿、低钠血症等方面分析原因，采取针对性措施。抗惊厥药物常用安定 10～20mg 静脉注射，也可用水合氯醛灌肠、苯巴比妥（鲁米那）肌注等。对癫痫持续状态者，可用安定 100mg 加糖盐水 500ml，于 12h 内缓慢静滴完毕或根据发作情况控制滴速。

4.脑水肿是引起惊厥、呼吸衰竭的根本原因。可用 20%甘露醇 1～2g/kg 体重，每 3～8h 1 次，静脉加压注射，疗程为 5～7d。对低蛋白血症伴脑水肿者可用清蛋白。对低钠血症引起的脑水肿患者，可选用 3%NaCl 12ml/kg 体重或 5%NaHCO 36ml/kg 体重，先静脉输注半量，余量根据病情决定。

5.对昏迷无咳嗽吞咽反射或呼吸道分泌物增多者，应考虑行气管切开。对呼吸衰竭尚有自主呼吸者，可用呼吸兴奋药洛贝林（山梗菜碱）、尼可刹米（可拉明）等。呼吸停止或明显通气不足者则需用人工呼吸器。

6.急性期及恢复期均可采用高压氧治疗。

7.伴有颅内压增高而药物治疗无效或出现脑疝者，可做脑室引流颞肌下减压或去骨瓣术。

第二节　化脓性脑膜炎

一、诊　断

1.起病前有化脓性感染史。

2.起病急，有发热、呕吐，中枢神经系统功能紊乱，脑膜刺激征阳性，颅压升高等，重者可发生脑疝，甚至呼吸衰竭或可引起休克。

3.实验室检查：①白细胞总数及中性粒细胞比例明显增高。②脑脊液压力增高，外观混浊或为脓样。细胞数明显增多，中性粒细胞占绝大多数，糖定量减低，蛋白显著增加。脑脊液涂片可检得病原菌。

二、医 嘱 示 例

流感杆菌化脓性脑膜炎医嘱（以 1 岁，10kg 为例）。

长期医嘱	临时医嘱
儿科护理常规	血常规
一级护理	尿常规
婴粥　50g　tid	粪常规
牛奶　100ml　bid	腰椎穿刺
病危通知	脑脊液常规＋生化＋乳酸脱氢酶测定＋培养

	咽拭培养
复合维生素 B 1 片 tid	
地塞米松 1.5mg iv q6h	血培养＋药物敏感试验
NS 2ml	血钠、钾、氯测定
氨苄西林 0.5g iv drip q6h	血 CO_2 结合力测定
10%GS 50ml	X 线胸部摄片
维生素 C 0.5g iv drip qd	头颅 CT
10%GS 250ml	硬脑膜下穿刺（prn）
	20%甘露醇 50ml iv drip
	青霉素皮试

三、医嘱说明

1.凡已确诊或高度疑似的患儿，应立即给予抗生素治疗，以早期、足量、足疗程为原则。根据病原菌种类选择敏感且能透过血脑屏障的抗生素，进行静脉给药。治疗 3～5d，观察疗效，再决定更换药物或调整剂量。

2.病原菌未明或疾病初期，新生儿化脑，病原菌常考虑葡萄球菌、大肠杆菌等，另外要注意近来条件致病菌感染也有上升趋势。婴幼儿及年长儿首选抗生素仍以青霉素、氨苄西林或氯霉素较多，以后可根据细菌培养及药敏试验结果进行调整。用法：青霉素 40～60 万 U/（kg·d），分 3 次静滴；氨苄西林 150～300mg/（kg·d）。分 2～3 次静滴；氯霉素 60～100mg/（kg·d）（总量不超过 2g/d），分 2～3 次静滴。

3.病原菌已明确，可根据药敏试验及临床情况评价选择抗生素。某些肺炎球菌菌株对青霉素耐药，B 型流感嗜血杆菌菌株因产生 β-内酰胺酶和乙酰转移酶对氯霉素、氨苄西林产生耐药，使头孢菌素成为治疗耐药菌株化脑的首选药物，尤以第三代头孢菌素既能较快通过血脑屏障又有较强的杀菌作用。对青霉素、氨苄西林及磺胺类药产生耐药的脑膜炎球菌脑膜炎，也可选用第三代头孢菌素或与氯霉素联用。第三代头孢菌素常用剂量：头孢噻肟 100～200mg/（kg·d）。分次静滴；头孢曲松（菌必治）75～100mg/（kg·d），每日 1 次，静滴。

4.如抗感染治疗 3～5d 以上，病情无好转迹象，需考虑耐药菌株感染的可能，应及时更换药物：疗程长短可参考临床表现，脑脊液检查结果，机体的免疫功能，有无并发症及迁徙性感染等因素。大多数疗程为 3～4 周。

5.糖皮质激素应在抗生素应用的稍前或同时使用，选地塞米松 0.5mg/

（kg·d），分4次静滴，可连用4d，以降低颅内高压，减轻脑水肿。

6.硬脑膜下积液应穿刺放液，少量积液可自行吸收，液量多者常需反复穿刺。一般1～2周即愈，若3～4周内经反复穿刺而积液仍不减少，应考虑囊腔剥离手术治疗，以免脑组织受压过久而萎缩。硬脑膜下积脓时尚可局部注入抗生素。脑室管膜炎，应进行脑室内注射抗菌药物，颅压明显增高者可采用脑室穿刺法侧脑室控制引流。婴儿化脑应常规进行双侧硬膜下穿刺。有积液者每次每侧放液量不超过15ml，隔日1次直至积液消失。穿刺无效时考虑手术治疗。

7.颅内压增高适当给予脱水药，及时处理过高热、惊厥及呼吸、循环衰竭。

第三节　流行性脑脊髓膜炎

一、诊　断

1.诊断依据

结脑的确诊仍依赖于脑脊液中找到结核菌，但实际临床工作中，脑脊液中结核菌阳性率低，所以诊断方面存在着困难。目前结核性脑膜炎的临床诊断需要对临床资料进行综合判定及分析。

（1）既往史、接触史及卡介苗接种史：儿童时期是否接种过卡介苗，既往是否有结核病史，是否有结核病接触史。

（2）发病地方性及季节性：一般农村高于城市，冬春季节发病多。

（3）临床表现：多呈慢性发病，可有结核中毒症状及脑膜刺激征。

（4）腰穿及脑脊液检查：颅压多增高达200mmH$_2$O以上，蛋白＞0.45g/L，糖及氯化物降低，细胞数多在（300～500）×10^6/L，持续时间较长的以淋巴细胞、激活淋巴细胞为主的混合细胞反应。

（5）CT及MRI影像学检查。

（6）脑脊液中查到结核菌对诊断有决定意义。

2.结脑诊断标准

（1）严格标准：①临床表现+典型脑脊液改变+脑脊液中发现结核菌；②临床表现+典型脑脊液改变+粟粒性肺结核。

（2）一般标准：①临床表现+典型脑脊液改变+脑外结核；②临床表现+典型脑脊液改变+密切接触史、无卡介苗接触史。

（3）可疑标准：临床表现+典型脑脊液改变。

二、医嘱示例

1.流行性脑脊髓膜炎普通型医嘱（以 6 岁，20kg 为例）。

长期医嘱	临时医嘱
传染病护理常规	血常规
呼吸道隔离	尿常规
一级护理	粪常规
病重	血流脑抗原抗体测定
半流质	血培养＋药物敏感试验
测血压、心率、呼吸 q4h	血钠、钾、氯测定
计 24h 出入量	血 CO_2 结合力测定
头孢三嗪　2.0g　| iv drip qd	血 DIC 指标测定
NS　100ml　|	血凝血时间测定
	咽拭培养
	瘀点涂片（革兰染色）
	腰椎穿刺
	脑脊液常规＋生化＋涂片＋培养
	脑电图
	心电图（prn）
	先锋Ⅴ皮试
	传染病报告
	苯巴比妥　100mg　im（prn）
	20%甘露醇　100ml　iv　drip（prn）

2.暴发型-休克型医嘱（以 6 岁，20kg 为例）。

长期医嘱	临时医嘱
传染病护理常规	血常规
呼吸道隔离	尿常规
特级护理	粪常规
禁食	血流脑抗原抗体测定

病危通知	血培养＋药物敏感试验
测体温、脉搏、血压、呼吸、神志、瞳孔、皮肤瘀点、瘀斑 1 次/2h	血钠、钾、氯测定
	血 CO_2 结合力测定
计 24h 出入量	血 DIC 指标测定
吸氧	血凝血时间测定
头孢三嗪 2.0g ｜ iv drip qd NS 100ml ｜	咽拭培养
	瘀点涂片
	腰椎穿刺
	脑脊液常规＋生化＋涂片＋培养
	脑电图
	心电图（prn）
	先锋Ⅴ皮试
	传染病报告
	苯巴比妥 100mg im（prn）
	血气分析
	右旋糖酐40 200ml iv drip st
	5%碳酸氢钠 100ml iv drip st
	10%GS 250ml ｜ 10%氯化钠 10ml ｜ iv drip（见尿补钾） 11.2%乳酸钠 10ml ｜ 10%氯化钾 7ml ｜
	山莨菪碱 10mg iv（1 次/15min，至休克症状改善后延长给药间歇，逐渐停药） st
	地塞米松 5mg iv

三、医 嘱 说 明

1.血象 白细胞显著增高，最高可达 $40×10^9/L$，分类以中性粒细胞为主.但亦见少数白细胞不高或降低者。

2.瘀点涂片 在患者皮肤瘀点处用酒精消毒后，以消毒针刺破表面.挤出少许组织液及血液，做成压片，待自然干燥后进行革兰染色，找到细胞内革兰阴性双球菌有助于诊断。此方法检出阳性率较高，且简便、迅速，宜做常规检查。

3.脑脊髓液检查 凡疑为脑膜炎者均应行腰椎穿刺检查脑脊液以确诊病原菌，但流行期及流行地区病例凡皮肤有典型瘀点、脑膜刺激呈阳性、瘀点涂片找到革兰阴性双球菌者可不做腰椎穿刺.做腰椎穿刺应严格掌握适应证，即2岁以下小儿，有脑膜刺激征，但无瘀点者；或有中枢神经系感染的症状，又不能肯定为流脑者，都应做脑脊液检查以明确病原.但对有早期颅内压增高症状或眼底视神经盘水肿者，腰椎穿刺易诱发脑疝，导致突然死亡，故应谨慎，可先进行治疗，待病情稳定后再进一步确诊。遇此情况必须做腰脊穿刺时，需先静推甘露醇1次，待颅内压有所降低后才做腰椎穿刺，做时应小心，不可将针芯全部拔出，缓慢放出少许脑脊液检查即可。

流脑的典型脑脊液为压力增高，外观混浊如米汤样，细胞数显著增高，以中性粒细胞为主，蛋白增高，糖量降低，涂片可在中性粒细胞内找到革兰阴性双球菌。涂片找菌的阳性率较培养高，且可即刻确诊，故检查脑脊髓液时应及时做涂片染色镜检，若放置过久，菌易自溶。

4.DIC及纤溶亢进检查 疑为暴发型有均应及早进行有关的检验，并应作动态观察，以指导临床治疗。血小板进行性降低、凝血酶原时间延长、纤维蛋白原减低、三P试验、FDP检查都是DIC或继发性纤溶亢进的指征。

5.细菌培养 流脑普通型败血症期或暴发型休克型血培养可为阳性，但若经部分治疗则阳性率不高，必须抓紧在治疗前采取标本有助于诊断。脑脊培养，宜在床边直接接种可提高阳性率。瘀点培养阳性率较高，但要求条件严格，不易做到。国外报道自新鲜皮肤病损直接涂片，以免疫荧光试验鉴定，此方法敏感性及特异性均高，对早期诊断最有价值。

6.免疫学检查 方法有许多种，当脑脊液涂片细菌阴性时用以测定血清或脑脊液中的抗原或抗体，有特异性强、快速等特点.如对流免疫电泳（CIE）是较长用的敏感性强的方法，可检定A、C、D等各群，及无活力的致病原，因此对已经抗生素治疗的病例有一定价值，但有时出现假阴性结果，乳胶凝集试验敏感性较CID更强。近年应用分子生物学方法及同功酶电泳分型检定许多流脑亚型，这种检查方法已用于临床工作。

7.普通型治疗 尽早应用敏感并能透过血脑屏障的抗菌药物。①青霉素G：尚未发现明显耐药。为治疗流脑首选抗菌药物，宜大剂量使用，以使脑脊液含量达到有效浓度。儿童20万～40万U/（kg·d），分3～4次静滴。②氯霉素：儿童40～50mg/（kg·d）分次静滴，疗程5～7d。重病人可联合应用青、氯霉素。在应用过程中应注意其对骨髓造血功能的抑制作用。③头孢菌素：首选头孢曲松钠。12岁以上儿童2～4g/d，分1～2次静滴。12岁以下儿童75～100 mg/（kg·d）。

疗程均为 3～5d。应用过程中，应注意二重感染的发生。

8. 休克型治疗

（1）尽早应用抗菌药物：可联合应用青、氯霉素或头孢曲松钠用法同前，但首剂应加倍。

（2）迅速纠正休克：①扩充血容量及纠正酸中毒治疗，最初 1h 内儿童 10～20ml/kg，快速静滴。输注液体为 5%碳酸氢钠液 5ml/kg 和低分子右旋糖酐液。此后酌情使用晶体液和胶体液，24h 输入液量儿童为 50～80ml/kg，其中含钠液体应占 1/2 左右，补液量应视具体情况。原则为"先盐后糖、先快后慢"。根据监测血 pH 或 CO_2 结合力，用 5%碳酸氢钠液纠正酸中毒。②血管活性药物应用：在扩充血容量和纠正酸中毒基础上，正确使用血管活性药物以纠正异常的血流动力学改变和改善微循环，常用的药物为山莨菪碱、多巴胺、间羟胺等。

（3）DIC 的治疗：如皮肤瘀点瘀斑迅速增多及扩大融合成大片瘀斑，且血小板急剧减少，凝血酶原时间延长，纤维蛋白原减少时应高度怀疑有 DIC，宜尽早应用肝素，剂量为 0.5～1.0mg/kg，加入 10%葡萄糖液 100ml 静滴，以后可 4～6h 重复一次。应用肝素时，用凝血时间监测，调整剂量。要求凝血时间维持在正常值的 2.5～3 倍为宜，如在 2 倍以下，可缩短间隔时间，增加剂量，如超过 3 倍，可延长间隔时间或减少剂量。如有明显出血，可输入有肝素抗凝的新鲜血。肝素治疗持续到病情好转为止。

（4）肾上腺皮质激素的使用：适应证为毒血症症状明显的病人。有利于纠正感染中毒性休克。氢化可的松儿童剂量为 8～10mg/（kg·d）。静脉注射，一般不超过 3d。

9. 脑膜脑炎型治疗　①抗生素的应用同上。②治疗关键是及早发现脑水肿，积极脱水治疗，预防发生脑疝。可用甘露醇治疗，用法同前，此外还可使用白蛋白、呋塞米、激素等药物治疗。③防治呼吸衰竭：在积极治疗脑水肿的同时，保持呼吸道通畅，prn 气管插管，使用呼吸机治疗。

10. 混合型治疗　病情复杂严重，治疗中应积极治疗休克，又要顾及脑水肿的治疗。因此应在积极抗感染治疗的同时，针对具体病情，有所侧重，二者兼顾。

11. 保证热量及水电解质平衡　高热时可用物理降温和药物降温；颅内高压时予 20%甘露醇 1～2g/kg，快速静滴，根据病情 4～6h 一次，可重复使用，应用过程中应注意对肾脏的损害。

12. 预后　感染流脑后，可以产生特异性免疫，极少复发，影响预后的因素是：①2 岁以下；②反复惊厥，深度昏迷；③体温 40℃或不升；④有休克，低血压，呼吸脉搏快；⑤瘀斑广泛，发病 12h 内出现；⑥合并 DIC，血小板低于 $100×10^9$/L，凝血酶原时间及 APTT 显著延长；⑦纤维蛋白原降低；⑧外周血白细胞低于 $15 \times 10^9/L$，脑脊液细胞低于 $1 \times 10^9/L$；⑨治疗较晚或其他疾病使免疫功能降低，预后均不佳。

第四节　流行性乙型脑炎

一、诊　断

1.发于夏秋之交（7～9 月）。

2.多发于 10 岁以下儿童。

3.主要症状体征，起病急，突然高热持续不退，谵语、头痛、呕吐、烦躁不宁、嗜睡、昏迷、惊厥抽搐、牙关紧闭、颈项强直、口舌歪斜、呼吸，脉搏加快，有脑膜刺激征，病理反射阳性。

4.实验室检查，血常规：白细胞总数增高，中性粒细胞增高；脑脊液清或微混、压力正常或升高，白细胞增多。

二、医嘱示例

1.流行性乙型脑炎惊厥型医嘱（以 6 岁，20kg 为例）。

长期医嘱	临时医嘱
传染病护理常规	传染病报告
一级护理	血常规
流质	尿常规
病危通知	粪常规
侧卧头低位	腰椎穿刺
记 24h 出入液量	脑脊液常规＋生化＋乙脑病毒抗体测定
测体温、脉搏、呼吸、血压、瞳孔变化 1 次/2h	血乙脑病毒抗体测定
吸氧	血钠、钾、氯测定
吸痰	血 CO_2 结合力测定
20%甘露醇·100ml　快速 iv　drip　q8h	脑电图
地塞米松　5mg　iv　q8h	头颅 CT
二药交替使用	苯巴比妥　100mg　im

10%GS　500ml		10%水合氯醛　8ml　灌肠
三磷酸腺苷（ATP）　20mg		柴胡注射液　1ml　im
辅酶 A　100U	iv　drip　qd	氯丙嗪　15mg　im
维生素 C　1.0g		异丙嗪　15mg
干扰素　100 万 U　im qd×5d		

2.流行性乙型脑炎呼衰型医嘱（以 6 岁，20kg 为例）

长期医嘱		临时医嘱
传染病护理常规		传染病报告
一级护理		血常规
流质		尿常规
口腔护理		粪常规
病危通知		腰椎穿刺
记 24h 出入液量		脑脊液常规＋生化＋乙脑病毒抗体测定
测体温、脉搏、呼吸、血压、瞳孔变化　1 次/2h		血乙脑病毒抗体测定
翻身、拍背 1/2h		血钠、钾、氯测定
吸氧		血 CO_2 结合力测定
吸痰		血气分析
20%甘露醇　100ml　快速 iv　drip　q6h		脑电图
地塞米松　5mg　iv　q6h		头颅 CT
二药交替使用		东莨菪碱　0.5mg　iv（慢）
三磷酸腺苷（ATP）　20mg		洛贝林　3mg　im 或 iv　drip（prn）
辅酶 A　100U	iv　drip　qd	尼可刹米　0.25g　im 或 iv　drip（prn）
维生素 C　1.0g		气管插管或气管切开（prn）
10%GS　250ml		
干扰素　100 万 U　im　qd×5d		

三、医嘱说明

1.室温控制在 25～30℃，对有意识障碍的患儿，应注意口腔清洁，定期翻身叩背，保护角膜、保持皮肤清洁、防止褥疮。昏迷患儿予鼻饲或静脉营养。静脉补液不宜过多以防加重脑水肿，补液量 50～80ml/（kg·d）。

2.体温最好维持在肛温 39℃以下。以物理降温为主，如在腹股沟、腋下、颈部放置冰袋，30%～40%乙醇擦浴，冷盐水灌肠或采取降低室温，也可用降温床或冷褥。还可选用小剂量阿司匹林、氨基比林口服，也可肌注安热静，10mg/kg，肌注；柴胡注射液，1～1.5ml/次，肌注，必要时 3～4h 重复使用。对持续高热或高热伴惊厥者，可采用亚冬眠疗法，用氯丙嗪、异丙嗪各 0.5～1mg/（kg·次），每 4～6h 1 次肌注或每日注射 2～3 次，配合其他镇静药及降温措施。

3.高热、颅内高压、脑实质炎症、呼吸道痰液阻塞缺氧、电解质紊乱等，均可导致惊厥，应针对病因给予相应处理。多数抽搐者，降温后即可止惊。镇静药应用原则：①宜早期，在有抽搐先兆、高热、烦躁，惊厥及肌张力增加时，即与应用；②肌肉松弛后即停；③掌握剂量，注意给药时间。抽搐严重时可选用下列止痉药物，每 4～6h 1 次，轮换使用。①苯巴比妥（鲁米那）：5～8mg/（kg·次），肌注。②安定：0.1～0.3mg/（kg·次），肌肉或静注。③水合氯醛：40mg/（kg·次），灌肠。④副醛：0.15～0.2ml/（kg·次），肌注，最大量不超过 5ml。

4.呼吸衰竭处理。①保持呼吸道通畅，消除痰液阻塞。及时彻底吸引分泌物，定时翻身、拍背，给氧。分泌物黏稠时可用 α-糜蛋白酶 0.1mg/kg 和庆大霉素 2万～4 万 U 雾化吸入。②中枢性呼吸衰竭可选用呼吸兴奋药，在自主呼吸未完全停止时使用时使用效果较佳。洛贝林 0.15～0.2mg/（kg·次），尼可刹米（可拉明）5～12.5mg/（kg·次），二甲弗林（回苏灵）2～6mg/次，静滴或静注。③缺氧者，凡有昏迷、反复抽搐、呼吸道分泌物堵塞而致发绀，肺部呼吸音减弱或消失，反复吸痰阻塞无法解除者应及早气管切开。无自主呼吸及呼吸微弱，有严重通气障碍者，可用人工呼吸器辅助呼吸。④有脑水肿、颅内高压患儿立即给予脱水药。20%甘露醇或 25%山梨醇，1～2g/（kg·次），静脉快滴或静注（20～30min），每隔 4～6h 可重复 1 次，疗程 2～4d。有脑疝者开始给甘露醇 2～4g/kg 或加用呋塞米或利尿酸钠。⑤中、重度病人可用地塞米松，婴幼儿 2.5mg/次，儿童 5mg/次，每天 2～4 次，静推，疗程 3～5 日；或氢化可的松每次 5mg/kg 加入 10%葡萄糖溶液中，静滴。⑥必要时予氢溴酸东莨菪碱 0.02～0.03mg/（kg·次）或山莨菪碱 0.5～1mg/（kg·次），以 5%葡萄糖溶液稀释后，每隔 15～30min 静脉缓注 1 次；阿托品首次用量 0.5～1mg，以后 0.5mg 静注，每隔 15～30min 1 次。以上各药可和洛贝林交替使用。

5.恢复期及后遗症的处理。①药物治疗：选用能量合剂、复方磷酸酶片、醋谷胺（乙酰谷酰胺）、肌苷、维生素等促进脑细胞代谢和血管神经功能恢复的药物。甲氯芬酯（氯酯醒）、醒脑静等苏醒剂能促使昏迷早日苏醒，并防止并发症及后遗症。兴奋不安者可用安定、氯氮草（利眠宁）或氯丙嗪；震颤、多汗、肢体强直，可用苯海索（安坦）1～2mg/次，口服，每天2～3次。或用东莨菪碱或左旋多巴，亦可使用盐酸金刚烷胺。肌张力低者，可用新斯的明。②针刺疗法。

第五节 急性感染性多发性神经根炎

一、诊 断

1.有对称性弛缓性瘫痪，多先影响下肢，可向上扩展，引起呼吸肌和部分脑神经瘫痪，肌力明显下降，腱反射消失。患儿意识清楚，可有轻度对称性感觉障碍。

2.脑脊液蛋白含量随病程增高，2～3周可达正常值9倍，4周后逐渐减少。脑脊液细胞数正常，蛋白细胞分离是本病的特征，糖正常，涂片查细菌、细菌培养阴性。

3.血清抗空肠曲菌IgM抗体阳性和抗GM_1（单涎酸四己糖酰神经节苷脂）IgG抗体增高，血清磷酸肌酶轻度增高。

4.肌电图检查可显示运动神经神经传导速度减慢，和肌肉动作电位下降或升高。

5.排除脊髓灰质炎、急性脊髓炎等有弛缓性瘫痪的其他疾病。

具备上述第1、2、5项，伴或不伴第4项，可临床诊断为本病，如同时具有第3项可确诊本病。

二、医 嘱 示 例

急性感染性多发性神经根炎医嘱（以6岁，20kg为例）。

长期医嘱	临时医嘱
儿科护理常规	急性周围性瘫痪传染性报告
一级护理	血常规
半流食	尿常规
病重通知	急性期及恢复期双份血清检脊髓灰质炎病毒中和抗体
维生素 B_1 10mg tid	24～48h双份新鲜粪便送检脊髓灰质炎病毒分离
维生素 B_6 10mg tid	血钠、钾、氯测定
IVIG 8g iv drip qd×4d	肝功能

三磷酸腺苷（ATP）20mg		血尿素氮、肌酐测定
辅酶A 100U	iv drip qd	脑脊液常规、生化、免疫球蛋白检测
维生素C 1.0g		肌电图
10%GS 250ml		心电图
		X线胸部摄片
		脊髓MRI检查
		气管切开、呼吸机辅助呼吸（prn）
		血气检测
		针灸科会诊

三、医 嘱 说 明

1."蛋白细胞分离"是本病的特征，该现象在症状出现后1周末开始明显，第3周蛋白含量最高，以后逐渐下降，脑脊液蛋白增高程度与瘫痪轻重无相互关系。病程中、后期免疫球蛋白增高。病毒抗体可提供病原学诊断依据。

2.大剂量丙种球蛋白静滴可以缩短病程，疗效较肯定。400mg/（kg·d），连用4d或2g/（kg·d）1d用完。

3.干扰素早期应用，100万～300万U，静滴，每日1次，连续3d。

4.重症者可短期使用糖皮质激素，减轻神经根水肿，改善微循环，氢化可的松5～10mg/（kg·d）或地塞米松0.25～0.5mg/（kg·d）静滴，病情稳定后改为口服，3～4周后逐渐减量而停用。

5.呼吸衰竭的处理。对有明显呼吸肌麻痹的病例，注意保持呼吸道通畅，正确掌握气管切开的适应证，及时使用人工呼吸器。气管切开的适应证：①Ⅲ度呼吸肌麻痹。②Ⅱ度呼吸肌麻痹伴舌咽及迷走神经麻痹，分泌物明显增多。③Ⅱ度以上呼吸肌麻痹伴有肺炎、肺不张。人工呼吸器应用指征：①呼吸肌麻痹，呼吸功能不能满足生理需要，出现明显低氧血症及高碳酸血症。②鼻导管给氧后动脉血氧分压低于60mmHg，二氧化碳分压高于45mmHg。③呼吸明显不整，呼吸暂停，并伴有意识及循环障碍。

6.病情恶化有3种可能。①重型病例呼吸肌、吞咽肌受累，可危及生命。呼吸麻痹最常发生在发病2周内，所以对病程2周内的所有病儿均要严密观察，随时作好气管切开的准备。②继发吸入性肺炎、肺栓塞。③合并心肌炎，心力衰竭。对后两种情况要加强护理、对症处理、抢救生命。病情恶化的病儿可应用糖皮质激素。

第六节 癫 痫

一、诊 断

确定癫痫的诊断，主要依靠临床表现、脑电图波形和使用抗癫痫药物的效应。

1.临床表现 根据癫痫发作的临床特征，多数病例可以做出初步的诊断。如果医生能目睹患者的发作过程，对确定是否为痫性发作则更有帮助。典型的发作表现对确定癫痫有决定性的意义，如大发作的发作性意识丧失和全身有节律的抽搐等。这些特征性临床表现，通常是癫痫诊断的首要根据。

2.脑电图波形 特征性异常脑波：在临床脑电图学的术语中，人们通常把脑神经元发作性的高频超同步化放电称为癫痫样放电，又把这种放电表现在脑电图中的脑波形态称为癫痫波型或痫波。当脑电图有阵发性高波幅电位活动时，不论其临床发作表现形式如何，都要考虑有癫痫的可能性。其中某些形式的电活动对癫痫具有特殊的诊断意义。

3.抗癫痫药物的效应 抗癫痫药物的治疗效应，是癫痫最后诊断的一项根据。当然，不能认为一次药物治疗效果不好就否定癫痫的诊断。因为药选不当，药物剂量不足、代谢障碍以及病人对药特敏感性的差异等均可影响疗效。实验证明，正确的药物治疗可使90%以上的病人获得满意的效果。临床怀疑癫痫，但发作表现不典型，而脑电图检查又为阴性的病例，抗癫痫药物效应往往成为确定诊断的主要依据。近年来，国内不少学者主张把抗癫痫药物治疗有效作为自主神经痫性发作的诊断标准之一。

二、医 嘱 示 例

全身强直-阵挛性发作医嘱（以6岁，20kg为例）。

长期医嘱	临时医嘱
儿科护理常规	血常规
二级护理	肝功能
普食	血尿素氮、肌酐测定
记录抽搐次数、时间	血钠、钾、钙、镁、氯测定
丙戊酸钠 200mg bid	血糖测定

	脑电图或 24h 动态脑电图
	头颅 CT 或 MRI 检查
	血丙戊酸钠浓度测定（prn）
	针刺人中、十宣（prn）
	地西泮 10mg 静脉缓注（prn）

三、医嘱说明

1.抗痫药物的治疗原则 ①早期治疗；②根据发作类型选药；③单药治疗：尽量用一种药控制发作；④用药剂量选择：小量开始，及时调整药量注意年龄及个体差异，有效剂量常需摸索，可从小量开始（先用 1/3～1/2 维持量），逐渐加量。⑤坚持长期、有规律、不间断地服药以保证必需的有效药物血浓度。⑥疗程要长，停药要慢：一般需在发作停止后继续服药数年，切不可突然停药，以免诱发癫痫持续状态。若停药时正值青春期，最好延长用药至青春期以后。⑦注意药物的毒性反应：定期进行血常规、肝和肾功能等各项检查，定期测定药物血浓度，以减少毒性反应，提高疗效。

2. 癫痫持续状态的治疗 ①迅速控制惊厥发作：可选用地西泮，0.3～0.5mg/（kg·次），静脉缓慢注射，最大剂量不超过 10mg；也可选用丙戊酸，5～15mg/（kg·次），静脉推注。②维持生命功能：扶持病人卧倒，防止跌伤；衣领、腰带必须解开，以使呼吸通畅；将毛巾、手帕或外裹纱布的压舌板塞入齿间，以防止舌咬伤；将头偏向一侧，避免窒息。③预防和控制并发症：抽搐时间长可用地塞米松 2～5mg 次静注预防脑水肿；以 5%碳酸氢钠溶液 5ml/（kg·次）静滴纠正酸中毒；对超高热及低血糖也应及时处理。④在控制惊厥的同时积极寻找病因，如测血药浓度、查电解质浓度、寻找感染病灶等。⑤预防癫痫复发 在发作停止后立即开始长期抗癫痫药物治疗。

3.不能有效控制病情有 2 种可能 ①药物未达有效血浓度，如经血药浓度检测证实，应继续在血药浓度监测下进行加量直至见效，但要注意避免药物中毒；②该方案不合适，但否定一个抗癫痫药需非常慎重，应尽量寻找影响治疗效果的其他因素，如感染、电解质紊乱、高热、未按时服药或同时服用其他药物等，在排除其他可能后考虑换药。

4.经治疗病情已有好转，但一段时间后再次出现抽搐，有 3 种可能 ①经过一段时间的治疗，因用药或感染等其他因素，使血药浓度再度下降；②没有坚持正规服药；③有部分癫痫病儿治疗无效。前两种可能可经血药浓度检测证实，加药或正规服药后病情仍能得到控制；后一种情况需反复分析，排除其他影响疗效的因素，并继续研究病史，分析癫痫类型，调整药物，以求控制。

5. 癫痫频繁发作或出现癫痫持续状态，有 3 种可能 ①突然停药；②合并其他疾病，如感染（肺炎、脑炎）未能控制或存在饮食不当、精神因素、不良刺激等诱因或原有的病因未能去除；③治疗方案不当，如药物选择不当。首先紧急处理，控制抽搐，再寻原因，进一步制定或改变治疗方案。

6. 必要时可考虑手术治疗。

第七节 先天性脑积水

一、诊 断

1. 临床表现 头颅呈普遍均匀性增大，且增长速度较快，骨缝分离，前囟明显饱满而扩大，头皮青筋暴露。颅部叩诊呈破壶音，头重颈肌不能支持而下垂，两眼下视。可有烦躁、嗜睡、食欲缺乏，甚至呕吐、惊厥。

2. 头颅 X 线检查 示颅腔增大，颅骨变薄，颅缝增宽，囟门扩大。

3. 脑超声波检查 示双侧脑室对称性扩大。

4. 头部 CT 或 MRI 检查 可见脑实质菲薄，脑组织面积减少，脑室增宽扩大。

二、医 嘱 示 例

先天性脑水肿医嘱（以 6 个月，6kg 为例）。

长期医嘱	临时医嘱
儿科护理常规	血常规
一级护理	脑脊液常规、生化检查
婴幼儿乳食	头颅透照试验
病危通知	头颅超声检查
测头围，qd	头颅 X 线平片
乙酰唑胺 50mg qid	头颅 CT 或 MRI 检查
20%甘露醇 15ml 静推 q6h	脑室造影检查
	小儿神经外科会诊
	择期手术（prn）

三、医嘱说明

1.X 线摄片可见颅骨变薄，颅缝增宽。婴幼儿经前囟超声检测能检查到扩大的脑室。对疑有脑积水的患儿做头颅 CT 检查即可获得明确诊断，MRI 检查还可以获得颅内结构的清晰图像，了解脑积水的病因和病理状态。单侧脑室扩大或脑室内疑有囊性占位做脑室造影可明确诊断。

2.除手术治疗外还可通过药物暂时减少脑脊液分泌和增加体内水分排出。乙酰唑胺（醋氮酰胺，Diamox）是首选药物，每日 10～30mg/kg，分 3～4 次口服，此药能引起代谢性酸中毒和低钾血症，使用时应加以注意。

3.对进展的脑积水应进行手术治疗。导水管狭窄所致脑积水可行导水管扩张术或置管术；第四脑室正中孔黏连可行黏连松解、切开成形术；对枕骨大孔区先天畸形合并脑积水者应行枕下减压及上颈椎减压术。缓解症状可行脑脊液分流术，可分为颅内分流术和颅外分流术两种。颅内分流术有第三脑室终板造瘘术、侧脑室-枕大池分流术等；颅外分流术将脑脊液引流至心房或腹腔中。

第八节　进行性肌营养不良

一、诊　　断

1.主症：缓慢进行性的、对称性肢体近端肌萎缩和无力，呈翼状肩胛、鸭步、肌病面容或假性肥大等征象，但无肌肉压痛。Gower 征阳性。

2.多在儿童和青少年期发病，常有家族遗传史。

3.尿肌酸增加，肌酐减少，血清肌酸磷酸激酶和乳酸脱氢酶等增高，血和尿肌红蛋白增高。

4.肌电图可见自发电活动增多，轻收缩时显示多相波明显增多，电位时限缩短，波幅降低，并有病理干扰相。

5.肌肉活检可见肌纤维肿胀或萎缩、变性，大量脂肪和结缔组织增生。

二、医嘱示例

进行性肌营养不良医嘱（以 6 岁，20kg 为例）。

长期医嘱	临时医嘱
儿科护理常规	血常规

二级护理	血肌酸激酶（CK）、CK 同工酶、乳酸脱氢酶（LDH）
普食	24h 尿肌酸、肌酐测定
维生素 E　100mg　tid	红细胞沉降率
三磷酸腺苷　20mg　tid	抗链球菌溶血素 O 测定
别嘌醇　25mg　tid	血清免疫球蛋白测定
加兰他敏　2mg　im　qd	肺活量测定
	肝功能
	X 线胸部摄片
	心电图
	超声心动图
	肌电图
	肌肉活检

三、医 嘱 说 明

1.肌活检是诊断和分型的主要手段，各型病理改变大致如下，①Duchenne 型、Beeker 型：肌纤维大小不同，肌细胞的变性、坏死、再生同时出现，肌细胞核数量增多，结缔组织、脂肪组织增生。②肢带型：除肌纤维坏死、再生外，有肥大肌细胞，且见纤维分裂。③面-肩-肱型：肌纤维再生、坏死少，肥大肌细胞增多，出现小角化细胞，高度炎性细胞浸润。④远端型：病理改变同 Duchenne 型。

2.血清肌酸激酶（CK）值在疾病早期（6 岁以内）达正常的数百数千倍，此后逐渐降低，但仍明显高于正常（数十数百倍）。

3.三磷腺苷（ATP）为一种辅酶，有可能通过促进机体代谢而改善肌肉营养状况。每天 20～40mg，肌注，15 次为 1 个疗程。可暂时缓解部分病人的症状。

4.据报道别嘌醇对相当病例有效。用法：4mg/（kg·d），3 个月为 1 个疗程。

5.加兰他敏，0.05～0.1mg/（kg·d），肌注。每疗程20d，可酌情用1～2 个疗程。

6.晚期病例已发生跟腱挛缩而加重行走困难者，可行跟腱延长术；对只能取坐位的病人应给予脊柱支架，以推迟脊柱畸形的发生。

7.病情恶化有 3 种可能。①由于呼吸肌无力或卧床不起致使坠积性肺炎；②病程晚期，呼吸肌麻痹致使呼吸衰竭；③合并心力衰竭。要针对病因，积极处理。

第九节 重症肌无力

一、诊 断

1.受累骨骼肌无力，朝轻暮重。

2.肌疲劳试验阳性。

3.药物试验阳性。新斯的明，每次 0.04mg/kg，肌注。新生儿 0.1～0.15mg，儿童常用量 0.25～0.5mg，最大量不超过 1mg。观察 30min，肌力改善为阳性。

4.肌电图重复电刺激。低频刺激（通常用 3Hz）肌肉动作电位幅度很快地递减 10%以上为阳性。

5.血清抗乙酰胆碱抗体阳性。

6.单纤维肌电图可见兴奋传导延长或阻滞，相邻电位时间差（Jitter）值延长。

以上 6 项标准中，第 1 项为必备条件，其余 5 项为参考条件，必备条件加参考条件中的任何一项即可诊断。

二、医 嘱 示 例

重症肌无力医嘱眼肌型（以 6 岁，20kg 为例）。

长期医嘱	临时医嘱
儿科护理常规	新斯的明 0.5mg im
三级护理	血清突触前膜、突触后膜乙酰胆碱受体抗体测定
普食	重复神经电刺激试验
吡啶斯的明 20mg bid	血清 T_3、T_4、TSH 测定
泼尼松 10mg tid	血清抗平滑肌抗体测定
氯化钾 250mg tid	血清抗线粒体抗体测定
维生素 B_1 20mg tid	血清抗双链 DNA 抗体测定
维生素 C 100mg tid	胸片
参茸固本丸 5g tid	胸部 CT 检查
	心电图
	肌电图
	肌肉活检

三、医嘱说明

本病病情主要需对肌无力危象及胆碱能危象进行分析，并介绍本病禁忌应用的药物。

1. **肌无力危象与胆碱能危象** MG 患儿病情严重，膈肌及肋间肌无力导致呼吸泵的衰竭，延髓肌麻痹导致上气道梗阻，最终出现急性呼吸功能不全为肌无力危象。在治疗重症肌无力过程中，若胆碱酯酶抑制药用量过大，乙酰胆碱在神经肌肉接头处发生胆碱能阻滞致呼吸肌无力为胆碱能危象。胆碱能危象除有明显肌无力及胆碱酯酶抑制药过量史外，还有相应的临床表现，如面色苍白，腹泻，呕吐，流涎，高血压，心动过缓，瞳孔缩小及黏膜分泌物增多等。

出现危象时可应用依酚氯铵（腾喜龙）试验鉴别，如注射后病情好转，为肌无力危象，否则考虑为胆碱能危象。依酚氯铵试验：0.2mg/kg 静脉注射，儿童最好先注射 1mg，观察有无肠痉挛、心率过缓等迷走神经功能亢进症状，若无副作用，再注射余量，几乎注射后立即见到肌张力改善，婴儿不宜用，因哭闹无法观察，待安静时药性已过。做药物试验时，备硫酸阿托品 0.01mg/kg，以便解除可能出现的不良反应。

2. **本病禁忌的药物** ①肌肉松弛药如筒箭毒类为绝对禁忌。②吗啡、乙醚、巴比妥类、安定剂（氯丙嗪）对神经肌肉传递有阻滞作用的药物及其他麻醉止痛药应慎用。③抗心律失常药如奎宁、奎尼丁、普鲁卡因酰胺、普萘洛尔、利多卡因等应禁用。④大剂量苯妥英钠应禁用。⑤氨基糖甘类、四环素类、黏菌素、多黏菌素、紫霉素、巴龙霉素和林可霉素（洁霉素）禁用。

（万力生 陈 黎）

第11章 内分泌及遗传性疾病

第一节 中枢性尿崩症

一、诊 断

病儿出现多饮、多尿症状，尿密度低于 1.005，尿渗透压小于 200mmol/L，禁水试验阳性，服用抗利尿激素有效者可诊断为中枢性尿崩症。

二、医嘱示例

中枢性尿崩症医嘱（以 6 岁，20kg 为例）。

长期医嘱	临时医嘱
儿科护理常规	血常规
二级护理	尿常规＋尿比重
普食	空腹血糖测定
记录 24h 出入液量	血尿素氮、肌酐测定
去氨加压素（弥凝）　0.05mg　tid	血钾、钠、钙、氯测定
	禁水试验
	垂体加压素试验
	头颅 CT 或 MRI 检查
	左手及腕骨正位 X 线摄片
	加压素（长效尿崩停）　0.1ml　im

三、医嘱说明

1.加压素是国内常用的替代疗法。本品为乳浊液，用前宜先给摇匀、液化。

从 0.1ml 开始，深部肌注，依病情轻重及体重不同，作用时间不一。该药有耐药倾向，宜逐渐增加剂量。加压素有血管收缩作用，部分病儿在应用后会出现暂时性面色苍白、腹痛。对需临时控制症状的，可用垂体后叶素粉剂鼻腔吸入（左右鼻孔交替使用），吸入后 15～30min 即可见效，作用时间为 6～8h。

2.去氨加压素（醋酸-1-去氨-8-D-精氨酸加压素，DDAVP） 该药为较理想的人工合成 ADH 制剂，抗利尿作用长，副作用少。鼻滴剂最常用，浓度为 100μg/ml，每夜睡前鼻腔滴入。较大儿童可给予 0.025ml（2.5μg），通常剂量要个体化，并按临床疗效加以调整。效果明显，维持时间太短可适当增加剂量或于清晨加用一剂。注意第 2 剂要在前剂抗利尿作用消失 1h 以后应用，以免过量引起水中毒。近来，口服 DOAVP 也已开始应用，100～300μg/次，每 8～12h 1 次。疗效安全可靠。

3.中枢性尿崩症病儿在应用醋酸去氨加压素治疗后可使尿量减少，尿色变黄，尿密度和尿渗透压亦升高，进水量随之减少，同时一般情况得到改善，食欲增强，体重增加。但要注意用药过量时易产生水中毒。

4.有些尿崩症单用氯磺丙脲或氢氯噻嗪可使症状获得改善。服用噻嗪类物时需补钾，可口服氯化钾 1～3g/d。

5.对未治疗的病儿不可限制饮水量，以免发生脱水。

第二节 先天性甲状腺功能低下

一、诊 断

1.病史 可有孕母缺碘或接受抗甲状腺药、放射性碘治疗或接触以碘为基质的消毒剂的病史。

2.临床表现 散发性甲状腺功能低下者因在胎内受健康母亲甲状腺激素的影响，出生时多无症状。症状出现的早晚与轻重同患儿甲状腺组织多少及功能低下程度有关。无甲状腺组织的患儿，生后 1～3 月内出现症状，有少量腺体者多于 6 个月后，偶可至 4～5 岁时才渐显症状。

（1）新生儿：发病者常过期产，喂哺困难，呼吸浅表，哭声小，多深睡，反应迟钝，生理性黄疸延迟，顽固性便秘。腹胀、脐疝、低体温，循环差，易硬肿，后囟开放。

（2）典型病例：出现特殊面容和体态，表现为头大，颈短，皮肤粗糙，面色苍黄，头发稀少而干枯，眼睑水肿，眼距宽，鼻梁宽平，舌大而宽厚、常伸出口外，形成特殊面容。患儿身材矮小，四肢短而躯干长，囟门关闭迟，出牙迟。神经系统方面表现为动作发育迟缓，智能发育低下，表情呆板。生理功能低下表现为精神、食欲差，嗜睡、少哭、少动，低体温，脉搏与呼吸均缓慢，心音低钝，腹胀，便秘，第二性征出现迟等。

（3）地方性甲状腺功能减低症者：因胎儿期缺碘而不能合成足量的甲状腺激素，严重地影响到中枢神经系统的发育。临床表现有两种，一种以神经系统症状为主，出现共济失调、痉挛性瘫痪、聋哑和智力低下，而甲状腺功能减低的其他表现不明显。另一种以黏液性水肿为主，有特殊的面容和体态，智力发育落后而神经系统检查正常。

3.辅助检查

（1）血清甲状腺素（T_4）和三碘甲状腺原氨酸（T_3）均低于正常。促甲状腺素（TSH）超过 $10\mu U/ml$。

（2）X 线检查，手和腕部 X 线片可见骨龄落后。

4.诊断标准　根据典型临床表现，骨骼 X 线检查及甲状腺功能检查可作出诊断。新生儿及幼婴症状不典型；易被忽略，应及早检查确诊。

二、医嘱示例

先天性甲状腺功能低下医嘱（以 1 个月，3kg 为例）。

长期医嘱	临时医嘱
儿科护理常规	血常规
二级护理	血 FT_3、FT_4、TSH
母乳喂养	血脂分析
浓鱼肝油　1 滴　bid	空腹血糖测定
左旋甲状腺素　25μg　qd 或干甲状腺片	肝功能
15μg　qd	左膝关节及踝关节 X 线摄片（正位）
	B 超甲状腺检查或 ECT 甲状腺扫描
	心电图
	胸片（正位）

三、医嘱说明

1.先天性甲状腺功能减低症一旦确诊，应立即以甲状腺素治疗，越早对脑发育越有利，并需终身治疗。在新生儿筛查试验中发现的甲状腺功能减低病儿，可于甲状腺素治疗2年后停药1个月，观察其临床表现，测定甲状腺功能，从而确定甲状腺功能减低是永久性的还是暂时性的，以决定进一步治疗。

2.左甲状腺素（L-甲状腺素）为治疗的首选药物，可按年龄、体重或体表面积计算用量。0～6个月，8～10μg/（kg·d），总量为25～50μg/d；6～12月，5～8μg/（kg·d），总量为50～100μg/d；1～5岁，5～6μg/（kg·d），总量为75～100μg/d；6～12岁，4～6μg/（kg·d），总量为100～150μg/d；12岁以上，2～3μg/（kg·d），总量为100～200μg/d。

3.甲状腺片国内多数医院仍在采用，其剂量为0～1岁，4.2～9.0μg/（kg·d），总量为15～20μg/d；1～5岁，3.0～4.4μg/（kg·d），总量为30～60μg/d；5～10岁，1.8～3.0μg/（kg·d），总量为60～90μg/d；10～20岁，1.2～2.4μg/（kg·d），总量为60～180μg/d。按规定每60mg甲状腺片相当于L-甲状腺素100μg，但因各厂生产的甲状腺片有效成分不一，病家宜一次购买较多量的同一批号、同一厂家的产品，以便于治疗中调节剂量。

第三节　甲状腺功能亢进

一、诊　断

1.病史　有家族遗传史。

2.临床表现

（1）基础代谢率增高的表现：身高多略高于同龄儿，但有消瘦、多汗、怕热、低热等。食欲增加，大便次数增多但为稀便。心悸、睡脉快、心尖部可闻收缩期杂音，脉差大，可有高血压，心脏扩大及心律失常等。心力衰竭及房颤在小儿少见。尚有易激动、好动、兴奋感、失眠、多语、脾气急躁、手及舌出现细微且快速震颤等神经精神症状。肌肉乏力，但周期性麻痹少见。性发育缓慢。

（2）眼部表现：突眼可为一侧或两侧，亦可无突眼（占30%～50%）、睑裂增宽、不常瞬目，常作凝视状，上眼睑挛缩，眼向下看时上眼睑不能随眼球立即下落，上眼睑外翻困难，闭眼时睑缘颤动，辐凑力弱，眼向上看时，前额皮肤不能皱起，眼皮有色素沉着，可有眼肌麻痹等。突眼度多介于16～20mm。当突眼度大于 20mm，角膜暴露可引起角膜炎或角膜溃疡。

（3）甲状腺肿：可有不同程度的甲状腺肿。一般呈弥漫性对称性肿大，质软，可伴有杂音和震颤。

（4）局限性黏液性水肿：可见于部分患者。皮损属黏液性水肿，呈暗紫红色，皮肤粗、厚，继之出现广泛性片状或结节状突起，多见于小腿，胫前下段伸延至足背或膝，也可发生于面部、上肢及头皮。

3. 辅助检查

（1）血 TT_4 正常值 45～135μg/L（4.5～13.5μg/dl），FT_4 正常值为 9.1～25.4pmol/L。FT_4 诊断价值高。

（2）血 TT_3 正常值 800～2 000μg/L（80～200ng/dl），FT_3 正常值为 3.19～9.15pmol/L。TT_3 在甲亢诊断中较重要，往往早期甲亢仅有 TT_3 增高，当然 FT_3 更可靠。

（3）血清促甲状腺激素（TSH）测定，正常值 0～4μmol/L，甲亢者 TSH 值正常或降低。

（4）基础代谢率（BMR）：正常值－10%～＋15%，甲亢时＞15%。一般＞＋15%～＋30%为轻度。＋30%～＋60%为中度。＋60%以上者为重度。对甲亢的诊断符含率为 50%～70%，若无测定设备时，可在患者清晨清醒、安静时测血压和心率，然后用公式计算基础代谢：BMR（%）=脉搏/min＋脉压差－111（Gale 氏法）

（5）TRH 兴奋试验：静脉注射促甲状腺激素释放激素（TRH），（按 7μg/kg），注射前 15min，后 15min、30min、90min、120min 各测血 TSH，正常人 TSH 水平较注射前升高 3～5 倍，高峰出现在 30min，并且持续 2～3h。甲亢时，血清 T_3、T_4 浓度增高，反馈抑制垂体 TSH 释放，故在注射 TRH 后 TSH 分泌反应被抑制或者反应降低。

（6）甲状腺扫描：了解甲状腺大小、结节性质以除外肿瘤、囊肿等。

（7）甲状腺 B 超：作用同上，尤对囊肿诊断似更优于扫描。

（8）甲状腺抗体测定：测定抗甲状腺球蛋白抗体（TGAb）及抗甲状腺微粒体抗体（TMAb）以便明确是否为桥本病引致甲亢，可作为治疗参考。测定各种兴奋性或抑制性甲状腺抗体以观察治疗效果及有无复发的可能。

（9）吸 ^{131}I 试验 2～4h＞30%或 24h＞50%考虑甲亢，目前已少用。

4. 诊断标准

（1）甲状腺肿大、性情急躁、容易激动、失眠、两手颤动、怕热多汗、食欲亢进但消瘦、体重减轻、心悸、脉快有力、脉压增大、月经失调、睑裂增宽、眼球突出。

（2）基础代谢率增高：度甲亢在+20～30%，中度在+30～60%，重度在+60%以上。

（3）甲状腺吸 ^{131}I 测定：24h 吸 ^{131}I 率超过人体总量的 50%（正常为 30～40%），且摄碘高峰前移。

（4）血清中 T_3、T_4 含量的测定：T_3 常高出正常 4 倍，T_4 可高出正常 2 倍。T_3 对诊断甲亢更为敏感。

二、医 嘱 示 例

甲状腺功能亢进医嘱（以 8 岁，20kg 为例）。

长期医嘱	临时医嘱
儿科护理常规	血常规
二级护理	尿常规
无碘饮食	空腹血糖测定
他巴唑　5mg　bid	肝功能
普萘洛尔（心得安）　10mg　bid	血甲状腺功能 FT_3、FT_4、TSH
维生素 B_1　10mg　tid	血抗甲状腺微粒体抗体 TM－Ab 测定
	血促甲状腺素受体抗体 TR－Ab 测定
	抗甲状腺球蛋白抗体 TG－Ab
	B 超甲状腺检查或 ECT 甲状腺扫描
	心电图
	眼科会诊差突眼度（prn）
	^{131}I 吸收实验（prn）

三、医 嘱 说 明

1.儿童甲亢的治疗不同于成人，对其治疗争议颇多。在药物治疗、手术切除、及反射 ^{131}I 治疗 3 种方法中，主张首选口服药物治疗。一般疗程需要 2～3 年，桥本病所致的甲亢可适当缩短。治疗方法的选择应该根据患儿年龄、性别、病程、甲亢类型、甲状腺大小、药物反应、有无桥本病、家长能否坚持治疗以及外科做甲状腺次全切除的经验决定。

2.一般治疗。尽量卧床休息，避免外界刺激。饮食应富含蛋白质、糖及维生素；少吃含碘的食物如海带。

3.抗甲状腺药物。①硫脲类：包括甲硫氧嘧啶、丙硫氧嘧啶等；②咪唑类：包括甲巯咪唑（他巴唑）和卡比马唑（甲亢平）。作用机制均为抑制碘的有机化及耦联，使甲状腺激素合成减少。儿科多用甲巯咪唑，不良反应少见，剂量为 $1\sim2mg/(kg\cdot d)$；丙硫氧嘧啶剂量为甲巯咪唑的 10 倍，口服每天 3 次为宜。用药 $1\sim3$ 个月后，病情基本控制，心率降到 $80\sim90/min$，基础代谢率或 T_3、T_4 亦降到正常，药物可以减量 $1/3\sim1/2$，继续服用；病情稳定可以减到维持量，一般 $2.5\sim10mg/d$。除了保持甲状腺激素功能正常外，最好能测定血促甲状腺素受体抗体，转阴后再停药。一般用药 $2\sim3$ 年为宜。青春期可以适当延长用药时间。可加服普萘洛尔（心得安），剂量为 $10mg/(kg\cdot d)$，也可以加服 B 族维生素。

治疗过程中，出现甲状腺肿大更明显、便秘、心率减慢等甲状腺功能降低征象时，应该加服甲状腺素片 $40\sim80mg/d$，并酌情减少甲巯咪唑用量。

甲巯咪唑的药物不良反应很少，常见的有皮疹、关节痛、粒细胞减少、药物热；肝炎、关节炎、颈淋巴结肿大、血管炎等较为少见。白细胞$<4\times10^9/L$ 或粒细胞$<1.5\times10^9/L$ 时，应停药观察。突眼严重者应加用泼尼松 $1mg/(kg\cdot d)$，并配合服用氯化钾 $1\sim2$ 个月。最初应该每月查 T_3、T_4 及白细胞。对复发病例，可以重新开始药物治疗。

4.对于药物过敏，甲状腺肿瘤、白细胞$<3\times10^9/L$、甲状腺明显肿大且服药后缩小不明显者，服药后复发不愈、甲状腺肿大出现压迫者，可进行手术治疗。术前准备：服用抗甲状腺药物 $2\sim3$ 个月使甲状腺功能正常。术前服复方碘溶液 $1\sim2$ 周防止术中出血或用普萘洛尔 $1\sim2mg/kg$，每 6h 1 次，自术前 4d 服至术后 7d。手术后甲低发生率为 50%，少数出现暂时性或永久性甲状旁腺功能减低。

5.新生儿甲亢治疗，轻者不必用药。症状明显的可用丙硫氧嘧啶 $5\sim10mg$，每 8h 1 次口服 $1\sim2$ 周，重症加服普萘洛尔 $2mg/(kg\cdot d)$，及对症治疗，必要时输液、加用抗生素及皮质激素等。

6.小儿极少见甲亢危象。治疗应大量给予碘剂口服加静注，卢戈液 $10\sim20$ 滴每 6h 口服，NaI 0.25g 加入葡萄糖生理盐水内静点，用碘前 1h 加服丙硫氧嘧啶（他能使 T_4 在周围组织内转化为 T_3 减少，故至危重情况较他巴唑为优）$100\sim150mg$ 每 6h 服用。普萘洛尔 $0.1\sim0.3mg/(kg\cdot 次)$（最大量 5mg/次）静脉慢推。吸氧、退热、镇静、控制感染、静脉中加注氢化可的松，必要时洋地黄控制心力衰竭等。

第四节 糖 尿 病

一、诊 断

WHO 咨询报告《糖尿病及其并发症的定义、诊断和分型-1999》最新诊断标准：①患儿有"三多一少"症状；②尿糖阳性；③空腹血糖≥7.0mmol/L（≥126mg/dl）或任意血浆血糖/口服葡萄糖耐量试验 2h 时的血糖≥11.1mmol/L（200mg/dl）者即可诊断为糖尿病。

酮症酸中毒诊断：起病急，表现为多饮多尿而又厌食、恶心、呕吐、腹痛、周身痛，出现皮肤弹性差、眼窝凹陷、口唇樱红、呼吸深长、呼出气有醋酮味等严重脱水、代谢性酸中毒的表现，甚至昏迷、死亡。血糖＞16.7mmol/L，尿糖＋＋＋～＋＋＋＋，尿酮体强阳性，血 pH＜7.3。

二、医嘱示例

I 型糖尿病医嘱（以 10 岁，30kg 为例）。

长期医嘱			临时医嘱
儿科护理常规			血常规
二级护理			尿常规
糖尿病饮食			空腹血糖测定
病重通知			血脂分析
餐前 30min、睡前测血糖			肝功能
正规胰岛素（RI） 4U			血尿素氮、肌酐测定
中效胰岛素（NPH） 8U			血 C 肽测定
皮下注射（早餐前 15～30min）	qd		血糖基化血红蛋白（HbA1c）测定
正规胰岛素（RI） 3U			血胰岛细胞抗体（ICA）测定
中效胰岛素（NPH） 5U			血胰岛素自身抗体（IAA）测定
皮下注射（晚餐前 15～30min）	qd		血谷氨酸脱羧酶抗（GAD）测定
			血 FT$_3$、FT$_4$、TSH、TG、TM 测定
			血皮质醇测定
			血气分析

	血渗透压
	24h 尿 β_2 微球蛋白测定
	心电图
	眼底检查

三、医嘱说明

1.有些病儿病史不典型，有的只是在夜间遗尿时，才引起家长的注意。隐匿起病者常表现为精神呆滞、疲乏、体重减轻。部分病儿可以脓皮病为主要表现，对这些病儿要认真询问病史，也可发现有多尿、多饮症状。

2.约 25%糖尿病病儿以酮症酸中毒为首发表现，年幼病儿发病率可能更高。轻症病儿可仅有恶心、呕吐、口渴、多尿；重者则有嗜睡、昏迷，呼吸深长，呼气带酮味，也可有腹痛表现，甚至易被误诊为外科急腹症。

3.胰岛素（RI）治疗

（1）剂量：新患儿开始治疗时可用胰岛素 0.5～1.0U/（kg·d）；年龄<3 岁者用 0.25U/（kg·d），总量分 3～4 次注射。每次于进餐前 20～30min 皮下注射。参考残余 B 细胞功能，如空腹 C 肽过低者及病程较长者，早餐前用量偏大，中、晚餐前用量可相等。

混合胰岛素（RI/NPH）治疗：每日可注射 2 次，早餐前注射量占总量的 2/3，晚餐前占 1/3，一般 RI 与 NPH 之比不大于 1：3，残余 B 细胞功能较好者可用 30：70，一般用 50：50 者效果好。先抽取短效胰岛素，再抽取中效胰岛素。用混合胰岛素治疗者，若午餐前血糖经常≥11.2mmol/L，可在午餐前加用小量胰岛素（2～4IU）。

胰岛素与长效胰岛素（RI/PZI）混合治疗：儿科应用较少，一般用于病程较长、使用胰岛素剂量较多及需要长效胰岛素提供胰岛素基础量的患儿，可以在胰岛素 1d 注射 3～4 次的基础上，在早餐前或晚餐前的则中加入长效胰岛素混合注射；二者的比例需根据患儿的具体情况进行个体化调整。一般需胰岛素和长效胰岛素之比≥4：10。

（2）剂量调整：根据血糖（有条件的单位可测定早晨空腹、早餐后 2h、午餐后 2h、晚餐后 2h 及睡前的全血血糖）和尿糖检测结果按需调整胰岛素剂量。

RI 的调整：早餐前用量参照第 1 段尿及午餐前次尿尿糖进行调整；午餐前用量参照第 2 段尿及晚餐前次尿尿糖进行调整；晚餐前用量参照第 3 段尿和睡前次

尿尿糖进行调整；睡前用量：参照第四段尿及次日早餐前次尿尿糖进行调整。

胰岛素和中效胰岛素混合治疗的调整：早餐前及晚餐前胰岛素调整同上述胰岛素的调整方法，早餐前混合胰岛素根据第2段尿及晚餐前次尿尿糖调整。晚餐前混合胰岛素根据第4段尿及次日早餐前次尿尿糖调整。

（3）注射部位：双上臂前外侧、大腿前外侧、腹壁等部位为宜。应按顺序成排轮换注射，每针每行间距均为2cm。以防止长期在同一部位注射发生局部皮下组织的纤维化或萎缩。

4.酮症酸中毒治疗

（1）补液和胰岛素的应用：①休克病儿在复苏同时，给予0.9%氯化钠溶液10ml/kg，可重复使用，必要时用扩容药。②复苏后，应开通两路静脉。一路静滴0.9%氯化钠溶液10～15ml/（kg·h），注意第1小时勿超过500ml；另一路静滴短效胰岛素，0.1U/（kg·h）。应该注意①开始24h静脉滴入的液体总量为100～120ml/kg，胰岛素静滴的速度应根据血糖下降的情况进行调整，以保证血糖降低5mmol/（L·h）为宜；②当血糖降至14mmol/L（250mg/dl）时静脉输液应换成含氯化钠0.45%、含葡萄糖2.5%的溶液；③如有酸中毒存在，胰岛素宜加入葡萄糖溶液中，以0.1U/（kg·h）的速率继续静滴，并要求血糖维持在8.3～11mmol/L（150～200mg/dl）；④在尿酮体消失后考虑进食前30min，皮下注射短效胰岛素0.25U/kg，并在1h内渐渐停止静滴胰岛素。

（2）补钾：酮症酸中毒病儿常有严重缺钾，有时血钾也可正常，甚至轻度升高。在开始应用胰岛素治疗时，血钾会迅速下降，应予补充。常用3～5mmol/（kg·24h）静滴。如补钾溶液中的钾浓度超过50mmol/L（相当于氯化钾3.725%），静滴过程中应进行心电监护。

（3）纠正酸中毒：儿童较成人能耐受酸中毒，只有当酸中毒十分严重（血pH＜7.2）时才加用碳酸氢钠溶液。具体用量按血气分析计算应补充的总量给予。治疗过程中，碳酸氢钠可引起低血钾和高血钠，应予注意。

（4）控制感染：酮症酸中毒常系感染诱发，故必须在急救同时寻找感染灶进行有效的抗感染治疗。

5.疗效分析

（1）如病人持久的处于高血糖状态,糖尿病症状未完全消除,24h尿糖＞25g,患儿生长缓慢、肝大、高血脂和高血糖并容易发生酮症酸中毒,可能是慢性胰岛素量不足。应加强饮食的调整和增加胰岛素量,使血糖控制在正常的高限,生长速度可恢复正常。

（2）病人在无酮症酸中毒情况下,每日胰岛素用量＞2U/kg,仍不能使高血糖得到控制时，在排除 Somogyi 现象后称为胰岛素耐药。有条件时测血中胰岛素和胰岛素抗体可增高，必要时加用小量皮质激素数日使耐药情况好转或改用人胰岛素纯品。

（3）病程观察中要注意所谓"蜜月期"的产生，70%～75%的儿童期病儿在治疗稳定后可出现暂时性的、部分性的 B 细胞功能恢复，临床症状缓解，这种情况常发生于治疗开始后几周内，可维持数周到数月，其中甚至有约 2%的病儿出现永久性缓解，多数学者主张在该时期内停止应用胰岛素，也有少数主张仍以每日皮下注射正规胰岛素 1～2U 维持治疗。

（4）在治疗过程中要注意低血糖后高血糖现象（Somogyi 效应）。儿童胰腺功能的缓冲作用相对较小，其饮食、活动及情绪又不易控制，血糖易急速波动，从而造成胰岛素用量增加。Somogyi 效应是指在低血糖后出现的高血糖、糖尿及酮尿表现，因此减少胰岛素用量并纠正低血糖反而会使血糖下降。病程中如出现下列几种情况应警惕该效应的发生：①血糖波动过快；②有严重高血糖但仍有饥饿感、头昏及头痛等低血糖表现；③傍晚及清晨常出现血糖低值；④清晨突然出现酮尿；⑤尽管增加胰岛素用量，但血糖仍出现高值。

第五节　中枢性性早熟

一、诊　断

1.女孩≤8 岁，先出现乳房发育，继而出现阴毛，同时内、外生殖器官发育，最后月经来潮；男孩≤9 岁，表现阴茎、睾丸增大（容积＞3ml 或长径＞2.5cm），以后出现阴毛、痤疮、声音低沉和喉结、遗精、胡须；同时出现生长加快和心理变化。但最终成人期身高较矮小，常不足 150cm。X 线骨龄检查提前。

2.血中尿促卵泡素（卵泡刺激素，FSH）、黄体生成素（LH）、睾酮（T）、雌二醇（E_2）升高，17-羟孕酮（17-OHP）和尿中 17-酮类固醇（17-KS）排泄量增高。

3.B 超检查可见女孩子宫、卵巢增大，卵巢内可见到滤泡。

4.促性腺激素释放激素（GnRH）刺激试验可见到 FSH，LH 反应增强，静脉注射促性腺激素释放激素（GnRH）后如 LH 峰值＞15U/L（女）或＞25U/L（男），LH/FSH 峰值比＞0.7 或 LH 峰值/基础值＞3，为性腺轴功能起动。

5.排除周围性性早熟，如肾上腺疾病、性腺肿瘤、外源性性早熟等，排除部分性性早熟。

凡具有上述第 1～5 项可诊断为中枢性性早熟。再根据 X 线，CT，MRI，眼底及视野检查、血清其他激素检查等排除下丘脑垂体病变、颅脑先天畸形、原发性甲状腺功能减低症等，可诊断为特发性性早熟。

二、医嘱示例

中枢性性早熟医嘱（以 6 岁，20kg 为例）。

长期医嘱	临时医嘱
儿科护理常规	血常规
三级护理	促性腺激素释放激素激发试验
普食	肝功能
曲普瑞林　1.4mg　im　q28d	头颅 CT 或 MRI 检查
	左手腕关节 X 线摄片
	肾上腺、子宫、卵巢（女）、睾丸（男）B 超

三、医嘱说明

1.甲孕酮（安宫黄体酮）为孕激素制剂，能够通过对垂体的负反馈调节作用，抑制垂体分泌促性腺激素，从而使性腺分泌的性激素水平降低，促使第二性征消退，但不能抑制骨龄生长，故不能防止身材矮小。20～30mg/d，宜从小剂量开始治疗。

2.达那唑是一种人工合成的甾体杂环化合物，能够通过对垂体的负反馈调节作用，抑制垂体产生促性腺激素，从而使性腺分泌的性激素水平降低，促使性征消退。每晚口服 1 次，剂量为 0.1～0.2g。缺点是有轻度的雄激素作用，可导致多毛症，尤其是女孩，体毛增多，阴毛的增生与乳房发育不平衡，并促使痤疮增多，声带增厚，音调低沉，还可引起体重增加，并有潜在的对肝脏的毒性作用。由于该药有这些副作用，故限制了它在临床上，特别是女性患儿的应用。

3.促性腺激素释放激素拟似剂是目前治疗真性性早熟，特别是特发性性早熟最有效的药物。这类药物与下丘脑天然的促性腺激素释放激素（GnRH）的化学结构相似，它能有效地抑制垂体促性腺激素的释放，从而阻断青春发育的进程及抑制骨龄成熟。每月皮下注射 1 次，剂量为 80～100μg/kg，开始可用较大剂量以快速抑制 LH、FSH 分泌，抑制骨龄成熟及性早熟成熟。目前在国内临床上使用的均为进口产品，分别为曲普瑞林（达必佳、达菲林）及醋酸亮丙瑞林（抑那通）。

4.如性早熟的儿童有能触及的增大卵巢，有必要剖腹探查。如为卵巢囊肿应行剜除术。良性肿瘤保留卵巢是可能的。仅为单侧的、大而包膜完整的可动性卵巢瘤，最好行患侧输卵管卵巢切除术，并对对侧卵巢剖视活检。如对侧卵巢与子宫无肿瘤应予保留。腹水本身不应作为恶性或根治术的指征，但须例行腹水的常规化验与细胞学检查。包膜完整活动的粒层细胞肿瘤，行患侧肿瘤及附件切除后，可保留对侧卵巢，须作如前述之检查。恶性卵巢肿瘤经快速冷冻切片明确诊断，根据分期应行根治术。

（郑跃杰　陈　黎）

第六节　肝豆状核变性

一、诊　断

1.患儿出现以下表现时应考虑本病的诊断　①慢性肝病；②急性肝炎，当病情特别严重、迁延、反复或合并 Coombs 溶血症，没有明确的病毒性肝炎的证据时；③急性血管内溶血，合并肝病或试验阴性时；④锥体外系为主的神经系统症状；⑤肾小管功能不全；⑥血尿、白细胞尿或蛋白尿原因不明时；⑦骨关节症状原因不明时。

2.确诊标准　①Kayser-Fleisher 环阳性；②血清铜蓝蛋白降低；③24h 尿铜＞100μg（须除外铜污染和检验误差、大量蛋白尿或氨基酸尿等）；④肝铜浓度 250μg/g 干重以上。具有第 2 条并符合其他 3 条中任何 1 条，排除外源性铜中毒者可确诊。

3.分型诊断　根据临床表现，肝豆状核变性可分为 3 型：

（1）肝型：以肝病症状为主，因大量铜贮积于肝细胞中所致。

（2）神经型：以神经、精神症状为主，因大量铜贮积于脑组织中所致。

（3）混合型：既有肝病表现，又有神经、精神症状。

二、医嘱示例

肝豆状核变性医嘱（以 6 岁，20kg 为例）。

长期医嘱	临时医嘱
儿科护理常规	血常规
二级护理	尿常规

低铜饮食	肝功能
青霉胺　200mg　bid	血尿素氮、肌酐测定
硫酸锌　100mg　空腹　tid	血清铜蓝蛋白测定
维生素 C　100mg　tid	血清铜氧化酶活性测定
维生素 B$_6$　10mg　tid	血清铜、血清锌
肝生素　20mg　｜　iv　drip　qd 10%GS　250mg	血凝血酶原时间（PT）、白陶土部分凝血活酶时间（KPTT）
	24h 尿铜、尿锌定量
	裂隙灯检查角膜 K-F 环
	脑电图
	腹部 B 超
	骨骼 X 线
	头颅 MRI 检查
	青霉素皮试

三、医嘱说明

　　本病治疗期间应监测尿铜，服药后尿铜排量可增加数倍。早期病儿服药数周后神经系统症状可见改善，甚至逐渐消失，CT 检查所见基底神经节的低密度区也逐渐减少。3～4 个月后肝功能逐渐恢复正常，氨基酸尿、磷酸尿减轻，角膜 K-F 环在数周或数年后消失。青霉胺需长期服用，副作用有药疹、关节痛、血小板减少、肾病等，但发生率不高，发生后可停药 1～2 周或短期用糖皮质激素治疗。如必须停药，可改用三乙烯四胺，该药的作用与青霉胺相似，副作用较轻，但疗效不如青霉胺。服用青霉胺期间应定期随访，并检查血、尿常规和血沉等。

（万力生　陈　黎）

第12章 免疫异常及胶原性疾病

第一节 过敏性紫癜

一、诊断

1990 年美国风湿病协会制定的过敏性紫癜分类诊断标准如下：①典型皮肤紫癜；②发病年龄＜20 岁；③急性腹痛；④组织切片示小静脉和小动脉周围有嗜中性粒细胞浸润。在上述 4 条标准中，符合 2 条或以上者可诊断为过敏性紫癜。

二、医嘱示例

过敏性紫癜医嘱（以 6 岁，体重 20kg 为例）。

长期医嘱	临时医嘱
儿科护理常规	血常规
二级护理	尿常规
普食（无消化道出血者）	出、凝血时间
或流质饮食（大便潜血阳性或轻腹痛）	粪常规＋隐血试验
维生素 C　0.2g　tid	红细胞沉降率
芦丁（维生素 P）　1 片　tid	抗链球菌溶血素 O 测定
小钙尔奇 D　1 片　qd	C 反应蛋白（CRP）
泼尼松　10mg　tid（用于严重消化道病变、肾综表现）	咽拭培养
	毛细胞血管脆性试验
	肝功能
	血尿素氮、肌酐测定
	血清免疫球蛋白测定

	血补体 C_3、CH_{50}
	T 细胞亚群检查

三、医嘱说明

1.泼尼松 1～2mg/（kg·d），口服，可用于严重、反复出现的皮肤紫癜或有腹痛、关节肿痛者，疗程4～6周。对于重症腹型表现者可给予氢化可的松每次5～10mg/kg。静滴数日，改善症状后改服泼尼松。

2.有高热伴扁桃体炎、淋巴结炎，局部红肿压痛显著或其他细菌性感染为诱因的过敏性紫癜，在有效抗感染治疗后热退，病灶消散，过敏性紫癜的皮疹及其他症状往往亦随之消退，若病情不见好转，要考虑是否抗菌治疗不合适或耐药菌株可能，则应结合细菌培养及药敏试验改换抗生素。

3.皮肤型过敏性紫癜，皮疹只散在分布于臀部和下肢，可予抗过敏药加维生素 C 和葡萄糖酸钙分次口服。皮疹分布广泛、疹量较多，甚至有小片融合，应再加用血管扩张药和血小板抑制药联合治疗，观察 1～2 周，如仍有成批新鲜皮疹生出，应更换抗过敏药物或血小板抑制药。

4.腹型紫癜，腹痛较轻，皮疹不多，可按轻型皮肤型紫癜治疗，腹痛剧烈，伴呕吐、便血需加用糖皮质激素和西咪替丁静滴，经 2～3d 后往往症状缓解，继续观察 3～5d，则可改泼尼松口服，随后再逐渐撤减泼尼松用量。若糖皮质激素减量，腹痛又明显加重，可再用糖皮质激素静滴数日。

5.关节型过敏性紫癜，按合并的皮肤紫癜和腹型紫癜的轻重治疗。

6.过敏性紫癜累及肾脏，应按原有过敏性紫癜类型用药。仅有轻微尿变化或肾炎型过敏性紫癜不针对肾炎作特殊处理，因为该症有自然缓解趋势。若表现为肾病综合征或急进性肾炎，则按相应肾脏疾病处理。

第二节 急性风湿热

一、诊 断

风湿热诊断，按修订后的 Jones 标准，分主要表现、次要表现及链球菌感染证据。

1.主要表现

（1）心脏炎：心肌、心内膜、心包均可受累。

①心肌炎：常见体征有：心动过速，与体温不成比例；心脏增大，心尖搏动弥散；心音减弱，第一音低钝，可闻奔马律；心尖部有Ⅱ级以上收缩期吹风样杂音。心电图最常见者为一度房室传导阻滞、ST段及T波变化。

②心内膜炎：常侵犯二尖瓣，其次为主动脉瓣。急性期二尖瓣侵犯时，心尖部可听到Ⅱ～Ⅲ级吹风样全收缩期杂音，有时可闻舒张中期杂音，主动脉瓣侵犯时，该区有舒张期吹风样杂音。

③心包炎：有心包摩擦音，积液多时心音遥远，心前区搏动消失，X线检查及超声心动图证实心包积液。

（2）多发性关节炎：以多发性，游走性，大关节为主为特点，局部红、肿、痛、热。

（3）皮下小结：多见于关节伸面骨隆起部或肌腱附着处皮下。

（4）环形红斑：淡红或暗红的环形或半圆形红斑，反复出现，时隐时现。

（5）舞蹈病：全身或部分肌肉不自主运动，兴奋或注意力集中时加剧，入睡后消失。

2.次要表现

（1）发热：呈不定型，若隐匿起病者可低热或无热。

（2）关节酸痛：指有关节酸痛的主诉而无红肿痛热的体征。

（3）既往史：有风湿热史或现有心瓣膜病。

（4）实验室检查：血沉增快、血清C反应蛋白阳性、白细胞增多等。

（5）心电图P-R间期延长。

3.链球菌感染证据

（1）近期曾患猩红热、咽炎、扁桃体炎等。

（2）咽拭子培养A族β溶血性链球菌阳性。

（3）抗链球菌抗体滴度增高。

以上指标中，凡有2项主要表现或1项主要表现加2项次要表现，并有近期链球菌感染依据者，可诊断为风湿热。但是，若主要表现为多关节炎，则关节痛不再作为其次要表现；若主要表现为心脏炎，其心电图P-R间期延长不再计算为次要表现。

针对近年国外风湿热流行特点，美国心脏病学会于1992年对Jones标准又进行了修订，作如下补充，即有下列3种情况者可不必严格执行该诊断标准：①舞蹈病；②隐匿发病或缓慢发展的心脏炎；③有风湿病史或现患风湿性心脏病，当再感染A组乙型溶血性链球菌时，只要有一项表现，如发热、关节痛或急性反应物升高，即提示风湿热复发。

为避免对不典型或早期病例的漏诊和误诊，1981 年全国儿科心血管专业制定了不典型风湿热的诊断标准有以下几种。①发病前 1 周有链球菌感染征象：咽喉炎，扁桃体炎或猩红热；ASO 阳性；或溶血性链球菌抗原皮肤试验阳性。②全身症状：进行性面色苍白，乏力多汗，心悸，游走性关节痛，发热 2 周以上。③心脏表现：无其他原因的持续性窦性心动过速，第一心音减弱，心失区二级收缩期杂音或第三心音增强；心电图 P-R 间期或 Q-T 间期延长及 ST 段改变。④其他表现：血沉增快，C 反应蛋白阳性；诊断性阿司匹林治疗有效：阿司匹林每天 100mg/kg，口服 3～5d，体温下降，症状好转，用药期间热度不再回升。可诊断为风湿热。

二、医嘱示例

急性风湿热医嘱（以 6 岁，20kg 为例）。

长期医嘱	临时医嘱
儿科护理常规	血常规
一级护理	尿常规
普食	粪常规
卧床休息	咽拭培养
阿司匹林　0.5g　tid	红细胞沉降率
青霉素　40 万 U　im　bid	抗链球菌溶血素 O 测定
	C 反应蛋白（CRP）、黏蛋白测定
	血抗链球菌激酶、抗透明质酸酶测定
	血抗核抗体、类分湿因子、狼疮细胞检测
	心肌酶谱
	肝功能
	血尿素氮、肌酐测定
	血清免疫球蛋白测定
	血补体 C_3、CH_{50} 测定
	心电图
	超声心动图
	X 线胸部摄片
	青霉素皮试

三、医嘱说明

1.如病儿经治疗后发热、精神萎靡、贫血、心悸、胸部不适、关节酸痛或心功能不全的症状仍存在，表示风湿可能仍在活动，可辅助检查加以证实，同时要除外合并亚急性细菌性心内膜炎的可能。

2.风湿性心内膜炎以二尖瓣最常受累，主动脉瓣其次。但急性期二尖瓣区闻及的收缩期和（或）舒张期杂音，是由瓣膜炎症、水肿引起，并非表示瓣膜已发生不可恢复的器质性病变。经治疗急性期炎症过后，约半数病儿的杂音可消失。如急性期过后，经 6 个月至 2 年以上的观察，杂音仍不减弱或消失，则将来发生二尖瓣关闭不全或狭窄可能性极大。而主动脉瓣区舒张期杂音较少出现，如能听到，则有重要病理意义，而且很少会消失。

3.在急性风湿热时一般均增高，但伴有心力衰竭时血沉往往正常。如 ASO 阴性，应测定抗链激酶（链球菌激酶）、抗透明质酸酶，这样可使链球菌感染的检测阳性率提高到 95%，随着风湿活动的控制，黏蛋白及 ASO 等逐渐下降至正常。应用糖皮质激素治疗的病儿，血沉可迅速下降至正常，所以血沉作为判断风湿活动的意义有一定的局限性。

4.免疫学检查。①免疫球蛋白 IgG，IgM，IgA：在急性期增高。②血清总补体和补体 C_3：风湿活动时降低。③T 淋巴细胞及其亚群：风湿活动时，T 淋巴细胞总数减少，T 抑制细胞明显减少，T 辅助细胞与 T 抑制细胞的比值明显增高（CD^+_4/CD^+_8 增高）。T 抑制细胞减少后，机体对抗原刺激的抑制减弱，破坏了机体细胞免疫功能。④抗心肌抗体 50%～80%病儿抗心肌抗体阳性。由于抗心肌抗体可出现于心脏受累的其他情况，如病毒性心肌炎、心肌病、心脏手术后，链球菌感染后也可呈阳性，故对其特异性尚有争议。在风湿热中，抗心肌抗体滴度大于 1∶20，有心脏受累的诊断意义。抗心肌抗体持续时间长，可达 5 年之久，风湿复发时又可增高。

5.风湿性心脏炎病儿约半数有心电图异常，以 ST-T 改变 P-R 间期延长较为常见。随着病情恢复，心电图亦渐趋正常。

6.除少数严重的心脏炎心脏明显增大外，大多数风湿性心脏炎的心脏增大是轻度的，不做 X 线胸片检查难以发现。有时还须通过治疗后心影缩小来证实原有心脏炎的存在。

7.风湿性心脏炎时，二维超声心动图检查可发现心脏增大、心包积液，还可显示瓣膜有无增厚和水肿。多普勒超声心动图可示二尖瓣有不同程度的血液反流。但超声心动图检查只提供有无心脏炎的影像学证据，要作出风湿热的诊断还必须结合临床表现。随着风湿热的控制，上述改变可能逐渐消失。如病情迁延，超过半年乃至更长时间，二尖瓣仍有重度血液反流，则提示有慢性风湿性心脏病二尖瓣关闭不全的可能。

8.抗风湿药的应用，常用的有阿司匹林及糖皮质激素，两者均有退热、消除关节症状及抑制心脏炎的抗炎作用，药物的选用、用量及疗程必须根据临床表现来决定。糖皮质激素作用较强，心脏炎伴有心力衰竭者必须首选泼尼松，对危重病人可挽救生命。多发性关节炎者首选阿司匹林，对于舞蹈病，两者均无明显效果。风湿热初次作大多于 9～12 周能自行消退，抗风湿药物只起到抑制炎性反应作用，故疗程宜 9～12 周或更长，视病情轻重而定。

9.阿司匹林用量 80～100mg/（kg·d），每日用量不超过 3～4g，少数病需增加到 120mg/（kg·d），每 6h 1 次，分 4 次口服，开始剂量用至体温下降，关节症状消失，血沉、C 反应蛋白及白细胞下降至正常，大约 2 周左右减为原量的 3/4，再用 2 周左右，以后逐渐减量而至完全停药。单纯关节炎者用药 4～6 周，有轻度心脏炎者宜用 12 周。阿司匹林可抑制凝血酶原的合成，和影响血小板的黏附作用，故可发生出血倾向，鼻出血及胃肠道出血。如有耳鸣、听力障碍应减量，发生酸中毒及精神症状应停药。

10.泼尼松用量为 2mg/（kg·d），分 3～4 次口服，对于严重心脏炎者可提高至 100mg/d，开始用量持续 2～3 周，以后缓慢减量，至 12 周完全停药或在停用泼尼松前 1 周，加用阿司匹林治疗，继用 6～12 周，时间久暂可视病情而定。应用泼尼松可出现不良反应，患儿肥胖，满月脸容，多毛，痤疮等，停药后均渐消失。其他尚有高血压、糖尿、精神异常、惊厥、消化性溃疡、骨质疏松、感染扩散及发育迟缓等。为防止出现肾上腺皮质功能不全，停用泼尼松时必须缓慢渐停，一般需时 3～4 周。用糖皮质激素及阿司匹林治疗后，停药或减量时常出现反跳现象，但前者较常见，产生反跳的原因尚未明了，可能是风湿性炎症过程尚未结束就过早停药，使风湿热的自然病程又重新出现。反跳现象多在减量或停药 2 周内出现，轻者表现为发热、关节痛、心脏杂音又重现，血沉增快及 C 反应蛋白阳性，重者可出现心包炎、心脏增大及心力衰竭，轻症通常于数日内自愈，很少需要用药，重症需再加用阿司匹林治疗。

11.舞蹈病的治疗，轻症可用苯巴比妥、安定等镇静药。水杨酸及糖皮质激素疗效不显著。近年报道用氟哌啶醇 1mg 加同量苯海索（安坦），每日 2 次，可较快控制舞蹈动作，并减少氟哌啶醇的副作用，效果较好。

12.严重心脏炎、心脏扩大者易发生心力衰竭，除用肾上腺皮质激素治疗以外，应加用地高辛或静注毛花苷 C 及速效利尿药如呋塞米等。

第三节 幼年类风湿关节炎

一、诊 断

幼年类风湿关节炎（JRA）诊断标准（美国风湿协会 1989 年修订的诊断标准）

1.发病年龄在 16 岁以下。

2.一个或几个关节炎症，表现为关节肿胀或积液，以及具备以下两种以上体征如关节活动受限、关节活动时疼痛或触痛及关节局部发热。

3.病程在 6 周以上。

4.根据起病最初 6 个月的临床表现确定临床类型。①多关节型：受累关节 5 个或 5 个以上。②少关节型：受累关节 4 个或 4 个以下。③全身型：间歇发热，类风湿皮疹、关节炎、肝脾大及淋巴结肿大。

5.除外其他类型关节炎。

如果只有典型发热和皮疹而不伴随关节炎者，应考虑可能为全身型（JRA）。如果合并关节炎，可确定为全身型 JRA。

二、医嘱示例

幼年型类风湿性关节炎医嘱（以 6 岁，体重 20kg 为例）。

长期医嘱	临时医嘱
儿科护理常规	血常规
二级护理	尿常规
普食	粪常规
卧床休息	咽拭培养
阿司匹林　0.5g　tid	红细胞沉降率
青霉素　80 万 U　im　bid	抗链球菌溶血素 O 测定
泼尼松　10mg　bid（prn）	C 反应蛋白（CRP）、黏蛋白测定
	血抗核抗体、类风湿因子、狼疮细胞检测
	血抗链激酶、抗玻璃酸酶测定
	血清免疫球蛋白、蛋白电泳
	心肌酶谱

	肝功能
	血尿素氮、肌酐测定
	血补体 C_3、CH_{50} 测定
	心电图
	X 线胸部摄片、关节 X 线摄片
	青霉素皮试

三、医嘱说明

1.告知病儿及其家属 JRA 为慢性病,需要病儿积极配合进行较长时间的治疗,以尽量减少关节畸形和功能障碍的发生。

2.若血白细胞计数和中性粒细胞比例居高不下则提示全身型 JRA 活动尚未静止,不能撤除治疗,血沉、C 反应蛋白及血白细胞计数正常提示疾病静止,可逐渐减药。

3.非甾体类抗炎药。首选阿司匹林,治疗无效或不能耐受,换用其他非类固醇抗炎药。疗程长,症状控制后仍须维持至少半年。①阿司匹林:剂量及用法见风湿热治疗节,但疗程更长,持续服用维持量需在半年上甚至数年之久。一般用药 1~4 周后可见效,服药 10d 后未见好转,就测血清水杨酸浓度,如未达到有效浓度 20~25mg/dl,应增大剂量,但须警惕中毒反应。②萘普生:属布洛芬类,疗效与阿司匹林相近,但不良反应较轻。口服吸收完全,一次给药后 2~4h 血浆浓度达高峰,半衰期 12~14h,95%由肾排泄。剂量 10~15mg/(kg·d),分 2 次。每日最大量 1.0g。③布洛芬:混悬液 100mg/5ml,每日剂量 20~4mg/kg。开始量 20mg/(kg·d),第 2 周增至 30mg/kg,分 3 次,服用 3~6 个月,效果与阿司匹林近似,但胃肠道反应较后者轻。④吲哚美辛(消炎痛):开始剂量 0.5mg/(kg·d),渐增至 2.5mg/(kg·d),分 3 次,最大量 100mg/d。对少关节型常有良效。除胃肠道、中枢神经系统及过敏反应外,尚可抑制造血系统,致白细胞减少,偶有再生障碍性贫血。⑤双氯芬酸钠(双氯灭痛、扶他林):为一种新型的强效消炎镇痛药。特点为药效强,不良反应少,口服吸收迅速,服后 1~2h 内血浓度达峰值。排泄快,长期应用无蓄积作用。剂量为 0.5~3mg/(kg·d),分 3 次口服。

4.糖皮质激素,仅适用于严重全身型并发心肺受累或少关节型并发虹膜睫状体炎的患者。一般采用泼尼松 1~2mg/(kg·d)症状减轻后 1~2 周逐渐至 0.5 mg/(kg·d),3~4 周后渐减至最小有效量,隔日顿服,并加用阿司匹林。单纯关节炎的病例不应使用激素。慢性关节炎经久不愈时，可于滑膜腔内注入醋酸可的松。糖皮质激素应用指征：①严重全身型；②正规剂量阿司匹林无效或合并心脏病变；③合并虹膜睫状体炎。泼尼松 1mg/（kg·d），症状改善渐减量并加用阿司匹林，疗程半年左右。

5.非甾类抗炎药（NSAID）治疗 JRA，剂量从小开始渐增至足量见效为止。疗效不满意时尚可调整给药时间和间隔。如全身型 JRA 的高热不退，可将每日 3 次改为每 8h 1 次或每 8h 1 次改为每 6h 1 次给药，有时即能退热。如经以上处理仍有高热，则加用泼尼松 1～1.5mg/（kg·d），多数高热能降至正常，待其他症状亦被控制，炎症活动指标恢复正常时，先撤减泼尼松，无反复再撤除 NSAID。

6.全身型频繁反复或持续 6 个月高热不退者，可加用小剂量 MTX[10mg/（m^2·次）]，每周 1 次，皮下或肌内注射治疗。

7.对 RF 阳性或严重地多关节炎型 JRA，先经 NSAID 治疗 2～3 周，已调整剂量和给药时间而止痛效果仍差，应加用小剂量甲氨蝶呤 MTX（每次 10mg/m^2），肌内注射或皮下注射每周 1 次。若 6～8 周无效应再将 MTX 剂量加大到 15mg/（m^2·周）。特别严重的关节痛还可加用小剂量泼尼松，待疼痛解除，肿胀消退，活动指标正常，应先缓慢抽减泼尼松。关节肿胀、消退，活动指标保持正常再抽减 MTX 直至停用，最后逐渐撤除 NSAID。

8.严重反复发作的关节炎经以上联合治疗无效或病儿对该治疗不能耐受，可考虑选用环磷酰胺、硫唑嘌呤或环孢霉素治疗。

第四节　系统性红斑狼疮

一、诊　断

1.系统性红斑狼疮诊断标准为美国风湿协会（ARA）1982 年修订的 SLE 分类标准。

（1）颊部红斑：遍及颊部或高出皮肤的固定性红斑，常不累及鼻唇沟部位。

（2）盘状红斑：隆起的红斑上覆有角质性鳞屑和毛囊栓塞，旧病灶可有萎缩性斑痕。

（3）光过敏：日光照射引起皮肤过敏。

（4）口腔溃疡：口腔或鼻咽部无痛性溃疡。

（5）关节炎：非侵蚀性关节炎，累及 2 个或 2 个以上周围关节，关节肿痛或渗液。

（6）浆膜炎：①胸膜炎表现为胸痛、胸膜摩擦音或胸膜渗液。②心包炎表现为心电图异常，心包摩擦音或心包渗液。

（7）肾脏病变：①蛋白尿大于 0.5g/L 或＞＋＋＋；②管型可为红细胞、血红蛋白、颗粒管型或混合性管型。

（8）神经系统异常：①抽搐，非药物或代谢紊乱，如尿毒症、酮症酸中毒或电解质紊乱所致。②精神病，非药物或代谢紊乱，如尿毒症、酮症酸中毒或电解质紊乱所致。

（9）血液学异常：①溶血性贫血伴网织红细胞增多；②白细胞减少，少于 $4×10^9$/L；③淋巴细胞少于 $1.5×10^9$/L；④血小板减少，少于 $100×10^9$/L（除外药物影响）。

（10）免疫学异常：①LE 细胞阳性；②抗 dsDNA 抗体阳性；③抗 Sm 抗体阳性；④持续 6 个月的抗梅毒血清试验假阳性。

（11）抗核抗体：棉衣荧光抗核滴度异常或相当于该法的其他实验滴度异常，排除了药物诱导的"狼疮综合征"。

上述 11 项满足 4 项或 4 项以上者可以确诊为 SLE。1997 年美国风湿学会提出去除 10 中的①，以抗心磷脂抗体（IG 型或 IM 型）阳性或狼疮抗凝物阳性取代了梅毒血清假阳性。

2. 1987 年中华风湿学会修订的标准

（1）蝶形红斑或盘状红斑。

（2）光敏感。

（3）口鼻腔黏膜溃疡。

（4）非畸形关节炎或多关节痛。

（5）胸膜炎或心包炎。

（6）癫痫或精神症状。

（7）蛋白尿或管形尿或血尿。

（8）白细胞计数小于 $4×10^9$/L 或血小板计数小于 $100×10^9$/L 或有溶血性贫血。

（9）免疫荧光抗核抗体阳性。

（10）抗 dsDNA 抗体阳性或找到狼疮细胞。

（11）抗 Sm 抗体阳性。

（12）C_3 降低。

（13）皮肤狼疮带试验阳性（非病损部位）或肾活检阳性。

符合 13 项中 4 项者可诊断。

二、医 嘱 示 例

系统性红斑狼疮医嘱（以 10 岁，30kg 为例）。

长期医嘱	临时医嘱
儿科护理常规	血常规＋网织细胞计数
二级护理	尿常规
普食	粪常规
卧床休息	骨髓涂片找狼疮细胞
泼尼松 10mg qid	血抗核抗体测定
维生素 C 0.1g tid	血抗-dsDNA 抗体检测
维生素 B_1 10mg tid	血类风湿因子检测
环磷酰胺（CTX） 200mg ｜iv drip（1h） NS 100ml ｜ qod×3 次	红细胞沉降率
	抗链球菌溶血素 O 测定
	C 反应蛋白测定
	血 Coomb's 试验
	血清 C_3、C_4、CH_{50}、CIC 测定
	血免疫球蛋白测定
	肝功能
	血肌酸激酶、醛缩酶测定
	血尿素氮、肌酐测定
	X 线胸部摄片
	10%氯化钠 20ml ｜
	10%氯化钾 10ml ｜ iv drip
	10%GS 500ml

三、医 嘱 说 明

1.红斑狼疮患儿免疫学检查，抗核抗体（ANA）在病情活动时几乎 100%阳性。阴性时更换检查方法可能出现阳性，抗核抗体阴性时不能完全排除本病，需结合临床和其他实验室检查资料综合分析。抗双链 DNA（ds-DNA）抗体对诊断的特异性较高，但阳性率较低，为 40%～75%，与疾病活动和肾脏损害密切相关，抗体效价随病情缓解而下降，抗 Sm 抗体约在 30%SLE 中呈阳性反，因其特异性高，又称为本病的特异性抗体。对于不典型、轻型或早期病例，按 SLE 标准不足确诊者，若抗 Sm 抗体阳性，结合其他表现可确诊。

2.治疗主要着重于缓解症状和阻抑病理过程，由于病情个体差异大，应根据每个病人情况而异。应用糖皮质激素前应做 PPD 试验，长期应用需定期做眼科检查，以防糖皮质激素所致白内障。

3.糖皮质激素是目前治疗本病的主要药物，适用于急性或暴发性病例或者主要脏器如心、脑、肺、肾、浆膜受累时，发生自身免疫性溶血或血小板减少，作出血倾向时，也应用糖皮质激素。用法有两种，一是小剂量，如 0.5mg/（kg·d），甚至再取其半量即可使病情缓解。二是大剂量，开始时即用 10～15mg/d 维持。减量中出现病情反跳，则应用减量前的剂量再加 5mg 予以维持。大剂量甲泼尼龙冲击治疗可应用于暴发性或顽固性狼疮肾炎和有中枢神经系统病变时，1 000mg/d 静滴，3d 后减半，而后再用泼尼松维持。

4.免疫抑制药主要适用于激素减量后病情复发或激素有效但需用量过大出现严重副作用，以及狼疮肾炎，狼疮脑病等症难以单用激素控制的病例。如环磷酰胺 2～3mg/（kg·d），静注或口服或 200mg 隔天使用。毒副作用主要是骨髓抑制、性腺萎缩、致畸形、出血性膀胱炎、脱发等。

5.非甾体类抗炎药抑制前腺素合成，可作为发热、关节痛、肌痛的对症治疗。如吲哚美辛（消炎痛对）SLE 的发热、胸膜、心包病变有良好效果。

第五节　皮肤黏膜淋巴综合征

一、诊　断

1.发热　至少持续 1 周，长者可达 2～3 周，高热 40℃以上。患儿烦躁或嗜睡。

2.两眼球结膜充血　于发热 3～4d 后出现，至热退方消失。

3.口腔病变　口唇干燥、潮红、皲裂，舌乳头增大呈杨梅舌，口腔及咽峡黏膜充血，扁桃体肿大并可有渗出。

4.手足病变　发病早期手足呈广泛坚实性肿胀，掌跖潮红；指（趾）呈梭形肿胀，恢复期时在指（趾）端和甲端交界处呈薄片或膜状脱皮。

5.皮疹呈多形性红斑　躯干部为多，无水疱及痂皮形成。

6.颈部淋巴结肿大　直径达 1.5～4.5cm。坚硬，有触痛，不红肿，热退时消退。

以上 6 条表现中具 5 项，可诊断；如超声心动图或冠状动脉造影查出冠状动脉瘤或扩张，则有上述 6 条中 4 条，亦可诊断。

二、医嘱示例

皮肤黏膜淋巴综合征医嘱（以 1 岁，10kg 为例）。

长期医嘱	临时医嘱
儿科护理常规	血常规
二级护理	尿常规
普食	粪常规
卧床休息	咽拭培养
阿司匹林　0.1g　tid	红细胞沉降率
维生素 C　0.1g　tid	抗链球菌溶血素 O 测定
双嘧达莫　8mg　tid	C 反应蛋白（CRP）
青霉素　80 万 U　im　bid	肝功能
丹参　10ml ┃　iv　drip　qd	细胞和体液免疫功能检查
10%GS　150ml ┃	心电图
	超声心动图
	X 线胸部摄片
	青霉素皮试
	免疫球蛋白　10g　iv　drip　（10～12h）

三、医嘱说明

1.皮肤黏膜淋巴综合征急性期每周查血象 1～2 次，热退后可每两周复查 1 次，观察血小板值的变化，指导用药。血沉，C 反应蛋白和 α_1 球蛋白为炎症活动性指标，于病程 6～8 周复查，若已经正常，指示疾病静止，可结合冠状动脉有无病变决定是否停用阿司匹林治疗。

2.川崎病最早在第 3 天就可观察到冠状动脉扩张，到第 4～6 天就有冠状动脉瘤（CAA）的形成，第 2～3 周 CAA 的检出率最高，故第 1 次超声心动图检查应安排在此时间，到发病第 4 周很少发现新的病变。

3.早期应用丙种球蛋白，可降低冠状动脉瘤的发生率，应尽可能早应用，最好在病程10d内应用，400mg/（kg·d）×5d或1～2g/（kg·d）。

4.急性期阿司匹林可预防冠状动脉栓塞，还可缩短热程和控制症状。30～50mg/（kg·d），分3次口服，热退后减量至3～5mg/（kg·d），直到症状消失，血小板数恢复正常停药。疗程至少持续2个月，同时可加用维生素E 20～30mg/（kg·d）和双嘧达莫（潘生丁）3～5mg/（kg·d），若有冠状动脉病变者，阿司匹林3～5mg/（kg·d）维持，直至冠状动脉内径恢复正常。

5.恢复期病例用阿司匹林每天3～5mg/kg，1次服用，至血沉、血小板恢复正常，如无冠状动脉异常，一般在发病后6～8周停药。此后6个月、1年复查超声心动图。对遗留冠状动脉慢性期病人，需长期服用抗凝药物并密切随访。有小的单发冠状动脉瘤病人，应长期服用阿司匹林3～5mg/（kg·d），直到动脉瘤消退。对阿司匹林不耐受者，可用双嘧达莫每天3～6mg/kg，分2～3次服。

6.对心脏有梗死及血栓形成的病人采用静脉或导管经皮穿刺冠状动脉内给药，促使冠脉再通，心肌再灌注。静脉溶栓1h内输入尿激酶20 000U/kg，继之以每小时3 000～4 000U/kg输入。冠状动脉给药1h内输入尿激酶1 000U/kg。也可用链激酶，静脉溶栓1h内输入链激酶10 000U/kg，半小时后可再用1次。以上药物快速溶解纤维蛋白，效果较好，无不良反应。

7.近年应用气囊导管对冠状动脉狭窄病例进行扩张，已获成功。

第六节 皮 肌 炎

一、诊 断

皮肌炎和多发性肌炎诊断标准（1982年Maddin诊断标准）。

1.肢带肌（肩胛带肌、骨盆带肌以及四肢近端肌肉）和颈前屈肌呈现对称性软弱无力，有时尚伴有吞咽困难或呼吸肌无力。

2.肌肉活检显示病变的横肌纹纤维变性、坏死、被吞噬、再生以及单个核细胞的浸润等。

3.血清肌酶谱（CK、AST、LDH、ALD等）增高。

4.肌电图有肌源性损害。

5.皮肤特征性皮疹，包括上眼睑紫红色斑和眶周为中心的水肿性紫红色斑；掌指关节和指关节伸面的Gottron丘疹；甲根皱襞毛细血管扩张性斑；肘膝关节伸面，上胸"V"字区鳞屑性红斑皮疹和棉布皮肤异色病样改变。

判定标准

（1）确诊为皮肌炎：符合前 3～4 项标准以及第 5 项标准。

（2）确诊为多发性肌炎：符合前 4 项标准，但无第 5 项标准。

（3）可能为皮肌炎：符合前 4 项标准中的 2 项标准以及第 5 项标准。

（4）可能为多发性肌炎：符合前 4 项中的 3 项标准，但无第 5 项表现。

二、医 嘱 示 例

皮肌炎医嘱（以 6 岁，20kg 为例）。

长期医嘱	临时医嘱
儿科护理常规	血常规
二级护理	尿常规
普食	粪常规
维生素 C　0.1g　tid	红细胞沉降率
维生素 E　10mg　tid	抗链球菌溶血素 O 测定
泼尼松　10mg　tid	C 反应蛋白（CRP）、黏蛋白测定
	血抗核抗体、类分湿因子、狼疮细胞检测
	心肌酶谱
	血清免疫球蛋白、蛋白电泳
	肝功能
	血尿素氮、肌酐测定
	血补体 C_3、CH_{50} 测定
	X 线胸部摄片
	心电图
	肌电图
	皮肤肌肉活检

三、医 嘱 说 明

1.糖皮质激素为本病的首选药物。泼尼松的始用剂量，儿童为每日 1mg/kg。在 4～6 周或更长时间后测得 CK 有下降，则剂量可以逐渐降低，但每月减少的量不得大于 10mg，否则容易导致复发。如 CK 持续增高则泼尼松剂量不宜减少。在肌炎活动性得到控制后泼尼松可以 5～10mg/d 维持，维持时间在活动性完全控制后至少 1 年。对于一些较严重患者可以用静脉冲击疗法，即甲泼尼龙，1g/d 连续 3d。然后仍用上述口服泼尼松方案。长期应用肾上腺皮质激素会有一定副作用，应注意。约 1/3 病例对皮质类固醇治疗效应不佳。重症病例或开始剂量无效，可增至 1.5mg/（kg·d）；也有学者认为儿童剂量通常较成人剂量增加些，为 1.5mg/（kg·d）。症状轻者可用较小剂量。根据临床症状，尿肌酸排出量和血清肌浆酶测定值作为应用皮质类固醇增减剂量的参考指标，一般肌力恢复较肌浆酶和尿肌酸排泄量好转迟缓数周。

2.免疫抑制药对一些应用足够量泼尼松已 3 个月的患者，如仍不能控制其肌炎的活动性或一些病情重或不能耐受泼尼松减量者或者泼尼松副作用较明显者，应考虑免疫抑制药和泼尼松的联合应用。其中以甲氨蝶呤、环磷酰胺、硫唑嘌呤应用较多。

3.环孢霉素 A 对糖皮质激素无效者有一定疗效，剂量 3～5mg/（kg·d），要密切注意其高血压及肾毒性作用。对难治性病儿也可用大剂量免疫球蛋白，1g/（kg·d），静脉滴入，每月 1 次。

4.非甾体类抗炎药物，蛋白同化激素如苯丙酸诺龙，每隔 5～7d，肌注 25mg，以促进肌肉蛋白的合成。

5.本病病程大部分病例为慢性渐进性，在 2～3 年趋向逐步恢复，仅少数死亡；在少数发作急性呈显著乏力的病例，多数预后不良，常由于并发感染死亡。另有小部分病例呈反复发作，加剧与缓解交替进行，最终获得缓解。

6.本病死亡原因有因呼吸困难或膈肌肋间肌病变或间质性肺炎引起呼吸衰竭，亦有因病变累及心肌后产生心力衰竭，亦可因咽、食管上部等病变导致吸入性肺炎，也有因蛛网膜下腔出血而死亡，合并恶性肿瘤者往往以恶病质或肿瘤转移影响重要脏器而致死，此外常可死于并发症如肺炎、真菌性脑膜炎、长期应用皮质类固醇所致消化道出血和胃肠道穿孔等。其中最常见的死亡原因为肺、心受累，肿瘤，感染等。

（陈　黎　郑跃杰）

第13章 病毒性传染病

第一节 病毒性肝炎

一、诊 断

1.急性肝炎

（1）流行病学资料：半年内有无与确诊的病毒性肝炎患者密切接触史，尤其是家族中有无肝炎患者。半年内有无接受输血或血制品史或消毒不严格的注射史或针刺史。有无水源、食物污染史等。

（2）临床表现：起病急，有畏寒、发热、食欲缺乏、恶心、呕吐等前驱期症状，近期出现持续数日以上的无其他原因可解释的乏力、食欲减退、厌油、肝区痛等。

（3）辅助检查：血清转氨酶，以谷丙转氨酶（ALT）升高为主，血清病原学指标阳性。

①甲型肝炎：急性期血清抗 HAV-IgM 阳性、急性期及恢复期双份血清抗甲型肝炎病毒（HAV）总抗体滴度呈 4 倍以上升高、急性早期的粪便免疫电镜查到 HAV 颗粒、急性早期粪便中查到 HAAg。具有以上任何一项阳性即可确诊为 HAV 近期感染。血清或粪便中检出 HAV-RNA。

②乙型肝炎：具有以下动态指标中之一者即可诊断为急性乙型肝炎，HBsAg 滴度由高到低，消失后抗-HBs 阳转；急性期血清抗 HBc-IgM 呈高滴度，而抗 HBc-IgG 阴性或低滴度。具有以下任何一项即可作出诊断 HBV 感染，血清 HBsAg 阳性、血清 HBV-DNA 阳性或 HBV-DNA 聚合酶阳性、血清抗 HBc-IgM 阳性、肝内 HBcAg 阳性和（或）HBsAg 阳性或 HBV-DNA 阳性。

③丙型肝炎特异性诊断：血清抗-HCV 或 HCV-RNA 阳性者。

④丁型肝炎与 HBV 同时或重叠感染：血清中抗 HDV-IgM 阳性或抗-HDV 阳性或 HDAg 阳性；血清中 HDV-RNA 阳性；肝组织内 HDAg 阳性。

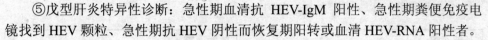

⑤戊型肝炎特异性诊断：急性期血清抗 HEV-IgM 阳性、急性期粪便免疫电镜找到 HEV 颗粒、急性期抗 HEV 阴性而恢复期阳转或血清 HEV-RNA 阳性者。

2. 慢性肝炎

（1）有确诊或可疑急性肝炎的病史。

（2）病程超过半年仍有肝炎症状，可伴有蜘蛛痣、肝掌、肝脾增大。

（3）肝功能指标异常，包括血清转氨酶、胆红素反复增高，伴有白蛋白降低，球蛋白升高，凝血酶原活动度下降。胶原合成度异常等。

3. 重型肝炎　凡急、慢性肝炎或肝硬化患者出现极度乏力、严重的消化道症状，黄疸进行性加深，出血倾向，精神神经症状，肝脏进行性缩小，肝细胞明显损害，凝血酶原活动度<40%者，均应考虑为重型肝炎。

二、医嘱示例

1. 甲型肝炎（以 6 岁，20kg 为例）。

长期医嘱	临时医嘱
传染病护理常规	血常规
二级护理	尿常规
高糖高蛋白高维生素饮食	粪常规
卧床休息	肝肾功能
留陪一人	凝血酶原时间
消化道隔离	血抗-HAV-IgM
10%GS　100ml　｜　iv　drip　qd 还原型谷光甘肽　300mg　｜	维生素 K₁ 10mg　im 腹部超声检查
10%GS　100ml　｜ 维生素 C　2.0　｜　iv　drip　qd 肌苷　0.2　｜	
10%GS　100ml　｜ 茵栀黄　10 ml　｜　iv　drip　qd	
强力宁注射液　20ml　iv　drip　qd	
维生素 A　2.5 万 U　qd	
复合维生素 B　1 片　bid	

2.乙型肝炎（以 6 岁，20kg 为例）。

长期医嘱	临时医嘱
传染病护理常规	血常规
二级护理	尿常规
高糖高蛋白高维生素饮食	粪常规
卧床休息	肝肾功能，电解质
留陪一人	凝血酶原时间
消化道隔离	血乙肝五项
强力宁注射液　20ml　iv　drip　qd	HBV-DNA
10%GS　100ml 维生素 C　2.0g　　iv　drip　qd 肌苷　0.2g ATP　20mg COA　100U	PreS1、S2 抗-PreS1、S2 维生素 K_1　10mg im 腹部超声检查
10%GS　100ml　　iv　drip　qd 还原型谷胱甘肽　300mg	
α-干扰素　100 万 U　im　qd	
10%GS　100ml　iv　drip　qd 茵栀黄　10ml	
NS　100ml　iv　drip　qd 阿昔洛韦　0.2g	
10%GS　100ml　iv　drip　qd 美能　15ml	
维生素 A　2.5 万 U　qd	
复合维生素 B　1 片　bid	
联苯双酯　20mg　tid	

3.丙型肝炎（以 6 岁，20kg 为例）。

长期医嘱	临时医嘱
传染病护理常规	血常规

二级护理	尿常规
高糖高蛋白高维生素饮食	粪常规
卧床休息	肝肾功能，电解质
留陪一人	凝血酶原时间
强力宁注射液　20ml　iv　drip　qd	HCV-RNA
10%GS　100ml　｜　iv　drip　qd 还原型谷胱甘肽　300mg　｜	腹部超声检查 血抗-HCV
10%GS　100ml　｜ 维生素C　2.0g　｜　iv　drip　qd 肌苷　0.2g ATP　20mg COA　100U　｜	
α-干扰素　100万U　im　qd	
10%GS　100ml　｜　iv　drip　qd 茵栀黄　10 ml　｜	
10%GS　100ml　｜　iv　drip　qd 美能　15ml　｜	
维生素A　2.5万U　qd	
复合维生素B　1片　bid	
联苯双酯　20mg　tid	

4.丁型肝炎（以6岁，20kg为例）。

长期医嘱	临时医嘱
传染病护理常规	血常规
二级护理	尿常规
高糖高蛋白高维生素饮食	粪常规
卧床休息	肝肾功能，电解质
留陪一人	凝血酶原时间
消化道隔离	血乙肝五项
强力宁注射液　20ml　iv　drip　qd	HBV-DNA

10%GS 100ml ⎤ iv drip qd 还原型谷胱甘肽 300mg ⎦	腹部超声检查
	维生素 K₁ 10mg im
10%GS 100ml ⎤ 维生素C 2.0g ⎮ iv drip qd 肌苷 0.2g ⎮ ATP 20mg ⎮ COA 100u ⎦	血 HDAg
	血 HDVRNA
	血-HD-IgM
α-干扰素 100 万 U im qd	
10%GS 100ml ⎤ iv drip qd 茵栀黄 10ml ⎦	
NS 100ml ⎤ iv drip qd 阿昔洛韦 0.2g ⎦	
10%GS 100ml ⎤ iv drip qd 美能 15ml ⎦	
维生素A 2.5 万 U qd	
复合维生素 B 1 片 bid	
联苯双酯 20mg tid	

5.戊型肝炎（以 6 岁，20kg 为例）。

长期医嘱	临时医嘱
传染病护理常规	血常规
二级护理	尿常规
高糖高蛋白高维生素饮食	粪常规
卧床休息	肝肾功能
留陪 1 人	凝血酶原时间
消化道隔离	血抗-HEV，抗-HEV-IgM
10%GS 100ml ⎤ iv drip qd 还原型谷胱甘肽 300mg ⎦	血 HEV-RNA
	粪 HEV-RNA
10%GS 100ml ⎤ 维生素C 2.0g ⎮ iv drip qd 肌苷 0.2g ⎦	维生素 K₁ 10mg im
	腹部超声检查

10%GS　100ml　iv　drip　qd	
茵栀黄　10ml	
强力宁注射液　20ml　iv　drip　qd	
维生素A　2.5万U　qd	
复合维生素B　1片　bid	

三、医嘱说明

1.周围血象。急性期减低，淋巴细胞相对增多，偶可见异常淋巴细胞，一般不超过10%。

2.肝功能检测。

（1）血清酶活力测定：谷草转氨酶AST及谷丙转氨酶ALT，肝细胞有损害时，ALT增高，为急性肝炎早期诊断的敏感指标之一，随病情好转，一般于3～4周下降至正常。若ALT持续数月不下降，可能发展为慢性肝炎。急性重型肝炎ALT轻度增高，但血清胆红素明显上升，为胆酶分离现象，提示大量肝细胞坏死。当肝细胞损害时，AST亦增高，急性肝炎升高明显，慢性肝炎及肝硬化中等增高。急性黄疸出现后很快下降，持续时间不超过3周，乙肝则持续较长。AST/ALT的比值对判断肝细胞损害有较重要意义，急性重症肝炎时，AST/ALT<1，提示肝细胞有严重坏死。

（2）胆红素代谢功能测定，血清胆红素正常值<17μmol/L，重型肝炎，淤胆型肝炎均明显增高，>170μmol/L，以直接胆红素为主。

（3）蛋白质代谢功能测定：慢性肝炎时白/球比例倒置或丙种球蛋白增高。

（4）氨基酸谱测定：可作为重症肝炎参考。支链氨基酸/芳香族氨基酸正常时其摩尔浓度（克分子）比值为3～4，重症肝炎时降为1～1.5或更低。

3.病原学检查。

（1）甲型肝炎：抗-HAVTgM阳性为急性感染，抗-HAVIgG阳性为既往感染，若恢复期比急性期血清抗-HAVIgG滴度4倍以上升高，为急性感染。

（2）乙型肝炎：有多种抗原抗体系统，测PreS1，S2对早期诊断乙型肝炎及判断转归有重要意义。

（3）丙型肝炎：抗-HCV阳性出现在感染后期，也可检测HCV-RNA。

（4）丁型肝炎：血清抗-HD或抗HDIgM阳性，也可检测HDV-RNA阳性均为HDV感染的标志。

（5）戊型肝炎：急性期血清抗-HEVIgM 阳性或发病早期抗-HEV 阴性，恢复期阳性。

4.病毒性肝炎目前缺乏特异性治疗，治疗应以中西医结合为主，原则上应少用药物，以防增加肝脏负担。

5.小儿甲型肝炎预后好，95%完全恢复，病死率约 0.1%，极少见慢性病例。戊型肝炎病死率 1%～2%，未见慢性病例。乙型、丙型、丁型肝炎常转成慢性。慢性迁延性肝炎预后较好。

第二节　脊髓灰质炎

一、诊　　断

1.病史　夏秋季节，本地区有流行，具有确切接触史。

2.临床表现　潜伏期为 3～35d，一般为 5～14d。根据病变范围及轻重，临床可分为以下几期。

（1）前驱期：有发热、乏力、全身不适、上呼吸道感染及胃肠炎症状，持续 1～4d。

（2）瘫痪前期：可在前驱期症状消失后 1～6d 再次发热（双峰热），而至本期或由前驱期直接进入或以本期直接起病，有高热、剧烈头痛、呕吐、颈强直、克氏征阳性等，同时常有全身肌肉疼痛、多汗等。

（3）瘫痪期：多于病程 2～7d，体温开始下降时出现瘫痪并逐渐加重，至体温正常后停止。瘫痪有以下几类①脊髓型，最常见，呈不对称弛缓性瘫痪，多为下肢，其次上肢，颈背肌、隔肌、肋间肌亦可瘫痪，近端大肌群较远端小肌群瘫痪出现早且重，感觉多不受影响。②脑干型（球麻痹或延髓麻痹型），病变主要在延髓及脑桥，可有颅神经麻痹，呼吸中枢麻痹，血管运动中枢麻痹等，并出现相应症状。③脑型，较少见，有病毒性脑炎表现。④混合型，以脊髓型合并脑干型较多见。

（4）恢复期：一般恢复顺序是先四肢远端小肌群，后近端大肌群、肌腱反射随之出现，开始恢复较快，6 个月后减慢，多数 1 年内恢复。

（5）后遗症期：某些神经细胞损伤严重，相应肌群功能不能恢复，就会长期瘫痪，肌肉随之萎缩，肢体出现畸形如脊柱侧弯，足马蹄内翻或外翻，手下垂等。

3.辅助检查

（1）血常规：白细胞总数及中性粒细胞百分比大多正常，少数患者白细胞及中性粒细胞轻度增多。血沉增速。

（2）脑脊液检查：至瘫痪前期开始异常，细胞数为（0.05～0.5）×10^9/L，偶可达到 1×10^9/L。早期中性粒细胞增高，以后以淋巴细胞为主。蛋白早期可以正常，以后逐渐增加，氯化物正常，糖正常或轻度增高。至瘫痪出现后第 2 周，细胞数迅速降低，蛋白量则继续增高，形成蛋白细胞分离现象。

（3）病毒分离：起病 1 周内可从咽部及粪便内分离出病毒，可用咽拭子及肛门拭子采集标本并保存于含有抗生素的 Hanks 液内，多次送检可增加阳性率。早期从血液或脑脊液中也可分离出病毒，其意义更大。

（4）血清学检查：特异性抗体第 1 周末可达高峰，尤以特异性 IgM 上升为快，阳性者可做出早期诊断。中和抗体在起病时开始出现，持续时间长，并可保持终身，双份血清效价 4 倍以上增长者可确诊。补体结合抗体持续时间较短，平均保持 2 年，本试验操作简单，但特异性低，恢复期阴性可排除本病。如补体结合试验阴性而中和试验阳性常表明既往感染，两者均阳性表明近期感染。

二、医 嘱 示 例

1. 瘫痪期（以 3 岁，15kg 为例）。

长期医嘱	临时医嘱
传染病护理常规	传染病报告
一级护理	血常规
床边隔离	尿常规
半流质饮食	粪常规
留陪一人	肝肾功能
卧床保持肢体功能体位	心肌酶谱
维生素 B$_1$ 10mg tid	血沉
他巴唑 3mg tid	血脊髓灰质炎病毒抗体测定、病毒分离
维生素 C 100mg tid	鼻咽部，粪便病毒分离
	腰椎穿刺术
	脑脊液常规，生化，培养，病毒分离
	肌电图
	脑 CT

2. 恢复期（以 3 岁，15kg 为例）。

长期医嘱	临时医嘱
传染病护理常规	传染病报告
一级护理	血常规
床边隔离	尿常规
半流质饮食	粪常规
留陪一人	肝肾功能
卧床保持肢体功能体位	心肌酶谱
维生素 B_1 10mg tid	血沉
他巴唑 3mg tid	血脊髓灰质炎病毒抗体测定、病毒分离
加兰他敏 1mg im qd	鼻咽部，粪便病毒分离
肢体功能锻炼 bid	腰椎穿刺术
	脑脊液常规，生化，培养，病毒分离
	肌电图
	脑 CT
	针灸治疗

三、医 嘱 说 明

1.病毒分离：急性期患者可从口咽洗液，血液或脑脊液中分离病毒，粪便的病毒则从潜伏期起至瘫痪期可存在 2～6 周或更久。

2.脑脊液检查：瘫痪前期患者的脑脊液清明或微浊，压力稍高，蛋白试验阳性，糖含量正常或稍多，氯化物正常，细胞数增加。瘫痪出现后第 2 周，常在热退之后，细胞数速降，而蛋白常增高或持续较久，呈细胞蛋白分离现象。

3.本病无特效治疗。抗生素，恢复期血清及丙种球蛋白都不能缩短或减轻病情。治疗包括支持疗法，对症治疗及治疗并发症。早期的诊断和及时休养或能控制麻痹的发展。

4.患者须与其他病儿隔离，一方面保护他人，同时也可减少患者并发其他感染的机会。自发病起隔离至少 40d。

第三节 流行性出血热

一、诊 断

依据患者的流行病学史，临床表现及实验室检查结果的综合判断进行诊断，确诊须有血清学或病原学检查结果。

1. 流行病学史 发病在 EHF 疫区及流行季节，病前 2 个月内有疫区旅居史或病前 2 个月内有与鼠类或其排泄物（尿、粪）/分泌物（唾液）直接或间接接触史。

2. 临床表现

（1）早期症状和体征：起病急，发冷，发热（38℃以上）；全身酸痛，乏力，呈衰竭状；头痛，眼眶痛，腰痛（三痛）；面、颈、上胸部充血潮红（三红），呈酒醉貌；眼睑水肿，结膜充血水肿，有点状或片状出血；上腭黏膜呈网状充血，点状出血；腋下皮肤有线状或簇状排列的出血点；束臂试验阳性。

（2）病程经过：典型病例有发热期、低血压期、少尿期、多尿期和恢复期五期经过。前三期可有重叠。

3. 实验室检查

（1）血检查：起病早期白细胞数低或正常，3～4d 后明显增多，杆状核细胞增多，出现较多的异型淋巴细胞；血小板明显减少。

（2）尿检查：尿蛋白阳性，并迅速加重，伴显微血尿、管型尿。

（3）血清特异性 IgM 抗体阳性。

（4）恢复期血清特异性 IgG 抗体比急性期有 4 倍以上增高（注：有人主张 IgG 抗体滴度达 1：320，结合临床表现及流行病学史，亦可确诊本病）。

（5）从病人血液白细胞或尿沉渣细胞检查到汉滩病毒（或 EHF）抗原或病毒 RNA。

4. 病例分类

（1）疑似病例：具备以上 1 和 2 中的（1）。

（2）临床诊断病例：疑似病例加 2 中的（2），3 中的（1），3 中的（2）。

（3）确诊病例：疑似病例或临床诊断病例加 3 中的（3），3 中的（4），3 中的（5）其中任 1 项。

二、医嘱示例

流行性出血热（发热期为主）（以 6 岁，20kg 为例）。

长期医嘱	临时医嘱
传染病护理常规	血常规＋异淋
一级护理	尿常规
高热量高维生素半流质饮食	粪常规
卧床休息	肝功能＋心肌酶谱＋急诊生化
留陪一人	血沉
呼吸道隔离	血清 IgM 抗体检测
测血压　1/4h	EHFV-RNA
记 24h 出入量	细胞免疫＋体液免疫
NS　100ml ｜ iv drip qd 利巴韦林　0.2 ｜	凝血功能
	心电图
10%GS　100ml 维生素 K_1　10mg ｜ iv drip qd 止血敏　0.25 ｜	10%GS　250ml 10%氯化钠　20ml ｜ iv drip st 10%氯化钾　5ml ｜
NS　100ml ｜ iv drip qd 氢化可的松　100mg ｜ 低分子右旋糖酐 200ml iv drip qd	10%GS　250ml 10%氯化钠　10ml ｜ iv drip st 10%氯化钾　5ml ｜
	呋塞米　20mg　iv

三、医嘱说明

1.血象可见白细胞在病初多正常，后逐渐上升，多在（15～30）×10^9/L。可出现幼稚细胞，呈类白血病样反应为特征，异常淋巴细胞可大于 10%以上，血红蛋白因血液浓缩而增高，血小板减低。

2.尿常规检查中蛋白尿在发病当天即可出现，尿中可出现红白细胞及管型，可有血尿。

3.血生化可出现氮质血症，酸中毒及电解质紊乱。

4.免疫功能改变　细胞免疫低下，体液免疫亢进，补体含量下降。

5.治疗。

（1）发热期：抗病毒治疗，减轻外渗，改善中毒症状和预防 DIC。高热以物理降温为主，忌用强烈发汗药物，中毒症状严重可以予氢化可的松 4～8mg/（kg·d）热退即停，维持体液电解质平衡，50～100ml/kg，预防低血压。发病

4d 内，可应用利巴韦林 15～20mg/kg 静点，疗程 5d。

（2）低血压期：治疗原则为积极补充血容量，注意纠酸，适当应用血管活性药物。

（3）少尿期：治疗原为"稳、促、导、透"，即稳定内环境，促进利尿，导泻和透析治疗。

（4）多尿期：维持水和电解质平衡，防治继发感染。防治多尿引起的水电解质丢失。

第四节 狂 犬 病

一、诊 断

1. 流行病学史 有被犬、猫或其他宿主动物舔、咬、抓伤史。

2. 临床表现

（1）愈合的咬伤伤口或周围感觉异常、麻木发痒、刺痛或蚁走感。出现兴奋、烦躁、恐惧，对外界刺激如风、水、光、声等异常敏感。

（2）"恐水"症状，伴交感神经兴奋性亢进（流涎、多汗、心律快、血压增高），继而肌肉瘫痪或颅神经瘫痪（失音、失语、心律失常）。

3. 实验室检查

（1）免疫荧光抗体法检测抗原。发病第 1 周内取唾液、鼻咽洗液、角膜印片、皮肤切片，用荧光抗体染色，狂犬病病毒抗原阳性。

（2）存活 1 周以上者做血清中和试验或补体结合试验检测抗体、效价上升，曾接种过疫苗者其中和抗体效价需超过 1：5 000。

（3）死后脑组织标本分离病毒阳性或印片荧光抗体染色阳性或脑组织内检到内基小体。

4. 病例分类

（1）临床诊断病例：具备 1 加 2 中的（1）或 2 中的（2）

（2）确诊病例：具备 4 中的（1）加 3 的任一条。

二、医 嘱 示 例

狂犬病（以 6 岁，20kg 为例）。

长期医嘱	临时医嘱
传染病护理常规	血常规
一级护理	尿常规
流质饮食	粪常规
单间隔离	肝肾功能＋心肌酶谱
	病毒抗原检测
	腰椎穿刺术，脑脊液常规生化及病毒分离

三、医 嘱 说 明

1.血常规　白细胞数增加，中性粒细胞增高。脑脊液细胞数增加，多为单核细胞，蛋白轻度增高。尿中有蛋白及管型。

2.病毒抗原检测　取病人的口或鼻黏膜分泌物涂片，角膜印片，后颈部皮肤活检切片，用直接荧光抗体法检测狂犬病毒抗原，检出率40%。

3.局部处理　咬伤处是病毒进入的门户，如处理得当，可能直接防止感染或延长潜伏期，有利于疫苗发挥作用。处理方法　在咬伤近端缚一止血带，促血流出，然后用饱和碳酸氢钠或20%软肥皂水彻底冲洗伤口（不少于30min），以清水洗净后，以0.1%新洁而灭溶液擦洗或用75%乙醇，2%～3%碘酒涂擦。必要时切除部分污染的组织，不要缝合或包扎伤口。

4.治疗　本病发病后无特效治疗，随时进行适当对症治疗。要单间隔离患儿，保持安静，出现躁狂时可轮流应用多种镇静药。本病病死率为100%。

第五节　艾 滋 病

一、诊　　断

1.母亲抗体阳性，小儿<15个月

（1）自体血或组织中检出HIV或相关DNA

（2）HIV抗体阳性，CD_4^+淋巴细胞数减少，而且具有症状性感染。

（3）存在AIDS临床表现。

2.母亲抗体阳性，小儿>15个月

（1）自体血或组织中检出 HIV 或相关 DNA

（2）HIV 抗体阳性。

（3）存在 AIDS 临床表现。

二、医嘱示例

艾滋病（以 1 岁，10kg 为例）。

长期医嘱	临时医嘱
传染病护理常规	血常规
二级护理	尿常规
流质饮食	粪常规
留陪一人	肝肾功能＋心肌酶谱＋体液免疫
隔离	细胞免疫
NS　100ml　|　iv　drip　q8h 依地那韦　75mg　|	抗-HIV 抗体
	HIV-RNA
拉米夫定　20mg　q12h	胸片
齐多夫定　30mg　q8h	心电图
	血培养

三、医嘱说明

1. 小儿艾滋病的特点　①HIV 感染后，潜伏期短，起病较急，进展快；②偏离正常生长曲线的生长停滞是小儿艾滋病的一种特殊表现；③易发生反复的细菌感染；④慢性腮腺炎，腮腺肿大和淋巴细胞性间质性肺炎常见；⑤婴幼儿易发生脑病综合征，且发病早进展快，预后差。

2. 抗原检测　检测病毒核心抗原 P24，一般感染后 1～2 周内即可检出，随 P24 抗体产生而减少，一般维持 0.5～5 个月。

3. 抗体检测　IgM 和 IgG $_2$ 种抗体，IgM 抗体于感染后 2 周出现，持续 12～41 周，IgG 抗体 1～3 个后月出现，亦可延迟至 18 个月后出现。

4. 血淋巴细胞亚群分析　HIV 感染后不久 CD$_4^+$T 细胞数从原来的 1 000×10^9/L 的正常值，大约按每年减少（40～80）×10^9/L 速度下降，一般当降至 <200×10^9/L 时，病情即已发展至艾滋病期，所以 T 细胞亚群分析是估价病情进展和预后的重要客观依据。

5.**现有治疗方法** 抗 HIV 治疗；预防和治疗机会感染；调节机体免疫功能；支持疗法和心理关怀。抗 HIV 药物可分为 3 类：①核苷酸类反转录酶抑制药，如齐多夫定（ZDV 或 AZT）、拉米夫定（3TC，Epicir）等；②非核苷酸类逆转酶抑制药，如奈韦拉平（Nevirapine）；③蛋白酶抑制药，如依地那韦等。治疗方案趋向联合治疗（鸡尾酒疗法），目前主要应用核苷类药物和蛋白酶抑制药联合治疗。

第六节 麻 疹

一、诊 断

1.早期有发热、喷嚏、流涕、畏光等卡他症状，口腔黏膜见到白色细小的麻疹黏膜斑（Koplik 斑）。患儿在发病前 2～3 周麻疹接触史。

2.持续发热 3～4d 开始出现淡红色斑丘疹，初见于耳后、发际，渐向头面、颈部，后自上而下延及躯干和四肢，最后见于手心，足底及鼻尖。疹间可见正常皮肤。

3.皮疹消退后留有棕褐色色素沉着和糠麸样脱屑。

4.直接荧光法可检出患儿鼻黏膜、痰及尿沉渣剥落细胞中麻疹病毒抗原，可见到多核巨细胞。对不典型病例可做血凝抑制抗体，病后 1 个月抗体效价较初期增加 4 倍以上。

具有上述第 1～3 项即可临床诊断为麻疹（典型麻疹），同时具有第 4 项可病原学诊断。

二、医 嘱 示 例

麻疹（以 1 岁，10kg 为例）。

长期医嘱	临时医嘱
传染病护理常规	血常规＋CRP
二级护理	尿常规
流质饮食	粪常规
留陪一人	肝肾功能＋心肌酶谱
呼吸道隔离	胸片
维生素 A 10 万 U qd	血清麻疹病毒 IgM
眼部、口腔护理 bid	心电图

10%GS 100ml iv drip qd 利巴韦林 0.1g	先锋 V 皮试
10%GS 100ml iv drip qd 维生素C 1.0g	
NS 100ml iv drip qd（合并肺炎时） 头孢曲松 0.8g	

三、医　嘱　说　明

1.麻疹病毒抗体水平在皮疹出现后 1～3d 开始升高，2～4 周后达高水平。双份血清抗体滴度升高 4 倍以上或单纯 IgM 水平增高，提示近期感染，通常出疹后 1～2d 可检测到 IgM 抗体，持续 30～60d。有时可从血液，尿液和鼻咽分泌物中分离到麻疹病毒，但分离很困难。

2.麻疹并发症：①.呼吸道合并症，包括支气管肺炎、毛细支气管、喉-气管-支气管炎、间质性或大叶性肺炎。②中枢神经系统，包括急性脑炎、亚急性硬化性全脑炎。须行脑脊液检查，脑电图检查，并加用"丙种球蛋白，皮质类固醇激素"治疗。

3.麻疹无特异性抗病毒疗法，利巴韦林体外对麻疹病毒有抑制作用，对免疫受损的病例可考虑试用此药治疗，卧床休息及保证充足的液体入量是必要的。给予麻疹急性期的患儿口服维生素 A 可减少合并症，如腹泻、肺炎。维生素 A 有免疫调节作用，可增加对麻疹产生的抗体反应。6～12 个月婴儿的推荐剂量为 10 万 U 口服，12 月以上 20 万 U 口服。

4.我国计划免疫规定麻疹疫苗在婴儿 8 月龄时接种第 1 剂疫苗，减毒活疫苗，7 岁时复种 1 次。免疫健全的麻疹患者应隔离至皮疹出现后 5d。

第七节　水　　痘

一、诊　　断

1.病史　2～3 周前有水痘患儿接触史。

2.临床表现　皮疹相继分批出现，呈向心性分布，开始为粉红色小斑疹，发展迅速，很快变为丘疹、水疱，奇痒，数日后结痂。可见各期皮疹同时存在，甚至口腔、咽部或外阴等处黏膜也常有皮疹，皮疹水疱破裂则呈小溃疡。

3.辅助检查

（1）血常规：白细胞无明显变化，多正常，偶有轻度升高。

（2）病毒分离：发病 3d 内取疱疹液，从中可分离出病毒，阳性率较高。

（3）免疫学检测：酶联免疫吸附法可测到血清抗体。

（4）分子学方法：用 PCR 法检测水痘胞浆、痂皮及咽喉分泌物中 VZV-DNA。

二、医嘱示例

水痘（以 6 岁，20kg 为例）。

长期医嘱		临时医嘱
传染病护理常规		血常规＋CRP
二级护理		尿常规
流质饮食		粪常规
留陪一人		肝肾功能＋心肌酶谱
呼吸道隔离		胸片
2%龙胆紫　外用　qd		疱疹液中涂片细胞学检查
干扰素 10 万 U　im　qd		疱疹液中分离病毒
NS　100ml	iv drip　qd	血 VZA-IgG
阿昔洛韦　0.2g		心电图
维生素 C　0.1g　tid		

三、医嘱说明

1.潜伏期血清中大多数无抗体，皮疹出现后能测到低浓度抗体，3d 内几乎所有病人都可测到 VZVIgG，恢复期显著增加，持续终身。

2.从水疱基底部刮取标本，并涂片进行细胞学染色，如见有多核细胞则提示有可能有 VZV 或 HSV 存在，进一步诊断可用免疫荧光抗体染色法对皮损涂片进行检查，可证实是哪一种病毒，快速培养分离法需 48h。

3.原发 VZV 感染潜伏期 10～21d，出疹前数小时至 2d 内有发热，头痛，咳嗽等症状，一般健康儿童出疹持续 1～7d。水杨酸能引起瑞氏综合征禁用。并发症：①细菌感染，②神经系统并发症，水痘脑炎 65%发生在出疹后第 3～8 天，以第 4 天常见。

4.阿昔洛韦是治疗常用药物。早期皮疹出现后的 24h 内用药治疗。口服，每天 80mg/kg，分成 4 次，疗程 5d。如果在皮疹开始出现的 24h 之内用药，口服阿昔洛韦可减轻健康儿童，青少年和成人的水痘临床症状。

第八节　流行性腮腺炎

一、诊　　断

1.流行病学史　发病前 2～3 周有与流行性腮腺炎患者接触史或当地有本病流行。

2.症状体征

（1）腮腺或其他唾液腺非化脓性肿胀。含食酸性食物胀痛加剧。

（2）剧烈头痛、嗜睡、呕吐、脑膜刺激征阳性。脑脊液呈非化脓性改变（与其他病毒性脑炎相似）。

（3）恶心呕吐、伴中上腹部疼痛与压痛，局部肌紧张。

（4）睾丸肿痛（常为单侧）。

3.实验室检测

（1）1 个月内未接种过腮腺炎减毒活疫苗，血清中特异性 IgM 抗体阳性。

（2）双份血清（间隔 2～4 周）IgG 抗体效价呈 4 倍或 4 倍以上增高。

（3）唾液、尿、脑脊液、血中分离到腮腺炎病毒。

4.病例分类

（1）疑似病例：①具备 2 中的（1）或伴 2 中的（2）、（3）或（4）；②具备 2 中的（2）、（3）或（4）项加 1。

（2）临床诊断病例：4（1）中的①加 1。

（3）确诊病例：疑似病例或临床诊断病例加 3 中的（1）或 3 中的（2）或（3）。

二、医 嘱 示 例

流行性腮腺炎（以 6 岁，20kg 为例）。

长期医嘱	临时医嘱
传染病护理常规	血常规　CRP
二级护理	尿常规
软食	粪常规

留陪一人	肝肾功能＋心肌酶谱
呼吸道隔离	血淀粉酶
青黛散　15g　外敷腮腺肿胀处　bid	尿淀粉酶
干扰素　100万U　im　qd	腮腺炎病毒 IgG、IgM
或 10%GS　100ml ┐ iv drip qd 利巴韦林　0.2g ┘	心电图
	咽部病毒分离及血清学检查
10%GS　100m l ┐ iv drip qd 维生素C　1.0g ┘	

三、医嘱说明

1.急性期血中及尿中的淀粉酶含量明显增高，且与腮腺肿胀程度成正比，对诊断有参考价值。

2.血清中特异性抗体感染后 2～3 周即可出现，1 个月时达高浓度，3 个月后逐渐降至低水平。

3.症状出现前 7d 至腮腺肿胀后 9d，可从唾液中分离出病毒。

4.流行性腮腺炎有多种并发症。①神经系统并发症：约 4.9%并发脑炎，27%并发脑膜炎。治疗上可加用"利巴韦林"静点，直至特征消失后 2d 停药，疗程 3～7d，伴颅压增高症状者，加用脱水剂。②生殖器官并发症：睾丸炎、附睾炎或卵巢炎。并发睾丸炎时，可用止痛药，并用棉花及丁子带托起，置冷水袋以减轻疼痛。可短期应用激素，氢化可的松每天 5mg/kg。③急性胰腺炎：可见于年长儿，大多发生于腮腺肿胀后 3～4d 至 1 周。治疗上应禁食，静脉输液，加用抗生素。④感音性耳聋：多为一侧性，年长儿发病率高，多发生于病后 10d 内，以 2～3d 多见，治疗困难。

第九节　流行性感冒

一、诊　断

1.病史　在流行季节一个单位或地区同时出现大量上呼吸道感染病人；或者近期内本地区或邻近地区上呼吸道感染病人明显增多；或医院门诊上呼吸道感染病人明显增多。

2.临床表现

（1）出现急起畏寒、高热、头痛、头晕、全身酸痛、乏力等中毒症状。

（2）可伴有咽痛、干咳、流鼻涕、流泪等呼吸道症状。

（3）少数病例有食欲减退，伴有腹痛、腹胀、呕吐和腹泻等消化道症状。

3.实验室诊断

（1）血液化验检查白细胞总数不高或偏低。

（2）从病人鼻咽分泌物分离到流感病毒。

（3）恢复期病人血清中抗流感病毒抗体滴度比急性期有4倍或4倍以上升高。

（4）直接检查呼吸道上皮细胞的流感病毒抗原阳性。

（5）标本经敏感细胞增殖1代后查抗原阳性。

4.病例分类

（1）疑似病例：具备1＋2或1＋2＋3中的（1）。

（2）确诊病例：疑似病例＋3中的（2）或（3）或（4）或（5）。

二、医 嘱 示 例

流行性感冒（以6岁，20kg为例）。

长期医嘱	临时医嘱
儿科护理常规	血常规 CRP
二级护理	尿常规
软食	粪常规
留陪一人	肝肾功能＋心肌酶谱
呼吸道隔离	血沉
病毒唑雾化 bid	胸片
干扰素 100万U im qd	心电图
NS 100ml iv drip bid（并发细菌感染时） 青霉素 160万U	咽拭子流感病毒分离
	鼻咽拭子流感病毒荧光抗体检查
10%GS 100ml iv drip qd 维生素C 1.0g	青霉素皮试
金刚烷胺 50mg bid（甲型流感病毒感染）	

三、医嘱说明

1.周围白细胞大多减少,平均 $4×10^9/L$,中性粒细胞减少显著,淋巴细胞相对增加,大单核细胞也可增加。并发肺炎时,白细胞总数可能大幅度下降,低达 $(1～2)×10^9/L$,血沉正常,冷凝集试验大多阴性。

2.病毒分离。采取急性期鼻腔清洗,咽部含漱液或取咽拭子里保存液中送检。采取标本最好在 3～5d 之内,过晚分离阳性率低。

3.药物预防。目前已肯定金刚烷胺对甲型流感病毒有预防作用,对乙型流感病毒无效。在接触病毒后立即服用效果好,剂量 1～9 岁小儿每天 4～8mg/kg,分 2 次口服,最高不超过 150mg 每天,9 岁以上同成人剂量,即 100mg,每天 2 次,保护率达 50%～70%。

4.流感病毒至今无确切的有效的治疗方法,着重一般护理和并发症防治。有细菌并发症时及时给抗菌药物,金刚烷胺对甲型流感有效,发病 24h 内用药较佳,剂量同预防量。对低弱年幼者应用免疫调节药,可增加抗体免疫功能,促进康复。

第十节 传染性单核细胞增多症

一、诊 断

1.**病史** 应注意当地流行状况,是否到过流行地区。周围有无类似患者,以便协助诊断。

2.**临床表现**

(1)发热:绝大多数患儿均有不同程度发热,体温波动在 38～40℃,热型不定,热程数日至数周甚至长达数月。发热虽高,中毒症状却较细菌性咽炎为轻。

(2)淋巴结肿大:所有病例均有,为本病特征,主要累及双侧颈部淋巴结,可不对称。其他各处淋巴结也可肿大。

(3)咽峡炎:80%患儿出现咽痛或咽峡炎症状,咽充血,扁桃体肿大,可有渗出或假膜。

(4)肝脾肿大:见于 70%病例,多出现于发病第 1 周,可有肝功能异常,黄疸少见,重者可发生重型肝炎,肝功能衰竭。

(5)皮疹:可出现斑丘疹,多在病程第 4～10 天出现,应用氨苄西林钠后皮疹出现率高达 90%。

3. 辅助检查

（1）血象：白细胞总数增高，以淋巴细胞为主，异常淋巴细胞10%～90%，呈泡沫型，不规则型和幼稚型，发生溶血性贫血时红细胞减少，网织红细胞增加，免疫异常可导致粒细胞缺乏或血小板减少。

（2）EB病毒抗体测定：以下结果如出现1项或多项，即为本病急性感染的指征。①抗VCA-IgM抗体滴定效价1：10或更高；②抗VCA-IgG抗体效价在1：320或更高；③抗EA-D抗体效价在1：10或更高；④血清中未出现抗EBNA抗体。

（3）血清嗜异凝集反应：一般认为1：40以上即为阳性反应，于起病5d后即可呈阳性反应，2～3周达高峰，可持续2～5个月。可有10%患者始终阴性，尤其是5岁以下小儿。

（4）PCR法检测血中EB病毒DNA阳性。

二、医嘱示例

传染性单核细胞增多症（以6岁，20kg为例）。

长期医嘱	临时医嘱
儿科护理常规	血常规＋异淋计数
二级护理	尿常规
软食	粪常规
留陪一人	肝肾功能＋心肌酶谱＋体液免疫
卧床休息	血沉
干扰素　100万U　im　qd	细胞免疫
5%GS　150ml ｜ iv　drip　q12h 阿昔洛韦　100mg ｜	血清嗜异性凝集试验
	EB病毒抗体
10%GS　100ml ｜ iv　drip　qd 葡醛内酯　0.1g ｜	胸片
	心电图
10%GS　100ml ｜ 维生素C　1.0g ｜ iv　drip　qd 肌苷　0.1g ｜	腹部超声检查（肝、胆、脾）

三、医嘱说明

1.非典型淋巴细胞增加是传染性单核细胞增多症的特异性表现。通常发生在疾病的第 2 周，非典型淋巴细胞并非传染性单核细胞增多症所特有，在本病非典型淋巴细胞一般占 10%以上，这在其他情况是罕见的。

2.血清嗜异凝集反应。传染性单核细胞增多症患者血液中含有凝集绵羊红细胞或马红细胞的抗体，即"嗜异性凝集素"，这是一种 IgM 的嗜异性抗体。一般认为 1∶40 以上即为阳性，1∶80 以上更具有价值，于起病 5d 后即可为阳性反应，但有迟到病程 4 周后才呈阳性，2～3 周达高峰，持续 2～5 个月。

3.EB 病毒特异性抗体有①抗衣壳抗原抗体，IgM，IgG 2 种；②抗早期抗原抗体；③抗核心抗原抗体。

4.传染性单核细胞增多症是自限性疾病，治疗应以支持为主，在疾病的急性期应卧床休息。阿司匹林口服和盐水漱口常可控制由肿大淋巴结和咽炎引起的疼痛和不适。抗生素治疗无效，只用于伴发细菌感染时，应用氨基苄青霉素发生皮疹者可达 95%，通常在用药 1 周后出现，可能与本病的免疫异常有关，故忌用。应避免接触性运动，直到病人完全恢复、脾脏不能触到，以防脾破裂。

5.对严重病例，伴有咽喉部梗阻或脾脏肿痛症状，有宜短期应用肾上腺皮质激素，为 3～7d。并发心肌炎、严重肝炎、溶血性贫血或血小板减少性紫癜并有出血时，激素应用可达到 2 周。

第十一节 风　疹

一、诊　断

1.病史　易感者有与风疹患者接触史。

2.临床表现　潜伏期一般为 14～21d。

（1）前驱期：咳嗽、喷嚏、流泪、流涕、咽痛、结膜炎、前额痛、发热（体温 38～39℃）、呕吐。发热半天至 1d 后出现皮疹。

（2）出疹期：疹痒多白面、颈而发，迅速（多在 1d 内）蔓延躯干、四肢遍布全身，掌、指（趾）少见皮疹。为浅红色斑丘疹，分布均匀，疹间皮肤正常。耳后、颈部淋巴结肿大。

（3）恢复期：3～6d 后皮疹消退，可见麸糠样脱屑，轻微瘙痒，体温下降至正常，肿大之淋巴结迅速消退，但也可持续肿大数周后方消退。

3. 辅助检查

（1）血白细胞总数减少、淋巴细胞增多。

（2）血清中风疹为 IgM 抗体阳性。

（3）恢复期血清风疹 IgG 抗体滴度较急性期上升 4 倍以上。

（4）咽拭子标本中分离到风疹病毒。

二、医 嘱 示 例

风疹（以 6 岁，20kg 为例）。

长期医嘱	临时医嘱
儿科护理常规	血常规
二级护理	尿常规
软食	粪常规
留陪一人	肝、肾功能
卧床休息	心肌酶谱
10%GS　150ml ｜ iv　drip　qd 利巴韦林　200mg ｜	体液免疫全套 血沉
10%GS　100ml ｜ iv　drip　qd 维生素 C　1.0g ｜	风疹病毒 IgM 抗体 心电图

三、医 嘱 说 明

1. 出疹期白细胞数略低，分类淋巴细胞在最初 1～4d 减少，其后增加。发病 1 周内血沉增快。

2. 风疹的特异性 IgM 抗体对早期诊断有意义。测定风疹血清抗体的方法有红细胞凝集试验，中和试验，补体结合试验，免疫荧光试验及酶联免疫吸附试验。比较初期与恢复期双份血清抗体效价，增高 4 倍以上为阳性，证明近期曾感染风疹。生后患风疹时，血凝抑制抗体，中和抗体及补体结合抗体在出疹第 3d 即可测知。

3. 无特异性治疗，并发症有关节炎 20%，急性脑炎 0.02%，通常在皮疹出现 4d 内发生，血小板减少性紫癜 0.03%。获得性风疹的患儿应隔离至皮疹出现后 7d，患先天性风疹的婴儿传染性可持续 1 年。

（侯丽影　陈　黎）

第**14**章 细菌性传染病

第一节 伤寒和副伤寒

一、诊　断

1.临床诊断标准　①持续性高热（可达 40～41℃）为时 1～2 周以上。②特殊中毒面容，相对缓脉，皮肤玫瑰疹，肝脾大。③周围血象白细胞总数低下，嗜酸性粒细胞消失，骨髓象中有伤寒细胞（戒指细胞）。在伤寒流行季节和地区有①、②和③可作临床诊断。

2.确诊标准　临床诊断病例如有以下项目之一者即可确诊。①从血、骨髓、尿、粪便、玫瑰疹刮取物中，任一种标本分离到伤寒杆菌或副伤寒杆菌。②血清特异性抗体阳性。肥达反应"O"抗体凝集效价≥1∶80，伤寒或副伤寒鞭毛抗体凝集效价≥1∶160，恢复期效价增高 4 倍以上者。

二、医嘱示例

伤寒及副伤寒医嘱（以 6 岁，体重 20kg 为例）。

长期医嘱	临时医嘱
传染病护理常规	血常规+嗜酸粒细胞计数
二级护理	尿常规
半流食	粪常规+潜血
留陪一人	血培养
NS　250ml　｜　iv　drip　qd 头孢曲松 2g　｜	尿培养
	大便培养
	骨髓培养（prn）
	肥达反应

腹部平片
腹部彩超
肝功能
肾功能
血生化
先锋Ⅴ皮试

三、医嘱说明

1. 病原菌培养　阳性培养是最可靠的确诊依据。在起病后 1 周内血培养阳性率可达 85%，此后即降低。将血块培养于盐及连激酶的培养液可避开血清内杀菌物质，提高培养阳性率。自病程 2～3 周起粪便培养阳性机会增加，可达 80%，发病菌第 3～4 周约有 20% 病例尿培养阳性。骨髓培养阳性率较前血培养高，细菌存活期也比较长，但应在诊断确属困难、病情许可时酌情应用。近有报道十二指肠拉线培养法，此法为让患儿吞服 1 粒含一根盘屈尼龙线的胶囊，留置 6h，胶囊于胃内被消化，尼龙线通过门进入十二指肠远端，被胆汁和十二指肠液浸透，然后抽出尼龙线，取其远端 20cm 进行伤寒杆菌分离培养，阳性率较血培养为高。

2. 肥达反应　发病第 1 周内阳性率仅为 50% 左右，第 2 周起阳性率逐渐增高，至第 4 周可达 90%。少数病人的凝集效价始终不高。新生儿时期常逞阴性。肥达反应根据所用抗原分粒状或"O"凝集与絮状或"H"凝集两种。一般两种凝集效价都在 1∶160 以上才有诊断参考价值，但在疾病发展过程中凝集价的动态改变，例如双份血清"O"于"H"凝集价的同时增长，尤其是"O"凝集价日增长，诊断价值更大。伤寒杆菌与甲、乙、丙型副伤寒杆菌的鞭毛"H"的特异性较高，可以用以鉴别伤寒及各型副伤寒。某些急性传染病如流行性感冒、斑疹伤寒等，每能使曾接种伤寒菌苗或患过伤寒的人原有的"H"凝集价最高很多；在这种情况下，"H"凝集价的诊断意义就不那么大了。

3. 抗菌药物治疗　氯霉素、复方磺胺甲噁唑（复方新诺明）和氨苄西林（氨苄青霉素）是传统的治疗伤寒药物。20 世纪 80 年代后国内有些地区曾爆发耐上述药物的伤寒杆菌引起的伤寒流行。对于耐药伤寒的治疗，目前应用较多的是第三代头孢菌素和新一代喹诺酮类，后者尤以其疗效好，副作用小，价格较廉而为耐药性伤寒的长用药物。而氯霉素等传统药物仍为治疗对这些药物敏感的伤寒散发病例的有效药物。

（1）氯霉素：氯霉素的口服剂量一般可按 30～50mg/（kg·d）计算，新生儿应限制在 25mg/（kg·d）以下，首次剂量不应加倍，以免引起突然虚脱。全日剂量可分为 4 次，每 6h 服 1 次。热退后以半量继续服药 7～10d。也有使用间歇疗法者，即以上述剂量口服，热退后继续服药 2～3d（第 1 疗程），停药 5d 后，然后用全量或半量再服 5～7d（第 2 疗程）。也可配合嗜酸细胞计数决定疗程。患儿不能口服时可改由静脉给药，但剂量适当减少。大多数病例在用药 5～7d 内退热。退热后停药过早每易引起复发，再服时依然有效。较长期应用氯霉素时必须慎防中性粒细胞明显下降的毒性反应。

（2）复方磺胺甲噁唑：为磺胺甲基异噁唑（SMZ）和甲氧苄啶（甲氧苄胺嘧啶，TMP）的复合片，前者与后者之比为 5∶1。儿童剂量按 TMP8～10mg/（kg·d）计算，分 2～3 次口服，热退后半量再服 7～14d。平均 4.5d 退热。北京儿童医院以此药治疗伤寒和副伤寒 120 例，疗程平均 19.5d。疗效与 50 例氯霉素对照组相似，但复发较少，特别是不良反应较少，拟比氯霉素为优。不良反应有皮疹、血尿等。剂量大或较长期应用时可加用碳酸氢钠。肾功能损害者慎用或不用。

（3）半合成青霉素：常用氨苄西林与阿莫西林（羟氨苄青霉素，Amoxycillin）。前者的剂量为 100～200mg/（kg·d）分 4 次口服或分 2 次静脉注射，疗程为 14d 左右。此药毒性小，较长期使用时无严重副作用，适用于白细胞计数过低和氯霉素治疗无效的伤寒患者。退热时间为治疗后 5～6d。阿莫西林的化学结构和抗菌谱与氨苄西林相似，但口服后血浓度高与氨苄西林。一般剂量为 100mg/（kg·d），分 4 次口服。

（4）半合成青霉素与氨苄基糖苷类药物：如庆大霉素、阿米卡星（丁胺卡那霉素）等联合使用可获协同作用。

（5）新一代喹诺酮类：口服吸收良好，易于渗入细胞内，产生快速杀菌作用，毒副反应小，价廉。常用于治疗伤寒者有诺氟沙星（氟哌酸，Norfloxacin）、环丙沙星（环丙氟哌酸，Ciprofloxacin）、和服氧氟沙星（氟嗪酸，Ofloxacin）。诺氟沙星已在我国生产并使用于伤寒病例，为治疗耐药性伤寒的首选药物，可与 TMP 合作。剂量为 10～20mg/（kg·d）分 3 次口服，疗程 2 周左右，偶有消化道副反应。环丙沙星作用最强，血液和胆道内浓度保诺氟沙星高，有利于消除伤寒带菌状态。诺氟沙星抗菌作用略低于环丙沙星，但其生物利用度高，因此体内抗菌作用并不比环丙沙星差。

（6）第三代头孢菌素：对 G^- 杆菌有强大的杀菌效力，其中头孢噻肟、头孢哌酮和头孢曲松（头孢三嗪）国外已较多用于治疗耐药性伤寒。头孢哌酮和头孢曲松在胆汁中浓度较高，故用药后复发率低，可用于慢性带菌者。也有报导用第二代头孢菌素头孢孟多和第三代头孢菌素拉氧头孢（羟羧氧酰胺菌素）等治疗伤寒成功。这类药品必须肌注或静脉注射，目前价格比较昂贵，但国内已部分投产，可供不能口服药物的耐药性伤寒患者使用。

4. 肾上腺皮质激素 重症伤寒中毒症状明显或有肠出血、肠穿孔以外的重度并发症时，在有效抗生素及支持疗法的基础上，及早兼用地塞米松、氢化可的松或泼尼松滴注或口服可降低病死率。一般在使用后24h即可退热，3～5d即应停。激素并不增加肠出血危险，但不宜用于晚期。

5. 恢复期的处理 活动和膳食应逐渐加多。即或使用药物治疗后退热较早的病例，在热退后也至少应休息2周，以卧床休息为主。轻症患者可坐在床上玩耍或下床在室内活动，以不感疲倦为度。合并心肌炎者则卧床时间必须适当延长。出院条件为临床症状消失后间隔5d粪便培养至少2次阴性。如为恢复期带菌者，应报告防疫部门，出院后加以随访管理。

6. 带菌者的治疗 国外报道以一般剂量的复方磺胺甲噁唑做4～6个月长程口服治疗或大剂量氨苄西林做4～6周的口服治疗有一定效果。近有报道对耐药性伤寒杆菌成人带菌者用诺氟沙星400mg或环丙沙星750mg口服，每日2次共4周，初步疗效满意。

7. 预后 小儿伤寒预后较成人为佳，但营养不良小儿因细胞免疫功能低下，预后较差，并发肠穿孔，肠出血，脑膜炎时，可危及生命。

第二节 斑疹伤寒

一、诊 断

1. 流行性斑疹伤寒

（1）流行病学：冬春季发病，有衣虱感染史。

（2）临床症状：突然高热并伴有剧烈头痛。

（3）体征：80%以上的患者4～7日出现皮疹，初为淡红色斑丘疹，2～5mm，压之退色，1周后变为暗红色或紫癜样皮损，压之不褪色。

（3）实验室诊断

①血清学诊断：室温补体结合试验（CF），普氏立克次体血清抗体滴度大于莫氏立克次体抗体滴度2倍以上，一次血清抗体滴度≥1∶32，双份血清恢复期高于急性期4倍以上，可确诊为现患病例。

②病原学诊断：从发热期患者血标本中分离出普氏立克次体或从发热期患者

血标本中扩增出普氏立克次体特异性 DNA 片段。

2. 地方性斑疹伤寒

（1）流行病学：多数秋冬季发生，在热带、亚热带地区没有明显的季节性。有家鼠接触史或居住场所有大量家鼠、蚤或有宠物猫。

（2）临床症状：突然发热伴有剧烈头痛；

（3）体征：发热在 38～40℃，呈稽留热或弛张热，皮疹较少或不明显，神经系统症状常不明显。

（4）实验室诊断

①血清学诊断：室温微量补体结合试验（CF），抗莫氏立克次体血清抗体高于抗普氏立克次体血清抗体 2 倍以上，且抗体滴度达 1∶32 以上或恢复期血清抗体滴度高于急性期血清抗体滴度 4 倍以上。

②病原学诊断：从发热期患者血标本中分离出莫氏立克次体或从发热期血标本中扩增出莫氏立克次体特异性 DNA 片段。

二、医 嘱 示 例

以年龄 6 岁，体重 20kg 的一般病例为例。

长期医嘱	临时医嘱
传染病护理常规	血常规
二级护理	尿常规
普食	粪常规
留陪一人	血沉
氯霉素　0.2　q6h	肝功能
	肾功能
	凝血四项
	外斐试验
	立克次体-PCR
	立克次体-IgM
	腹部彩超（肝、胆、脾）
	传染病报卡

三、医嘱说明

1.传统的诊断试验为外斐试验，即变形杆菌 OX19 凝聚试验，滴度达 1∶80 以上阳性，有诊断意义。近年出现的间接免疫荧光抗体技术可用于检测血清中特异的 IgM 抗体，可做出早期诊断。用 PCR 技术检测立克次体特异性 DNA 序列，也可做到早期快速诊断。

2.该病特效治疗主要用四环素和氯霉素。对 7 岁以上儿童可用四环素，40mg/（kg·d），分 3～4 次口服，可加用甲氧苄啶 10 mg/（kg·d），分 2 次 q12h 服，退热后适当减量继续用药 1 周以上。

3.该病常出现有中枢神经系统症状，如剧烈头痛、谵妄、狂躁、头晕等症状，若中枢神经系统症状明显，可加用止痛镇静类药物，如苯巴比妥（鲁米那）、非那更等药物治疗。

第三节　细菌性痢疾

一、诊　　断

1.疑似病例　有脓血便或黏液便或水样便或稀便或伴有里急后重症状，并除外其他原因的腹泻病例为痢疾疑似病例。

2.临床诊断病例

（1）急性菌痢：①急性发作之腹泻（除外其他原因腹泻），伴发热、腹痛、里急后重、脓血便或黏液便、左下腹有压痛；②粪便镜检白细胞（脓细胞）每高倍（400 倍）视野 15 个以上，可以看到少量红细胞。

（2）急性中毒型菌痢：①发病急、高热、呈全身中毒为主的症状；②中枢神经系统症状，如惊厥、烦躁不安、嗜睡或昏迷；或有周围循环衰竭症状，如面色苍白、四肢厥冷、脉细速、血压下降或有呼吸衰竭症状；③起病时胃肠道症状不明显，但用灌肠或肛门拭子采便检查可发现白细胞（脓细胞）。

（3）慢性菌痢：过去有菌痢病史，多次典型或不典型腹泻 2 个月以上者；或有黏液脓性粪便或间歇发生黏液脓性粪便。

3.确诊病例　粪便细菌培养痢疾杆菌属阳性的各型临床诊断病例。

二、医嘱示例

细菌性痢疾（以 6 岁，体重 20kg 为例）。

长期医嘱	临时医嘱
传染病护理常规	血常规
二级护理	尿常规
流质饮食	粪常规+潜血试验
留陪一人	肝肾功能＋电解质
消化道隔离	大便培养
测血压，瞳孔直径，尿量　q6h	腹部三位平片
NS　100ml　| iv　drip　qd 头孢曲松　2g　|	美林糖浆　6ml（体温大于 38.5℃）
黄连素 200mg　tid	NS　2 000ml　| iv　drip 5%碳酸氢钠　100ml |
肯特令　3g　tid	
妈咪爱　1g　bid	10%KCl　20ml　po
腹部理疗　qd	山莨菪碱（654-2）　5mg　po
	安定　5mg　iv（1min 1mg）（惊厥时）
	先锋Ⅴ皮试

三、医嘱说明

1.**中毒型痢疾的治疗**　对发病急剧、病情严重的中毒型痢疾，必须分秒必争，全力以赴地进行抢救。在抢救过程中要在病情变化的不同阶段针对主要的症状采取综合性措施，并对整个治疗过程中可能发生的病情变化做好充分的估计，准备好相应的治疗措施。虽然中毒性型痢疾的发病机制还不十分清楚，但是由于痢疾杆菌内毒素所致的感染性休克和颅内压增高症状都很明显，因此抢救重点应放在这两个主要方面。

（1）高热、惊厥，尚无呼吸循环衰竭症状者：病儿急性发病，高热在 39℃左右，惊厥，嗜睡、谵语昏迷，但呼吸、循环无衰竭症状，此种病儿占中毒型痢疾患者的大多数。凡甲皱微循环及眼底见微动脉痉挛者，皆应早期应用解除微血管痉挛药（如山莨菪碱），并应用抗生素疗法及对症处理，后者包括降温及积极控制惊厥。降温方法可用药物及物理降温，常用降温药物有阿司匹林、复方阿司匹林或肌注复方氯丙嗪，同时可用物理降温，如温湿毛巾敷胸腹部，冰袋置于枕部或酒精擦浴等。大部分病儿随着病情好转，体温下降，不再惊厥，呼吸及循环功能保持正常情况，就可逐渐痊愈。但是，在抢救过程中应密切观察病情发展，有一部分病儿由于病情恶化，可出现呼吸及循环衰竭症状，应立即采取相应措施抢救。

（2）高热、惊厥并有重症休克症状者：病儿有高热或有惊厥、嗜睡、谵妄或昏迷，并有重症休克症状者，此时循环衰竭症状严重，微循环处在痉挛状态，应采用解除微血管痉挛药，同时先快速补充一批液体（包括碱性液及等张含钠液），使痉挛的微循环血管得到舒张，并改善人体酸碱平衡及补充有效循环血量。待循环情况得到初步改善后，继续补充液体，保持血管紧张度，直至休克症状消失。在治疗过程中，至循环衰竭症状好转，等张含钠液即宜停止补充，及时换用含钾维持液，否则容易发生脑水肿、颅内高压症出现呼吸衰竭症状。

（3）过高热、反复惊厥、有呼吸及循环衰竭症状者：发病急骤，病情凶猛，有过高热，体温常在41℃（腋表）或更高，但有时因病儿末梢循环衰竭，试腋表时体温不高，需用肛表测体温，病儿因病情严重，可出现反复惊厥，呼吸及循环均出现衰竭迹象，此时情况危重，应立即采用人工冬眠疗法，同时应用解除微血管痉挛药等药物，保护患儿在低温状态下，不致发生严重的呼吸或循环衰竭，待病情稳定后，停止冬眠，逐渐复温，继续治疗痢疾。

（4）出现呼吸衰竭症状者：在病情发展或治疗过程中，如出现呼吸衰竭症状，说明病儿有脑水肿及颅内高压，严重者可发生脑疝。因此在抢救过程中，要早期发现颅内压增高症的症状，及时采用脱水疗法。如发生枕骨大孔疝时间已较久，治疗效果就很差。

2.急性痢疾普通型的治疗　治疗重点在于积极控制感染.结合液体疗法及对症疗法。对重型患儿应及时纠正脱水及酸中毒。

（1）抗菌治疗：自磺胺药物和抗生素广泛应用以来，痢疾杆菌耐药菌株逐年增加，该菌对磺胺类药、氯霉素、四环素、链霉素、呋喃唑酮（痢特灵）、胺苄青霉素等多数耐药。耐药菌株能产生特异的药物灭活酶，使抗菌药物失效.现将常用比较有效的抗菌药物分述如下后。①磺胺甲基异噁唑和甲氧苄啶（甲氧苄胺嘧啶）合用（复方磺胺甲噁唑），每片0.48g，内含SMZ400mg、TMP80mg，剂量为50mg/kg，分2次口服。②多黏菌素E，婴儿剂量为8万～10万U/（kg·d），分4次口服。③庆大霉素，口服每天1万～2万U/kg，分3～4次给予，口服不吸收，无副作用。④诺氟沙星：每天10～15mg/kg，分3次口服，一般不用于幼儿。⑤吡哌酸，剂量为每日30～40mg/kg，分3～4次口服，毒性小，疗程5～7d，常与TMP合用，可影响软骨发育，幼儿慎用。⑥巴龙霉素，口服剂量每日40mg/kg，分3～4次，副作用有恶心、呕吐、腹泻。

小檗碱（黄连素）适用于较大儿童的轻型病例，每次15～20mg/kg，每天4

次，无明显副作用，疗程可适当延长。

其他可参考药物敏感试验或当地供应情况选用抗生素，药物一经选定或连用72h，若症状不见减轻，可换用其他药物。

（2）液体疗法：液体的需要随泻痢的程度而定，轻型病例仅适量多饮即可补偿。严重病例有脱水及酸中毒、低钾血症时必须及时输液纠正

（3）对症药物疗法：里急后重现象须适当镇静药，以减轻肠蠕动，可服小量氯丙嗪或异丙嗪，每次 0.5mg/kg，每天 3～4 次或另于睡前增授其他安眠药 1 次。高热时，须及时降温，可用冰枕、头部冷敷及退热剂。菌痢患儿高热时每易惊厥，一旦发生，要积极止痉，如在发病初期则应按中毒型痢疾严密观察。脱肛时可用手隔以消毒纱布，轻揉局部，以助加纳，并配合针灸治疗。各种维生素及消化酶要注意供给。

（4）中医疗法：据证治以清热利湿，调气和血之法。常用葛根芩连汤或芍药汤加减。

（5）针刺疗法：取穴以天枢、气海、上巨虚为主；热重者可加曲池、合谷；湿重者可加有陵泉。

（6）一般疗法及饮食管理：患儿应卧床休息，保证有良好的休养环境与护理，进行胃肠道隔离和采取各种消毒措施，吐泻过频者，可予短期禁食，然后授以糖茶水、流食或半流食，不应限制过严，以免发生营养不良。

3. 慢性痢疾的治疗

（1）抗菌疗法：可采用间歇疗法，即用 7～10d，休息 4d，重复治疗 4d，休息 4d，再重复治疗 4d，全疗程为 23～26d。对顽固迁延性病例，大便长期带有脓血或细菌培养阳性者，可改用或同时辅以灌肠疗法，每个疗程 7～12d。可选用以下常用灌肠液之一：1%呋喃西林，20mg/kg 次，每日 1 次；3%小檗碱及 0.25%普鲁卡因（奴佛卡因），每次 10～20ml，每日 1 次；5%大蒜混合液（每 100ml 含大蒜滤清液 5g，呋喃西林 1g 普鲁卡因 0.25g，泼尼松 10mg）应用剂量按其中呋喃西林计算，每天 1 次，灌肠一定要达到保留目的，宜在晚间睡前施行。慢性痢疾病人，在治疗后期还需密切注意因用药过久而引起肠道菌群紊乱的发生，故凡经充分时间治疗以后，大便培养转阴，脓血消失，此时即使便次稍频，也应及早停用抗菌药物，而代以其他方法进一步促进肠功能的恢复。

（2）液体疗法：由于病程迁延，患儿多并发营养不良，体液经常处于一种低渗状态，并且多发生低张性失水，病人常饥饿，热量不足，体内组织代谢分解增加，合成减少，损失大量的钾离子，加之肾功能不良，调节保留电解质的功能失常，故极易发生严重的低钾血症，每可在护理工作中换衣服、换尿布时发生危象

而致命。另外患儿心血管功能也很低下，液体疗法过程中负担稍重，即可发生心力衰竭。治疗中要注意以下几点。 ①在补充液量上应比一般小儿减少 1/3～1/5，时间应该较长，一般不得短于 8～10h。②多数病例应按低张性失水补充含钠液。③低血钾比较普遍，患儿血清钾测定常在 3mmol/L 以下，临床表现软弱、嗜睡、腹胀、腱反射消失，心音低钝，血压下降，故慢性痢疾病人在补充失水时，要注意及时供钾，根据缺钾程度的轻重供给范围为 3～6mmol/（kg•d），口服量应占全量 1/2 经上，持续供应数日，总之慢性痢疾综合治疗的重点在于打破由于营养不良与痢疾恶化相互作用的恶性循环，在治疗中要掌握住护理、治疗、防止继发感染三个主要环节。

4. 预后 诊治较早的病例疗效较好。发病后 3～4d 才就诊的，疗效较差，治疗应彻底，若早期未作适当的治疗，易转为慢性痢疾，根治就较困难.婴幼儿时期病情比较严重.最严重的中毒型，往往在发病 48h 内迅速恶化，病死率较高。从临床表现来说，神志持续昏迷屡发惊厥的，粪便中血液较多的，伴有严重营养不良的，以及发生严重腹胀的，预后均属不良。若同时并发麻疹、流感或肺炎，则病情更易恶化。若以各种病原菌而论，志贺氏菌毒力最强，福氏菌次之，但有时福氏菌所致感染反较猛烈。宋内菌所致者一般比较轻，但如致中毒型痢疾，可同样严重。

第四节 猩 红 热

一、诊 断

1. 流行病学资料 当地有本病发生及流行，可在潜伏期内有与猩红热病人或与扁桃体炎、咽峡炎、中耳炎、丹毒病人接触史。

2. 临床表现

（1）普通型：①起病急骤，发热，咽峡炎，草莓舌。②发病 1～2d 内出现猩红热样皮疹，皮肤呈弥漫性充血潮红，其间有针尖大小猩红色红点疹，压之褪色，亦可呈"鸡皮疹"或"粟粒疹"。皮肤皱褶处有密集的红点疹。呈皮折红线（即巴氏线）。同时有杨梅舌和口周苍白。2～5d 后皮疹消退。疹退后皮肤有脱屑或脱皮。

（2）轻型：发热，咽峡炎，皮疹均很轻，持续时间短，脱屑也轻。

（3）中毒型：严重的毒血症，可出现中毒性心肌炎和感染性休克。

（4）脓毒型：表现为严重的化脓性病变。咽峡炎明显，可有坏死及溃疡。咽部炎症常向周围组织蔓延，引起邻近器官组织的化脓性病灶或细菌入血循环，引起败血症及迁徙性化脓性病变。

3.实验室检查

（1）白细胞总数和中性粒细胞增多。

（2）咽拭子或脓液培养，分离出 A 组链球菌。

4.病例分类

（1）疑似病例：发热，猩红热样皮疹＋白细胞总数和中性粒细胞增多。

（2）临床诊断病例：具备疑似病例＋2 中任何一项。

（3）确诊病例：具备临床诊断病例＋咽拭子或脓液培养，分离出 A 组链球菌。

二、医嘱示例

猩红热医嘱（以 6 岁，体重 20kg 为例）。

长期医嘱	临时医嘱
传染病护理常规	血常规
二级护理	尿常规
流食	粪常规
留陪一人	肝功能
NS　250ml　｜　iv drip bid	肾功能
青霉素　200 万 U　｜	血生化
温盐水漱口　tid	咽拭子培养
炉甘石洗剂　外涂皮肤　tid	青霉素皮试
呼吸道隔离	

三、医嘱说明

1.典型病例诊断较简单，患儿外周血白细胞及中性粒细胞增高。确认需咽拭培养 A 组 β 溶血性链球菌阳性。

2.皮肤转白试验是通过皮内注射致热毒素抗体，观察患儿皮疹是否为致热毒素所致。狄克（Dick）试验是注射致热毒素，检测体内有无足够抗体。由于毒素不止一种，其诊断意义有限。

3.青霉素是治疗猩红热和一切链球菌感染的首选抗生素，一般注射青霉素 G，疗程7～10d，停药后做咽培养，对青霉素过敏者可用红霉素口服或头孢菌素类药物，疗程不得少于7d，重者可静脉给药或两种抗生素联合应用。

4.急性患儿应卧床休息，较大患儿用温淡盐水含漱；饮食以流质、半流质为宜；皮肤保持清洁，可予以甘石洗剂以减轻瘙痒。

5.早发现，早用青霉素可以很快治愈，猩红热恢复后变态反应性的肾炎及风湿热仍然有发生。

第五节 白 喉

一、诊 断

1. 疑似病例 发热，咽痛，声嘶，鼻、咽、喉部有不易剥落的灰白色假膜，剥落时易出血。

2. 确诊病例

（1）白喉流行地区，与病人有直接或间接接触史。

（2）咽拭子直接涂片镜检见革兰阳性棒状杆菌，并有易染颗粒。

（3）棒状菌属白喉菌分离培养阳性，并证明能产生毒素。

临床诊断：疑似病例加确诊病例中第2项，参考第1项。

实验确诊：疑似病例加确诊病例第3项。

二、医嘱示例

白喉医嘱（以6岁，体重20kg为例）。

长期医嘱	临时医嘱
传染病护理常规	血常规
二级护理	尿常规
流食	粪常规
留陪一人	肝功能
NS 250ml iv drip bid 青霉素 200万U	肾功能
	血生化
	咽拭子培养
	白喉抗体
	白喉抗毒素皮试

	白喉抗毒素2万U iv drip
	青霉素皮试

三、医嘱说明

1.**咽拭子细胞培养** 采集标本需用力以棉拭涂抹病变假膜,最好在假膜下及其边缘细菌聚集处采取,立即接种后放入温箱。若培养阴性并不能否定白喉之诊断。培养阳性需进行豚鼠毒力试验,阳性为产毒菌株。

2.**免疫荧光检查** 为快速、敏感的检查,将咽拭培养4h之菌落,用特异抗血清进行免疫荧光检查,可助确诊。

3.**抗毒素疗法** 为治疗白喉的特效疗法,其作用为中和局部病灶和循环中游离的白喉外毒素,对已与组织结合紧密、造成局部损害的外毒素则无效,故必须尽早、足量注射。凡可疑患者,可不等培养结果,先给抗毒素,所用剂量根据病变部位、范围大小、中毒轻重和病程长短而异,儿童与成人用量相同,不按年龄体重计算,给药途径以静脉注射最好,鼻白喉给1万~2万U;咽白喉2万~4万U;咽白喉2万~4万U;鼻咽白喉或治疗延迟者4万~6万U。抗毒素由马血清制备,有可能引起过敏反应,注射前除了解患儿有无过敏史,还必须做皮肤过敏试验,过敏试验阳性者,必须采用脱敏注射法。

4.**抗生素疗法** 首选青霉素,为杀菌剂对白喉杆菌各型均有效,疗程7~10d。如对青霉素过敏,可用红霉素。

5.**咽白喉治疗** 着重于保持呼吸道通畅,必要时通过气管镜吸引脱下假膜,以防堵塞气道,发生喉梗阻时,应及早进行插管术或气管切开术。短期大剂量激素疗法对早期喉梗阻可起缓解作用。

6.**并发症治疗** ①心肌炎:绝对卧床,限制活动,注射维生素 C、ATP、高渗葡萄糖,严重者可予糖皮质激素类药,慎用洋地黄。②神经炎:咽肌麻痹吞咽不便时,需鼻饲,防止吸入性肺炎,呼吸肌麻痹应进行人工辅助机械呼吸。

第六节 百 日 咳

一、诊 断

1.**流行病学史** 白喉流行区,与确诊白喉病人有直接接触史。

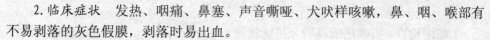

2.临床症状　发热、咽痛、鼻塞、声音嘶哑、犬吠样咳嗽，鼻、咽、喉部有不易剥落的灰色假膜，剥落时易出血。

3.实验室诊断

（1）白喉棒状杆菌分离培养阳性并证明能产生毒素。

（2）咽拭子直接涂片镜检可见革兰阳性棒状杆菌，并有异染颗粒。

（3）病人双份血清特异性抗体呈4倍或4倍以上增长。

4.病例分类

（1）疑似病例：具有典型的临床症状者。

（2）临床诊断病例：疑似病例如咽拭子直接涂片镜检可见革兰阳性棒状杆菌、并有异染颗粒或具有流行病学史。

（3）确诊病例：疑似病例白喉杆菌分离培养阳性，并证明能产生毒素或病人双份血清特异性抗体4倍或4倍以上增长。

二、医 嘱 示 例

百日咳医嘱（以6岁，体重20kg为例）。

长期医嘱	临时医嘱
传染病护理常规	血常规
二级护理	尿常规
流食	粪常规
留陪一人	肝功能
10%GS 300ml ｜ iv drip qd	肾功能
红霉素 300mg ｜	血生化
超声雾化 bid	胸片
非那根糖浆 6ml tid	百日咳抗体
鼻导管吸氧 4L/min prn	咽拭子培养
	10%GS 50ml ｜ iv drip
	维生素 K_1 10mg ｜
	吸痰 PRN

三、医 嘱 说 明

1.血象。白细胞总数及淋巴细胞增高，一般出现在发病第2周，没有诊断意义。

2.细菌检查。咳喋法或鼻咽分泌物接种于 Bordet-Gengou 培养基，前驱期阳性率较高。一次培养阴性不能排除百日咳。

3.免疫荧光检查。直接或间接免疫荧光检测鼻分泌物的病原或抗体，前者用于早期诊断，后者多于发病 2 周后呈阳性。

4.血清学。血清中出现 PT 及 FHA 的 IgA、IgG、IgM。IgG-PT 最具特异性，IgA-FHA 及 IgA-PT 对自然感染最敏感。

5.较严重的并发症多发生于年龄小、营养及健康状况差和咳嗽剧烈的患儿最常发生肺炎或因呼吸道梗阻并发肺气肿、肺不张、支气管扩张，以及纵隔或皮下气肿。百日咳脑病见于痉咳期，由脑缺氧、充血、水肿、脑出血等病变所引起。严重心血管障碍可致心脏扩大，甚至心力衰竭。

6.百日咳菌苗的广泛应用，已使发病率及病死率显著下降，本病预后决定于患儿年龄、免疫状态及有无并发症。重症肺炎或脑病预后不良，死亡病例多为 1 岁以下婴儿，婴儿也容易遗留脑病后症。

7.抗生素的应用。早期应用可以清除鼻咽部的百日咳杆菌，已发生痉咳后主要因毒素所致，抗生素作用不大，敏感抗生素为红霉素或氨苄西林，疗程 7~14d。一般 3~4d 后细菌培养转阴。

8.百日咳免疫球蛋白用于脑病患儿。亦可使痉咳减轻，含高价抗毒素（5 000 U）免疫球蛋白，15ml/kg，静脉注射，72h 见效。

9.患儿环境通风，无烟尘刺激，注意吸痰，给氧，必要时人工呼吸，痰液黏稠可以予以祛痰剂或雾化吸入湿化气道，痉挛咳嗽严重或惊厥者给予镇静药，维生素 K 可以减轻痉挛咳嗽，伴脑病时予以山莨菪碱可以缓解症状，有脑水肿时可以行脱水治疗。

第七节　细菌性食物中毒

一、诊　　断

1.临床诊断　急性起病，呕吐，腹痛，腹泻，见水样便、血水样便、黏液便、脓血便。可伴有发热、脱水表现。上中腹轻度压痛，肠鸣音亢进。

2.病原学诊断

（1）沙门菌属：以鼠伤寒沙门菌、肠炎沙门菌、猪霍乱沙门菌、病牛沙门菌、鸭沙门菌等较常见。沙门菌广泛存在于猪、牛、羊、狗、鸡、鸭及鼠类的肠道、内脏与肌肉中。进食未煮熟的受感染的肉类、内脏或蛋品、乳类后，受细菌感染而发病。病人粪便、呕吐物和可疑食物培养出病原菌。潜伏期为 4～48h。

（2）副溶血性弧菌：革兰染色阴性多形态球杆菌。广泛存在于墨鱼、海鱼、海虾、海蟹、海蜇等海产品，以及含盐分较高的腌制食品如咸菜、腌肉等。本菌中的 B、E、H 等血清型与食物中毒有关。潜伏期 6～12h。

（3）大肠杆菌：可因进食隔夜剩饭菜、肉类及淀粉食物而发病，潜伏期 2～20h。患者呕吐物、粪便、可疑食物细菌培养发现上述大肠杆菌。

（4）金黄色葡萄球菌：引起食物中毒的金黄色葡萄球菌，只限于能产生肠毒素的菌株。该菌存在于人体的皮肤、鼻腔、鼻咽部、指甲下或皮肤化脓感染灶。被污染的食物在室温中搁置 5h 以上，该菌可大量繁殖并产生肠毒素。人进食含这种肠毒素的食物后 1～5h 发病。病人呕吐物、粪便、可疑食物可进行动物实验观察，确定肠毒素的存在。

（5）蜡样芽胞杆菌：革兰染色阳性的粗大杆菌，有芽胞，可产生肠毒素。人进食被该菌污染的隔夜或隔餐食物后 1～2h 发病。患者粪便培养可查到蜡样芽胞杆菌。

（6）变形杆菌：为革兰阴性杆菌。此菌在食品中能够产生肠毒素，并且可以使蛋白质中的组氨酸脱羧而形成组胺，从而引起胃肠炎或过敏性反应。胃肠型潜伏期 3～20h，过敏型 1/2～2h。患者粪便培养可检出变形杆菌。

（7）产气荚膜梭状芽胞杆菌：此菌为专性厌氧菌，当其污染食物特别是肉类罐头或久存的肉类食品后产生肠毒素。人摄入后经 10～16h 发病。食物和粪便培养，如获同一细菌则有确诊意义。

二、医 嘱 示 例

细菌性食物中毒医嘱（以 6 岁，体重 20kg 为例）。

长期医嘱	临时医嘱
传染病护理常规	血常规
二级护理	尿常规
暂禁饮食	粪常规
留陪一人	肝功能
NS 100ml　　iv drip qd 头孢曲松 2g	肾功能
	血生化
消化道隔离	呕吐物培养

	洗胃术一次（神经型食物中毒型时）
	NS　2 000ml　｜　iv drip
	10%KCl　40ml
	抗毒素血清　1万U　im（神经型食物中毒型时）
	抗毒素血清皮试
	先锋V皮试

三、医嘱说明

1.收集可疑食物，病人呕吐物，粪便做细菌培养，可分离到同一病原菌，怀疑金黄色葡萄球菌食物中毒者，可进行动物实验，以确定是否存在耐热的葡萄球菌肠毒素。

2.收集可疑食品、血、大便、小便均可检出肉毒梭菌，以食物浸出液做动物接种试验，观察动物有无外毒素所致的瘫痪现象。

3.治疗方面

（1）胃肠型食物中毒

①卧床休息，沙门菌食物中毒应床边隔离，饮食给予易消化，流质或半流质，病情好转后逐渐改为正常饮食。

②对症治疗，如症状不严重不予止吐、止泻等治疗，剧吐及腹泻频繁患者，可静脉补液纠正酸中毒，有休克症状出现需抗休克措施。

③病原治疗一般不用抗生素，严重者可针对病原菌选用有效抗生素。

（2）神经型食物中毒

①抗毒素治疗，早期多价抗毒素血清（包括AB及E型）有效，尤在起病后24h或瘫痪发生前注入最有效。1万～5万U1次，静脉或肌注，必要时6h后重复1次，晚期病人应注射抗毒素，用前先做过敏试验。

②防止外毒素继续吸收，病人应立即予5%碳酸氢钠或1∶4 000高锰酸钾溶液洗胃，予腹泻剂并做清洁灌肠，忌用镁剂，以清除毒素。

③支持治疗，卧床休息，注意水、电解质平衡，吞咽困难者鼻饲或静脉补充维生素、氨基酸等。

④对症治疗，保持呼吸道通畅，呼吸困难者予机械辅助呼吸，创伤性中毒必须彻底清创。

⑤婴儿肉毒中毒，以支持和对症治疗为原则，一般不用抗毒血清，有认为口

服或肌注青霉素，以阻止肠内病菌及其外毒素的产生。

第八节 幽门螺旋杆菌（Hp）感染

一、诊 断

1.合并幽门螺杆菌（Hp）感染的诊断标准

（1）细菌培养阳性。

（2）组织切片染色见到大量典型细菌。

（3）组织切片见到少量细菌及尿素酶试验、^{13}C-尿素呼气试验、血清学 Hp-IgG、Hp 核酸任意 2 项阳性。

（4）2 周内服用抗生素者、上述检查可呈假阴性。

2.Hp 根治标准 停药 1 个月以上进行复查，上述检查转为阴性者为根治。

二、医 嘱 示 例

幽门螺旋杆菌感染医嘱（以 6 岁，体重 20kg 为例）

长期医嘱		临时医嘱
儿科护理常规		血常规
二级护理		尿常规
清淡饮食		粪常规+隐血试验
留陪一人		肝功能
NS 100ml	iv drip qd	肾功能
奥美拉唑 15mg		血生化
NS 250ml	iv drip bid	电子胃镜检查
羟氨苄青霉素 1g		Hp-抗体
丽珠得乐 1 包 tid		^{13}C 呼气试验
甲硝唑 150mg iv drip bid		青霉素皮试（ ）
克拉霉素 150mg bid		

三、医 嘱 说 明

1.检查方面

（1）Hp 培养：是诊断 Hp 感染的"金标准"，胃镜取黏膜标本同时可进行抗原制备、药敏试验、分型和致病性研究。但技术要求高，不能作为常规诊断手段。

（2）形态学检查：活检组织病理染色和涂片染色。常用 WarthinStarry 染色，其敏感性及特异性均可达 100%。

（3）快速尿素酶试验：将活检标本放入含有尿素和酚红的试剂中，如标本中有 Hp，其所含的尿素酶将分解尿素产生氨使酚红变为粉红色。该试验快速，敏感性和特异性均在 90% 以上。

（4）基因诊断：胃液或活检组织，提取 DNA 做 PCR 扩增或控针杂交而诊断。该检测准确性好、检测灵敏度高，还可测定细胞毒素等致病基因。

（5）血清学检查：用 ELISA 方法测定外周血中 Hp 全菌及其组分的抗体。因 Hp 感染数周才出现抗体，而根除后数月仍有抗体存在，故此法不能作为现有感染的确切判断，不能作疗效判断，但可用作流行病调查。

（6）^{13}C 呼气试验：让患儿口服用同位素 ^{13}C 标记的尿素，如胃内有 Hp，其产生的尿素酶将分解尿素产生 $^{13}CO_2$，经肺呼出。测定呼出气中的 ^{13}C 丰度，可确诊 Hp 感染。该法为非侵入性，敏感性特异性均达 95% 以上，是除培养以外的诊断 Hp 感染的"金标准"及判断疗效的好方法。检查前 2～3 周内应用抗生素会降低检出率。

（7）粪便测定 Hp 抗原　用 Hp 抗原检测试剂盒（含酶标多克隆抗体）检测粪便中 Hp 抗原。其方法简便，敏感性、特异性高，可作诊断和疗效判定。

2. Hp 感染和相关胃炎的治疗

（1）Hp 感染的治疗原则

①治疗对象：Hp 感染同时合并有消化性溃疡、MALT 淋巴瘤、胃癌等病症患儿应给予抗 Hp 治疗。对于仅有 Hp 感染和相关胃炎患儿，是否给予抗 Hp 治疗尚无统一意见。

②治疗方案：研究表明单一或两种药物治疗疗效差、易复发，且易形成抗药性。故 Hp 感染初次治疗，应 3 种药物联合治疗，每天用药 2 次，持续 1～2 周。

③疗效检测：抗 Hp 治疗结束 1 个月后，应进行疗效检查，测定 Hp 根除情况。

（2）Hp 感染的治疗

①药物：常用的抗 Hp 的药物有：铋剂、阿莫西林、甲硝唑、克拉霉素、质子泵抑制药（奥美拉唑等）、H_2 受体拮抗药（雷尼替丁等）。

②方案和疗程：目前的方案主要为质子泵抑制药或铋剂＋2 种抗生素、H_2 受体拮抗药＋2～3 种抗生素、质子泵抑制药或 H_2 受体拮抗药＋铋剂＋抗生素，疗程 1～2 周。

③免疫防治：目前有用提纯的 Hp 抗原及大肠杆菌内毒素作免疫佐剂的疫苗免疫动物，取得了良好的免疫和治疗效果。有望在数年内疫苗研究进入临床实用阶段。

3.原发性溃疡（或特发性） 好发于学龄儿童及青少年，大多为慢性，以十二指肠溃疡多见；继发性（或应激性）溃疡，较易发生于新生儿和婴幼儿，多为急性并常有明确的原发性疾病。

（雷　旻）

第九节　钩端螺旋体病

一、诊　断

1.流行病学史　发病前 1～30d 接触疫水或动物尿或血。

2.早期主要症状和体征

（1）发热：起病急，可有畏寒。短期内体温可达 39℃左右，常为弛张热。

（2）肌痛：全身肌痛，特别是腓肠肌痛。

（3）乏力：全身乏力，特别是腿软明显。

（4）眼结膜充血：轻者主要在眼球结膜、外眦及上下穹窿部，重者除角膜周围外的全球结膜血管扩张呈网状，无分泌物，不痛，不畏光。

（5）腓肠肌压痛：双侧腓肠肌压痛，重者拒按。

（6）淋巴结肿大：主要为表浅淋巴结及股淋巴结，一般为 1～2cm，质偏软，有压痛，无化脓。

以上三症状（即寒热、酸痛、全身乏力）和三体征（即眼红、腿痛、淋巴结肿大）是钩体病的典型临床表现。

3.实验室诊断

（1）从血液（头 7d）或脑脊液（第 4～10 天）或尿液（10d 后）分离到钩端螺旋体。

（2）从血液或尿液或脑脊液检测到钩端螺旋体核酸。

（3）病人恢复期血清比早期血清抗钩端螺旋体抗体效价4倍或4倍以上升高。

4.病例分类

（1）疑似病例：具备 1 加 2 中的（1）和（2）、（3）任何 1 项。

（2）临床确诊病例：疑似病例加 2 中的（4）或（5）或（6）任何 1 项。

（3）确诊病例：疑似病例加 3 中的（1）或（2）或（3）任何 1 项。

二、医嘱示例

1.钩端螺旋体病医嘱（以 6 岁，体重 20kg 的一般病例为例）。

长期医嘱	临时医嘱
传染病护理常规	血常规
二级护理	尿常规
高维生素流质饮食	粪常规
留陪一人	血沉
卧床休息	肝功能
青霉素　80 万 U　im　q6h	肾功能
	凝血四项
	病原学检查：涂片（尿液、脑脊液、血液）
	培养（尿液、脑脊液、血液）
	血清学检查：凝溶试验、ELISA 等
	钩端螺旋体-PCR 检查
	青霉素皮试
	传染病报卡

2.钩端螺旋体病医嘱（以年龄 6 岁，体重 20kg 有肺大出血病例为例）。

长期医嘱	临时医嘱
儿科护理常规	苯巴比妥 5～10mg/kg·次　　i m
一级护理	5%葡萄糖　2ml　｜　iv
禁食	毛花苷 C　0.3mg　｜
留陪一人	5%葡萄糖　2ml　｜　间隔 6h 后
卧床休息	毛花苷 C　0.15mg　｜　iv
告病重	立止血　1 000U　iv
保持呼吸道通畅、面罩吸氧（4～6L/min）	血常规
心电监护（HR、R、SPO$_2$、BP）	尿常规
青霉素　100 万 U　im　q6h	粪常规
地塞米松　2.5mg　iv　qd	血沉

10%GS 50ml	iv drip	肝功能
VitK$_1$ 5mg	qd	肾功能
止血敏 0.125		凝血四项
		病原学检查：涂片（尿液、脑脊液、血液）
		培养（尿液、脑脊液、血液）
		血清学检查：凝溶试验、ELISA 等
		钩端螺旋体-PCR
		胸部 X 线检查（床边）
		青霉素皮试
		传染病报卡

三、医嘱说明

1.贾-赫氏反应　在首剂青霉素用后 30min～4h，部分患儿会有治疗后加重反应，临床表现为突然畏寒、寒战、高热或体温骤降、头痛、全身酸痛、心率和呼吸加快、原有症状加重、血压下降、甚至休克，少数患儿发生弥漫性肺出血。其原因是有原有的大量钩端螺旋体被杀灭后，菌体裂解释放"毒素"所致。为预防发生赫氏反应，首次应用抗生素时应加用皮质激素，可给予氢化可的松 4～8mg/kg 静滴或地塞米松 1～2.5mg，静注，以减轻变态反应。

2.肺大出血型青霉素用量大，但首剂量同普通型，为 40 万 U（目的是为了减轻赫氏反应），疗程普通型为 7d，肺大出血型延长到 10d。

3.血常规检查无黄疸型患儿白细胞总数轻度增加，而黄疸型多显著增加，约一半患儿的白细胞总数为（10～20）×10^9/L，最高可达 70×10^9/L，中性粒细胞比例增加。血小板多减少，血沉显著增快。

4.对眼部并发症要早期扩瞳、热敷、球结膜下注射醋酸氢化可的松。

5.凝血四项包括 APTT、PT、TT、FBI。

6.对症治疗。针对黄疸，应给予护肝、退黄等治疗；有肾功能不全者应采用血液透析；有脑膜炎者应给予镇静、止惊、脱水等治疗；对于肺大出血者根据血压情况及时补液或输血等。

第十节 回 归 热

一、诊 断

1. 流行病学 有体虱寄生或啤叮咬史。

2. 临床表现 根据典型的临床症状如周期性高热伴全身疼痛、肝脾大及出血倾向。结合流行病学资料、即可作出初步诊断。确诊有赖于病原学或血清学检查。

3. 实验室检查 多数患者白细胞总数增高，可达（1.5～2）×10^{10}/L，中性粒细胞增加。蜱传型白细胞可在正常范围。多次发作后可有贫血。血小板及出凝血时间大多正常，但重症者可有异常。血清丙氨酸转氨酶常升高，血清胆红素可增高。尿中有少量蛋白、管型及红、白细胞。脑脊液压力稍增，蛋白及淋巴细胞轻度增加。发热期取血或骨髓涂片染色镜检或暗视野检查可发现螺旋体。厚血片或离心浓缩后检查，可提高检出率。必要时可行小白鼠腹腔接种。有条件时可用血凝抑制试验等方法检测血清特异性抗体。此外，少数病人血清康氏及华氏反应可短暂阳性，虱传型病人血清可有OX凝集反应阳性，但效价不高。

二、医 嘱 示 例

回归热医嘱（以年龄6岁，体重20kg的一般病例为例）。

长期医嘱	临时医嘱
传染病护理常规	血常规
二级护理	尿常规
普食	粪常规
留陪一人	血沉
红霉素　0.2g　q6h	肝功能
	肾功能
	凝血四项
	外周血涂片

三、医 嘱 说 明

1. 虱传和蜱传回归热的临床表现相似。平均潜伏期为7d，发病突然，有发热、头痛、寒战、多汗、肌痛和关节痛。回归热病人的关节痛可严重，包括大小关节，但并没有关节炎的证据。眩晕、恶心和呕吐常见。病人口渴、食欲减退。体温可高达40℃，呈不规则热，有时伴有谵妄。脉搏快。可有脑膜刺激征；有结膜充血和畏光。

2.虱传回归热病人约 1/3 可在躯干、肢体和黏膜上出现散在出血点，蜱传者则较少出现。

3.在发热期，患儿尿液中出现蛋白、管型，偶有红细胞。周围血有显著的多形核白细胞增多，约 1/4 的病例有对梅毒的假阳性血清学反应。外周血涂片是首选的诊断性试验。用免疫荧光抗体法或 ELISA 法检查并以 Western 印迹法证实，可以确定诊断。

4.凝血四项包括 APTT、PT 、TT、FBI。

（戴蔷蕾）

第15章 寄生虫病

第一节 阿米巴病

一、诊　　断

1. 病史　在流行地区有进食不洁食物史或有含阿米巴包囊的粪便接触史或与带虫者、慢性病人有密切接触史。

2. 临床表现

（1）肠阿米巴病：起病缓慢，中毒症状轻，反复发作的腹泻与便秘交替或者表现为肠功能紊乱或慢性腹泻，一般抗菌药治疗无效。临床可分以下4型。①排包囊型，无症状或有轻泻和便秘，仅在粪检时发现包囊。②痢疾型，起病缓慢，常以腹痛腹泻开始，可有轻度发热。腹泻每天2～10次，里急后重，大便呈暗红色果酱样，量中等，有腐败腥臭，右下腹压痛明显。③暴发型，起病急，恶寒、高热、呕吐、腹泻，大便每天达10～20次，甚至数十次以上，呈现水样或血水样，奇臭。常伴有脱水、酸中毒和周围循环衰竭征象。容易继发肠出血及肠穿孔。④慢性型，常为普通型和轻型腹泻的继续，症状时轻时重，时发时愈，迁延2个月以上或数年不愈，常因受凉、劳累、饮食不慎等而发作。患者常觉下腹部胀痛，久病还可继发贫血、消瘦、乏力、营养不良及肝大。右下腹可及增厚结肠，轻度压痛；肝脏可肿大伴有压痛等；粪便内可混有脓血、滋养体，有时有包囊。

（2）阿米巴肝病：多有阿米巴痢疾史，起病较缓慢，多有不规则长期发热，弛张热型居多，可伴有盗汗，中毒症状较明显，以持续性肝区胀痛，胃纳减退，疲乏，贫血，消瘦，失眠，头昏等为主要临床表现。可有肝脏肿大和叩压痛，胸腹壁局部有隆起、水肿、压痛等。还可发生阿米巴胸膜炎、心包炎、膈下脓肿、阿米巴肺脓肿、脑脓肿、宫颈阴道炎等。

3. 辅助检查

（1）血象检查：急性期白细胞总数中度增高，中性粒细胞80%左右，有继发感染时更高。嗜酸性细胞增多，红细胞减少，血红蛋白下降。血沉降率常明显升高。病程较长时白细胞计数大多接近正常或减少，贫血较明显，血沉增快。

（2）粪便检查：粪便如黏液血便或果酱样，反复粪便镜检可见阿米巴滋养体或包囊。急性期找滋养体，慢性期找包囊，发现包囊应做碘染色，以区分结肠阿米巴和溶组织阿米巴。必要时可做阿米巴培养。

（3）肝功能检查：碱性磷酸酶增高最常见，胆固醇和白蛋白大多降低，其他各项指标基本正常。

（4）血清学检查：有酶联免疫吸附试验，间接血凝试验，荧光抗体法，敏感性和特异性较高。可在脓液中检出阿米巴滋养体可溶性抗原。血清中抗溶组织内阿米巴滋养体抗体阳性，有助于本病的诊断。特异性 IgG 抗体阴性者，基本上可以排除本病。

（5）肝脏显影：B 型超声波、CT、MRI 检查可显示肝内占位性病变的大小、位置、边缘情况和液化程度，有助于阿米巴肝病和肝癌、肝囊肿鉴别。脓肿部位可显示与脓肿大小基本一致的液平段，并可做穿刺或手术引流定位，反复探查可观察脓腔的进展情况。

（6）X 线检查：常见右侧膈肌抬高，运动受限，胸膜反应或积液，肺底有云雾状阴影等。左叶肝脓肿时胃肠道钡餐透视可见胃小弯受压或十二指肠移位，侧位片见右肋前内侧隆起致心膈角或前膈角消失。偶尔在平片上见肝区不规则透光液-气影，颇具特征性。

（7）乙状结肠镜检查：阿米巴结肠炎表现为针刺般出血区或小溃疡，直径从数毫米到几厘米，中央渗出，周边充血，溃疡底部有坏死性黑色黏性物，甚至假膜形成，溃疡边缘部分涂片或活检可见阿米巴滋养体。

4.诊断标准　治疗性诊断：对临床高度怀疑而病原体未能证实或病情危急，必须立即治疗者可给予窄谱抗阿米巴药，如效果明显也可间接诊断。

二、医 嘱 示 例

1.阿米巴痢疾医嘱（以 6 岁，20kg 为例）。

长期医嘱	临时医嘱
传染病护理常规	血常规
二级护理	尿常规
半流质饮食	粪常规＋OB
卧床休息	急诊生化，肝功能

粪便隔离	腹部三位片
甲硝唑　200mg　tid	血抗阿米巴抗体
喹碘方　0.125g　tid	乙状结肠镜或纤维结肠镜
肯特令　3.0g　tid	10%GS　250ml
	10%氯化钠　7.5ml　　iv drip
	10%氯化钾　7ml
	5%碳酸氢钠　12ml

2.阿米巴肝脓肿医嘱（以6岁，20kg为例）。

长期医嘱	临时医嘱
传染病护理常规	血常规
二级护理	尿常规
半流质饮食	粪常规
卧床休息	急诊血生化
粪便隔离	肝功能
0.5%甲硝唑 500mg　iv　drip　bid	胸片
喹碘方 0.125g　　　tid	血清补体试验
10%GS　50ml　　iv　drip	抗阿米巴抗体试验
青霉素　200万U　bid	腹部B超（肝、胆、脾）
10%GS　50ml	十二指肠引流液查阿米巴滋养体
维生素C　1.0g　　iv　drip	肝脓肿穿刺取脓液检查
肌苷　0.2g　　qd	青霉素皮试

三、医嘱说明

1.确诊方法　病原检查，常用有①粪便检查（生理盐水涂片法：主要适用于急性痢疾患者的脓血便或阿米巴肠炎的稀便，注意检查活的滋养体；包囊浓集法：主要对慢性患者的成形粪样找包囊期）；②人工培养（检出率不高，宜用于研究）；③组织检查：借助乙状结肠镜或纤维结肠镜直接观察黏膜溃疡病做活检或刮拭物涂片，检出率最高。隔日收集粪标本，连续3次。

2.免疫诊断，酶联免疫吸附试验（ELISA）特异循环抗体的检测有较大辅助诊断价值。

3.患儿腹泻明显，急诊生化的检查目的在于判断有无水电解质紊乱，以对症补液处理；

4.阿米巴常有侵袭肝脏，所以需查肝功能了解有无肝脏受损。

5.腹片的目的主要是了解有无并发症。肠穿孔者可见腹腔内游离气体。X线钡剂灌肠有助于鉴别阿米巴肿与肠癌。

6.肝脏B超有助于阿米巴肝脓肿的诊断及定位。

7.暴发性阿米巴病患者中毒症状明显，有高热及极度衰竭，有脱水及水电解质紊乱，有时出现休克。需纠正休克、退热、补液对症处理。阿米巴肝脓肿患儿需加用护肝降酶药物。

8.本病预防为主。防止水源污染，不喝生水，注意个人卫生和饮食卫生，管理好病人及带虫者的粪便，是减少本病感染的关键。

9.抗虫治疗目前以甲硝唑（灭滴灵）为急性阿米巴病（包括不同部位的脓肿）的首选药物，口服吸收良好，副作用少，但到达结肠浓度偏低，单纯用于治疗带虫者效果不理想。根治阿米巴病应配伍用喹碘方、碘氯羟喹等对肠腔型阿米巴有效的喹啉类药物。氯喹亦为治疗肠外阿米巴病的有效药物。中药鸦胆子仁、大蒜素、白头翁等有一定疗效，且副作用小。

10.慢性或排包囊者避免刺激性食品、忌酒。甲硝唑用量：治疗阿米巴痢疾0.4~0.8g/，3/d，儿童50mg/（kg·d），分3次口服，连用7d为1个疗程。治疗阿米巴肝脓肿：0.6~0.8g/次，3/d，连用10~30d为1个疗程。阿米巴肝脓肿用甲硝唑治疗失败可改用氯喹。氯喹0.25（基质0.15g）1天4次，连用2d以后改为0.25g/次，2/d，连用20d为1个疗程。依米丁或去氢依米丁副作用大，仅在个别情况下用。

11.阿米巴肝脓肿患儿需在抗阿米巴治疗下行肝穿刺引流术，3~5d 1次。并同时需用敏感抗生素抗感染治疗。

12.阿米巴肝脓肿外科治疗指针。①脓肿穿破其他脏器引流不畅或已形成化脓性腹膜炎者；②内科治疗无效的左叶肝脓肿；③继发细菌感染，脓液内坏死组织较多，影响穿刺引流者；④多发性肝脓肿、排脓困难者；⑤多次内科药物治疗及抽脓引流无效者、肝脓肿穿破形成缩窄性心包炎或支气管瘘、综合治疗无效者。

第二节 疟 疾

一、诊 断

1.曾于疟疾传播季节在疟疾流行区住宿或有输血史。

2.间歇性定时发作，每天、隔天或隔2d发作1次。发作时有发冷、发热、出汗等临床症状。发作多次可出现脾大和贫血。重症病例出现昏迷等症状。

3.用抗疟药作假定性治疗，3d内症状得到控制者。

4.间接荧光抗体试验或酶联免疫吸附试验抗体阳性。

5.血涂片查见疟原虫。其种类有间日疟原虫、恶性疟原虫，三日疟原虫和卵形疟原虫。

疑似病例：具备1与2。

临床诊断：具备疑似病例加3或4。

确诊病例：具备疑似病例加5。按查见的疟原虫种类，分为间日疟、恶性疟、三日疟和卵形疟。

二、医嘱示例

疟疾医嘱（以6岁，20kg为例）。

长期医嘱	临时医嘱
传染病护理常规	血常规＋单核细胞
二级护理	尿常规
半流质饮食	粪常规
卧床休息（急性期）	血涂片找疟原虫
磷酸奎宁　0.07g　tid	体液免疫、
青蒿素　0.2g　tid	肝功能
	肾功能
	胸片
	腹部B超（肝、胆、脾）
	氯喹片　0.125g　2次/12h
	乙脑抗体

	抗结核抗体、肥达氏反应
	G-6-PD 比值
	PPD 皮试

三、医嘱说明

1.潜伏期。间日疟 10～12d；三日疟 14～25d 或更长；恶性疟 9～16d。

2.有寒战，有时有抽搐。周期性发作。常伴消化道症状。视并发症情况对症处理，如控制高热及惊厥，排除鼻咽部分泌物，补液。

3.疟疾抗体存在于免疫球蛋白中，当原虫血症出现后，血清 IgM、IgG、IgA 含量很高。

4.急性发作时白细胞正常或轻度增加，可超过 10×10^9/L。恶性疟或凶险疟疾白细胞数往往增高，分类见中性粒细胞增多，单核细胞增高。慢性期白细胞数显著减少，可减至（1～2）$\times 10^9$/L，单核细胞增多，可达 0.1～0.2。

5.疟原虫侵入红细胞，造成红细胞大量破坏，疟原虫寄生的红细胞被裂殖子穿破时释放的抗原导致正常红细胞溶解，导致贫血。

6.尿内尿胆原增加，急性期明显。

7.血涂片找到疟原虫可确诊。反复进行外周血厚滴片寻找疟原虫，薄涂片进行疟原虫分类分期，一般在寒战期及发热期易检出，必要时做骨髓穿刺寻找疟原虫。PCR 检测敏感、特异、简便，目前缺乏试剂。

8.小儿患间日疟或三日疟，常并发支气管炎或肺炎，可拍胸片了解肺内情况。

9.慢性三日疟多有肾病，尿中见红白细胞、管型及蛋白，贫血，血浆白蛋白降低。

10.血红蛋白尿多发生于恶行疟疾，偶见于间日疟。常有患儿红细胞遗传缺陷，发现血红蛋白尿可查 G-6-PD 比值了解有无蚕豆病。

11.患儿常有肝脾增大。查肝胆脾 B 超可了解肝胆脾形态大小。

12.氯喹片和伯喹啉联合疗法　短期内口服氯喹至足量（常规 3 日疗法：首次 10mg/kg，6h 后再服 1 次，5mg/kg，24h 后再服 1 次 5mg/kg，48h 后服最后 1 次 5mg/kg）；完成疗程后继续服伯胺喹啉 4～8d（1 岁以内半片，2 岁 3/4 片，3～5 岁 1 片，6～12 岁 2 片，11～12 岁 2.5 片，13 岁以上 3 片；每日量分 2～3 次口服；有 G-6-PD 可诱发溶血，需停用）。

13.间日疟采用氯喹片和伯氨喹（伯奎）联合治疗。恶性疟可单服氯喹。对间日疟患者，抗复发治疗可用伯奎。在恶性疟对氯喹产生抗性地区（如海南省、云南省），宜采用几种抗疟药合用治疗方案，如青蒿素、咯萘啶与磺胺多辛和乙胺嘧啶合用。耐药病例的治疗：可选用青蒿素、哌喹（喹哌）、磷酸咯萘啶及防疟片2号。国外介绍有甲氯喹及其复方、乙胺嘧啶合并磺胺多辛（周效磺胺）、磷酸奎宁合并四环素等。耐药性疟疾的治疗：指恶性疟按常规剂量的氯喹，未能消除无性生殖原虫或于28d后复发者，可选用下列药物：哌喹首剂口服1.0g（基质0.6g），8～12h后服0.5g（基质0.3g），磷酸羟基哌喹疗程3d，各服基质0.6、0.6、0.3g。磷酸咯萘啶（疟乃停，7351）基质0.4，第1天服2次，第2天服1次。青蒿素每天服0.5g，共3d；或青蒿素油剂0.2g深部肌注，6～8h后0.1g，第2天、第3天各0.1g，共0.5g。联合治疗：磺胺嘧啶1.0g＋乙胺嘧啶50mg，6h后再用磺胺嘧啶500mg＋乙胺嘧啶25mg。

14.并发贫血者可补充铁剂、维生素 B_{12} 及叶酸。严重贫血时可输血。

15.注意预防。消灭按蚊；注意个人防蚊；疟疾疫苗；旅行疫区服预防剂。

第三节 蛔 虫 病

一、诊 断

1.病史 有生食未洗净的瓜果，蔬菜，有吐虫或大便排虫史。

2.临床表现

（1）幼虫移行症：见于短期内生食了含有大量受精蛔虫卵的蔬菜、瓜果者。潜伏期 7～9d。出现低热、乏力，少数伴荨麻疹或皮疹。咽部异物感，阵咳，常呈哮喘样发作，痰少，偶尔痰中带血丝，胸部闻及干啰音。胸片双侧肺门阴影增深，肺纹理增多，点、片状或絮状浸润阴影，于1～2周消失。痰液检查可有嗜酸性粒细胞与夏科-莱登晶体，偶然可见幼虫，病程持续7～10d，逐渐缓解。

（2）肠蛔虫病：绝大多数病例无任何症状。儿童常有腹痛，为脐周不定时反复腹痛，无压痛及腹肌紧张，伴食欲减退、恶心、腹泻或便秘，大便中排出或呕出蛔虫。儿童有时有惊厥、夜惊、磨牙、异食癖。

3.辅助检查 粪便中查到蛔虫卵可确诊。蛔虫移行时，白细胞总数增高，为 $(15～20)×10^9/L$，嗜酸粒细胞明显增高，为 0.03～0.06，蛔虫引起嗜酸性肺炎时，痰中可找到蛔蚴。

二、医嘱示例

蛔虫病医嘱（以6岁为例）。

长期医嘱	临时医嘱
儿科护理常规	血常规＋嗜酸性粒细胞
二级护理	尿常规
普通饮食	粪常规
	胆道B超
	腹部平片
	阿苯达唑 0.4g 顿服

三、医嘱说明

1.粪便查出虫卵可确诊。常用生理盐水直接涂片法或浓集法，多次涂片可增加检出率。对直接涂片阴性者，也可采用沉淀集卵法或饱和盐水浮聚法，检出效果更好。粪便中查不到虫卵，临床表现疑似蛔虫病者，可用驱虫治疗性诊断。

2.血中嗜酸性粒细胞显著增多，一般为15%～35%，高者可达70%以上。如有胆道蛔虫症并发感染时，血白细胞与中性粒细胞增高。

3.疑有蛔虫性肺炎或蛔虫幼虫引起的过敏性肺炎时查痰，痰中找到蛔蚴可确诊，可拍胸片协诊。腹部平片可协诊蛔虫性肠梗阻或穿孔性腹膜炎。胆道蛔虫时B超可见蛔虫位于扩张的胆管内，查胆道造影、内镜检查、十二指肠胆汁引流有诊断价值。

4.驱虫治疗。阿苯达唑0.4顿服，如需要，10d后重复1次。甲苯达唑500mg 1次顿服。噻嘧啶成人500mg，儿童10mg/kg睡前1次顿服；连服2日，可提高疗效。左旋咪唑成人150～200mg，儿童1.5～2.5mg/kg睡前或晨起空腹1次顿服；必要时可1周后重复1次。

5.重点在于治疗并发症。

（1）胆道蛔虫病：治疗原则是镇痛、解痉、驱蛔和控制感染。维生素$K_3$4～8mg肌注，每天3次，可松弛平滑肌，有助于蛔虫退出胆道。腹痛剧烈、频繁发作、内科治疗无效或经钡餐、胆道静脉造影或B超提示蛔虫在胆道内嵌顿的可手术治疗。

（2）蛔虫性肠梗阻：不完全性肠梗阻可先内科治疗，给予胃肠减压或低压饱和盐水灌肠、禁食、纠正水电解质紊乱和酸碱失衡，解痉止痛；腹痛缓解后驱虫治疗。完全性肠梗阻应及时外科手术治疗。

（3）蛔虫性阑尾炎或腹膜炎：一旦确诊，及早外科手术治疗。

（4）幼虫移行到肺，引起肺蛔虫症。

（5）引发营养不良的，注意补充营养及维生素。

6.对症处理。出现全身过敏症状时抗过敏治疗。腹痛时可用颠茄或阿托品解痉。

7.控制感染原。加强粪便管理，养成良好卫生习惯，不随地大小便，饭前便后洗手，不食不洁瓜果蔬菜，不饮生水。

第四节　蛲　虫　病

一、诊　断

1.病史　常有与蛲虫病患儿密切接触史。

2.临床表现　轻症可无明显症状。典型表现为夜间肛门或阴部瘙痒难忍，夜间尤甚。可引起肛周糜烂、湿疹样皮疹、出血及继发性细菌性感染、局部肿痛。常有睡眠不安及夜惊。少数患儿有恶心、呕吐、腹痛、腹泻、食欲减退、消化不良、消瘦等，夜间小儿入睡后，在肛门周围可找到白色细小线状蛲虫。

3.辅助检查　肛门拭子检查（透明纸拭子法或棉签拭子法）检出虫卵可确诊。一般于清晨便前检查。血象偶见嗜酸性粒细胞增多。

二、医嘱示例

蛲虫病医嘱（以6岁为例）。

长期医嘱	临时医嘱
儿科护理常规	血常规＋嗜酸性粒细胞
二级护理	尿常规
普通饮食	粪常规
肛周护理	甲苯达唑 100mg　顿服
	或阿苯达唑（肠虫清）　200mg　顿服
	蛲虫膏　肛周外涂　qn
	透明胶纸拭子查虫

三、医嘱说明

1.蛲虫不在人体肠道内产卵，所以粪便查虫卵阳性率极低，故常用透明胶纸拭子法或棉签拭子法，于清晨解便前或洗澡前检查肛周。此法操作简便，检出率高，若首次检查阴性，可连续检查 2～3d。可在患儿睡着 2～3h 后嘱家长观察肛门附近有无白色线头样成虫。

2.本病宜采取综合感染，以防止交叉感染和自身反复感染。讲究公共卫生、家庭卫生及个人卫生，做到饭前便后洗手，勤剪指甲。定期烫洗被褥和清洁玩具。

3.驱除蛲虫可将几种药物合用效果较好，并减少副作用。甲苯达唑与噻乙吡啶或噻嘧啶与甲苯达唑一次服用，治愈率可达 98%左右。复发甲苯达唑、阿苯达唑等药也具有用量少，效果好和副作用轻等优点。除药物驱虫外，也可用生理盐水灌肠驱虫，效果也很好，但要注意生理盐水用量，以防发生意外。使用蛲虫膏、2%白降汞膏、10%氧化锌或甲紫等涂于肛周，有止痒杀虫作用。

4.驱虫治疗。甲苯达唑 100mg 顿服。阿苯达唑 200mg 顿服。复方阿苯达唑 1 片（含阿苯达唑 67mg，噻嘧啶 83.3mg）顿服。最好间隔 10d 左右重复治疗 1 次。

第五节 钩 虫 病

一、诊 断

1.在钩虫流行地区有下列临床表现

（1）皮肤出现局部瘙痒性小红疹、葡行丘疹或小疱疹。

（2）咳嗽、气喘、发热、痰中带血及外周血嗜酸粒细胞增多。

（3）不明原因的低色素小细胞性贫血、营养不良、生长发育迟缓。

（4）不明原因的食欲缺乏或多食易饥、腹胀、腹部不适等胃肠功能紊乱、异食癖。

（5）大便隐血试验阳性。

2.病原学检查

（1）粪便饱和眼水漂浮法检出钩虫卵或孵化出钩蚴。

（2）咳嗽时痰中找到钩蚴。

（3）粪便钩蚴培养阳性。

凡具有上述临床表现中任何 1 项，同时具有病原学检查中任何 1 项，可确诊本病。

二、医 嘱 示 例

钩虫病医嘱（以 6 岁，20kg 为例）。

长期医嘱	临时医嘱
儿内科常规护理	血常规+嗜酸性粒细胞计数＋Ret
二级护理	尿常规
半流质饮食	粪常规＋隐血
卧床休息	腹部 B 超（肝、胆、脾）
粪便隔离	痰涂片
	血涂片
	胸片
	血铁、铁蛋白、总铁结合力
	甲苯达唑　100mg　顿服
	15%噻苯咪唑软膏　患处涂敷
	硫酸亚铁　0.3g　tid
	VitC　0.1g　tid

三、医 嘱 说 明

1.粪便检查以检出钩虫卵或孵化出钩蚴是确诊的依据，常用的方法有以下几种。①直接涂片法：简便易行，但轻度感染者易漏诊，反复检查可提高阳性率；②饱和盐水浮聚法：钩虫卵比重约 1.06，在饱和盐水（比重为 1.20 中），容易漂浮，检出率明显高于直接涂片法；③钩蚴培养法：检出率与盐水浮聚法相似，此法可鉴定虫种，但需培养 5～6d 才能得出结果。进一步确认感染程度则可用虫卵计数法，虫卵<3 000 个/g 粪便，为轻度感染，3 001～10 000 个/g 粪便，为中度感染，>10 000 个/g 粪便，为重度感染。

2.免疫诊断方法应用于钩虫产卵前，并结合病史进行早期诊断。方法有皮内试验、间接荧光抗体试验等，但均因特异性低而少于应用。

3.常规检查可见不同程度的贫血，属低色素性小细胞性贫血，网织红细胞增高，白细胞多正常，嗜酸性粒细胞稍增加，血清铁浓度及白蛋白均下降。粪便隐血阳性，钩虫卵阳性。

4.骨髓象。造血旺盛象，但红细胞发育滞于幼红细胞阶段，中幼红细胞显著增加，含铁血黄素与铁粒细胞减少或消失。

5.钩虫幼虫可引起钩蚴性皮炎及呼吸道症状。钩蚴移行至肺，可出现咳嗽、痰中带血，并常伴有畏寒、发热等全身症状，重者可表现持续性干咳和哮喘。若一次性大量感染钩蚴，则有引起暴发性钩虫性哮喘的可能。钩虫成虫可致消化道病变及症状、贫血及婴儿幼虫病。婴儿钩虫病特征有贫血严重，嗜酸性粒细胞的比例及计数均有明显升高，患儿发育极差，合并症多，病死率高。

6.在流行区出现咳嗽、哮喘等，宜做痰及血液检查，如痰中有钩蚴及表现小细胞低色素性贫血可确诊为钩虫病。

7.加强粪便管理及无害化处理，是切断钩虫传播途径的重要措施，加强个人防护和防止感染。在流行区定期开展普查普治工作，宜选在冬、春季进行。

8.常用驱虫药物 阿苯达唑（400mg 顿服，治疗皮肤幼虫移行症 400mg/d×5d），C 型甲苯达唑（200mg，连用 3d 或 500mg 顿服）、噻苯达唑（成人 500mg，连用 3d，儿童 10mg/kg，连用 2~3d）等药，除对成虫有杀灭作用外，对虫卵及幼虫亦有抑制发育或杀灭作用。用噻苯达唑配制 15%软膏局部涂敷，每天 2~3次或口服阿苯达唑 10~15mg/kg，连用 3d，可治疗钩蚴性皮炎，若同时辅以透热疗法，效果更佳。将受染部位浸入 53℃热水中，持续 20~30min，有可能杀死皮下组织内移行的幼虫。

第六节 绦 虫 病

一、诊 断

根据有吃未熟猪、牛肉史，粪便中发现白色带状节片或查到虫卵即可确诊。肛门拭子检查牛肉绦虫卵的阳性率较高。猪肉绦虫和牛肉绦虫卵在形态上甚难区别，须获孕节或头节才能作最后鉴别。

二、医 嘱 示 例

绦虫病医嘱（以 6 岁，20kg 为例）。

长期医嘱	临时医嘱
儿内科常规护理	血常规+嗜酸性粒细胞计数
二级护理	尿常规

半流质饮食	粪常规
熟食饮食	腹部 B 超（肝、胆、脾）
粪便隔离	吡喹酮　0.2g　顿服

三、医嘱说明

1.血象多正常，约 1/4 有嗜酸性粒细胞轻度升高，偶达 20%～30%。

2.病原学检查。

（1）检查孕节：粪便中得到的孕节，应夹在两张载玻片中间，对着光线，肉眼观察子宫分支数目，可作出明确诊断，如标本已干硬，可先用生理盐水浸软后，再如上观察。

（2）检查虫卵：只能确定是否带绦虫感染，不能将猪带绦虫及牛带绦虫区分。①粪检虫卵；②肛门拭子法检查虫卵，较粪便直接涂片法检出率高，粪便中大多可找到绦虫虫卵，尤以粪便厚涂片的检出阳性率较高。肛拭子检查对牛带绦虫感染诊断的正确率比粪便查虫卵为高。而猪带绦虫感染者肛拭子检查阳性率较牛带绦虫感染者为低。

（3）查头节：主要用作疗效考核，可定虫种。

3.免疫学检查。以不同虫体匀浆或虫体蛋白质做抗原进行皮内试验、环状沉淀试验、补体结合试验、乳胶凝集试验、酶联免疫吸附试验等，阳性率可达 73%～99%，但可有假阳性（7%～20%）。体外收集猪带绦虫分泌或排泄物的抗原，用免疫印迹法测定猪带绦虫感染者的血清，特异性高（100%），敏感性也可达 95%。

4.并发症有阑尾炎，一般常见于牛带绦虫病者。猪带绦虫患者可并发囊虫病。其他偶可出现肠梗阻、胆囊炎等。潜伏期 2～3 个月。

5.驱虫治疗。

（1）吡喹酮：广谱驱虫药物，对带绦虫、膜壳绦虫、裂头绦虫病疗效均高，为治疗绦虫病的首选药物。剂量 10～25mg/kg（儿童以 10～15 mg/kg 为宜），一次空腹口服，治愈率 100%，无需禁食，偶有头昏、眩晕、乏力等不适，数日可自行消失。

（2）苯并咪唑类药物：甲苯达唑和阿苯达唑均为广谱驱虫药。甲苯达唑小儿剂量 100mg/次，2/d，连用 3～4d，治愈率达 80%～90%。治疗短膜壳绦虫病、长膜壳绦虫病疗程可延长至 5d。阿苯达唑治疗牛带绦虫、猪带绦虫的疗效与剂量、疗程有关。若 800mg/d，连用 2d，疗效分别为 88.9% 和 70%。若 1 200mg/d，连用 3d，疗效分别为 95%和 92%。对短膜壳绦虫，800mg/d，连用 3d，疗效 67%。该类药作用较缓慢，通常不引起剧烈反应。

（3）氯硝柳胺（灭绦灵）：对牛带绦虫、猪带绦虫、短膜壳绦虫感染均有作用，较前两者差，能破坏绦虫的角质膜，麻痹神经和肌肉，可杀死头节及近段虫体，使之易被分解，故不易辨认，该药对虫卵无效。总剂量为 1.5～2g 分 2 次空腹食用，2 次之间间隔 1h，服后 2h 给硫酸镁导泻，以便在节片被消化前全部从肠道清除。服药时应将片剂嚼碎或压碎后吞服，副作用较轻，偶有乏力、头晕、胸闷、胃及腹部不适。

（4）巴龙霉素：20～30mg/（kg·d）分 4 次口服，连用 4d，有效率 98%～100%

（5）槟榔、南瓜子合剂：早晨空腹口服南瓜子仁粉 50～90g（带皮则需 80～125g），2h 后口服槟榔煎剂，以生槟榔子每岁 2～3g，每天最大剂量不超过 50g，加水 10 倍煎成 40～60ml，30min 后再服 50%硫酸镁 60ml，一般 5h 内即有完整虫体排出。槟榔有胃肠痉挛和剧烈腹痛的副作用，婴儿不宜应用。

（6）其他：仙鹤草酚、二氯甲双酚、硫氯酚（硫双二氯酚）等，都有驱治绦虫作用。

6.给链状带绦虫病人驱虫，尽量预防呕吐反应，以免虫卵反流入胃造成囊虫病，故服药前宜给氯丙嗪等止吐剂，服药后则给泻剂，以利腹腔内体节完全排出。

7.治疗 3～4 个月未见排出虫卵或节片，可视为治愈。若出现虫卵或体节，应重复治疗。

8.预防为主。①早期彻底治疗绦虫病人，对屠宰场工作人员定期检查及及时彻底治疗；加强牛、猪管理，提倡牛有栏猪有圈，人畜分开。②大力开展卫生宣教，提倡不吃生的或半生不熟的猪牛肉，生熟菜刀及砧板应严格分开，避免污染。提倡便后、饭前洗手，不吃生的未煮熟的蔬菜。③加强肉品检验。

9.脑囊虫病需行脑 X 线片、颅脑 CT 或 MRI 进一步确定。脑室有梗阻的脑囊虫病和眼囊虫病应先予以手术摘除后再行抗虫治疗。

第七节　血　吸　虫　病

一、诊　断

1.急性血吸虫病

（1）发病前 2 周至 3 个月有疫水接触史。

（2）发热、肝大与周围血液嗜酸粒细胞增多为主要特征，伴有肝区压痛、脾大、咳嗽、腹胀及腹泻等。

（3）粪检查获血吸虫卵或毛蚴。

（4）环卵、血凝、酶标、胶乳等血清免疫反应阳性[环卵沉淀试验环沉率＞3%和（或）间接血凝滴度＞1∶10，酶标反应阳性，胶乳凝集试验滴度＞1∶10]。

疑似病例：具备 1 中（1）与（2）项。

确诊病例：具备疑似病例加 1 中（3）。

临床诊断：具备疑似病例加 1 中（4）。

2. 慢性血吸虫病

（1）居住在流行区或曾到过流行区有疫水接触史。

（2）无症状或间有腹痛、腹泻或脓血便。多数伴有以左叶为主的肝大，少数伴脾脏增大。

（3）粪检查获血吸虫卵或毛蚴或直肠活检无治疗史者发现血吸虫卵，有治疗史者发现活卵或近期变性虫卵。

（4）无血吸虫病治疗史或治疗 3 年以上的病人，环卵沉淀试验环沉率＞3%和（或）间接血凝试验滴度＞1∶10，酶标反应阳性，胶乳凝集试验滴度＞1∶10；未治或治后 1 年以上的病人血清血吸虫循环抗原阳性。

疑似病例：具备 2 中（1）与（2）项。

确诊病例：具备疑似病例加 2 中（3）。

临床诊断：具备疑似病例加 2 中（4）。

3. 晚期血吸虫病

（1）长期或反复的疫水接触史或有明确的血吸虫病治疗史。

（2）临床有门脉高压症状、体征或有侏儒或结肠肉肿芽表现。

（3）粪检找到虫卵或毛蚴或直肠活检无治疗史者发现血吸虫卵，有治疗史者发现活卵或近期变性虫卵。

（4）血清学诊断阳性，标准参见 2 中（4）。

疑似病例：具备 3 中（1）与（2）项。

确认病例：具备疑似病例加 3 中（3）。

临床诊断：具备疑似病例加 3 中（4）。

二、医嘱示例

急性血吸虫病医嘱（以 6 岁，20kg 为例）。

长期医嘱	临时医嘱
传染病护理常规	血常规+嗜酸性粒细胞计数
二级护理	尿常规
普食	粪常规+隐血
卧床休息	粪培养
	环卵沉淀试验
	腹部 B 超（肝、胆、脾）
	血沉
	肝功能
	体液免疫
	胸片
	颅脑 CT
	吡喹酮　0.2g　tid×4d

三、医 嘱 说 明

1.实验室检查：白细胞高，一般为（10～30）×10^9/L，亦有超过 $50×10^9$/L，严重病例，偶见白细胞下降。嗜酸性粒细胞升高，一般在 15%～50%，偶可达 90%。常有不同程度的贫血和血沉升高。部分尿检见少量蛋白质。血清白蛋白轻度降低，丙种球蛋白增高，ALT 正常或轻度升高。絮状试验轻度异常。血清 IgM、IgG 与 IgE 升高，淋巴细胞转化率降低，循环免疫复合物多呈阳性，血清循环抗原阳性率达 90%～100%。环卵沉淀试验（COPT）感染 1 个月以上阳性率几乎 100%。间接血凝试验（IHA）与酶联免疫吸附试验（ELISA）检测抗体阳性率亦 100%。部分病人血清异嗜凝集反应和肥达反应可呈阳性。

2.胸片可有絮状、绒毛斑点阴影，粟粒状少见，肺门边缘模糊，肺纹理增多、粗糙紊乱，伸至肺外侧。这种病变持续 3～6 个月多消失。杀虫治疗可加速消失。

3.乙状结肠镜或直肠镜检查，可见肠黏膜充血、水肿、黄色小颗粒或浅溃疡。B 超检查能显示血吸虫病肝脏的影像改变，以评价病变程度。B 超可见肝脾大，偶有门静脉内径与脾静脉增宽，肝回声增强增粗

4.颅脑 CT 扫描显示单侧多发性高密度结节阴影，其周围有脑水肿。

5.粪内检出血吸虫卵或孵化出毛蚴，提示体内有活成虫寄生，即可确诊。常采用新鲜粪便沉淀虫卵即毛蚴孵化法。

6.治疗。

（1）对症治疗：急性血吸虫病患者应住院治疗，晚期患者按肝硬化治疗。秋水仙碱治疗晚期血吸虫病肝纤维化，疗效满意。剂量为 1mg/d，疗程 0.5～1 年或更长。中药桃仁的提取物及虫草菌丝也有良好的抗纤维化作用。

（2）病原治疗：吡喹酮，①慢性血吸虫病，住院成年病人总剂量为 60mg/kg，体重以 60kg 为限，即每天 3 次，每次 10mg/kg，连续 2d，餐间服用。儿童体重＜30kg 者的总剂量为 70mg/kg，连用 2d，每天计量分 2～3 次服用。②急性血吸虫病，成人总剂量为 120mg/kg（儿童为 140mg/kg），连用 4～6d，每天剂量分 2～3 次口服。一般病例可给 10mg/kg，每天 3 次，连服 4d。③晚期血吸虫病：药物剂量适当减少或延长疗程，一般成人总剂量为 60mg/kg，儿童 70mg/kg，分 3 次服用。

7.对伴有心律失常或心衰未能控制、晚期血吸虫病腹水、肝脏代偿功能差、肾功能严重障碍等者，一般暂缓治疗，对有精神病及癫痫患者，用吡喹酮治疗亦应极其慎重，并做好相应措施准备。

（黄　瑛）

参 考 文 献

1　王慕逖主编.儿科学.第 5 版.北京：人民卫生出版社，1996

2　陈荣华，陈树宝主编.儿科查房手册.南京：江苏科学技术出版社，1999

3　陈树宝，徐　猗，顾梅榆主编.儿科临床医嘱手册.南京：江苏科学技术出版社，2001

4　邵肖梅，桂永浩主编.临床儿科手册.上海：上海科技教育出版社，2001

5　庄思齐主编.实用儿科医嘱手册.北京：中国协和医科大学出版社，2006